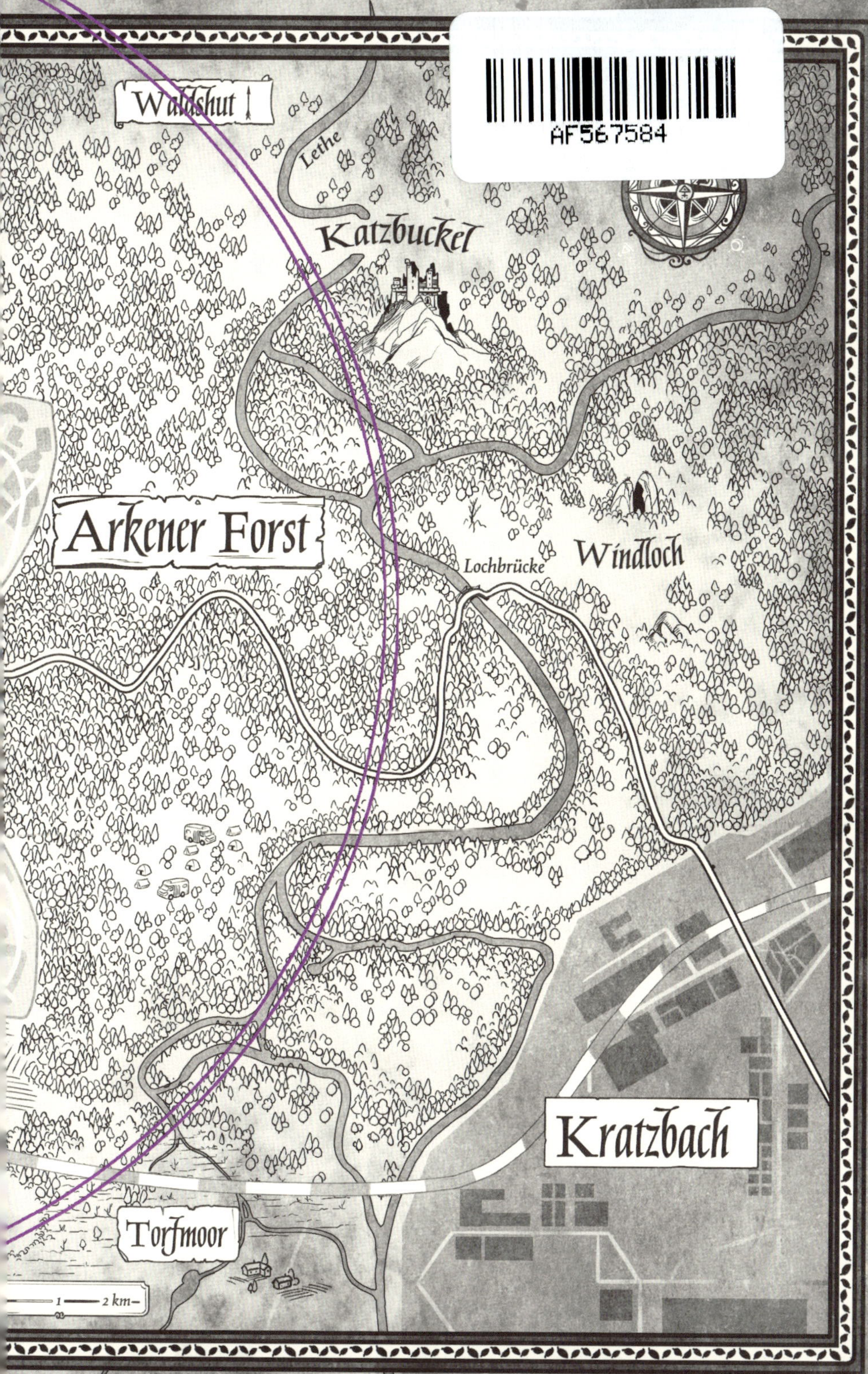
Waldshut
Lethe
Katzbuckel
Arkener Forst
Lochbrücke
Windloch
Kratzbach
Torfmoor
1 — 2 km

FALK HOLZAPFEL

MILLENIA MAGIKA

Das Vermächtnis der Raben

Text und Illustrationen
von Falk Holzapfel

SCHNEIDERBUCH

Bisher bei Schneiderbuch erschienen:
Millenia Magika. Der Schleier von Arken (Band 1)
Millenia Magika. Das Vermächtnis der Raben (Band 2)

1. Auflage 2021
Originalausgabe

Falk Holzapfel wird vertreten durch die Agentur Brauer.
Illustrationen und Umschlagidee: Falk Holzapfel
Umschlaggestaltung: Designomicon / Anke Koopmann, München
Gesetzt aus der Stempel Garamond
von Fotosatz Amann, Memmingen
Druck und Bindung: GGP Media GmbH, Pößneck
Printed in Printed in Germany · ISBN 978-3-505-14455-4

www.schneiderbuch.de
Facebook: facebook.de/schneiderbuch
Instagram: @schneiderbuchverlag

Inhalt

Bratapfel und nicht ganz frischer Fisch

Das Einzige, was in Arken noch unzuverlässiger war als die Busse, war die Straßenbeleuchtung.

Adrian beugte sich über den Fahrplan an der Bushaltestelle, doch es war einfach zu finster. Frustriert warf er der Gaslaterne daneben einen vernichtenden Blick zu. Sie war ausgefallen, kurz nachdem er an der Haltestelle angekommen war. Normalerweise hätte er jetzt sein Handy aus der Tasche gezogen, aber »normalerweise« war ein Wort, das zu Arken passte wie Zwiebeln zu Pudding.

Na wunderbar, ein Puddingvergleich, jetzt färbte Barnaby schon auf ihn ab.

Adrian seufzte kurz, als er an sein Handy dachte, auf dem alles nur einen Tastendruck entfernt war. Seit sie nach Arken gezogen waren, war es nutzlos. Hier gab es weder Mobilfunknetz noch Internet und, wie ihm die dunkle Laterne bewies, oft nicht einmal Licht.

Adrian versuchte, sich tiefer in seiner Jacke zu verkriechen, und zum wiederholten Mal machte es keinen Unterschied. Er fror. Ihm

war so kalt, dass er die Hände unter die Achseln schieben musste und sein Atem Wolken in der Luft bildete. Zumindest nahm Adrian das an. Sicher war er nicht. Sehen konnte er es ja nicht.

Adrian entschied sich, zu Fuß zu gehen, um beim Warten keine Körperteile an den Frost zu verlieren, die er womöglich noch brauchte. Björns Worte, die er sich beim Umzug viel zu oft hatte anhören müssen, schossen ihm bei den ersten Schritten durch den Kopf:

»Wenn dir kalt ist, bewegst du dich einfach zu langsam.«

Dass dem riesigen Nachbarn seiner Tante nie kalt wurde, wunderte Adrian nicht, immerhin wog er das Vierfache, fuhr ein heißes Motorrad und musste nicht vor Sonnenaufgang durch das gefrorene Arken stapfen.

Wenn es wenigstens geschneit hätte … Der Schnee hätte das spärsame Licht der Laternen reflektiert, und der Gehweg wäre erkennbar gewesen. Aber es war nicht eine Flocke gefallen. Dafür war der Boden von einer heimtückischen Eisschicht überzogen, die Adrians volle Aufmerksamkeit forderte. Immer vorsichtig einen Fuß vor den anderen setzend, schob er sich über das glatte Kopfsteinpflaster.

Wenn Jazz ihn nicht ohne jede Vorwarnung aus dem Bett geworfen hätte, hätte er sicher daran gedacht, Handschuhe mitzunehmen. Aber er war viel zu sehr mit der Frage beschäftigt gewesen, was sie um diese Uhrzeit von ihm wollte.

»Triff mich am alten Bahnhof, in einer Stunde!«

Das war alles, was die junge Hexe ihm ins Ohr geflüstert hatte, als sie plötzlich nachts vor ihm gestanden war. Er hatte es dreimal wiederholen müssen, bis sie endlich zufrieden war. Natürlich war er viel zu müde gewesen, um nachzufragen, was er vor Sonnenaufgang und bei dieser Eiseskälte draußen an diesem Treffpunkt sollte.

Dafür stellte er sich diese Frage jetzt umso brennender. Das machte doch gar keinen Sinn! Warum der alte Bahnhof, von dem längst keine

Züge mehr fuhren? Warum in der Nacht? Und vor allem: Was sollte ausgerechnet er dort?

Adrian rutschte aus, verlor den Halt und konnte sich gerade noch so an einem Baum festkrallen, der die Allee säumte.

Er atmete aus. Wenn das so weiterging, würde er nicht lebendig am Bahnhof ankommen. Doch es half nichts, er musste weiterschlittern. Gerade als er sich ausmalte, wie er zum Eiszapfen erstarrt auf dem Gehweg enden würde, fuhr auch noch der Bus der Linie 2 an ihm vorbei.

Endlich – da war das Tor zur Altstadt, wo es durch die vielen Laternen deutlich heller war. Adrian schleppte sich durch das Tor, folgte der Straße zum Markplatz und stellte fest, dass die ersten Arkener zu dieser frühen Stunde bereits ihre Stände aufbauten. Er war also nicht als Einziger verrückt genug, schon auf den Beinen zu sein.

Adrian lebte inzwischen schon seit einigen Wochen in Arken und kannte sich eigentlich ganz gut aus. Nachdem seine Mutter von Tante Lias »Schlaganfall« gehört hatte, war sie schnell bereit gewesen, mit Adrian und seiner kleinen Schwester zu ihr zu ziehen. Nun wohnten sie gemeinsam in der Villa Nummer 26 in der Eschenallee, die groß genug für die ganze Familie war. Wäre es nach Adrian gegangen, wäre allerdings für Eckart keinen Platz gewesen. Aber seine Mutter hatte ihren Lebensgefährten leider ebenfalls mit nach Arken gebracht. Zum Glück hatte er schnell eine Anstellung als Redakteur beim *Arkenspiegel* gefunden und war so beschäftigt, dass er Adrian nur noch gelegentlich auf den Wecker ging.

Und so hatten sie in diesem Jahr zum ersten Mal hier und mit Tante Lia gemeinsam Adrians Geburtstag gefeiert. Mit selbst gebackenem Kuchen, peinlichen Liedern und noch peinlicheren Geschenken, so wie es sich gehörte. Über Eckarts Geschenk, ein neues Handy, hatte er sich allerdings kaum freuen können. Das Ding funktionierte in Arken noch

schlechter als sein altes und war ziemlich nutzlos. Daher hatte Adrian sich einen alten Stadtplan geschnappt, den er nun immer mit sich trug.

Um zum alten Bahnhof zu kommen, brauchte er ab dem Marktplatz nur der Stadtmauer zu folgen und nach dem großen Gebäude mit dem eingesunkenen Dachfirst Ausschau zu halten.

Noch einfacher wäre es natürlich gewesen, wenn Katze ihm geholfen hätte. Katzenaugen blieb im Dunkeln wenig verborgen. Aber wie so oft in den letzten Wochen war sein »spiritueller Führer«, wie Barnaby ihn nannte, oder »unzuverlässiger Quälgeist«, wie Adrian es ausdrückte, nicht da. Wenn nur auch die Katzenträume mit ihm verschwunden wären …

Als Adrian kräftig gegen einen lockeren Pflasterstein stieß, meldeten sich schmerzhaft seine Zehen und überzeugten ihn, dass sie noch nicht abgefroren waren. Während er versuchte, auf einem Bein das Gleichgewicht zu halten und sich irgendwie den schmerzenden Fuß zu reiben, sah er endlich das baufällige Dach des Bahnhofs vor sich. Er bog in eine schiefe Gasse, wich mäßig geschickt der Weihnachtsdekoration aus und trottete zu dem großen Platz, der nicht so leer war, wie er zu dieser Zeit sein sollte.

Im Schein der Gaslaternen konnte Adrian zwei Silhouetten ausmachen. Die eine war Jazz, und auch die andere Person kam ihm bekannt vor.

Den ganzen Weg über hatte er sich überlegt, was er Jazz zuerst an den Kopf feuern sollte.

Hast du vergessen, dass jeder, der keine Hexe ist, sehr wohl an Erfrierungen sterben kann?

Vielleicht zu dramatisch.

Schön, dass dir die letzten Wochen ohne Entführungen, Verzehrer und Ghulkrieg zu langweilig waren. Ich habe aber überhaupt nichts gegen Langeweile, ein warmes Bett und Schlaf!

Hmm, zu zickig.

Doch er kam gar nicht dazu, nach einer passenden Reaktion auf ihren nächtlichen Überfall zu suchen.

»Adrian, das hat ja ewig gedauert. Wieso hast du denn nicht den roten Blitz genommen?«

Adrian war viel zu perplex, um zu reagieren. Motzte Jazz ihn jetzt wirklich an? Und musste sie dieses Geburtstagsgeschenk erwähnen?

Die Gestalt neben Jazz hob die Hand. Im Licht der Laterne erkannte Adrian jetzt, um wen es sich handelte. Arvid der Ghul, der König der Unterstadt, der sie vor dem Angriff der Siechen gewarnt hatte. Seine Verletzungen waren offensichtlich verheilt, doch an seinem Gesicht konnte man ablesen, dass die letzten Wochen nicht einfach für ihn gewesen waren. Seine Haut wirkte noch blasser, beinahe schneeweiß. Dafür fielen in dem fahlen Licht seine geflickten Klamotten weit weniger auf.

»Adrian hat von Björn ein ganz wunderbares Geburtstagsgeschenk bekommen«, erklärte Jazz bereitwillig.

»Wunderbar?« Adrian war sich nicht sicher, ob sie ihn verspottete. »Das einzige Wunder an dem Ding ist, dass Björn glaubt, ich würde mich da draufsetzen.«

»Ach komm schon, Adrian.« Jazz schüttelte den Kopf. »Weißt du, wie lange Björn an dem Rad gearbeitet hat? Er hat es sogar neu für dich lackiert. Und du kannst damit super Erledigungen für die Magista machen.«

»Was ist denn super daran, den Laufburschen zu spielen? Meine Freizeit muss ich doch eh schon mit Hausaufgaben verbringen. Und zwar mit denen, die mir Tante Lia zusätzlich aufbrummt! Jetzt soll ich in der restlichen Zeit auch noch Bücher ausliefern?!« Adrian stöhnte. »Außerdem sieht das Ding aus wie eine fehlgeschlagene Kreuzung aus Tiefkühltruhe und Dreirad. Wer braucht denn ein Rad mit drei Rädern und Transportkiste? Und dann ist es auch noch rot, als wenn es nicht so schon auffällig genug wäre.«

Arvid grinste. »Ich glaube, ich werde bald ein paar Bücher bei der Magista bestellen, damit ich das Rad zu Gesicht bekomme. Lieferst du auch in die Unterstadt?«

Die Vorstellung, noch mal in die von Ghulen bevölkerten Tunnel der Unterstadt hinabzusteigen, ließ Adrian frösteln.

»Ich schenke dir das Lastenrad gerne, bei euch dort unten fällt die rote Farbe bestimmt nicht so auf«, sagte er.

»Du solltest aufpassen, was du mir anbietest, Adrian«, erwiderte der Ghul lächelnd. »Wir Unterstädter nehmen, was wir kriegen können, und haben für alles Verwendung, was ihr hier oben nicht mehr braucht.«

Tatsächlich wusste Adrian, dass es die Ghule nicht leicht hatten. Er hatte gesehen, mit welchem Schrott dort unten gehandelt wurde. Sein Geburtstagsgeschenk wäre dort sicher ein Highlight. Um das Thema zu wechseln, fragte er:

»Also, Jazz, magst du mir jetzt mal erklären, warum du mich mitten in der Nacht dem Kältetod aussetzt und mich hierher bestellst?«

Jazz warf einen Blick über den Vorplatz und in die dunklen, gewundenen Gassen, als wenn sie nach jemandem Ausschau hielte. Aber zwischen den Fachwerkfassaden pendelten nur die Blechschilder der noch geschlossenen Geschäfte. Sie schnaubte.

»Eigentlich wollte ich damit warten, bis er hier ist. Aber offensichtlich schafft er es, sogar noch später zu kommen als du.« Dabei zeigte sie mit ihren selbst gestrickten Fausthandschuhen auf Adrian. »Die Magista, also deine Tante, ist seit dem …«, sie suchte nach einem passenden Wort, schüttelte dann aber nur den Kopf, »… seit dem Unfall nicht mehr dieselbe.«

Adrian hob eine Augenbraue. Jeder hatte bemerkt, dass seine Tante an jenem Abend um Jahrzehnte gealtert war. Es war auch nicht das erste Mal, dass Jazz mit ihm darüber sprach.

»Adrian, es ist nicht nur, dass sie vor ihrer Zeit gealtert ist. Sie wird schwächer. Noch ist sie die mächtige Hexe, die Arken beschützt. Aber jetzt braucht sie mehr von ihrer Kraft für sich selbst.«

Adrian nickte. Er dachte an die zitternden Teetassen in den Händen der Tante, an Bücher, die plötzlich zu Boden fielen, und den Mittagsschlaf, den sie neuerdings einlegte.

»Was schlägst du also vor?«

»Wir müssen ihr etwas von der Last abnehmen.«

»Aber das machen wir doch schon. Meine Mutter und ich sind schließlich extra hergezogen, sie hilft ihr in der Buchhandlung, und ich übernehme die Buchlieferungen.«

Die Hexe blies eine Wolke Atemluft in die Nacht. »Ja, Adrian. Aber das reicht nicht. Die Aufgabe deiner Tante ist es, Arken zu beschützen, nicht, Bücher zu verkaufen.«

Adrian rieb sich die Hände, um die tauben Finger aufzuwärmen. »Und wie, meinst du, sollten wir Arken an ihrer Stelle beschützen?«

Er sah Jazz an, doch die Antwort gab jemand anderes.

»Wir sorgen für Frieden.«

Ein kleiner Mann war zu ihnen gewatschelt, ohne dass sie es bemerkt hatten. Sein struppiger Bart füllte die untere Hälfte des Gesichts aus, während die obere unter einer fusseligen Strickmütze verschwand. Er schien alles, was er an Kleidung besaß, übereinandergezogen zu haben. Dass er zwei verschiedene Stiefel trug, schien ihn nicht im Geringsten zu stören.

»Barnaby, endlich. Wir waren schon vor einer halben Stunde verabredet«, schimpfte die Hexe, während der zerlumpte, kleine Mann gerade herzhaft in einen Apfel biss.

»Pah, Pünktlichkeit wird völlig überbewertet. Das ist nur was für Leute, die nichts zu tun haben.«

»Wer pünktlich ist, ist unhöflich«, ergänzte Adrian, »weil er denjenigen, der unpünktlich ist, in eine unangenehme Lage bringt. Wer höflich ist, kommt deshalb zu spät.« Das war die erste Lektion, die er von Barnaby gelernt hatte. Der Igelschamane grinste ihn mit einer Mischung aus Verblüffung und Stolz an. Dann zauberte er einen Apfel aus einer seiner Tasche und warf ihn Adrian zu.

»Und das ist der Grund«, er deutete mit seinen Stummelfingern auf Jazz, »warum Adrian einen Apfel bekommt und du nicht.«

Adrian grinste Jazz herausfordernd an und biss hinein.

Jazz schüttelte nur den Kopf und räusperte sich.

»Jetzt, wo wir alle hier sind, sollten wir unsere Taktik besprechen. Wichtig ist, vorsichtig und überlegt zu handeln.«

Bei diesen Worten sah Jazz zu Barnaby, der ihren Blick erwiderte, als hätte sie verkündet, dass Pudding lecker sei.

»Äh, Taktik?«, fragte Adrian, »was denn für eine Taktik? Warum sind wir denn überhaupt hier? Ich …«

»Ach, was«, schnitt ihm Barnaby das Wort ab. »Für derlei Kleinigkeiten ist keine Zeit. Bald geht die Sonne auf, dann wird der Bratapfelstand eröffnet, und das werde ich nicht verpassen.«

Und schon marschierte er mit seinen kurzen Beinen auf den Bahnhof zu, worauf Jazz ihm sofort hinterhersprang.

Arvid zog Adrian über den schummrigen Bahnhofsvorplatz mit sich. Dann schien er den fragenden Blick des Jungen zu bemerken und begann zu erzählen.

Umso mehr Arvid ihm erklärte, desto dringender wollte Adrian umdrehen. Als sie den Igelschamanen und die Hexe endlich eingeholt hatten, wünschte sich Adrian, sein Bett nie verlassen zu haben. Ihm klapperten die Zähne, und zwar nicht nur wegen der Kälte.

»Ist das euer Ernst?«, fragte er mit großen Augen. »Die Ghule, die mit Latit die Wehrwölfe angegriffen haben, haben die Unterstadt verlassen und sich hier im Bahnhof eingenistet?« Er starrte die anderen an. »Und wir sollen mit ihnen verhandeln und einen Pakt schließen, bevor die Sonne aufgeht und Arvid Sonnenbrand bekommt?«

Adrian schüttelte ungläubig den Kopf. Hatten die drei anderen denn vergessen, was damals im Wald passiert war? Er selbst hatte die Bilder der gewaltigen Siechen, die im Arkener Forst Autos umwarfen, noch immer vor Augen.

Arvid legte kurz den Kopf schief, dann nickte er langsam.

»Ja, so könnte man es zusammenfassen.«

Jazz hob beschwichtigend die Fausthandschuhe.

»Du brauchst dir keine Sorgen zu machen. Ich übernehme das Reden. Ich habe alles vorbereitet und aufgeschrieben.« Sie klopfte dabei auf das Buch, das sie immer bei sich trug. »Du sollst einfach nur zuhören, damit du verstehst, um was sich deine Tante alles kümmern muss. Latit und die anderen Ghulen sind nicht nur im Bahnhof, sie bewegen sich in der Umgebung und sind sogar auf dem Jahrmarkt gesehen worden. Außerdem gibt es immer wieder Stress mit Arvids Unterstädtern, von den Wehrwölfen ganz zu schweigen. Das muss aufhören, sonst werden sogar die gutmütigen Arkener misstrauisch! Und die Magika dürfen kein weiteres Aufsehen bei den Löffeln erregen. Jetzt, wo deine Tante und der Schleier geschwächt sind, sind wir sonst alle in Gefahr!«

Adrian wünschte sich spontan an einen fernen Ort, während die anderen ernst nickten.

»Worauf warten wir also noch?«, fragte Barnaby, und ohne auf eine Antwort zu warten, hämmerte er an das Tor.

»Überlasst mir das Reden!«, schärfte Jazz allen ein.

Quietschend öffneten sich die beiden Torflügel. Innen roch es

muffig nach morschem Gebälk, abgestandenem Wasser und Lagerfeuer. Nur vereinzelt glommen Öllampen und kleine Feuerstellen auf. Das Schnaufen und Scharren im Innern machte deutlich, wie viele aus der Unterstadt sich entschieden hatten, Latit zu folgen.

Zwei mit selbst gebauten Waffen gerüstete Ghule traten zur Seite und ließen die Besucher ein. Weitere Lampen wurden entzündet und offenbarten ein provisorisches Lager. Durch Löcher im Dach fiel Sternenlicht ins Innere. Fische hingen an Schnüren über Tonnen, aus denen Glut leuchtete. In einem aus Einkaufswagen erbauten Regal stapelten sich Konservendosen. Holzscheite waren rings um die Säulen gestapelt, die das Dach trugen. Und überall aus der Dunkelheit funkelten ihnen Augenpaare entgegen. Unverständliches Gemurmel drang tiefer aus dem Gebäude.

Wo war Katze, wenn man sie brauchte? Dies wäre wirklich der richtige Moment, um im Dunkeln sehen zu können, dachte Adrian. Wenn er wenigstens die gelangweilte, altkluge Stimme hören könnte, die ständig Fragen mit Fragen beantwortete. Er lauschte in sich hinein, hörte aber nichts außer seinem eigenen unruhigen Herzschlag.

Fackeln näherten sich, und weitere Ghule eskortieren sie tiefer in das Gebäude. Eine Frau kam mit einem Holzhammer in der Faust auf sie zu. Adrian zuckte zusammen. Doch sie lief an ihnen vorbei und begann, auf etwas einzuhämmern, das wie ein schmales Kanu aussah. Als sie unter Fischernetzen hindurchliefen, ahnte er, wie die Ghule ihren Hunger stillten.

Schließlich wurde die Gruppe über einen Bahnsteig in einen Raum geführt, der früher wohl einmal ein Schnellimbiss gewesen sein mochte. Mehrere Ghule hockten auf verankerten Tischen und aufgeplatzten Polstern. Sie wirkten kräftiger und besser genährt als jene in der Unterstadt. Adrian wurde sich schmerzhaft bewusst, wie tief im Innern des Gebäudes sie mittlerweile waren. Ob sie je wieder hinauskamen, hing jetzt vom Wohlwollen der Ghule ab.

Zumindest gewöhnten sich seine Augen langsam an das Halbdunkel. Adrian sah fleckige Plakate an den Wänden, die ausgeblichene Burger und farblose Pommes bewarben. Öllampen baumelten von der Zwischendecke, und auf einem der Tische lagen ausgenommene Fische.

Dann sah er sie.

Hinter der Verkaufstheke stand Latit, die Ghulfrau, die ihn damals im Wald angegriffen hatte. Sie hatte sich mit beiden Armen auf den Tisch gestützt und studierte einen Stadtplan, der ganz ähnlich aussah wie der, den Adrian besaß.

»Ihr seid also tatsächlich gekommen«, sagte sie statt einer Begrüßung und blickte jedem der Neuankömmlinge in die Augen. Als ihr Blick Arvid streifte, verzog sie den Mund.

»Wir kennen uns ja schon, Oberstädter.«

Sie fuhr sich mit einem Finger über die Brandnarbe im Gesicht.

Adrian erstarrte.

Es wurde noch stiller als zuvor. Die Ghule griffen nach ihren Waffen. Barnaby gab ein gefährliches Brummen von sich. Adrian sah, wie sich silberner Nebel über das Gesicht des Zwergs legte und sich langsam zum Kopf eines Tieres verdichtete. Er wusste, dass nur er dies sehen konnte, doch die Gefahr, die plötzlich von dem struppigen Zwerg ausging, schien auch den Ghulen nicht zu entgehen. Auf einmal richtete sich Latit auf. »Keine Angst, Oberstädter. Dir geschieht nichts. Heute haben wir Wichtigeres zu besprechen als die Vergangenheit. Aber ich habe nicht vergessen, was in jener Nacht geschehen ist, Adrian Eisenhut.«

Bevor Adrian reagieren konnte, richtete sich auch Jazz auf. Ihr Buch lag aufgeschlagen in ihrer Hand, und sie begann zu lesen. »Latit,

ich spreche im Namen von Magista Eisenhut, um einen Pakt mit dir zu schließen. Einen, der allen Bewohnern Arkens Frieden und Sicherheit bringt.«

Die Ghulfrau grunzte, und ihre Zähne blitzten im Dunkel.

»Mir egal, wer dich schickt. Mir egal, wer du bist, Hexe. Ich weiß genau, was ihr von uns wollt. Aber wir bleiben in der Oberstadt. Wir werden uns nicht länger wie Ratten in den Tunneln verstecken!«

Ihr Seitenblick auf Arvid verfehlte seine Wirkung. Der Ghulkönig blickte sie nur aus kühlen Augen an.

Jazz zögerte kurz, dann zog sie einige Papiere aus ihrem Buch. »Ich habe hier einige Listen mit wesentlichen Punkten, über die wir uns einigen sollten, wenn ihr in Arken bleiben wollt: Aufenthaltsbeschränkungen, eingeschränktes Bleiberecht, Maßnahmen zur Ernährung und Ausrüstung, Grundsätze der Stadtverordnung ...«

Barnaby schob sich an ihr vorbei und warf sich den Rest des Apfels in den Mund, ehe er sich die klebrigen Finger an der Theke abwischte. »Ihr bleibt im Bahnhof, lasst aber den Jahrmarkt und alle Bewohner Arkens in Ruhe.«

Latit nickte. »Einverstanden. Dafür gehören uns der Bahnhof und alle angrenzenden Gassen. Und wir bekommen das Recht, im Grundsee zu fischen und unsere Beute auf dem Markt zu verkaufen.«

Barnaby hielt den Kopf schief. »Gut, aber ihr dürft nur an bedeckten Tagen oder nachts durch die Oberstadt laufen oder Handel betreiben. Und ihr dürft euch niemandem zu erkennen geben.«

»Wollen wir eh nicht«, stimmte Latit zu.

»Ihr lasst die Unterstädter in Frieden und dürft nur auf Einladung unser Gebiet betreten«, meldete sich Arvid zu Wort.

»Und jeder von euch, der beginnt, der Sieche anheimzufallen, wird in die versiegelten Tunnel verbannt. Wird auch nur ein Siecher in Arken gesehen, seid ihr alle aus Arken verbannt«, stellte Jazz klar.

Latit zögerte. Ihr Blick schweifte über die versammelten Ghule. Schließlich nickte sie.

»Abgemacht!« Sie ergriff den Unterarm der überraschten Hexe und schüttelte ihn. Adrian blickte von Latit zu Jazz. Das war deutlich schneller gegangen als erwartet, fand er. Zu schnell? Ihm entging auch nicht der Blick, den Latit ihm zuwarf, nachdem sie Jazz' Unterarm losließ. Es war ein taxierender Blick … wie der, dem man einem nicht ganz frischen Fisch zuwarf.

Barnaby gähnte ausgiebig, offenbarte dabei einen Anblick, auf den alle Anwesenden gern verzichtet hätten, und ließ seine Finger knacken. Obwohl er ihnen kaum zur Brust ging, schob er einen der Ghule beiseite.

»Dann ist das ja geklärt. Bratapfel, ich komme!«

Füchse, Wölfe und Zombies

Widerstrebend zogen sich die dunstigen Schwaden hinter die Stämme der Weißtannen und Winterlinden zurück. Tau sammelte sich auf Fichtennadeln. In einer Astgabel döste ein Waschbär – bis ihn etwas aufschreckte: Ein mechanisches Röhren hämmerte durch den frühen Morgen des Arkener Forsts. Zwei Lichter schimmerten im Dunst und kamen näher. Der Waschbär flüchtete höher in die Baumkrone, während der Schulbus unter ihm über den Weg tuckerte. Wie jeden Wochentag schaukelte er durch den allgegenwärtigen Arkener Nebel. Bei jedem Schlagloch spuckten die muffigen Polster kleine Schaumstoffwolken in die Luft. Die Geräusche, die der Schulbus dabei von sich gab, klangen wie eine Bitte um Erlösung. Merle war überzeugt, dass der Wagen lediglich von den Tausenden Kaugummis zusammengehalten wurde, die Generationen von Schülern hinterlassen hatten. Fröstelnd zog sie die Schulter höher und die Mütze tiefer in die Stirn. Wie kalt es hier war! Und das lag nicht daran, dass die Heizung defekt war – in das antike Gefährt war nie eine Heizung eingebaut worden.

Mit dem Ärmel rieb Merle ein kleines Guckloch in die beschlagene Seitenscheibe. Wie viel lieber wäre sie jetzt mit Bilbo durch den Forst getrabt, als Ewigkeiten in dem Schulbus durch Arken zu gondeln. Stets war sie morgens die Erste, die in den Bus stieg, und nachmittags die Letzte, die aussteigen durfte. Auf dem Rücken des Kaltbluts wäre sie nicht nur schneller, sondern vor allem allein gewesen. Sie warf einen Blick auf den verstrubbelten braunen Haarschopf schräg vor ihr. Titus Costa wohnte fast so abgelegen wie sie, sodass sie beide oft streckenweise allein im Schulbus hockten. Doch obwohl sie heute zum ersten Mal seit längerer Zeit wieder zur Schule fuhr, hatte er kein Wort zu ihr gesagt, als er eingestiegen war, sondern hatte durch sie hindurchgesehen und sich auf die nächste Sitzbank fallen lassen. Seitdem hockte er völlig unbewegt da und starrte aus dem Fenster, als wenn sich draußen etwas Spektakuläres abspielen würde. Egal, wer zustieg, Titus drehte nie den Kopf und sprach kein Wort. Merle zog ihre Hände noch tiefer in die Ärmel und tat es dem Jungen gleich. Sie heftete ihren Blick an die ersten Ausläufer der Stadt. Frost und Raureif verwandelten Büsche und Bäume in Eisskulpturen. Wenn es so kalt war, verging die Zeit langsamer, Wintertage schienen eine Stunde oder zwei mehr zu haben als Sommertage. Dass dadurch auch die finsteren Nächte länger wurden, störte sie überhaupt nicht. Sie hauchte gegen die Scheibe, befreite ihre Finger aus dem Ärmel und zeichnete Formen auf die Scheibe. Trotz der Hornhaut auf ihren Fingerspitzen fühlte sie die Kälte. Während ihre Finger geschwungene Linien und Kreise zeichneten, dachte sie an Jazz und ihr Diarium, dessen Seiten mit filigranen, sich überschneidenden Mustern gefüllt waren. Merle wusste, dass es mehr als Dekorationen waren. Sie hatte die Kraft gespürt, die in den anmutigen Zeichen schlummerte. Wenn sie diese Kraft doch nur auch nutzen könnte! Wie sehr würde sich ihr Leben dadurch verbessern …

Sie verschränkte die Arme vor der Brust und zog den Kopf ein. Vielleicht hatte sie Glück, und der Bus würde an der nächsten Haltestelle einfach vorbeifahren, oder Raffael und die anderen wären krank oder, noch besser, von Aliens entführt. Hoffnungsvoll spähte sie unter ihrer Wollmütze nach draußen, wobei die roten Spitzen ihrer blauen Haare im Takt des Motors wippten. Der Bus wurde langsamer. Dreistöckige Reihenhäuser, deren Fassaden Jahrhunderte zählten, erschienen im Nebel. Mit einem pfeifenden Geräusch kam der Bus zum Stehen. Merle musste sich an der Rücklehne abstützen, um nicht vom Sitz zu rutschen. Ein hohes Schnarren ertönte, gefolgt vom stumpfen Klatschen sich öffnender Falttüren.

Niemand stieg ein. War das wirklich ihr Glückstag? Gleich würden sich die Türen wieder schließen.

Dann hörte sie die Stimme, die sie in den letzten Wochen überhaupt nicht vermisst hatte.

»Miffus, wieso riecht es jedes Mal nach Kleiderspende, wenn die Schrottkarre die Tür aufmacht und ich deine Visage sehe?«

Ein Junge streckte seinen Kopf durch die Tür. Die kurzen schwarzen Haare waren an den Seiten abrasiert, die restliche Frisur mit viel Zeit und Gel in eine akkurate Form gepresst. Der Junge stieg in den Bus, als wäre er sein Eigentum. Zwei weitere Jungen folgten ihm dichtauf. Dann baute er sich vor Titus auf und trat gegen die Sitzbank.

»Hey, Miffus, ich rede mit dir! Weißt du, warum es hier drinnen so stinkt? Bist du vielleicht wieder wo reingetreten, oder hast du das monatliche Duschen komplett eingestellt?«

Seine Kumpels lachten hohl.

»Verpiss dich, Raffael«, erwiderte Titus lahm und starrte weiter aus dem Fenster.

Merle wusste, was jetzt kam. Seit sie im Sommer neu auf die Schule

gekommen war, war es ein fast tägliches Spiel. Und genau das war einer der Gründe, warum sie es hasste, mit dem Bus zu fahren. Raffael würde auf Titus' abgetragenen Klamotten, seinen ungekämmten Haaren und was immer ihm noch einfallen wollte, herumhacken, bis sie endlich bei der Schule ankämen.

»Hast ja recht, Miffus, Körperhygiene ist völlig überbewertet. Kann ich echt verstehen, dass du dir das Geld für Shampoo und Duschgel lieber sparst, um es für deinen geilen Haarschnitt auszugeben. Oder hast du dir einfach nur ein überfahrenes Murmeltier auf den Kopf getackert?«

Raffaels Freunde platzten vor Gelächter, und auch andere Schüler kicherten. Merle hasste sie dafür.

Titus sagte nichts. Er saß nur unbewegt da und schien alles an sich abprallen zu lassen. Aber Merle bemerkte, wie die Muskeln an seinem Kiefer hervortraten.

Der Blick des Busfahrers huschte über den Rückspiegel, aber er würde sich nicht einmischen. Das machte er nie. Raffael und seine Kumpels kommentierten weiter Titus' abgetragenen Klamotten, bis es ihnen offensichtlich langweilig wurde und sie Ausschau nach einem anderen Opfer hielten. Und Merle wusste, wer das sein würde.

»Na, schaut mal, wer wiederaufgetaucht ist. Wo Herr Miffus ist, kann Frau Pferdeapfel ja nicht weit sein.« Raffael grinste seine beiden Freunde an, die beide exakt die gleiche Frisur wie er hatten, wenngleich ihre Haare heller waren. Merle beobachtete die beiden in der Spieglung der Fensterscheibe. Rattengesicht und Hamsterhirn waren nie allein anzutreffen. Als wären sie an Raffael festgenäht, tauchten sie überall im Dreierpack auf. Außer dem schablonenhaften Haarschnitt teilten sie auch sonst so ziemlich alles. Die gleichen roten Sportjacken der Arken Rotfüchse, die gleichen Wildlederstiefel, die gleichen schweren Goldketten, das gleiche dämliche Grinsen.

»Hey, Raf, ich glaube der Stinker und der Pferdeapfel sind ein Paar«, rief Rattengesicht.

Die drei Jungen grölten. Merle blickte stur aus dem Fenster.

»Da wird ihr Gaul aber verdammt eifersüchtig werden, wenn er das hört«, versuchte Hamsterhirn, einen draufzusetzen.

Jetzt waren die drei richtig warmgelaufen. Verschwörerisch, aber in einer Lautstärke, die niemandem entgehen konnte, beugte sich Raffael zu Titus hinab.

»Na, Miffus, erzähl doch mal … wie ist es, mit einem Zombie auszugehen?«

»Zombie?«, wunderte sich Rattengesicht.

»Hast du das noch nicht gehört, Vik?« Raffael sprach so laut, dass ihn jeder im Bus hören musste. »Frau Pferdeapfel hat ein neues Hobby. Miffus und Pferdemist reichen ihr nicht mehr. Sie treibt sich jetzt auf Friedhöfen rum und buddelt Leichen aus.«

Ein Raunen breitete sich im Bus aus.

Verdammt. Merle hatte befürchtet, dass sich irgendwann rumsprechen würde, dass sie auf dem Friedhof Gitarre übte. Sie hatte sich für den Ort einfach deshalb entschieden, weil sie dort ungestört und allein war. Aber so allein, wie sie gedacht hatte, war sie offenbar doch nicht. Und ganz egal, woher Raffael davon wusste, jetzt wussten es alle, und das würde Merles Zeit in der Schule noch ätzender machen. Sie hatte keine Wahl: Jetzt gab es nur eins, was sie tun konnte.

»Raffi, ist dir wieder mal Gel durch die Schädeldecke gesickert? Du gibst hier doch nur das Oberarschloch, weil du das Probetraining der Füchse vergeigt hast!« Sie grinste. »Hättest vielleicht ein bisschen mehr Zeit auf dem Eis und weniger vorm Spiegel verbringen sollen. Und wenn hier jemand stinkt, dann sind es die beiden Kackvögel, die dir dauernd in den Hintern kriechen.«

Für einen Moment konnte man nur den quietschenden Gummi

und den tuckernden Motor hören. Raffaels Freunde rückten unwillkürlich ein Stück von ihm ab. Der Busfahrer warf einen längeren Blick in den Rückspiegel. Dann fingen einige Mädchen auf der letzten Bank an zu kichern. Jazz meinte, kurz Titus' Lächeln in der Seitenscheibe zu erkennen.

»Was hast du gesagt, Zombie?« Raffael machte einen Schritt auf sie zu. Im selben Moment bremste der Bus, und Raffael stolperte nach vorne. Als sich die Türen diesmal klackend öffneten, war der Anblick für Merle deutlich erfreulicher: Adrian stieg ein und lächelte sie müde an. Ihm folgten weitere Schüler und trennten Merle so von Raffael und seinen Kumpels, die ihr aber mit Blicken zu verstehen gaben, dass das hier noch lange nicht vorbei war.

Adrian ließ sich schwer neben Merle auf die Sitzbank plumpsen. Sie gab sich Mühe zu verbergen, wie sehr sie sich freute, ihn zu sehen. Um ganz sicher zu sein, dass er nichts davon merkte, fragte sie betont beiläufig: »Warum fährst du denn nicht auf deinem roten Blitz?«

Adrian blickt sie überrascht an. Dann seufzte er und blies sich eine Strähne aus der Stirn.

»Oh, du nicht auch noch. Ich würde lieber mit dir auf deinem Pferd zur Schule reiten als auf diesem Riesendreirad.«

Merle war sich nicht sicher, ob das ein Kompliment war oder nicht. Sie hatte den roten Blitz zwar nicht gesehen, aber Jazz hatte das Lastenrad sehr ausführlich beschrieben.

Verstohlen betrachtete sie Adrian. Die dunkelbraunen Haare fielen ihm in die Stirn. Seine Hände hatte er in die Jacke gesteckt, und er bibberte heftig. Als sie sah, wie er in seine hohlen Hände blies, schob sie ihm wortlos ihre Handschuhe rüber. Dunkle, fingerlose Wollhandschuhe, die sie auf dem Markt getauscht hatte. Für einen Moment sah es so aus, als wenn er sie nicht annehmen würde, aber dann griff er danach und schob sie sich über die Finger. Wohlig rieb er die Hände aneinander. Merle wusste nicht, ob sie sich das geflüsterte Danke nur einbildete, aber sie lächelte, als sie aus dem Fenster blickte.

Kaum hatte der Bus brummend Fahrt aufgenommen, bremste er scharf. Zum ersten Mal war die fluchende Stimme des Fahrers zu vernehmen.

»Was ist denn los?«, wollte Adrian wissen und beugte sich zu Merle herüber, um besser aus dem Fenster sehen zu können. Er roch nach Frost und Äpfeln.

In gewagten Manövern schossen Jugendliche auf Fahrrädern an dem Bus vorbei. Die Reifen waren kaum einen Finger breit. Alles war von den Rädern abmontiert worden, bis auf das absolut Nötigste. Sie hatten nicht einmal eine Schaltung und konnten nur mithilfe des Rücktritts bremsen. Es war Selbstmord, mit solchen Rädern über die gefrorenen Straßen Arkens zu brettern. Auf dem Rücken trugen die Jugendlichen Rucksäcke, auf denen Aufnäher der Wehrwölfe prangten. An einigen der Fahrradrahmen waren Hockeyschläger befestigt. Die Wehrwölfe waren nicht nur eine Umweltschutzgruppe, die sich gegen Jagd im Arkener Forst wehrte, sondern auch eins von zwei Eishockeyteams in Arken und der erbitterte Rivale der Rotfüchse. Und allein wegen Riesenarsch Raffael mochte Merle sie.

Einige von ihnen jaulten wie Wölfe, als sie sich vom Bus abstießen, um noch schneller voranzukommen.

»Diese Räder sind …«, begann Adrian und stockte gleich wieder. Etwas hatte seine ganze Aufmerksamkeit in Beschlag genommen. Merle folgte seinem Blick. Ein Mädchen mit scharlachroten Haaren schlängelte sich auf ihrem Fixie an zwei Autos vorbei, wich knapp dem Bus aus und raste den anderen hinterher.

Erst nach einer ganzen Weile bemerkte Adrian, dass er geradezu auf Merle lag. Er presste ein leises »Tschuldigung« heraus und zog sich auf seine Seite der Sitzbank zurück.

Um die sich anbahnende Stille zu durchbrechen, fragte Merle: »Wie geht es deiner Tante?«

Adrian zögerte kurz.

»Sie ist okay. Meine Mutter hilft in der Buchhandlung aus, damit sie sich erholen kann von …« Er blickte zu Boden.

»Na ja, du weißt schon. Von dem, was in Kratzbach passiert ist.«

Wie hätte Merle das vergessen können? Sie nickte stumm.

»Und, ähm, wie geht es dir? Du warst ja ziemlich lange weg«, fragte Adrian sie nach einer Pause.

»Gut«, behauptete sie, wie immer, wenn ihr die Frage gestellt wurde. »Ich war mit meinem Vater unterwegs.« Das war gelogen, aber sie hatte keine Lust, über ihre Probleme und das Chaos ihres Lebens zu reden. Nicht mal mit ihm. Schnell lenkte sie zu einem anderen Thema über.

»Hast du gesehen, was die *Arkenlaterne* über das geschrieben hat, was am Friedhof passiert ist?«

Das war etwas, über das sie ohnehin schon lange mit ihm sprechen wollte.

»Sag nicht, du liest die *Arkenlaterne*? Das ist doch nur Quatsch von Verschwörungstheoretikern«, wunderte sich Adrian,

Sie nickte, und ihre Augen funkelten. »Absolut! Deswegen ist es ja so viel spannender als alles, was im *Arkenspiegel* steht. Die *Laterne* meint, radioaktiv verseuchtes Grundwasser hätte die Bäume auf dem Friedhof so wachsen lassen und ein dämonischer Kult hätte die Grabsteine umgeworfen.«

Adrian rieb sich den Hinterkopf. »Du hast recht, das ist um einiges besser als das, was der *Spiegel* schreibt.«

Sie tauschten ein verschwörerisches Grinsen.

Wenn die Nachrichten so weit von der Wahrheit entfernt waren, brauchten sie sich keine Sorgen zu machen.

»Eckart sagt, der *Arkenspiegel* hätte sich darauf geeinigt, dass es eine Mischung aus Klimawandel und jugendlichem Vandalismus war.«

Diese Darstellung kam der Wahrheit tatsächlich etwas näher.

»Eckart ist dein Stiefvater, oder?«, fragte Merle nach.

Adrian stockte. »Nein, er ist nur der Freund meiner Mutter«, erwiderte er dann.

Merle verstand, wusste aber nicht, was sie darauf sagen sollte.

»Aber es ist alles besser geworden, seit wir in Arken wohnen«, brachte Adrian schließlich heraus. Merle grinste.

»Warum bist du eigentlich nicht mit Bilbo zur Schule gekommen?«, fragte Adrian.

Doch der Bus hielt knirschend, und alle strömten aus dem Wagen, bevor Merle auf die Frage antworten konnte.

Der Weg durch die Schulgänge war schwierig. Ständig musste Merle aufpassen, Raffael und seinen Begleitern nicht zu nahe zu kommen. Zum Glück waren die Gänge des ehemaligen Klosters von zahlreichen Säulen durchzogen, hinter denen sie sich verbergen konnte. Adrian merkte von ihrem Versteckspiel anscheinend nichts, jedenfalls sagte er nichts dazu. Er zeigte nur auf die Plakate für das kommende Winterfest und wollte von ihr wissen, was da ablief. Als wenn sie irgendwas über Feste wüsste, nur weil sie schon ein paar Wochen länger an der Schule war als er! Also zuckte sie nur mit den Schultern.

Als Adrian in seinem Klassenzimmer verschwunden war, wanderten ihre Gedanken zu dem Brief, den sie zu Hause abgefangen hatte und der seit gestern in ihrer Schultasche lag. Es war ein Schreiben der Rektorin, die darauf aufmerksam machte, dass ihre Beurlaubung ausgelaufen war und sie umgehend in der Schule erwartet wurde, da sie sonst mit Konsequenzen zu rechnen hätte. Merle hatte den Brief zerknüllt und in die Tasche gesteckt – zu den Nachrichten des Hausmeisters, der ihr verboten hatte, ihr Pferd auf dem Fußballplatz grasen zu lassen. Dabei war das Fußball-Schulteam so schlecht, dass der Platz als Weide weit mehr Sinn machte!

Langsam trottete sie zu ihrer Klasse. Es klingelte schon, als sie den Raum betrat. Die Lehrerin betrachtete sie verwundert und vorwurfsvoll zugleich, was Merle geübt abprallen ließ. Sie sagte noch etwas darüber, wie sehr sie Merles Anwesenheit in der Klasse begrüße und dass Pünktlichkeit eine Tugend sei. Aber Merle hörte gar nicht hin. Lieber zog sie sich an ihren Tisch in der letzten Reihe zurück, während ihr das Getuschel ihrer Mitschüler folgte. Die Worte Friedhof und Zombie waren nicht zu überhören.

Es folgte eine Doppelstunde Geschichte zum Thema Hexenverfolgung im Spätmittelalter. Zugegeben, es gab langweiligere Themen, aber kaum langweiligere Lehrerinnen als Frau Schrapp-Senkenberg. Nachdem sie sie die ersten fünf Minuten beinahe in Tiefschlaf versetzt hatte, kramte Merle ihr Notizheft aus dem Rucksack und begann, Songtexte aufzuschreiben. Sie beugte sich so dicht über die Tischplatte, dass ihre Haarspitzen den Tisch berührten und eine Kuppel aus blauroten Haaren sie vor den Blicken ihrer Mitschüler abschirmte. Am liebsten hätte sie sich Kopfhörer reingesteckt und Musik gehört. Aber das ging nicht. Nicht, weil die Schrapp-Senkenberg das mitbekommen hätte, aber ihr Walkman versagte immer häufiger den Dienst. Das Handy und den Mp3-Player hatte sie schon seit Monaten aufgegeben. »Aber Musiker langweilen sich nie!«, erinnerte sie sich an die Worte ihres Vaters.

Am Ende der Doppelstunde hatte sie immerhin die Bridge und ein paar Verse fertig. Unterricht war eben doch nicht nur verschwendete Lebenszeit.

In der kurzen Pause versammelten sich einige der dummen Puten aus ihrer Klasse am Fenster, um sich über Nagellack und die heißesten Hintern der Parallelklasse auszutauschen. Jedenfalls nahm Merle das an, aber so, wie sie mit den Fingern auf sie zeigten und hinter vorgehaltener Hand kicherten, ging es wohl doch um etwas anderes. Als die Mädchen bemerkten, dass sie von Merle beobachtet wurden, legten sie zwei Finger zu einem Kreuz übereinander, wie um einen Vampir zu bannen. Merle verdrehte die Augen und wandte den Blick ab. Raffaels Geschichte hatte also schon die Runde gemacht. Sie beugte sich wieder dicht über ihr Heft und kritzelte einige passende Akkorde zu den Versen.

Während der Biostunde dachte sie darüber nach, wo sie jetzt üben sollte. Sie wollte nicht, dass ihr Opa sie beim Spielen sah. Das machte ihn immer traurig, weil er dann an ihren Vater denken musste, der schon so lange fort war. Hier in der verdammten Schule würde sie ganz bestimmt nicht spielen, eher würde sie ihre Gitarre verbrennen. Und wenn sie sich wieder auf den Friedhof wagte, würden die Gerüchte nie abreißen.

Doch als sie zu den dummen Puten blickte, wurde ihr klar, dass das ohnehin nie passieren würde. Und warum sollte sie sich von den furchtbarsten Menschen, die sie kannte, von dem Ort vertreiben lassen, an dem sie sich am wohlsten fühlte? Jetzt, wo sich alle das Maul zerrissen, machte es keinen Unterschied mehr, entschied sie. Sollten die Puten und Riesenärsche der Schule doch glauben, was sie wollten. Und vielleicht würden am Friedhof auch die Geister wiederauftauchen …

Als Nächstes stand Englisch auf dem Plan. Endlich mal ein Fach, das sie mochte. Dass ein Überraschungstest auf sie wartete, stellte ihre Zuneigung allerdings auf die Probe. Sie musste mitschreiben, obwohl sie gefehlt hatte.

Samira, die Oberpute am Tisch vor ihr, schien nicht entgangen zu sein, dass Merle die Sprache leichtfiel. Sie lehnte sich weit zurück, strich sich die blonden Haare hinter das Ohr und begann zu flüstern. Es war schnell klar, was das Mädchen wollte.

»Brauch die Antworten vier bis zwölf!«

Offenbar war Samira in Englisch noch weit schlechter, als Merle dachte. Die Fragen eins bis drei waren die nach Datum, Klasse und Namen. Merle seufzte. Das hier wäre ihre Chance, sich bei den Puten beliebt zu machen. Vielleicht würden sie dann aufhören, über sie abzulästern? Merle blickte auf, und die Pute drehte sich kurz zu ihr um. Zum ersten Mal seit Merle in die Schule ging, lächelte das Mädchen sie an. Rosa Glosslippen glänzten, die falschen Wimpern blinzelten, das blonde Haare roch nach Pfirsich. In den Augen lag das Versprechen auf eine bessere Zeit, vielleicht sogar auf Freundschaft. Merle blickte wieder auf den Test. Sie bräuchte ihn nur herumzudrehen.

Sie entschied, dass der ausgestreckte Mittelfinger die passende Antwort auf alle neun Fragen war.

Samira sog scharf die Luft ein. Gerade als sie Merle eine passende Antwort an den Kopf werfen wollte, meldete sich der Lehrer.

»Samira, diese Tests sind dazu da, alleine ausgefüllt zu werden. Da du damit Probleme hast, gebe ich dir die Möglichkeit, dies nach dem Unterricht während des Nachsitzens zu üben.«

Der letzte Blick aus Samiras Augen verhieß ewige Feindschaft und Höllenqualen. Merle lächelte ihren Test an.

Endlich Mittagspause! Merle wartete, bis alle ihre bösen Blicke eingepackt und sich verzogen hatten, bevor sie den Klassenraum verließ. Der Gang war leer. Das Kreuzgewölbe spannte sich weit über ihr und ließ ihre Schritte hallen. Sie blickte in den Raum schräg gegenüber. Aber auch in der Parallelklasse war niemand mehr. Warum hätte Adrian auch auf sie warten sollen? Sie ging unter fuchsroten Wimpeln und an Pinnwänden voller Fotos und Schülerarbeiten vorbei. Selbst wenn es ihr erster Tag gewesen wäre, bräuchte sie nur den lauten Stimmen der anderen Schüler zu folgen, um den Speisesaal zu finden. Den verfluchten Speisesaal. Neben der Turnhalle einer der furchtbarsten Orte der Schule.

Sie ließ sich Zeit. Umso später sie dort ankam, desto kürzer wäre die Schlange und umso weniger Zeit müsste sie dort verbringen. Der Saal war das Zentrum der Schule. Hier trafen sich die Schüler aller Klassen. Dort wurden Feste gefeiert, Präsentationen gehalten und Neuigkeiten verkündet. Doch am wichtigsten war: Hier zeigte sich, wer wohin gehörte und wer an der Schule das Sagen hatte. Das Eishockeyteam saß natürlich am dichtesten an der Essensausgabe. Damit der Weg nicht so weit war. Alle Fans der Rotfüchse und jene, die selbst ins Team aufgenommen werden wollten, also die ganzen Mitläufer, hockten rings um sie herum. Die Rotfüchse waren der Stolz der Bettina-von-Arnim-Schule, der einzigen weiterführenden Schule in Arken. Deswegen waren hier auch überall Eishockey-Pokale in funkelnden Vitrinen ausgestellt. Am Tisch neben den Füchsen aßen die Kinder jener Familien, die schon seit Generationen in der Stadt lebten und besonders viel Einfluss hatten. Die meisten von ihnen waren Klassensprecher oder hielten sich einfach nur für unentbehrlich. Die Puten aus Merles Klasse würden auch an diesen Tischen sitzen. Danach kamen die Normalos. Kinder, die einfach nur essen wollten, ohne aufzufallen oder Ärger zu bekommen.

Die Theatergruppe hatte ihren Platz am langen Tisch, zusammen mit den Jungen und Mädchen, die die Schülerzeitung herausgaben. Von ihren Plätzen aus hatte man den besten Überblick über den Raum.

Ganz hinten an einem kleinen Gruppentisch war der Platz für die Nerds. Und an den Plätzen mit dem größten Abstand zu den Rotfüchsen saßen die Wehrwölfe. Das hatte den Vorteil, dass die beiden Gruppen nicht viel miteinander in Berührung kamen, und den Nachteil, dass bei einer Essensschlacht die Kinder in der Mitte alles abbekamen. Weshalb das auch jedes Mal ein Thema für die Schülerzeitung war.

Wer wo saß, entschied darüber, wer man war, mit wem man ging und welche Freunde man hatte. Merle schnappte sich meist ihr Tablett und verzog sich damit in den Keller. Dort gab es einen Raum, in dem alte Sportmatten lagerten und in dem sie ihre Ruhe hatte. Die Schwierigkeit bestand darin, an den Füchsen vorbeizukommen, ohne den Nachtisch einzubüßen.

Als sie durch den Flur und über den von unzähligen Schülern glatt polierten Steinboden schlurfte, bemerkte sie, dass sie nicht allein war. Merle stoppte und lauschte. Die verwinkelten Kreuzgewölbe der Schule riefen tückische Echos hervor. Sie blickte sich um, konnte jedoch niemanden entdecken. Nur die Steinskulpturen leidender Männer blickten auf sie herab. Sie stammten noch aus der Zeit, in der dieser Ort ein Kloster war, und nicht zum ersten Mal fiel ihr auf, dass es sich bei den Skulpturen ausschließlich um Männer handelte. Alte bärtige Männer mit müden Augen. Gab es denn keine heiligen Frauen?

Da! Da war schon wieder dieses Wispern. Merle konnte noch keine Worte verstehen, war sich aber sicher, in der richtigen Richtung unterwegs zu sein. Sie näherte sich der Skulptur eines Mannes, der in einer langen Kutte die Last der Decke auf seinen Schultern trug. Er sah dabei nicht glücklich aus, und Merle fühlte mit ihm. Den Schnurrbart und die Brille, die ihm jemand ins Gesicht gemalt hatte, halfen auch nicht, ihn glücklicher zu machen.

Die Stimmen waren jetzt ganz dicht. Merle lehnte sich gegen die Skulptur.

»... ist mir völlig egal! Ich will wissen, wo er ist!«

Die Stimme klang ihr irgendwie bekannt.

Eine zweite Person antwortete, leiser und weicher. Es war die Stimme eines Mädchens, da war sich Merle sicher.

»Ich habe dir alles gesagt, was ich konnte. Er ist fortgegangen, und wir wissen nicht, wann ...«

Aber der erste Sprecher ließ sie nicht ausreden.

»Du hast mir vielleicht gesagt, was du kannst, aber nicht, was du weißt. Ihr verheimlicht etwas! Ich habe ein Recht darauf zu erfahren, was ...«

Die Stimme des Mädchens klang jetzt deutlich kühler, schneidender.

»Ein Recht? Welches Recht denn? Das des Bruders? Wie viel Zeit habt ihr im letzten Jahr gemeinsam verbracht? Wann hast du ihn das letzte Mal unterstützt? Wann bist du überhaupt das letzte Mal bei uns gewesen? Stattdessen schließt du dich diesen Irren an?«

Das Gespräch war zu einem Streit geworden, auch wenn sich beide noch so bemühten, leise zu sein.

»Das zwischen meinem Bruder und mir ist eine Familienangelegenheit und geht dich nichts an!«, erklang die tiefere Stimme grollend.

»Oh doch! Wir sind deine Familie«, hielt das Mädchen dagegen.

»Nein, das seid ihr nicht! Ihr seid nur ein Haufen Kinder und glaubt, dass irgendwas, was ihr tut, einen Unterschied macht. Ihr versteht nicht die Hälfte von dem, was da draußen abgeht.«

»Aber du weißt Bescheid? Du meinst, eine Flinte und ein Jagdausweis geben dir das Recht zu entscheiden, wer lebt und wer stirbt?«

»Darum geht es überhaupt nicht. Ich weiß, du hältst mich für einen

Versager, und da bist du nicht die Einzige. Aber dort draußen in den Wäldern treibt sich etwas herum.«

Das Mädchen stöhnte genervt.

»Bitte sag mir, du glaubst nicht, was in der *Laterne* steht? Dein Bruder war sich sicher: Euer Vater hat sich das alles nur ausgedacht, damit sich das Blatt verkauft.«

Die Stimme wurde nur mehr ein heiseres Flüstern, und Merle musste sich anstrengen, um noch etwas zu verstehen.

»... ich weiß es einfach. Hier in Arken geht etwas vor sich und das schon seit Jahren. Mein Vater weiß nicht, worüber er schreibt, aber auch er spürt es. Ich bin mir sicher, etwas verbirgt sich in den Wäldern. Und was immer es ist: Es hat meinen Bruder erwischt. Also sag mir verdammt noch mal, was du weißt!«

Es gab eine kurze Pause. Die Stimme des Mädchens klang jetzt wärmer.

»Deinem Bruder geht es gut. Er ist einem Ruf gefolgt. Das ist alles, was ich dir sagen kann.«

»Was soll das heißen? Was für ein Ruf? Was meinst du ...«

Er brach plötzlich ab.

»Still!«, zischte das Mädchen.

Merle presste sich die Hand auf den Mund und hielt den Atem an.

Die Stimme des Mädchens war nun kaum mehr ein Hauchen.

»Wir sind nicht länger allein!«

Merle spürte, wie es ihr kalt den Rücken hinablief. So schnell sie konnte, rutschte sie in den Spalt zwischen Statue und Wand. Sie spürte die Kälte in ihrem Rücken. Die steinerne Kutte des Mönchs füllte ihr gesamtes Blickfeld aus.

Schlurfende Schritte entfernten sich. Dann konnte Merle endlich ausatmen.

Als sie den Speisesaal betrat, schwappten die Stimmen Dutzender Schüler über sie hinweg. Es wurde gelacht, geflucht und geschrien. Ein Schüler in einer Rotfuchsjacke rempelte sie aus dem Weg und eilte den Flur hinunter. Sie war sich sicher: Die beiden, die sie belauscht hatte, waren in diesem Raum. Was nicht wirklich weiterhalf, denn die gesamte Schule saß hier.

Merle holte sich eilig etwas an der Essensausgabe, wobei ihr nicht entging, dass einige der Rotfüchse auf sie zeigten. Ein halb aufgegessenes Brötchen verfehlte sie nur knapp. Samira suchte schon nach dem nächsten Wurfgeschoss. Daraufhin schnappte sich Merle ihr Tablett, um sich schnellstmöglich in den Keller zu verdrücken. Als auch noch Raffael aufstand und auf sie zukam, griff sie ihr Tablett fester und ging schneller. Sie musste den Ausgang erreichen, bevor er sie abfangen konnte. Hastig drückte sie sich an einem Schüler vorbei dem Ausgang zu. Dort warteten aber schon seine Kumpel Rattengesicht und Hamsterhirn. Merle saß in der Falle. Raffael und seine Kumpels kamen langsam auf sie zu. Wozu sollten sie sich auch beeilen? Sie konnte nirgendwohin. Merles Blick jagte durch den Raum. In diesem Moment schallte eine Stimme durch den Saal, so laut, dass sie alle anderen überlagerte.

»Meine Lieblingsbardin! Da bist du ja wieder! Was stehst du da rum? Du sitzt natürlich bei uns.«

Ein geradezu lächerlich kräftiger Junge winkte ihr zu, als würde er einen Verwandten vom Bahnhof abholen. Er war so groß und breit, dass er selbst ältere Schüler überragte. Ihn zu übersehen war unmöglich – dafür sorgten nicht zuletzt die beiden gewundenen Hörner, die sich aus seinem Kopf schoben.

Doch die Hörner blieben, dank des Schleiers, vor Raffael und den anderen Löffeln verborgen. Aber Juris breite Schultern sorgten dafür, dass sich die drei wieder zu den anderen Rotfüchsen gesellten und

Merle in Ruhe ließen. Sie atmete erleichtert auf und konnte nicht verhindern, dass sich ein breites Grinsen auf ihrem Gesicht ausbreitete. Juri winkte weiter und organisierte mit der anderen Hand einen freien Stuhl für sie. Er saß an dem kleinen Tisch in der Nähe der Wehrwölfe. Die anderen Schüler, die dort saßen, hatten sich zu ihr umgedreht.

»Merle!« Ein etwas älteres Mädchen mit dunklen Locken sprang so hastig auf, dass ihr Stuhl beinahe umfiel. Sie stürmte auf Merle zu und schloss sie in eine innige Umarmung. Als sie sie losließ, strahlte Jazz sie herzlich an, legte einen Arm um Merle und zog sie zum Tisch. Dort saß auch Adrian, der sie freundlich anlächelte.

Die anderen Schüler am Tisch blickten neugierig zu ihr herüber. Auch Magika waren darunter, wie Merle bemerkte. Ein Junge, dessen schuppige rote Haut sehr an eine Echse erinnerte, zwinkerte ihr verschwörerisch zu. Die Hornbrille auf seiner Nase schaukelte dabei bedenklich. Einige der Schüler kannte Merle vom Sehen, andere waren älter und ihr völlig fremd. Ein rundliches Mädchen mit violetten und grünen Haaren beugte sich interessiert zu ihr herüber und wollte wissen, womit Merle sich die Haare färbte. Aber Merle kam nicht dazu zu antworten.

»Kassandra, jetzt belagere meine Bardin doch nicht gleich mit solchen Nichtigkeiten. Erst mal müssen wir essenzielle Fragen klären.« Der Troll räusperte sich und schwang dabei gewichtig seine Gabel. »Wo bist du denn so lange gewesen? Und wie geht es meinem Lieblings-Shirehorse?«

Jazz rammte ihm den Ellenbogen in die Seite und schüttelte lachend den Kopf.

Merle lud sich Erbsen und Kartoffeln auf die Gabel, wobei sie sich bewusst war, dass alle am Tisch auf ihre Antwort warteten. Sie schob sich die Gabel in den Mund, die bunten Haare hinters Ohr und erklärte kauend: »Mein Vater hat mich auf eine Tour durch Deutschland mitgenommen. Und weil meine Noten okay sind, war die Rektorin einverstanden. Natürlich hat er mir einen Berg Hausaufgaben mitgegeben.« Merle bemerkte, wie Jazz eine Braue in die Höhe zog und leicht den Kopf schüttelte. Die Hexe war die Einzige, die wusste, warum Merle in den letzten Wochen tatsächlich nicht in der Schule war. Hastig ergänzte Merle: »Ähm, und Bilbo geht es gut. Er …«

Alle am Tisch grinsten. Das Mädchen mit den bunten Haaren verkündete lachend. »Ein Shirehorse namens Bilbo. Jetzt weiß ich, warum Juri es so mag.«

»Er hat auch genauso haarige Füße wie ein Hobbit«, ließ Merle die anderen wissen, die daraufhin feixten.

Juri erklärte, dass er für sie schon den Charakterbogen für eine Halbling-Bardin vorbreitet hätte und er kein Nein von ihr akzeptieren würde. Schließlich sei es höchste Zeit, dass die Gruppe in neue Abenteuer zog!

Merle spürte, wie sich etwas Weiches, Warmes in ihrem Bauch ausbreitete. Sie lachte, versprach, bei der nächsten Rollenspiel-Runde dabei zu sein, tauschte mit Kassandra Erfahrungen im Haarefärben aus, erwischte Adrian dabei, wie er zum Tisch der Wehrwölfe hinüberschielte, und musste feststellen, dass die Mittagspause viel zu schnell vorüberging.

Als sie am Nachmittag wieder im Schulbus neben Adrian saß, kam ihr der Bus so bequem vor wie noch nie. Die alten Polster waren gemütlich eingesessen, der Bus war nicht eiskalt, und die vorbeiziehende Landschaft wirkte verheißungsvoll. Adrian stimmte ihr zu, als sie begeistert auf die ersten Flocken zeigte, die vom Himmel fielen.

Die Puten hatten kein Wort gesagt, als Merle wieder in die Klasse gekommen war. Und als sie Raffael auf dem Flur begegnet war, hatte er sie zwar mit Blicken gepfählt, aber sonst in Ruhe gelassen. Es schien sich einiges verändert zu haben. Sie blickte auf ihre Hand, auf der die Telefonnummer von Kassandra notiert war. Das Mädchen mit dem violett-grünen Haaren war der Meinung, sie müssten sich mal in Ruhe und ohne genervte Zwischenrufe austauschen. Merle hoffte nur, dass das Festnetztelefon nicht streikte.

Das Tuckern des Busses schaukelte sie sanft hin und her. Um nicht einzuschlafen und weil es ihr die ganze Zeit unter den Nägeln brannte, berichtete sie Adrian leise von dem belauschten Gespräch im Schulflur.

»Was glaubst du, wer die beiden gewesen sind?«

Adrian antwortete zuerst nicht. Dann gab er ein grunzendes Geräusch von sich. Schließlich spürte Merle einen leichten Druck. Adrians Kopf lag auf ihrer Schulter. Der Junge war mit halb geöffnetem Mund eingeschlafen.

Die Häuser von Arken

»Liebe Kamelia, ich will dir und deiner Stadt wirklich nicht zu nahe treten, aber diese Produktionsverfahren sind seit Jahrzehnten überholt.«

Routiniert tunkte Eckart einen weiteren Arkenstern in seinen Kakao und ließ ihn in seinem buschigen Schnurrbart verschwinden. Adrian meinte, den massiven Eichentisch ächzen zu hören, als sich der Mann mit dem Ellenbogen darauf abstützte.

»Ich meine, an Gaslaternen, ausfallenden Strom, fehlendes Mobilfunknetz und nicht existentes Internet hab ich mich ja gewöhnt. Aber die Zeitung wird immer noch im Hochdruck gedruckt!«

Alle um den Tisch versammelten Familienmitglieder schlurften weiter Tee oder unterdrückten ein Gähnen. Tassen klirrten gegen Untertassen. Brösel wurden vom Tisch gewischt. Kamelia blickte aus halb geschlossenen Lidern zu dem Mann ihrer Nichte. Aufgeregt schob sich dieser seine vergoldete Brille höher auf die Nase.

»Ich meine: im Hochdruck! Das macht doch seit den Siebzigern

keiner mehr. Jede Tageszeitung der modernen Welt wird im Rollenoffset hergestellt. Alles andere ist einfach …«

Er blickte sich Hilfe suchend um, erntete aber nur teilnahmslose Gleichgültigkeit. »… alles andere ist einfach unvorstellbar!« Bei dem letzten Satz breitete er fassungslos die Hände aus und verteilte dabei überall Krümel.

Adrian angelte nach einem Arkenstern und tauschte einen belustigten Blick mit Jazz. Jetzt wohnten sie schon seit einigen Wochen in Arken, doch während seine Mutter und seine kleine Schwester das große Haus und den Garten genossen, fiel es Eckart immer noch schwer, sich in dieser »hoffnungslos mittelalterlichen Stadt«, wie er es nannte, zurechtzufinden.

Kamelia wollte nach der Teekanne greifen, aber Jazz sprang blitzartig auf, um ihr zuvorzukommen. Vorsichtig füllte sie die Tasse mit Tee und reichte sie ihr.

»Danke, Jasmina, das ist sehr umsichtig von dir. Aber ich glaube, Tee-Eingießen liegt noch innerhalb meiner Fähigkeiten.« Das warme Lächeln nahm den Worten die Schärfe.

Tante Lia nippte an der goldenen Flüssigkeit. Dann zwinkerte sie Adrian zu. Offensichtlich hatte er es dieses Mal geschafft, Tee zuzubereiten, ohne die Blätter mit kochendem Wasser zu verbrennen. Irgendwie machte ihn das stolzer, als es sollte.

Dann wandte sich seine Tante an Eckart, um das Gespräch fortzusetzen, das sie seit dem Einzug jeden Samstagmorgen am Frühstückstisch führten.

»Mein Lieber, der *Arkenspiegel* wird schon seit Jahrzehnten so gedruckt, und bis heute hat das immer gereicht. Warum sollten wir also etwas daran ändern? Das Gleiche gilt übrigens für die Gaslaternen.«

Eckart schüttelte den Kopf. »Mit einem weniger antiken Verfahren könnten wir wesentlich mehr Exemplare in wesentlich kürzerer Zeit drucken. Wir müssen mit dem Fortschritt gehen. Du bist doch Mitherausgeberin der Zeitung. Wenn du die anderen Verleger überzeugen könntest …«

Kamelia Eisenhut atmete sehr langsam aus, stellte die Teetasse ab und legte die Fingerspitzen aneinander. Dann blickte sie Eckart mit jenem Blick an, den Adrian von seiner Mutter kannte, wenn er die Hausaufgaben nicht machen wollte.

»Eckart, es freut mich, dass du in deiner neuen Aufgabe so aufgehst. Aber Arken muss mitnichten mit dem Fortschritt gehen. Sieh dir Kratzbach an. Dort hat man versucht, mit der Zeit zu gehen. Jetzt ist das Einkaufszentrum eine leer stehende Ruine, die Innenstadt ist verwaist, und die Lokalzeitung steht kurz vor der Pleite. Wir werden in Arken nicht den gleichen Fehler machen.«

Eckart sah sich Hilfe suchend nach Adrians Mutter um. »Iris, kannst du …« Aber die schüttelte nur lachend den Kopf und ließ ihre kleine Tochter auf ihren Knien hüpfen.

»Oh nein, ich werde mich da nicht mit reinziehen lassen. Und Tante Lia hat ja recht. Anscheinend ist Arken bisher trotz seiner Rückständigkeit gut zurechtgekommen.«

»Aber die Jugend!« Eckart wollte sich offensichtlich nicht geschlagen geben und deutete auf Adrian und Jazz. »Denkt auch jemand mal an die Jugend? In einer Stadt ohne Internet und Handynetz zu leben ist eine Zumutung. Wie sollen sie sich verabreden oder Kontakt halten?«

Adrian verschluckte sich fast an seinem Arkenstern. Es war das erste Mal, dass Eckart sich Sorgen um ihn machte. Unter einigem Husten brachte er ein »Is' gut … komme zurecht« heraus.

Jazz kam ihm zu Hilfe. »Ich finde es eigentlich ganz schön, nicht dauernd erreichbar zu sein. Und der ganze Social-Media-Stress fällt auch weg. Man verabredet sich einfach, wenn man sich in der Schule sieht. Kein Problem.«

Eckarts Augen wurden groß und rund. Dann blies er durch seinen Schnurrbart, schüttelte den Kopf und ließ einen weiteren Arkenstern in seiner Futterluke verschwinden.

»Dann wäre das ja geklärt«, erklärte Adrians Tante. »Warum geht ihr beiden nicht mit der Kleinen einen Schneemann bauen, während Adrian und Jazz mir helfen, den Tisch abzuräumen?«

Adrians Mutter schien den Wink zu verstehen.

»Das ist eine tolle Idee! Findest du nicht auch, Viola?«

Das kleine Mädchen sprang sofort vom Schoß und flitzte zur Terrassentür, trommelte dagegen und rief »Neemann, Neemann«.

Eckart seufzte mit einem Blick auf die Arkensterne, stemmte sich aber schließlich in die Höhe, um sich seine Wintersachen anzuziehen.

Kurz darauf tobte Adrians Schwester durch den Garten und feuerte Eckart mit »Neller, neller«-Rufen an, immer größere Schneekugeln zu rollen. Der stämmige Mann kam den Wünschen der Kleinen keuchend nach. Kamelia Eisenhut sah ihnen über den Rand ihrer Teetasse hinweg durchs Fenster zu.

»Es ist gar nicht so lange her, da bist du so durch den Garten gehopst«, sagte sie, ohne den Blick abzuwenden.

»… und ich habe mit einem kleinen Eimer Frösche eingesammelt«, ergänzte Adrian. Die Geschichte musste er sich fast jedes Mal anhören, wenn Björn bei ihnen war. Aber egal, wie oft er sie hörte, sie wurde nie weniger peinlich.

»Mit einem kleinen pinken Eimerchen, aus dem die Frösche immer wieder rausgeklettert sind«, präzisierte Jazz mit schadenfrohem Blitzen in den Augen. Sie hatte großes Glück, dass der Tisch zu groß war, als dass er ihr gegen das Schienbein treten konnte. So

breit, wie sie grinste, ahnte Adrian, dass sie sich dessen nur allzu bewusst war.

»Es ist wichtig, solche Erinnerungen zu bewahren, Adrian. Erinnerungen zu bewahren ist einer der Gründe, aus dem dieses Haus gebaut wurde«, sagte Tante Lia.

Jetzt wurde Adrian hellhörig. Er richtete sich auf. »Heißt das, du verrätst mir endlich, was es mit Arken und unserer Familie auf sich hat?«

Seit Wochen hatte Tante Lia Andeutungen und Versprechungen in diese Richtung gemacht, aber ihn letztlich stets vertröstet und ihm stattdessen Aufgaben gegeben. Jetzt sah sie ihn lange und nachdenklich an. Sie verwandelte sich von seiner netten Tante Lia zu Magista Eisenhut, der Wächterin von Arken.

»Du glaubst also, du bist dazu bereit?«

Adrian sah ihr fest in die Augen und nickte.

»Dann sage mir, welchen Aufguss man benutzt, um Fieber zu senken.«

Hausaufgaben dieser Art hatten ihn jeden Tag seit dem Umzug gequält. Dicke Wälzer stapelten sich auf seinem Nachttisch, und jeden Tag wurden es mehr. Von »Der namenlose Erdtrabant« über »Brombeerblatt und Trommelstein – natürlich heil ich« bis zu »101 Anwendungen des Birkenporlings« stapelten sich die Schinken, einer einschläfernder als der andere. Nach zwei Absätzen war er meist weggedämmert. Adrian brauchte gar nicht erst zu Jazz hinüberzuschauen, um zu ahnen, dass sie die Antwort wusste.

»Ähem, Tee aus Holunder oder Lindenblüten könnten helfen. Und Knoblauch ist auch immer gut«, stotterte er.

Seine Tante warf Jazz einen rätselhaften Blick zu. Dann machte das Mädchen weiter: »Du hast dich im nebligen Arkener Forst verirrt. Wie findest du wieder nach Hause?«

Antworten wie GPS oder selbst ein Kompass fielen für Magika

natürlich aus, das war ihm klar. Er fuhr sich mit den Fingern durch die Haare, um Zeit zu gewinnen.

»Wenn ich die Sonne und die Sterne nicht sehen kann, halte ich mich an das Moos, das auf Baumstämmen wächst. Da die Sonne nie im Norden scheint, wächst das Moos dort am besten.«

Jazz verzog keine Miene, und seine Tante wartete schon mit der nächsten Frage auf ihn.

»Wofür verwendest du einen Birkenbaumpilz?«

Adrian grinste. Den kannte er, denn Juri trug ihn an einem Lederband um den Hals.

»In dünne Streifen geschnitten kann er als Bandage benutzt werden, weil er Entzündungen hemmt. Und manche verrückte Trolle benutzen ihn als Teebeutel.«

Für einen kurzen Moment huschte ein Lächeln über Jazz' Gesicht.

Weitere Fragen prasselten auf Adrian herab:

»Wann sehen wir den Wolfsmond am Himmel?«

»Wie lang ist die Lebensspanne von Raben?«

»Auf welchen Tag fällt die Tagnachtgleiche?«

»Was ist die Bedeutung von Feenringen?«

»Was ist beim Anbau der drei Schwestern zu beachten?«

»Wann ist das Anlegen von Blutegeln geboten?«

»Wie verwendet man Lavendelrauch sinnvoll?«

Er antwortete, so gut er konnte, war sich allerdings oft genug unsicher, ob er richtiglag. Schließlich endeten die Fragen. Die beiden Hexen sahen sich an. Als die Magista kurz nickte, verließ Jazz schließlich den Raum. Die Magista sagte kein Wort. Ihr Gesicht blieb ohne Regung, während sie warteten. Kurze Zeit später trat Jazz mit einem braunen Paket unter dem Arm wieder in die Küche.

Magista Eisenhut legte die Hände wie zum Gebet zusammen und betrachtete Adrian.

»Das Wissen, das wir nun mit dir teilen, ist der kostbarste Besitz unserer Familie.« Ihre knotigen Finger strichen über das in Leder eingeschlagene Bündel. »Es gibt Mächte, die vor keinen Gräueltaten zurückschrecken würden, um an dieses Wissen zu gelangen.«

Die alte Frau sah das Glitzern in den Augen ihres Neffen und lächelte. »Aber es ist keine Zauberwaffe. Diese Seiten enthalten keine magischen Formeln und auch nicht den Weg zu einem Topf voll Gold.« Sie beugte sich weiter zu ihrem Neffen.

»Dies ist das Erbe unserer Familie, die Chronik des Zirkels von Arken.«

Damit faltete sie das Bündel auf. Ein gewaltiger Foliant lag nun in der Mitte des Tisches. Er war mehrere Finger breit, einige Zettel und Bänder hingen über die vergilbten Seiten hinaus. Der lederne Einband schimmerte, von zahllosen Händen glatt poliert. Langsam drehte die Magista das Buch herum. Statt eines Titels war ein Muster in den Buchdeckel geprägt. Vorsichtig fuhr Adrian mit dem Finger daran entlang. Ein großer Kreis, in dessen Mitte ein Halbmond prangte, der wiederum ein Auge umschloss.

»Der Mond ist das Symbol für Wandel, für Ebbe und Flut und die Gezeiten der Magie. Das Auge steht für das Erwachen.«

Adrian hörte die Stimme seiner Tante, doch sein Blick haftete an dem handtellergroßen Halbmond.

Der Kreis wurde von anderen, kleineren Kreisen unterbrochen, in denen wiederum verschiedene Symbole angeordnet waren. Es waren vier der kleinen Kreise, wobei der rechte komplett schwarz war, als wäre er ausgebrannt. Eines der Symbole erkannte er sofort. Es war die Eule, die er in Arken schon so oft gesehen hatte, und das Symbol, auf das seine Tante deutete.

»Ja, dies ist das Zeichen unserer Familie. Das Haus Eisenhut, das schützende Haus. Wir sind die erste Familie des Zirkels von Arken.«

Bewahren, Beschützen, Verbergen, erinnerte sich Adrian an die Worte, die in die Türen des Hausschreins graviert waren. Er deutete mit dem Finger auf das Zeichen am linken Rand, das entfernt einem Vogel glich.

Seine Tante nickte bedächtig.

»Das Haus Goldregen, das heilende Haus. Es ist lange her, dass ich eine Schwester aus dieser Familie gesehen habe.«

Adrian starrte auf das braune Leder und fragte sich, wie alt das Buch eigentlich war. Wie viele vor ihm hatten es wohl in den Händen gehalten? Wen meinte seine Tante mit Schwester? Und wieso war es lange her, dass sie diese gesehen hatte? Doch bevor er etwas sagen konnte, wanderte Adrians Finger auf das Zeichen am unteren Rand. Ein Rabe auf einem Zweig. Der Rabe am unteren Rand und die Eule ganz oben standen sich direkt gegenüber.

»Der weiße Rabe des Hauses Oleander. Das lernende Haus. Die Oleanderschwestern und wir waren selten einer Meinung. *Zweifel, Lernen, Verstehen* sind die Worte des Hauses. Ähnlich wie Eckart hielten sie Wissen und Fortschritt für einen Segen und sahen nicht die Gefahr, die darin lag.« Sie gab ein Geräusch von sich, das tief aus ihrer Brust kam und einem Seufzen glich. »Die Verbindung zu diesem Haus ist verloren.«

Warum?, wollte Adrian fragen. Doch stattdessen deutete seine Hand auf den Brandfleck am rechten Rand des Kreises.

»Es gibt nur noch drei Häuser im Zirkel von Arken«, war die einzige Antwort, die er erhielt.

Bevor er eine der vielen Fragen stellen konnte, die sich in seinem Kopf vermehrten, schlug seine Tante das Buch auf. Die vergilbte Seite, auf die er nun blickte, war mit einer schnörkellosen Handschrift bedeckt. Die Tinte war stark ausgeblichen und die Schrift so fremdartig, dass er sie nicht lesen konnte. Sein Blick flog über die

Seite. Das Papier war dick wie Pergament, fleckig und eingerissen. Er meinte, manche der Buchstaben zu erraten, doch sicher war er sich nicht. Schließlich fand er ein Wort, das er entziffern konnte. Eisenhut.

»Es braucht Übung, ihre Handschrift zu lesen. Die Sprache hat sich sehr verändert in den letzten Jahrhunderten. Dieser Text wurde vor über fünfhundert Jahren geschrieben.«

Adrian schluckte und rückte unwillkürlich ein Stück zurück. Noch nie hatte er ein Buch gesehen, das ein halbes Jahrtausend alt war.

»Was weißt du über die Hexe von Waldshut?«, fragte ihn seine Tante.

Die plötzliche Frage ließ ihn aufblicken.

»Waldshut? Das ist doch ein Ort hier in der Nähe. Wurde dort nicht mal eine Hexe verbrannt? Wir haben in der Schule etwas über Hexenprozesse gehört. Die gab es wohl auch hier?«

Es war mehr eine Frage als eine Antwort. Seine Tante nickte unmerklich.

»Ja und nein, Adrian. Hier in Arken gab es nie Hexenprozesse. Arken wurde gegründet, um diesem Morden zu entkommen.«

Sie trank einen Schluck aus ihrer Teetasse. Etwas Flüssigkeit schwappte über den Rand. Lag es an der Schwäche, die sie immer regelmäßiger überfiel, oder wühlte sie die Vergangenheit so sehr auf? Doch bevor er oder Jazz etwas sagen konnten, fuhr seine Tante fort.

»Die Hexe von Waldshut war keine Hexe. Aber sie war die erste von vielen Tausend Frauen, die aus Angst und religiöser Verblendung über mehrere Jahrhunderte hinweg brutal ermordet wurden.« Die Hand der Magista ballte sich zur Faust, und das Zittern ließ nach. »Die vier Freundinnen jener Frau mussten hilflos mit ansehen, was geschah, und sie ahnten, was noch alles kommen würde. Da schworen sich die vier, den Kampf aufzunehmen und nie wieder danebenzustehen, wenn Angst zu Hass und Hass zu Mord führt. Sie wussten um

die schreckliche Macht der Inquisitoren und die Gefahr der Verfolgung. Deshalb legten sie ihre Namen ab und wählten sich neue. Als Warnung an ihre Feinde benannten sich die vier Hebammen und Kräuterfrauen nach den tödlichsten Giftpflanzen, die sie kannten: Eisenhut, Goldregen, Oleander und Nachtschatten. Es waren diese vier Frauen, die Arken gründeten, als Zuflucht für alle Verfolgten. Sie waren die ersten Schwestern des Zirkels, und es ist ihre Handschrift, die du gerade betrachtest.«

Adrian musste sich zurückhalten, nicht mit den Fingern über die Seiten zu fahren, um das Alter zu erspüren. Vier Frauen hatten diesen Text vor Hunderten Jahren verfasst, hatten Arken gegründet, um sich und andere zu verstecken. *Bewahren, Beschützen, Verbergen* ging es ihm wieder durch den Kopf. Das war also die Aufgabe, der sich die Frauen seiner Familie seit Jahrhunderten verpflichteten.

»Aber warum?«

Die Magista legte den Kopf schief und hob die hellen Brauen.

Adrian räusperte sich. Die Frage war ihm so über die Lippen gekommen, ohne wirklich darüber nachzudenken. Doch nun war es zu spät für einen Rückzieher.

»Ich meine, warum haben sie sich überhaupt versteckt. Es waren doch Hexen, oder nicht? Mit ihren Fähigkeiten hätten sie doch jeden Feind besiegen können.«

Auch Jazz hatte sich jetzt näher über den Tisch gebeugt und beobachtete die Magista.

Diese ließ den Blick durch den Raum schweifen, bis er auf Adrians Schwester im Garten gerichtet war. Dort waren schon zwei gewaltige Kugeln Schnee aufeinandergeschichtet worden.

Ihre Stimme war leise und ruhig, als spräche sie mehr zu sich selbst.

»Ja, auch unter den vier Schwestern gab es eine, die kämpfen wollte. Die nach Rache und Vergeltung rief. Vergeben heißt vergessen, erinnern heißt handeln, hat sie gefordert. Aber die drei anderen wussten, dass es über diesen Feind keinen Sieg geben konnte. Wie bekämpft man Angst? Hass ist die Quelle, aus der Vergeltung und Krieg gespeist werden.«

Ihr Blick kehrte wieder zurück, und ihre Stimme richtete sich an Adrian.

»Und die Magie war damals noch nicht erwacht. Die Fähigkeiten der Schwestern lagen vor allem in dem Wissen um Heilkräuter und die Kräfte der Natur. Sie brauchten ein ganzes Jahr, um den Schleier zu weben, den heute eine allein aufrechterhalten kann. Ein offener Kampf hätte ihren Tod und noch mehr Hexenverbrennungen bedeutet.«

Es wurde still. Schwer hingen die letzten Worte in der Luft.

Als die Magista die Hand nach dem Buch ausstreckte, bebten ihre Finger wie von unsichtbaren Fäden bewegt. Mühevoll schloss sie den Deckel, und Adrian unterdrückte den Impuls, ihr zu helfen, als er das Funkeln in ihren Augen sah. Sie zog das Buch zu sich, das plötzlich das Gewicht eines Grabsteins zu haben schien.

»Seitdem gehen das Wissen und die Gabe von Mutter auf Tochter über. Seit der Gründung Arkens ist immer eine Eisenhutschwester hier, um Arken und all seine Bewohner zu beschützen. Bis zum heutigen Tag.«

Die Magista blickte Jazz an. Ihre Augen glänzten feucht, während Sorgenfalten ihre Stirn zerfurchten. Adrian brauchte einen Moment, bis er verstand, warum Jazz wirklich hier war. Seine Großtante hatte keine Kinder. Jazz war die Hexe, die Arken eines Tages beschützen sollte.

Adrian wollte etwas sagen, aber ein heftiges Zittern ergriff die Magista, und es war nur Jazz zu verdanken, dass nichts Schlimmeres geschah. Die junge Hexe sprang auf und nahm der Magista die Chronik aus den Händen. Sorgfältig schlug sie sie wieder in das Leder ein.

Jetzt war auch Adrian aufgestanden. »Tante Lia, soll ich einen Arzt rufen? Geht es dir gut?«

Aber mit einer zitternden Hand wehrte sie seinen Vorschlag ab. »Es ist nichts. Nichts, was ein gesunder Schlaf nicht wieder beheben könnte.«

Adrian bemerkte, dass Jazz leicht den Kopf schüttelte, und auch er zweifelte an ihren Worten.

Als Jazz Tante Lia beim Aufstehen behilflich sein wollte, nahm sie die Hilfe an. Behutsam legte das Mädchen den Arm um die zu früh gealterte Magista und führte sie aus der Küche ins Wohnzimmer. Die Chronik hatte Jazz unter dem anderen Arm fest an sich gepresst, womit sie Adrian die Möglichkeit nahm, noch einmal in das Buch zu blicken. Bevor sie über die Schwelle trat, drehte sie sich zu ihm um und formte lautlos mit den Lippen die Worte: »Wir müssen reden.« Adrian ahnte, dass dies nichts Gutes bedeutete.

Als es am Abend an der Tür seiner Dachkammer klopfte, war Adrian wenig überrascht, Jazz' dunkle Locken im dämmrigen Licht der Leselampe zu sehen. Wortlos ließ er sie ein. Sie machte einen Schritt in das Zimmer, und ihr Blick irrte durch den kleinen Raum. Ein Schreibtisch, der unter Heften und losem Papier begraben war. Ein Stapel Bücher lag wacklig auf dem Nachttisch. Klamotten häuften sich zerknüllt in der Ecke. Durch das kleine Dachfenster leuchteten die Sterne. Einige Fotos klebten an der Wand, zu unscharf, um etwas darauf zu erkennen. Jazz schaute eigentlich häufig bei ihm vorbei und kannte sein Zimmer – dass sie sich jetzt so umsah, verstand er als ziemlich offensichtlichen Versuch, Zeit zu schinden. Er hatte nichts dagegen. Alles, was das Gespräch hinauszögerte, sollte auch ihm recht sein.

»Ist das ein Foto von Juri im Seetroll?«, fragte sie und deutete auf eines der Bilder.

»Äh, ja«, antwortete Adrian, der ein paar T-Shirts beiseiteschob, in dem vergeblichen Versuch, das Chaos einzudämmen. Schließlich gab er es auf. »Ich hab ihn letzte Woche im Comicladen besucht und mit einer Sofortbildkamera die Bilder gemacht.«

»Du wolltest wohl nicht glauben, dass man Magika nicht fotografieren kann?«

Adrian ließ sich auf den Teppich plumpsen. »Ich wollte es zumindest mal ausprobieren. Juri hatte seinen Spaß. Es hat mehrere Versuche gebraucht, und das war das beste Foto.«

Jazz lächelte. Das Bild glich den verschwommenen Bildern von Bigfoot-Sichtungen in der *Arkenlaterne*. Sie setzte sich zu Adrian und lehnte sich mit dem Rücken gegen das Bett.

»Nicht schlecht diese Dachkammern, oder?«

Jazz' Zimmer lag gegenüber und war genauso geschnitten.

Adrian streckte sich und unterdrückte ein Gähnen.

»Mein altes Zimmer war größer, aber hier ist die Aussicht besser. Und ...« Er zögerte und blickte zu den Dachbalken. Dann gab er sich einen sichtbaren Ruck. »Ich mag dieses Haus. Es ist das erste Zuhause, das sich auch danach anfühlt.«

Jazz' Mundwinkel zuckten leicht. Für einen Moment sah sie Adrian versonnen an. »Arken ist ein Ort, den es kein zweites Mal gibt. Es ist ein Zuhause für viele, für die es keine andere Heimat gibt. Ich kann verstehen, warum deine Tante all das schützen will.«

Adrian nickte. Würde Jazz nun zum eigentlichen Grund ihres Besuches kommen?

»Deine Tante hat Arken seit dreizehn Jahren nicht verlassen.«

Adrian wusste, dass sie den Ort nicht verlassen konnte, ohne alle in Gefahr zu bringen. Aber er hatte nie wirklich darüber nachgedacht,

was das für Tante Lia wohl bedeutete. Dreizehn Jahre! Das war fast sein ganzes Leben – und das nur an diesem Ort.

»Jedenfalls nicht bis zu ihrer Entführung«, fuhr Jazz fort.

»Sie hat ihr Leben Arken gewidmet. Für all seine Bewohner hat sie dieses Opfer gebracht. Jetzt ist sie um Jahrzehnte gealtert, um sie zu schützen.«

Adrian nickte wieder. Langsamer diesmal. Er wusste all das. Trotzdem machte es einen Unterschied, es so aufgezählt zu hören.

»Aber jetzt kann sie das nicht mehr.«

Er hatte befürchtet, dass sie darüber sprechen wollte. Er versteifte sich.

»Adrian, deine Tante wird jeden Tag schwächer. Den Schleier aufrechtzuerhalten kostet sie alle Kraft, die sie hat. Seitdem der Zauber gebrochen wurde, ist der Schleier dünn und löchrig. Ich tu, was ich kann, um ihr zu helfen, aber es ist einfach nicht genug. Es ist nur eine Frage der Zeit, bis sie die Last nicht mehr tragen kann und der Schleier fällt.«

Adrian fröstelte. Er hatte den Blick auf den Boden gerichtet und scharrte mit den Füßen über den Teppich. Wenn das geschah, würde die Magika für alle sichtbar. Schlimmer noch, jeder könnte nach Arken gelangen. Nichts würde die Verzehrer mehr fernhalten. Er wollte Jazz sagen, dass sie sich irrte, dass seine Tante noch nicht so alt war, dass es noch lange so weitergehen würde wie bisher. Aber er wusste, dass das nicht stimmte. Er wusste, dass Jazz recht hatte, und auch, was das bedeutete.

Er hielt dem Blick ihrer dunklen Augen stand. »Der Schleier darf nicht fallen«, sagte er entschieden.

Jazz nickte. »Ja. Und deshalb muss ich fort.«

Adrian starrte sie an. Hatte er richtig verstanden? »Du musst *was*? Aber warum? Du kannst nicht gehen! Du bist die einzige Hexe, die ihr helfen kann, ihre größte Stütze.«

Jazz schnitt ihm mit einer Geste das Wort ab. Ihre Locken fielen ihr in die Stirn, und sie schob sie beiseite.

»Ich weiß, und deshalb muss ich gehen.« Sie ließ ihn gar nicht erst zu Wort kommen. »Adrian, nichts, was ich in Arken tun kann, wird verhindern, dass der Schleier fällt oder dass deine Tante schwächer wird. Ich weiß, sie sieht das anders. Sie verlässt sich auf den Zauber, der Arken so lange beschützt hat. Sie will sich hier verstecken und abwarten, wie es die Eisenhuthexen immer getan haben. Aber das wird diesmal nicht funktionieren!« Ihre Hände wurden zu Fäusten, ihre Lippen zu Strichen. Die letzten Worte waren viel zu laut für die kleine Kammer. Doch Jazz bemerkte es nicht. Adrian meinte zu hören, wie sie die Zähne aufeinanderpresste. Die Zeichen auf ihrer Haut glommen auf.

»Ich werde nicht danebenstehen und zusehen, wie sie sich für diese Stadt zugrunde richtet, damit dann alles zerstört wird, wofür sie ihr Leben lang gekämpft hat!«

In ihren Augen schimmerte Trotz, und Adrian begriff, dass sie nicht nur mit ihm, sondern auch mit sich selbst sprach.

»Es gibt nur einen Weg, das zu verhindern. Der Schleier muss neu gewebt werden! Und jemand muss an die Stelle der Magista treten!«

Adrian richtete sich auf und öffnete schon die Lippen, doch die Elevin kam ihm zuvor.

»Du fragst dich, warum wir das nicht längst gemacht haben?« Mit einem Mal sah Jazz älter und müder aus und erinnerte ihn erschreckend an seine Tante. Sie rieb sich mit den Fingerspitzen über die Stirn. »Magie ist keine Maschine, die man einfach neu startet, Adrian. Der Schleier ist ein arkaner Zauber, von vier Frauen aus vier Familien gewirkt. Verstehst du? Der Zirkel von Arken hatte vier Säulen. Und die brauchen wir jetzt wieder.« Adrian hörte, wie das Haus den Atem anhielt. Härchen auf seinen Unterarmen richteten sich auf. Sein Hals

wurde trocken. Er senkte die Stimme zu einem Flüstern. »Du meinst die Hexen aus den anderen Familien? Du willst den Zirkel von damals wieder zusammenbringen?«

Jazz blickte ihn an, und ihre Augen waren bodenlose Brunnen. Die Locken wippten, als sie den Kopf schüttelte.

»Das ist unmöglich. Von den vier Familien des Arkenzirkels gibt es nur noch drei oder weniger. Schon lange sucht die Magista nach ihnen, jedoch ohne Erfolg.«

»Aber wie?« Die Frage war einfach aus ihm herausgerutscht. Seine Zunge schien ein beunruhigendes Eigenleben zu entwickeln. Doch jetzt war es zu spät. Jazz hatte aufgehört zu sprechen und sah ihn fragend an.

Er fuhr sich mit den Fingern durch die braunen Haare.

»Ich meine, wie sucht meine Tante nach diesen Hexen? Sie kann doch Arken nicht verlassen, und hier wird sie sie wohl kaum finden.«

Zum ersten Mal, seit sie seine Kammer betreten hatte, lächelte Jazz ein ganzes Lächeln und wurde wieder die, die er kannte. »Hmm, was glaubst du, warum sie Björn so oft auf Botengänge schickt? Und hast du dich nie gefragt, warum Barnaby diesen Schlüssel hat, der ihn stets direkt zum Grundstück der Magista führt, egal, welche Tür er dafür aufschließt?« Helle Zähne blitzten zwischen ihren Lippen, als sie sah, dass es Adrian so langsam dämmerte, welche Rolle Barnaby spielte.

»Glaub mir, Adrian, sie alle suchen schon sehr lange und leider ebenso erfolglos.«

Adrian sank in sich zusammen. Die Schultern wurden rund, und sein Blick glitt zu Boden.

»Wenn sie bisher niemanden gefunden haben, werden sie es in der nächsten Zeit wohl auch nicht schaffen«, murmelte er und lehnte sich müde gegen sein Bett.

Jazz nickte. »Ich glaube aber, das ist auch nicht notwendig. Um den Schleier neu zu weben, brauchen wir nicht unbedingt Hexen aus den alten Familien. Wir brauchen Hexen, die in der Lage sind, den Zauber zu wirken. Wir brauchen einen neuen Zirkel!«

Ihre Haare wogten um ihren Kopf, und in ihren dunklen Augen glommen Funken. Das Fenster war verschlossen, und doch wehte eine Brise durch den Raum. Der Dachstuhl knarrte, und Adrian wusste nicht, ob das Haus damit dem Plan zustimmte oder nicht.

Er drehte sich zu Jazz herum. »Und du willst dich jetzt also auf die Suche nach anderen Hexen machen? Wie willst du das angehen? Gibt es ein Verzeichnis für Magika, von dem ich nichts weiß?«

Jazz' Finger tanzten über den Boden, und die Zeichen auf ihrem Handrücken schimmerten sanft.

»Ich habe Barnaby und Björn gegenüber einen entscheidenden Vorteil. Um eine Hexe zu finden, braucht man eine Hexe. Und ich habe auch schon eine erste Spur.«

Adrian straffte sich und wollte aufstehen. »Also gut, wann geht es los? Wo fahren wir hin?«

Jazz' Lächeln verschwand, und Adrian verharrte in der Bewegung.

»Oh nein, sag mir nicht, dass ich gar nicht mitkomme!« Adrians Worte hingen in der Luft. Wollte sie ihn etwa zurücklassen?

»Adrian, versteh doch. Wenn ich gehe, wird für deine Tante alles noch schwerer. Niemand in der Familie versteht, was hier vor sich geht. Niemand in diesem Haus kann die Welt so sehen wie sie. Niemand außer dir. Jemand muss meine Aufgaben übernehmen, wenn ich weg bin.«

Adrians Finger gruben sich in die Handflächen. Er saugte die Luft in seine Lungen, um ihr zu sagen, wie sehr sie sich irrte. Aber als er ausatmete, spürte er, dass die Entscheidung bereits gefallen war. Dass Jazz' Worte Sinn ergaben, machte es nicht leichter.

»Deshalb hast du mich auch zu den Ghulen mitgenommen, oder? Damit ich weiß, was gerade in Arken vorgeht.«

Die Glyphen auf Jazz' Armen erloschen. Sie legte ihm die Hand auf die Schulter.

»Es gibt keinen anderen Weg.«

Verbannung aus Mythodea

Jazz erwischte sich erneut dabei, wie sie mit den Fingern über sämtliche Taschen ihres Wollmantels strich. Sie schüttelte den Kopf über sich selbst. Stets begleitete leichte Panik die Suche, gefolgt von einem kurzen Aufflackern der Beruhigung, wenn alles noch am richtigen Platz war. Diarium, Schlüssel, Brief, Foci, ein Beutel voller Acrylstifte und ihr Portemonnaie. Nur zur Sicherheit tastete sie auch noch nach ihrem Leinenrucksack, obwohl sie spürte, wie er sich gegen ihr Bein drückte.

Sie war sich ihrer Sache keineswegs so sicher, wie sie Adrian gegenüber behauptet hatte. Wie hätte sie auch? Doch es war nicht allein der Zweifel. Sie hatte Adrian angelogen, und noch schlimmer als die Lüge war, wie leicht sie ihr gefallen war. Doch es war notwendig gewesen. Die Magista war die letzte Eisenhut-Hexe, und solange kein neuer Schleier gewebt wurde, konnte niemand an ihre Stelle treten. Kamelia Eisenhut wurde jeden Tag schwächer, und der Schleier würde fallen, wenn Jazz es nicht verhinderte.

Seit Jazz die Villa verlassen hatte und zur Bushaltestelle gerannt war, taumelten ihre Gedanken auf diesen immer gleichen Bahnen. Bis schließlich der hellblaue Bus der Linie 8 aus dem Nichts erschien, am Straßenrand haltmachte und sie einsteigen ließ. Der Grunzer, wie Adrian den Busfahrer immer nannte, hatte ihr nur zugenickt und den Laut von sich gegeben, nachdem er ihn benannt hatte. Nur kurz hatte sich Jazz gefragt, ob der Bus, der Arken mit der Außenwelt verband, auch verschwinden würde, sollte der Schleier fallen. Und schon hatte der Strudel der Gedanken sie wieder erfasst.

Jazz warf sich auf die muffigen Sitze, schob sich die widerspenstigen Locken aus der Stirn und band sie zusammen.

Sie hatte eine Entscheidung getroffen, und selbst wenn es die falsche war, war es immer noch besser, als abwarten und nichts tun. Die beharrliche Stimme, die behauptete, sie würde aus Arken und vor ihrer Verantwortung fliehen, ließ sich jedoch nicht ersticken.

Der Bus rumpelte an den Nachzüglern vorbei. Es waren die letzten beiden Gebäude, bevor der Arkener Forst begann. Das eine breit, gedrungen und aus Backstein gemauert. Das andere glich mit seiner moosbewachsenen Fassade aus Felsgestein einem verwitterten Wachturm. Jazz freute sich jedes Mal, wenn sie aus der anderen Richtung kam und dieses ungleiche Paar erblickte. Für Jazz waren sie der Anfang von Arken. Jetzt hingegen zog sich in ihrem Innern etwas zusammen, als die beiden Häuser mit der letzten Laterne im nächtlichen Nebel verschwanden. Sie stöhnte, als sie feststellte, dass ihre Finger mit den Foci in ihren Manteltaschen spielten. Und jetzt begann auch noch ihr Fuß, auf und ab zu wippen. Wenn sie wenigstens Musik hören könnte, um sich abzulenken! Aber spätestens seit sie zur Elevin geworden war, waren elektronische Geräte für sie nicht mehr als Staubfänger. Normalerweise fand sie Ruhe, wenn sie Glyphen in ihr Diarium zeichnete. Egal, wie aufgewühlt sie war: Wenn sie begann, die Glyphen mit geschwungenen Strichen zu einem Signum zu verbinden, beruhigte sich ihr Atem, und sie fühlte sich ausgeglichener. Doch so wie der Bus wackelte und über die Straße hopste, brauchte sie das gar nicht erst zu versuchen. Dennoch holte sie ihr Diarium aus der Innentasche, schlug es auf und blätterte durch die Zeichen, die sie in langen Nächten in Vorbereitung auf diese Reise erstellt hatte.

Sie hatte bereits jede Seite mehrmals betrachtet und jedes Signum überprüft, als sie den Schleier durchquerten.

Jazz brauchte nicht einmal aus dem Fenster zu sehen, um zu wissen, dass sich der Nebel lichtete. Kurz darauf rumpelten sie über die Lochbrücke und weiter in Richtung Kratzbach. Jazz klappte das Buch zu, verstaute es wieder und atmete tief durch. Sie hatte Arken hinter sich gelassen. Jetzt ging es nur noch vorwärts. Tatsächlich hatte sie keine Ahnung, wie sie andere Hexen finden sollte. Alles, was sie hatte, war ein Brief. Weniger noch: ein Briefumschlag.

Sie lehnte ihre Stirn an die kühle Fensterscheibe und konnte schon die Lethe erkennen, die unter der Brücke hindurchfloss. Es wurde also langsam heller. Als sie die klapprige Brücke überquert hatten, sah sie schon ein silbriges Schimmern zwischen den Baumstämmen. *Egal, wie finster die Nacht, es gibt immer einen Morgen*, erinnerte sie sich an die Worte der Magista. Es war der erste Satz, den die Magista zu ihr gesagt hatte, als sie sie damals im Kaninchenbau aufgelesen hatte. Seitdem hatte die Magista nichts getan, als Jazz' Leben zu einem besseren zu machen. Nun war sie an der Reihe, etwas zurückzugeben.

Der Bus stoppte quietschend. Die Türen klatschten auseinander – sie hatten das trostlose Kratzbach erreicht. Jazz warf dem Fahrer einen letzten Blick zu, den er nur grunzend erwiderte, dann stieg sie aus.

Es war noch nicht lange her, dass sie genau an dieser Stelle in einen Hinterhalt gelockt worden war. In ihrem eigenen Bannkreis gefangen, von Verzehrern umzingelt, ohne Hoffnung, zu entkommen, war sie durch einen Verräter gerettet worden. Sie schüttelte die unwillkommenen Erinnerungen ab, zog den Mantel fester um sich und schulterte ihren Rucksack. Das Schwarz der Nacht wich im Osten einem wässrigen Grau. Ein heller kreisrunder Fleck schimmerte knapp über dem Horizont. Mit der wärmenden Sonne hatte die fahle Scheibe nicht viel Ähnlichkeit. Aber der Frierende ist dankbar für jeden Lumpen, wiederholte sie eine andere Losung der Magista.

Gestärkt mit dem kläglichen bisschen Hoffnung, welches der Morgen für sie bereithielt, trat sie vor das Bahnhofsgebäude. Die wenigen Laternen zerrten einen schmucklosen, kantigen Betonblock aus dem Zwielicht. Ein kurzes Vordach, zersplitterte Glastüren und Abfall, der sich in allen Ecken sammelte. Auf dem Ortsschild über der Tür hatte jemand eine Korrektur vorgenommen. Jetzt stand dort: *Willkommen in Kotzbach.* Jazz schnaubte, der Name schien ihr absolut passend. Sie zog die Schultern hoch, bereit, die Reise anzutreten und sich allein dem Schicksal entgegenzustemmen. Gerade machte sie einen weiteren Schritt auf den Betonkasten zu, als etwas Großes, Dunkles vor ihr auf den Boden aufschlug. Hastig sprang sie einen Schritt zurück und zog ihr mit Foci verstärktes Pfefferspray aus der Tasche. Das, was da dunkel und zerfranst auf dem Boden lag, war so groß wie sie und regte sich nicht. Sie trat einen Schritt näher und stieß die Luft aus. Das Bündel stellte sich als gewaltiger Seesack heraus. Noch bevor sie den Blick heben konnte, um zu erkennen, woher er gekommen war, sprang eine dunkle Silhouette vom Vordach des Bahnhofs. Mit einer filmreifen Dreipunktlandung federte die Gestalt ihren Flug ab und grinste sie mit einem ihr allzu bekannten Trollgrinsen an.

»Ich werde dir helfen, deine Bürde zu tragen, Jasmina Esposito«, rief er. »Solange sie dir auferlegt sein mag. Sollte ich dich durch mein Leben oder meinen Tod schützen können, werde ich es tun.«

Jazz blinzelte zweimal verdutzt und öffnete den Mund, um etwas zu sagen, aber der Troll war schneller. Er riss einen ramponierten Cricketschläger in die Höhe, während er vor ihr kniete. »Du hast mein Schwert.«

Es war einen Moment völlig ruhig, dann lachte Jazz auf.

»Große Mutter, Juri, ich bin nur ein paar Tage weg und nicht auf dem Weg zum Schicksalsberg, um den einen Ring zu vernichten.«

Aber der Troll schüttelte heftig den Kopf und stemmte sich in die Höhe. Die gewundenen Hörner, die sich aus den braunen Haaren wanden, reckte er stolz in die Höhe, während er verneinend den Finger in die Höhe hielt.

»Man kann nicht einfach nach Frankfurt spazieren. Seine dunklen Türme werden von Schlimmerem bewacht als Bänkern!«

Jazz seufzte.

»Du warst also in der Unterstadt und hast mit Arvid gesprochen?«, fragte sie, obwohl sie die Antwort darauf kannte. Sie machte sich eine mentale Notiz, Arvid bei der nächsten Gelegenheit kräftig gegen das Schienbein zu treten.

Doch Juri zeigte in einer theatralischen Geste auf sich und schüttelte den Kopf, dass die Haare flogen.

»Ich bin nur zufällig hier, um mein morgendliches Trainingsprogramm zu absolvieren. Hier hat man ausreichend Platz dafür. Dass ich eventuell eine Audienz beim König der Ghule hatte, hat damit rein gar nichts zu tun.«

Jazz legte den Kopf schief und hob eine Augenbraue. Wenn Juri erst mal im Mittelerde-Modus war, würde es eine Weile dauern, bis er wieder auf normal umschaltete. Aber die Sache war klar: Außer Arvid wusste niemand, wohin sie wollte.

Um das Thema zu wechseln, stieß sie mit dem Fuß gegen den Seesack, der sich nicht einen Millimeter bewegte.

»Und was hast du da alles drin? Du weißt schon, dass Frankfurt nicht im Himalaya liegt?«

Der Troll grinste nur umso breiter.

»Alles, was man zum Überleben in der Großstadt braucht.«

Jazz versuchte, den Seesack anzuheben, aber genauso gut hätte sie versuchen können, ein Klavier zu tragen.

»Beim Mutterschrein, hast du da etwa Steine drin?«

Juri hob beschwichtigend seine breiten Pranken.

»Nein, nein. Nur einen Ersatz-Cricketschläger, weil man ja nie wissen kann, einen Stadtplan von Frankfurt, einen Sandsack, eine Königsfeder, ein bisschen was zu beißen, Comics natürlich, ein Seil, ein Handtuch, Wechselsachen, ein paar andere Kleinigkeiten und zwanzig Kilo Vogelfutter. In diesen Betonwüsten kriegen die kleinen Piepmätze sicher nie genug zu futtern.«

Dann hob er den Seesack auf, als wenn er nur mit Luft gefüllt wäre.

»Und was ist das für ein Glücksbringer, der da an dem Seesack hängt?« Eine Eisenkugel von der Größe einer Melone baumelte von dem Sack herab. Ein grinsendes Gesicht, dem einige Zähne fehlen, war daraufgemalt.

»Ach, das ist meine Reise-Kettlebell. Björn würde mich das Dach seiner Hütte neu decken lassen, wenn ich mein Training vernachlässige.«

Jazz wollte ihn darauf hinweisen, dass es sicher auch in Frankfurt Vogelfutter, Sandsäcke und schwere Steine gab, dass es irrsinnig war, mit einem zentnerschweren Seesack stundenlang am Bahnhof auf sie zu warten und dass sie ihn ohnehin nicht mitnehmen würde. Aber stattdessen kam ihr nur ein stockendes »Aha« über die Lippen.

»Also, wollen wir, meine Dame?«, erwiderte Juri und öffnete die Bahnhofstür.

Jazz prustete. »Nenn mich noch einmal Dame, und ich werde alle in Arken davon überzeugen, dass du ein Faun bist.«

Juri hob panisch die Hände.

»Sehr wohl, Ihre Hexigkeit.«

Jazz rollte nur mit den Augen, und sie betraten das Innere des Bahnhofs. Niemand war hier. Die Eingangshalle war genauso heruntergekommen wie der Platz davor. Ein Ort, der niemandem gehörte und an dem niemand sein wollte. Als wäre etwas von der Leere der Verzehrer übrig geblieben. Selbst Juri zog den Kopf ein und blieb stumm. Sein Blick schweifte rastlos umher. Als sie über die gesprungenen Fliesen schlurften, raffte sich Jazz schließlich auf.

»Hör zu, Juri, ist wirklich nett, dass du hier auf mich gewartet hast, und auch, dass du mich zum Zug bringst. Aber du kannst nicht mitkommen, das weißt du, oder? Das ist eine Hexenangelegenheit. Außerdem wird Adrian deine Hilfe brauchen.«

Juri nickte, ohne sie anzusehen. Sie stiegen die zerbröckelten Stufen zum Bahnsteig hoch, und Juri deutete auf die Zeiger der Bahnhofsuhr.

»Der Zug sollte in fünf Minuten hier sein, wir haben also noch fünfzehn Minuten Zeit.«

Dann zog er etwas aus seiner mit Aufnähern übersäten Weste, das aussah wie ein verunglückter XXL-Müsliriegel, und hielt es Jazz hin.

»Magst du kosten? Honig, Haferflocken, Nüsse und Quinoa. Hab ich selbst gemacht.«

Jazz lehnte dankend ab, und Juri zuckte nur mit den Schultern und stopfte sich den Riegel selbst in den Rachen. Während seine Kiefer mahlten, schob er den Seesack auf seinem Rücken zurecht. Jazz beobachtete ihn. Eigentlich sollte sie froh sein, dass er ihre Entscheidung

ohne Diskussionen akzeptiert hatte. Aber warum fühlte sie dann diese Leere im Bauch?

Der Troll wischte sich die Krümel im Gesicht breit und gähnte so herzhaft, dass es jeden Zahnarzt glücklich gemacht hätte. Er dehnte sich und spähte nach dem Zug.

»Na, wer sagt's denn. Er ist sogar pünktlich!« Juri klatschte in die Hände.

Tatsächlich sah man den Umriss des Zuges schon am Horizont. Jazz blickte ihm entgegen, und die Leere in ihrem Bauch wuchs, bis sie sie komplett ausfüllte, während sie beobachten musste, wie sich der Zug unaufhaltsam näherte. Wenn Juri sie jetzt umarmte, würde es ihr unmöglich sein zu gehen. Sollte sie ihm einfach schnell zuwinken? Genau, dann könnte sie auch gleich den Vulkaniergruß machen. Warum war das nur alles so dermaßen kompliziert?

Abrupt drehte sich der Troll zu ihr um. Seine schwarzen Augen funkelten rot.

»Dir ist schon klar, dass mich nichts davon abhalten wird, dich nach Frankfurt zu begleiten?«

Es klang wie eine Frage, doch es war keine.

»Aber ich habe dir doch erklärt, dass das nicht geht.«

Wieder nickte Juri.

»Und ich habe verstanden, was du mir sagen wolltest. Ich wusste, du würdest die ganze Zeit versuchen, mich umzustimmen, und dann hätte ich nicht mehr in Ruhe frühstücken können. So habe ich uns Zeit und eine lange Diskussion gespart.«

Jetzt griente der Troll wieder und hielt ihr den ausgestreckten Daumen entgegen. Es kostete Jazz einiges an Mühe, sich davon nicht anstecken zu lassen.

Sie wusste: Sie müsste Juri festketten, um ihn von seinem Vorhaben abzubringen. Er wartete auch gar nicht auf eine Antwort, sondern

versuchte, seine Hörner unter eine Kapuze zu zwängen. Das machte er dermaßen ungeschickt, dass Jazz sich veranlasst sah, ihm zu helfen. Dabei achtete sie darauf, dass er nicht sah, wie sie lächelte.

Als sie in den Zug stiegen, stellte Jazz zu ihrer Erleichterung fest, dass es kaum Fahrgäste gab. Die wenigen, die herumsaßen, hielten ihre Handys vor sich und nahmen keinerlei Notiz von ihnen. Nur ein kleiner Junge versuchte, unter Juris Kapuze zu blicken, bis ihn seine Mutter davon abhielt.

Sie fanden ein leeres Abteil für sich alleine und machten es sich darin so bequem wie möglich, auch wenn es eiskalt war. Die Heizung im Zug war ausgefallen. Ein pünktlicher und warmer Zug wäre wohl auch zu viel verlangt gewesen. Jazz wünschte, sie hätte noch den Kaminstein der Magista, um sich aufzuwärmen. Sie blies sich in die hohlen Hände und kroch tiefer in ihren Wollmantel. Als sie Juris Waden sah, die aus den kurzen Hosen hervorschauten, wurde ihr noch kälter. Noch nie hatte sie ihn in langen Hosen gesehen. Die Ärmel hochgekrempelt, fläzte er neben ihr und verschlang den nächsten Riegel. Vielleicht war sein Hunger der Grund für seine Kälteresistenz?

Falls ihm die Riegel irgendwann ausgehen, hat er ja noch zwanzig Kilo Vogelfutter, mit denen er sich vollstopfen kann, dachte sie. Juri bemerkte ihren Blick, und nur mit Mühe konnte sie ihn davon abhalten, ihr den Müsliriegel in den Mund zu schieben.

»Ehrlich, Juri, ich bin wirklich nicht hungrig.«

»Du weisch ja nisch, was du verpasscht …«

»So, wie du kaust, kann ich es mir einigermaßen vorstellen«, sagte sie kichernd und sah zu, wie er sich die Finger an den Kniestrümpfen abwischte. »Wird dir eigentlich nie kalt?«, fragte sie.

Juri kratzte sich am Kinn. »Hmm, nicht seit ich zum Troll geworden bin. Kälte macht mir nichts aus. Hitze hingegen …« Er schüttelte sich. »Wenn dir kalt ist, kannst du dich wärmer anziehen, aber was machst du, wenn du sogar in Badehose schwitzt?«

»Baden gehen?«, bot Jazz an, und Juri lachte.

Er war nur wenige Zentimeter entfernt, und sie konnte die Wärme spüren, die er ausstrahlte. Wie ein kleiner Ofen, dachte sie.

Jetzt erst fiel ihr auf, dass sie nicht mehr dauernd ihre Ausrüstung kontrollierte, und auch ihre Gedanken hatten andere Wege eingeschlagen. Es musste an dem rhythmischen Tuckern des Zuges liegen und an der vorbeiziehenden Landschaft, die sich beständig änderte. Gerade fuhren sie durch einen schneebedeckten Wald, und Jazz kam nicht umhin zu bemerken, wie sehr er sich vom Arkener Forst unterschied. Es war viel mehr eine Baumplantage als ein Wald. Die Stämme waren schmal, und außer den Fichten wuchs dort nichts. Auch Juri schien den Wald nicht zu mögen. Er nestelte an seiner Kapuze und blickte immer wieder auf den Gang hinaus.

»Du willst sie abnehmen«, erriet Jazz seine Gedanken.

»Ja, es ist einfach zu warm. Aber was, wenn einer der Löffel vorbeikommt und mich sieht?«

Seine Sorgen hätte ich gerne, dachte Jazz und betrachte ihn aus den Augenwinkeln. Die Hörner zeichneten sich deutlich unter der Kapuze ab, und eine Spitze ragte darunter hervor. Seine roten Augen funkelten im Schatten, und die Maserung seiner Haut war deutlich zu erkennen. Sie schüttelte den Kopf.

»Wir werden wohl kaum das Glück haben, dass alle Löffel die ganze Fahrt über nur auf ihre Handys starren.«

Juri hob seine breiten Schultern. »Vielleicht sollte ich es mit einer Mütze versuchen?«

Jazz schmunzelte bei dem Gedanken, wie der Troll mit einer ge-

häkelten Rastamütze aussehen würde. Sie würden wohl eine bessere Lösung brauchen, wenn sie nicht ständig auffallen wollten. Also tastete sie in ihren Manteltaschen, bis sie fand, was sie suchte. Triumphierend hielt sie ein kleines, gläsernes Fläschchen in die Höhe. Das Gefäß war leer, kaum größer als ihr kleiner Finger, und mit einem Korken verschlossen. Juris Augen leuchteten erwartungsvoll.

»Magie ist natürlich die viel bessere Alternative«, sagte er und rieb sich die Hände.

Sie hätte das Signum am liebsten auf eine neue Seite gezeichnet, aber das war in dem wackligen Zug unmöglich. Vorsichtig löste sie die entsprechende Seite aus dem Diarium. Als sie mit dem Finger darüberfuhr, begannen die Glyphen, auf ihrer Haut zu schimmern. Ein Prickeln lief über ihren Rücken, als sie die schlafende Magie erweckte. Auch das Zeichen auf dem Papier leuchtete auf und verblasste schließlich, bis die Seite weiß wie ein unbeschriebenes Blatt Papier war. Jazz faltete den Zettel zu einem winzigen Brief zusammen, schob ihn in das kleine Glas und verkorkte es.

Vorsichtig, als hielte er ein frisch geschlüpftes Küken, nahm Juri das Glas entgegen.

»Ein Verbergezauber, der die Menschen nur sehen lässt, woran sie glauben«, erklärte sie Juri, der die Worte aufzusaugen schien wie ein Schwamm. Mit seinem breiten Zeigefinger strich er behutsam über das Glas.

»So wie der Schleier, der Arken umgibt?«

»Der Schleier von Arken ist ein gewaltiges Flechtwerk verschiedenster Bann- und Verbergezauber. Dieser hier ist im Vergleich zu dem Schleier, der Arken umgibt, kaum mehr als ein kurzer Faden, und seine Wirksamkeit ist begrenzt.«

»Begrenzt?«, fragte Juri. »Wodurch?«

»Wie gut der Zauber wirkt, hängt davon ab, wie neugierig die Men-

schen sind, denen wir begegnen. Jene, die schon einmal hinter einen Schleier geschaut haben, werden sich dadurch nicht täuschen lassen.«

Er blickte sie an wie ein Kleinkind, dem der Lolli in den Dreck gefallen ist.

»Aber die stumpfen Löffel werden dich nicht als Troll erkennen«, versprach sie.

Mit spitzen Fingern wickelte Juri eines der Lederbänder von seinen Unterarmen ab und band es um das Fläschchen, das er sich sodann um den Hals hängte. Ein weiteres Amulett zwischen getrockneten Pilzen, Steinen und diversen Anhängern. Dann legte er seine flache Hand auf die Brust und über den Zauber.

»Ein magisches Artefakt!« Er gab einen zufriedenen, brummenden Ton von sich, der eher von einem Tier denn einem Menschen zu stammen schien.

»Ich fühle schon, wie der Zauber wirkt«, sagte er und schob sich die Kapuze vom Kopf.

Jazz behielt ihre Antwort und ihren Zweifel für sich. Es schadete sicher nicht, wenn Juri sich einbildete, den Zauber fühlen zu können.

Langsam wurde es etwas behaglicher in dem Abteil, und Jazz streckte die Beine aus und ließ ihre Füße kreisen. Die dunkle, gestreifte Wollstrumpfhose machte endlich ihre Arbeit und wärmte sie. Sie rutschte tiefer in den Sitz. Die Polster waren bequemer, als sie aussahen, und ihr Mantel war eine kuschlige Decke. Müde schloss sie die Augen. Es duftete nach Tannennadeln, Moos und Kieselsteinen, stellte sie fest und schmunzelte mit geschlossenen Augen. Juri roch immer nach Wald. Vielleicht hatte Merle doch recht und er war tatsächlich ein Faun. Ein Faun mit einem Cricketschläger statt einer Panflöte. Ein Schlummer umfing sie und lockte sie in einen traumlosen Schlaf.

Sie erwachte vom Quietschen der Bremsen. Die Sonne stand inzwischen schon eine Handbreit über dem Horizont. Jazz unterdrückte ein Gähnen und rieb sich den Schlaf aus den Augen. Er spürte das Muster ihres Mantels auf der Wange.

Sie standen an einem kleinen Bahnhof. Jazz konnte den Namen nicht erkennen. Es gab nur einen Bahnsteig. Kleine Fachwerkhäuser duckten sich hinter den Gleisen. Aus einigen Kaminen stieg Rauch auf.

Ein Dröhnen, gefolgt von einem unverständlichen Rauschen, kam aus den Lautsprechern.

»Sie koppeln wohl einen weiteren Waggon an«, erklärte ihr Juri. Er hielt den Zauber noch immer mit einer Hand umschlossen. Juri liebte Magie, das wusste sie. Die trügerische Gefahr, die darin lag, schien er nicht zu bemerken, oder blendete er sie nur aus?

»Du weißt, er wirkt auch, wenn du ihn nicht die ganze Zeit festhältst?«, fragte sie.

»Aber es ist so ein zerbrechliches Glas«, antwortete er und hielt das kleine Fläschchen zwischen Daumen und Zeigefinger.

Jazz schüttelte den Kopf. »Magie ist nicht so zerbrechlich, wie du glaubst.«

»Warum ist sie dann überall verschwunden?«

Jazz wusste nicht, was sie darauf antworten sollte.

»Während du geschlafen hast, sind wir an Feldern und Wäldern vorbeigefahren, in denen nichts lebte«, sagte Juri. »Von der Natur ist dort nur übrig, womit die Löffel Geld verdienen können. Kein Vogel fliegt über den Himmel, kein Wolf heult. Die Bäume wachsen alle in einer Reihe und sind hinter Metallzäune gesperrt. Die Städte fühlen sich alle viel mehr nach Kratzbach als nach Arken an. Wenn dies das Zeitalter der Magie ist, warum ist sie dann so selten zu finden?«

In seinen Augen lag eine entwaffnende Unschuld. Sie wollte ihm sagen, dass sich die Welt seit dem letzten magischen Jahrtausend so

sehr verändert hatte. Wollte ihm erklären, dass die Ley-Linien gestört waren. Doch das war nicht das, was er meinte. Seine Frage zielte tiefer. Warum hatten die Menschen die Magie zurückgedrängt und aus ihren Herzen ausgesperrt?

Sie hob die Arme, wie um die Antwort aus der Luft zu greifen, ließ sie dann aber wieder sinken. »Ich weiß es nicht.«

Juri brummte leise und umschloss ihren kleinen Zauber wieder mit beiden Händen.

»Du redest nicht oft über Magie.«

Es war kaum eine Frage, vielmehr eine Beobachtung. Jazz legte den Kopf schief.

»Vielleicht. Aber ich rede mit niemandem mehr darüber als mit dir.«

In Juris roten Augen leuchtete es. »Aber du hast mir kaum was über Hexen erzählt. Über den Zirkel von Arken weiß ich fast nichts«, beschwerte er sich und klang dabei schon viel mehr nach dem Troll, den sie kannte.

»Dass du von dem Zirkel weißt, ist schon zu viel. Und überhaupt erzählst du mir auch nicht alles.«

Juri machte große Augen und ließ vor Schreck sogar den Verbergezauber los.

»Was denn nicht?«

»Zum Beispiel hast du nie erzählt, warum du lebenslang vom Mythodea ConQuest verbannt wurdest.«

Der Troll wandte den Blick ab. Plötzlich auf die Krümel auf seiner Hose konzentriert, murmelte er: »Ach so, ja das.«

Jazz hatte schon häufiger versucht herauszufinden, was damals vor einem halben Jahr bei dem Rollenspiel-Festival passiert war. Juri war drei Tage früher zurückgekehrt als geplant und hatte kein Wort über den Grund verloren. Egal, wie oft sie ihn fragte, er gab ihr nie eine klare Antwort.

»Siehst du!« In künstlicher Bestürzung faltete Jazz die Hände vor der Brust. »Es ist sehr bedauerlich, aber wir werden damit leben müssen, dass wir uns nicht alles erzählen können. Es gibt Geheimnisse, die sind zu groß, um sie …«

»Schuld war dieser Barde«, unterbrach Juri sie da. Jazz drehte sich zu ihm herum, zog die Füße auf den Sitz und stützte das Kinn in ihre Hände. Alle Aufmerksamkeit war auf den Troll gerichtet, der davon sichtlich irritiert zurückwich.

»Na ja, du weißt ja. Mythodea ist das größte Larp in Deutschland. Ich bin dieses Jahr als Raubritter gegangen. Wochen habe ich an der Gewandung gearbeitet. Es hat ewig gedauert, die ganzen Metallringe des Kettenhemdes zu knüpfen. Und natürlich bin ich dann die ganze Zeit in-character. Das ist ja genau der Grund, warum man dorthin geht. Aber offensichtlich hat sich das noch nicht bis zu den Barden herumgesprochen.«

Seine Stimme wurde lauter. Er verschränkte die Arme vor der breiten Brust und schob das Kinn vor. Jazz hob verstohlen die Hände über den Mund. Wenn Juri sah, dass sie lachte, würde er bestimmt nicht weitererzählen.

»Ich sitze also am Lagerfeuer und sehe diesen Lautenspieler. Und da sage ich ihm, er soll das beste Lied der Welt spielen.«

Jazz nickte. Man konnte Juri nicht länger als ein paar Tage kennen, ohne zu wissen, was der beste Song der Welt war.

»The Bard's Song«, antwortete sie in die Pause hinein.

»Siehst du, jeder weiß das. Doch der dürre Barde offensichtlich nicht. Ich habe ihm klargemacht, dass es da keine zwei Meinungen gibt. Er hat das Lied dann auch gespielt. Und nicht mal schlecht.«

Juri lehnte sich in seinem Sitz zurück, der daraufhin bedenklich knarrte.

»Aber deswegen hat dich doch niemand von dem Con verbannt.«

»Nein«, brummte er. »Das kam, weil mich der Feigling bei der Leitung angeschwärzt hat. Er hat gejammert, ich hätte ihn bedroht und gezwungen, den ganzen Abend stundenlang immer wieder nur dieses eine Lied zu singen.«

»Und das ist natürlich nicht wahr«, vermutete Jazz.

»Und ob das wahr ist. Ich war ja schließlich ein Raubritter! Ein Raubritter nimmt keine Rücksicht auf das Befinden eines Barden – und überhaupt, warum hätte er ein anderes als das beste Lied der Welt spielen sollen? Der Barde hat Larp einfach nicht verstanden. Man fährt auf die Con und ist in-character, bis die Con vorbei ist.«

Jazz konnte sich gut vorstellen, wie der kräftige Troll mit einem Knüppel in der Hand den Barden immer wieder zu dem gleichen Lied gezwungen hatte. Dass sich der andere Spieler da tatsächlich bedroht gefühlt hatte, kam ihr nicht so abwegig vor. Das hatte wohl auch die Orga so gesehen. Zu Juri aber sagte sie: »Das ist eine himmelschreiende Ungerechtigkeit! Was stimmt denn mit dem Barden nicht? Und nur, weil du gerne Baumstämme wirfst, muss man doch nicht Angst vor dir haben. Die hätten dir einen Preis dafür geben sollen, dass du so überzeugend einen Raubritter gemimt hast.«

Der letzte Satz war vielleicht ein bisschen zu dick aufgetragen, dachte sie. Doch Juri nickte nur beifällig.

»Die sollten mehr Hexen in der Orga haben.«

Jazz täuschte ein Husten vor, um ihr Lachen zu tarnen. Das klang wohl nicht überzeugend, denn Juri hob misstrauisch eine Augenbraue. Als Jazz wieder Luft bekam, deutete er mit seinen Widderhörnen auf sie.

»So, nun weißt du, warum sie mich verbannt haben. Und jetzt möchte ich alles über den Zirkel von Arken wissen.«

Jazz rollte mit den Augen, weil sie wusste, dass Juri keine Ruhe geben würde.

Also erzählte sie ihm in groben Zügen, was sie selber wusste, und Juri hörte zu. Als sie fertig war, nickte er.

»Verstehe«, sagte er, und seine Augen strahlten. »Wir sind auf einer Quest, um eine Hexe zu finden. Ausgezeichnet! Doch wenn ich dir einen Tipp geben darf: Es ist eine schlechte Idee, die Gruppe aufzuspalten. Das ist ein klassischer Anfängerfehler. Doch du hast zum Glück einen erfahrenen Troll an deiner Seite. Da kann nichts schiefgehen. Ich verstehe nur nicht, warum du ausgerechnet in die unmagischste Stadt im Land willst?«

Jazz drehte den Kopf hin und her, bis die Wirbel knackten. Dann gab sie auf.

»Ganz ehrlich: Das ist die Schwachstelle in meinem Plan. Ich weiß nicht wirklich, wo wir anfangen sollen. Aber Arvids Schwester lebt in Frankfurt, und Arvid meinte, wenn jemand Magika außerhalb von Arken kennt, dann sie.«

Juri sagte nichts, aber sein Blick sprach Bände. Jazz' Finger spielten mit den Ketten um ihren Hals. Sie blickte aus dem Fenster und sah die Landschaft vorbeijagen.

Juri sagte noch immer nichts. Sie raufte sich die Haare.

»Ja, ich weiß«, stöhnte sie schließlich. »Arvids Schwester wurde aus Arken verbannt und ist sicher nicht die beste Anlaufstelle. Aber mir fällt sonst niemand ein, der uns bei der Suche helfen könnte.«

Juri starrte in die Luft und rieb sich die gewundenen Hörner. »Na ja … die Ghulkönigin hat die Ghule nach Arken und in Sicherheit geführt. Sie wurde zwar verbannt, aber ist doch eine Heldin«, sagte er. »Glaub mir, in einem sind sich alle Questen einig. Es gibt keine besseren Informanten als gefallene Helden. Daher wird uns wohl nichts anderes übrig bleiben: Wir müssen die Frau finden und ihr vertrauen, egal, ob sie aus Arken verbannt ist oder nicht.«

Nüsse zum Frühstück

Die Nacht als Gefährte. Winterwind in der Nase. Dachschindeln unter den Pfoten. Fledermausgeflatter in den Ohren. Sein Blick war weit, die Sinne scharf. Der Mond spähte durchs Geäst. Neues Leben regte sich in altem Holz. Bäume streckten kahle Finger zu den Sternen. Laute aus dem nahen Wald. Die Wölfe drohten ihren Feinden. Nicht ihm. Er war ein Jäger, kein Feind. Sein Schwanz zuckte durch die Dunkelheit. Fichten wiegten sich zu ungehörter Melodie. Vögel flogen verschreckt aus ihren Nistbäumen auf. Die Wölfe hatten ein Opfer gefunden. Das Ächzen der Bäume, das Geheul der Wölfe, das Piepsen einer Feldmaus, die Musik der Nacht.

Ein Sprung brachte ihn aufs Vordach. Die Luft roch nach Eis, Kälte und Beute. Der Jäger presste sich flach aufs Dach, die Augen groß wie Teiche. Die Beute blieb außer Sicht, doch der Geruch verriet sie. Den Bauch ans Dach geschmiegt, pirschte er zur Regenrinne. Tief unter sich ein Rascheln im Gras. Er machte sich bereit zum Sprung. Beugte sich tiefer über die Dachkante. Krallen bohrten sich

in kaltes Holz. Er sprang, flog durch die Finsternis seiner Beute entgegen. Laute zerrissen die Nacht und peinigten seine Ohren. Ein Ruf. Ein Klang. Ein Lied. Ein Flehen. Leid in Töne verpackt. Verzweiflung hörbar gemacht. Ein Baum zersplitterte, brach, stürzte unaufhaltsam auf ihn zu. Er war in der Luft gefangen. Es gab kein Ausweichen. Ein Ast kratzte über das Fell. Schmerz explodierte in seiner Seite. Aus dem Sprung wurde ein Taumeln. Er stürzte, fiel hinab in die Dunkelheit. Raste auf die Schwärze zu, auf der er zerschellen sollte.

Mit einem Schrei katapultierte sich Adrian aus dem Schlaf. Schweiß schimmerte auf seiner Haut, und er zitterte. Sein Mund war trocken. Er schnappte nach Luft. Einmal. Zweimal. Dann wusste er wieder, wo er war. Die Luft entwich seinen Lungen. Ein Traum. Ein Katzentraum, so wie letzte Nacht und die anderen davor.

Eisblumen waren über das Dachfenster gewuchert. Adrian wickelte sich in die Decke. Das Hemd klebte an seinem Rücken. Sein Atem beruhigte sich.

Kein Wunder, dass er hier so schlecht schlief. Wie viele Generationen an Träumen waren in diesem Haus gefangen? Wie viele Schrecken waren hier erträumt worden? Die Villa war voller Erinnerungen, die nachts erwachten. Oder war es etwas anderes? Er betastete die Stelle, wo der Ast ihn gestreift hatte. Die Haut war unversehrt. Und doch, das Dach hatte sich echt angefühlt. War der Albtraum mehr als ein Traum? Eine Botschaft? Eine Nachricht von Katze?

»Was willst du von mir? Wieso redest du nicht mehr mit mir? Ja, deine Stimme in meinem Kopf ist nervig, aber das hier ist schlimmer!«

Nichts.

Nur das Schnaufen der Matratze, als er sich zurück in die Kissen sinken ließ. Er lauschte, doch es blieb still im Haus und in seinem Kopf.

Als er die Augen öffnete, stand die Sonne am Himmel. Er blinzelte das Licht fort, das sich davon nicht beeindrucken ließ. Das Gebälk begrüßte ihn knarrend. Adrian klaubte ein paar Sachen vom Boden und bemerkte zu spät, dass er sie falsch herum anzog. Die Waschzettel hingen wie kleine Fahnen an dem Pulli herab. Adrian entschied, dass er zu müde war, um das zu ändern, und komplettierte das Outfit mit zwei unterschiedlichen, vielleicht noch nicht getragenen Socken. Er schlurfte zur Tür, um sich auf den dringend nötigen Weg ins Bad zu machen, als er Schritte vernahm. Das gleichmäßige Knirschen von Schuhen auf festem Untergrund erklang direkt über ihm. Das war unmöglich – er war im obersten Stockwerk der Villa. Darüber war lediglich der Himmel.

Die Schritte verstummten, und ein leises Giggeln ertönte.

War das wieder einer dieser Tage, den man am besten im Bett verbrachte? Müde genug war er jedenfalls. Er rieb sich den Schlaf aus den Augen, als er das Lachen erneut hörte. Jetzt gesellte sich auch eine Stimme dazu.

»Oh nein, du kleiner Racker. Die Nuss gehört mir. Du musst dir deine eigene suchen.«

Ein pulsierendes Ziehen machte sich zwischen Adrians Schläfen breit und weckte das Bedürfnis nach einer Kopfschmerztablette.

Vom Dach her waren hohes Pfeifen und Gequieke zu hören.

»Na gut, na gut. Hier hast du. Aber die nächste, die ich finde, behalte ich.«

Adrian bekam eine Ahnung, wer da auf dem Dach herumstiefelte. Aber warum?

Als eine rote Wollmütze samt strubbeligem Kopf verkehrt herum gegen das Dachfenster gepresst wurde, war er nicht überrascht. Die beschlagene Glasscheibe dämpfte die Stimme, aber nicht die Freude, die darin lag.

»Junge, du bist ja schon wach. Hab dich eher für nachtaktiv gehalten. Hoffentlich haben die Eichhörnchen dich nicht geweckt?«

Nachtaktiv? Eichhörnchen? Schon wach? Ein Blick auf die Uhr zeigte ihm, dass der größte Teil des Vormittags bereits vorüber war.

Barnaby klopfte gegen die Scheibe.

»Na mach schon auf, Junge. Ich hab Frühstück dabei«, sagte er und drückte einen fleckigen Jutebeutel gegen das Glas.

Adrian öffnete das Fenster, und der kleine, zerlumpte Mann kletterte überraschend behände hinein. Wie ein Gast in einem Museum beäugte er alles und nickte beifällig. Als er die verschwommenen Fotos betrachtete, grinste er sein Kuchengrinsen. Dann ließ er sich auf den Boden plumpsen.

»Gemütlich hast du es dir hier eingerichtet. Das Nest mag ich besonders.« Er zeigte auf den Haufen mit Klamotten, der einen beträchtlichen Teil des Bodens bedeckte.

»Ähem, danke. Aber warum kletterst du eigentlich auf dem Dach rum?«

Barnaby, der gerade dabei war, in Wachspapier gewickelte Pakete aus seinem Beutel zu kramen, blickte Adrian so verständnislos an, als hätte er ihn gefragt, warum er atmete.

»Weil mich deine Tante darum gebeten hat, natürlich. Du glaubst doch nicht, dass ich freiwillig auf Dächern spaziere? Der Platz für den Igel ist auf dem Erdboden.« Er sprach in dem Ton, in dem man ein Kind belehrt. *Wenn die Sonne untergeht, wird es dunkel. Feuer ist heiß. Der Igel lebt nicht auf dem Dach.* Adrians Wunsch nach einer Kopfschmerztablette wuchs.

»Okay, aber warum bist du …«

»Hat sich herausgestellt, dass 'n paar Eichhörnchen den Schornstein für ein gutes Nussversteck halten.« Er nickte ernst. »Aber jetzt habe ich mit ihnen gesprochen. Die putzigen Gesellen suchen sich ein anderes Versteck.«

Adrian massierte seine Schläfen. Er kannte den Igelschamanen inzwischen lange genug, um keine weiteren Fragen zu stellen. Es lohnte sich einfach nicht. Es würde nur noch verrückter werden, und das Pochen hinter seiner Stirn würde mit jedem Satz stärker. Barnaby war hier. Zu fragen, warum, würde nichts daran ändern.

»Na, das sind doch gute Nachrichten«, murmelte er stattdessen und gab das Thema auf. »Hattest du nicht was von Frühstück erzählt?«

Der Igel griente. Nachdem sie warmes Brot mit stinkendem, aber leckerem Käse, ein paar Weintrauben und eine Handvoll Nüsse gegessen hatten, fühlte sich Adrian besser. Die Kopfschmerzen ließen nach.

Barnaby pulte sich mit den Stummelfingern Brotkrumen aus dem Bart, überprüfte sie auf Essbarkeit und kam schließlich zu dem eigentlichen Grund seines Besuchs.

»Ehrlich gesagt: Mit dem Schornstein war eigentlich alles in Ordnung. Ich glaub, Kamelia wollte, dass ich mal nach dir schaue.« Er hatte tatsächlich eine Blaubeere in seinem Bart gefunden und präsentierte sie Adrian stolz. Als dieser dankend ablehnte, aß er sie selbst.

»Aber ich sehe, dir geht's prächtig, und du hast dich wunderbar eingelebt.« Er klopfte ihm auf die Schulter. »Hmm, aber etwas fehlt?«

Adrian wich dem Blick aus. Wusste der Schamane, dass Katze nicht

mehr zu ihm sprach? Dass er in der Dunkelheit nicht mehr sah als jeder andere auch? Dass er diese Träume …

»Eier! Es fehlen ein paar leckere gekochte Eier. Zu einem richtigen Frühstück gehören doch Eier, oder? Du hast nicht zufällig welche in deinem Nest versteckt?«

Er spähte über den Wäschehügel.

»Nein? Nicht so schlimm. War ja auch so lecker. Also, dann mach ich mich mal wieder auf den Weg, Junge. Immerhin hat mir deine Tante für den reparierten Kamin Kuchen versprochen.«

Der kleine Mann, der so geschickt durch das Fenster geklettert war, hievte sich umständlich in die Höhe. Er leckte sich die Finger ab, nickte Adrian zu, watschelte zur Tür und war schon halb im Flur verschwunden.

»Katze ist fort.«

Adrians Stimme klang zu laut in seinen Ohren.

Barnaby blieb stehen. Die Tür quietschte in ihren Angeln.

Warum hatte er das gesagt? Aber die Worte ließen sich jetzt nicht mehr zurücknehmen.

»Er – sie … Die Stimme, die zu mir spricht, ist weg.«

Wenn die Neuigkeit Barnaby überraschte, ließ er es sich nicht anmerken. Er drehte sich nur langsam um und inspizierte die Verstrebungen der Holzbalken, als plane er einen Ausbau. Seine Antwort ging halb in einem Gähnen unter.

»Bist du sicher, dass nicht du es bist, der aufgehört hat zuzuhören?«

Adrian schüttelte den Kopf. »Nein, du verstehst nicht. Ich habe es versucht, wirklich. Aber nichts. Die Stimme ist weg. Dafür hab ich diese irren Träume. Das ist ein schlechter Tausch. Ich kann weder schneller laufen noch besser sehen. Diese ganzen unzuverlässigen Kräfte funktionieren nicht mehr.«

Barnaby machte einen Schritt ins Zimmer. Bei dem zugewucherten Gesicht war das schwer auszumachen, aber etwas hatte sich verändert. Die Augen lagen tiefer, und Falten wuchsen steiler über seine Stirn.

»Die Kräfte funktionieren also nicht mehr, hmm?«

Er hockte sich im Schneidersitz auf den Boden. Der speckige Parka hing ihm wie ein Talar um die Schultern.

»Ich würde vorschlagen, du schickst sie zurück und bestellst neue.«

Als Adrian nicht lachte, zog der struppige Zwerg eine Handvoll Nüsse aus der Manteltasche und knackte sie. Geduldig popelte er die Frucht aus der Schale. »Schau mal, Junge, ist das nicht genau das, was du wolltest? Keine nörgelnde Stimme mehr, du riechst nicht mehr, was die Leute vorgestern gegessen haben, die Kopfschmerzen sind auch weg. Die Albträume hören sicher bald auf, und dann bist du Katze vollends los«, nuschelte er, während er nach einem geeigneten Werkzeug suchte, um eine besonders hartnäckige Walnuss zu öffnen.

Vollends los? Adrian sah ihn fragend an. Er hatte bisher ja nicht mal gewusst, dass er Katze überhaupt verlieren konnte. Aber hatte er das gerade richtig verstanden? Es gab einen Weg zurück? Keine Albträume mehr. Keine Stimme in seinem Kopf. Ein normales Leben ohne den Blick hinter den Schleier? Er könnte einfach nur ein Teenager sein. Statt über Hexenrituale und Ghulaufstände würde er sich über schlechte Kinofilme und zu viele Hausaufgaben beklagen. Wo konnte er unterschreiben?

Barnaby warf ihm die Walnuss zu, die er ungeschickt fing.

»Glaub mir, Junge, so ist es besser. Ein Totem ist keine Superkraft, die du anwirfst, wann es dir passt. Es ist ein ständiger Dienst für Geister, die einst Götter waren. Wir erbitten ihren Beistand, bringen ihnen Opfer, bekennen uns zu ihnen, und manchmal erhören sie uns. Meistens jedoch nicht. Das ist nicht das, was du willst.

Wir wissen beide: In deinem Leben ist kein Platz für etwas, das größer ist als du.«

Barnaby erhob sich und fegte sich Nussschalen vom Mantel. Adrian wollte etwas erwidern. Wollte ihm sagen, dass er sich irrte. Aber tat er das? Und was sollte das überhaupt bedeuten … *etwas, das größer ist als du*. Was war denn schon größer als das eigene Leben? Musste sich nicht jeder um sich selbst kümmern, weiterschwimmen, um nicht unterzugehen? Hatte er nicht bereits genug für andere getan?

»So, jetzt muss ich aber mal nach unten. So ein Kuchen isst sich ja schließlich nicht von selbst.«

Als die Tür ins Schloss fiel, saß Adrian immer noch auf dem Boden. Erst nach einer ganzen Weile bemerkte er, dass der Gegenstand in seiner Hand keine Walnuss war.

Merles Finger strichen über die Metallsaiten, ohne einen Ton zu verursachen. Sie spürte sie kaum, zu hart war die Haut ihrer Fingerspitzen. Das war nicht immer so gewesen. Als ihr Vater ihr die Gitarre gegeben hatte, hatten ihr nach wenigen Minuten die Finger wehgetan.

»Spiel einfach jeden Tag. Bald wirst du die Saiten kaum mehr spüren, und dann gehen wir zusammen auf Tour.« Er war ihr durch die Haare gestrubbelt. »Einen Fan hast du ja schon.«

Eine Lüge – und doch eine Erinnerung, bei der sie stets lächelte. Doch heute fiel ihr das schwer.

Sie schmiegte sich enger an den kalten Stein. Eisige Böen fegten zwischen den Bäumen und Grabsteinen entlang, wirbelten Schnee auf und heulten. Doch der Engel beschützte sie. Die überlebensgroße

Statue war das Einzige, was sich hier nicht verändert hatte. Der Friedhof war verwildert. Gedenksteine waren zerbrochen oder steckten schief in der Erde. Mächtige Bäume hatten sie verdrängt und den Friedhof zurückerobert. Die Eschen und Eichen boten Schutz vor Wind, Schnee und unwillkommenen Blicken.

Seit sich an der Schule herumgesprochen hatte, wo sie sich herumtrieb, fürchtete sie, andere Mitschüler hier zu treffen. Raffael und seine Kumpels, die ihr auflauerten, um sie zu erschrecken. Samira und den Rest der Puten, die sie auslachten und Handyvideos von ihr zwischen den Gräbern machten. Doch niemand kam. Der Friedhof blieb ihr Rückzugsort. Hier war sie ungestört.

Merle blies sich in die hohlen Hände. Sie vermisste die fingerlosen Wollhandschuhe, die sie Adrian gegeben hatte, auch wenn die Dinger dem Winter so wenig Widerstand boten wie ihre Lederjacke. Es war einfach zu kalt, um draußen zu sein. Also, warum war sie dann hier?

Aus Gewohnheit? Weil das ihr Treffpunkt mit Jazz war?

Hier hatten sie in den letzten Wochen kalte Pizza gegessen und klebrige Kirschcola getrunken. Merle hatte gelacht, bis ihr die Cola aus der Nase tropfte, als Jazz nachahmte, wie Juri geschaut hatte, als er von Internet-Trollen erfuhr. Die Hexe hatte ihr den neusten Klatsch aus der Schule erzählt, und Merle hatte vergeblich versucht, ihr Gitarrengriffe beizubringen. Immer wieder wollte Jazz sie überzeugen, zurück in die Schule zu kommen. Immer wieder hatte Merle abgelehnt. Die Lüge von der Tour ihres Vaters war eine tickende Zeitbombe, die nur darauf wartete, ihr um die Ohren zu fliegen.

Merles Zähne klapperten. Sie presste sie fest aufeinander. Ihr ganzer Körper begann zu zittern.

Was wollte sie hier? Sie wusste, dass Jazz nicht da war, so wenig wie ihr Vater. Und kein Lied war imstande, das zu ändern. Sie hatte so lange auf seiner Gitarre gespielt, bis ihre Finger taub wurden, aber von den Geistern, die sie sonst hier auf dem Friedhof besuchten, war nicht einer gekommen. Seit dem Abend, an dem sie Jazz kennengelernt hatte, war keiner mehr aufgetaucht.

Sie zog die Mütze tiefer in die Stirn. Ihre blau-roten Haare waren steif vor Frost. Doch mit der Kälte kam auch Schönheit. Bis auf ihre Spuren war die glitzernde Schneedecke unberührt und legte sich sanft über Denkmäler und Büsche. Nur dort, wo das große Kaltblut nach Futter stöberte, war der Schnee zertreten. Sie konnte Bilbo nicht ansehen, ohne zu lächeln. Er war stets bei ihr geblieben. Der Wallach trottete zwischen den Grabsteinen umher und scharrte fahles Gras aus dem Schnee. Wenn jemand sah, dass sie ein Pferd mit hierherbrachte, würde sie Ärger bekommen. Aber an einem Winterabend verirrte sich niemand hierher.

Und sie sollte auch nicht hier sein. Sie sollte Bilbo rufen, aufsteigen und heimreiten.

Der Horizont leuchtete in Blutrot und Veilchenblau. Merle griff nach ihrer Gitarre. Noch ein Lied und dann ab nach Hause, bevor sich Opa Sorgen machte.

Sie spielte die ersten Akkorde, ohne nachzudenken. Ihre Finger glitten über die Saiten und nahmen ihre Gedanken mit sich. Die Töne hüllten sie ein wie ein warmer Kokon. Als sie anfing zu singen, klapperten ihre Zähne nicht mehr. Sie sang, wovon sie am meisten verstand, vom Alleinsein und vom Verlassenwerden. Mit jeder Strophe kehrte mehr Leben in ihre Finger. Sie sang gegen die frostigen Winterwinde, die kurzen Tage und die einsamen Nächte an. Das Lied schwappte über Grabsteine und drängte sich zwischen Bäumen hindurch. Es tanzte mit Schneeflocken und umschmeichelte den Abend. Merle spürte die Vibration durch ihre Kleidung hindurch. Sie sang so laut, dass selbst ihr Vater sie hören musste, wo immer er auch steckte. Dann brach sie ab. Sie war nicht allein.

Etwas hatte sich bewegt, hinten unter den Zweigen der Eiche. Konnte sie dort einen Umriss erkennen? Beobachtete sie jemand?

»Hallo?« Ein verdammtes Zittern hatte sich in ihre Stimme geschlichen. »Ist da wer?«

Warum nur klangen ihre Worte so zerbrechlich?

In dem Schatten rührte sich nichts. Merle umklammerte den Hals des Instruments und zog es an sich, als wäre es ein Schild, hinter dem sie sich verbergen konnte. Bildete sie sich das alles nur ein? Wer würde sich bei dem Wetter draußen rumtreiben? Die Puten und Rotfüchse saßen sicher bequem und warm bei ihren Familien vor dem Kamin und tranken Kakao. Wer außer ihr wäre lieber hier als zu Hause?

»Barnaby?«

Aber sie wusste, er war es nicht, er würde sich nicht vor ihr verstecken.

Ein leises Rascheln. Der Wind oder etwas anderes? Dann Stille. Das Heulen eines Wolfs in der Ferne.

Gänsehaut jagte ihr den Rücken hinab.

Verdammt, wer auch immer, was auch immer dort war, sie würde nicht warten, um es herauszufinden.

Sie rammte die Gitarre in ihren Seesack, rutschte von dem Stein und hastete zu Bilbo. Der schien nichts mitbekommen zu haben und graste weiter in aller Ruhe vor sich hin. Merle warf einen Blick über die Schulter und rutschte fast aus. In dem dunkler werdenden Dickicht war nichts zu erkennen. Wer immer dort lauerte, wartete nur auf die Dunkelheit, wurde ihr klar. Sie rannte die letzten Schritte und sprang in den Sattel. Die verfluchte Gitarre verhedderte sich im Zaumzeug. Das war genau der Moment, den Mörder in Filmen nutzen, um sich auf ihre Opfer zu stürzen und sie zu erdolchen, dachte sie. Vielleicht war er jetzt ganz woanders? Verbarg sich in einem anderen Schatten? Davon gab es hier entschieden zu viele. Auch Bilbo schien es jetzt zu spüren. Seine Ohren zuckten. Seine Nüstern blähten sich. Noch bevor Merle das Kommando gab, stürmte das Pferd los. Vereiste Erde wurde von den Hufen aufgewirbelt, und Merle musste sich am Sattel festkrallen, um nicht herunterzufallen. Der kalte Wind schnitt durch ihr Gesicht. Ihre Augen tränten. Sie konnte kaum etwas erkennen, klammerte sich an der Mähne fest und wagte nicht zurückzublicken.

Lauf, Bilbo, lauf, so schnell du kannst. Bring uns nach Hause!

Frankfurt, die unmagischste Stadt

Der Schotter unter Jazz' Sohlen knirschte mit ihren Zähnen um die Wette. Sie stampfte den Weg durch den winzigen Park hinunter, den sie gerade erst hinaufgelaufen war. Die Finger in ihrer Tasche spielten mit dem Briefumschlag. Es kostete sie einiges an Selbstkontrolle, das Ding nicht herauszuzerren, zu zerknüllen und in den nächsten überdimensionierten Mülleimer zu feuern. Ihre vermeintliche Spur zu Arvids Schwester hatte sich als wertloses, fleckiges Papier herausgestellt. Wie lange hatte sie auf Arvid eingeredet, bis er ihr schließlich den Umschlag überlassen hatte? Alles umsonst. Das Kuvert war zu nichts weiter gut. Es stand kein Absender auf dem Brief, aber er war in Frankfurt abgestempelt worden. Dass der Brief es überhaupt nach Arken geschafft hatte, war ein kleines Wunder, denn die Post fand ihren Weg dorthin auf den gleichen verschlungenen Pfaden wie die Magika. Jazz hatte geglaubt, die Spur zurückverfolgen zu können, und sogar versucht, die Absenderadresse auszupendeln. Das Ergebnis war noch weniger hilfreich als der Poststempel. Es half alles nichts, sie mussten weiter in Frankfurt nach Arvids Schwester suchen.

Doch die Stadt war riesig. Türme aus Glas und Stahl waren aus dem Boden gestampft, und die Schluchten dazwischen mit Beton erstickt worden. Seit Tagen waren sie und Juri schon auf der Suche nach Spuren der Magie, die in Arken so allgegenwärtig war. Aber bis jetzt hatten sie nichts gefunden. Es war, wie Arvids Schwester geschrieben hatte: Frankfurt war eine unmagische Stadt.

Jazz hatte das nicht so richtig geglaubt und vermutet, dass *die Schwester*, wie sie sie in Gedanken nannte, einfach nicht in der Lage war, Ley-Linien zu erspüren. Sie war ja schließlich keine Hexe. Aber nach zwei Tagen in Frankfurt musste sie der unbekannten Schwester zustimmen. Sie war mit Juri am Main hinuntergelaufen, bis sie eine Jugendherberge fanden. Flüsse waren gewöhnlich Orte, die magischen Pfaden folgten. Doch nicht hier. Kein Wunder, der Fluss war längst seines Willens beraubt und in ein fremdes Bett gezwängt worden. Es gab einfach keine Magierückstände, an denen sie sich entlanghangeln konnte. Die meisten Magika ließen sich unbewusst auf magischen Knotenpunkten nieder, doch die wenigen, die sie hier gesehen hatten, wichen ihrem Blick aus, flohen regelrecht vor ihr oder stammelten wirres Zeug, während sie Mülltonnen durchsuchten.

Selbst hier, in diesem Park mit seinem Türmchen und den winterkahlen Bäumen, gab es keinen Hinweis auf die Quelle, aus der Jazz ihre Magie bezog.

So hatte sie sich das nicht vorgestellt! Sie kickte ein paar Steinchen über den Weg und fing sich dafür gleich einen grimmigen Blick von einem beleibten Mann ein, der trotz der Kälte auf einer Parkbank saß und einen monströsen Döner verschlang. Ein zottliger, grauer Hund hopste eilig zur Seite, als Jazz vorbeimarschierte. Den Kopf einge-

zogen, die Schultern erhoben, rauschte sie durch den Park. Mit jedem Schritt verlor sie Zeit. Zeit, die sie nicht hatte.

Wie es wohl der Magista ging? Hatte sie wieder einen Schwächeanfall erlitten? Würde sie ihr verzeihen? Tatsächlich hätte sich Jazz schon früher auf den Weg machen sollen. Und Adrian? Schaffte er wohl all die Botengänge? Er wirkte so müde in letzter Zeit.

Trockenes Laub wirbelte hinter ihr wie Kielwasser hinter einem Boot. Sie hastete an einer Linde vorbei. Der Baum war klein. Der Stamm gerade mal so breit wie ihr Oberschenkel. Sie schüttelte den Kopf. Dass hier überhaupt etwas wuchs! Die winzige Parkanlage war umzingelt von titanischen Klötzen aus spiegelndem Glas und Zement. Jedes bisschen Grün war in eine Betonwüste gezwängt. Und natürlich war der Park nach einer Bänkerfamilie benannt. Die meisten Städte nannten ihre Straßen und Plätze nach Dichtern, Künstlern oder Wissenschaftlern. Frankfurt nicht. Sicher gab es hier auch Brunnen, die nach Finanzsachbearbeitern oder Steuerberaterinnen benannt waren. Natürlich fand sie hier keine Magie. Die Stadt funktionierte, aber sie lebte nicht.

Ihre Kiefer pressten sich aufeinander. Wo steckte Juri eigentlich? Als wäre es nicht schon schwierig genug, hier irgendeine Spur zu finden, musste sie sich nebenbei auch noch um ihn kümmern.

Endlich entdeckte sie ihn. Der Troll war stehen geblieben, und sie hatte es nicht bemerkt. Seit sie an dem gewaltigen Bahnhofsgebäude angekommen waren, ging das ständig so. Juri tappte mit neugierigen Augen hinter ihr her und blieb alle hundert Meter stehen, um etwas zu bestaunen. Der Junge kam einfach zu selten aus Arken raus.

Juri stand in der Nähe von ringförmigen Skulpturen. Rechteckige Steinblöcke, die an die umliegenden Wolkenkratzer erinnerten, kalt und hart. Jazz rieb sich mit den Fingern über die Nasenwurzel und beschleunigte ihre Schritte. Wenn er jedes Denkmal bestaunte, an dem sie vorüberkamen, war es dunkel, bis sie den Rothschildpark verließen. Oder war er wieder damit beschäftigt, Vogelfutter zu verteilen? Als sie näher kam, erkannte sie, dass es viel schlimmer war. Juri sprach mit jemandem! Aus Jazz' eiligen Schritten wurde ein Sprint. Nicht schon wieder!

Noch während sie heranstürmte, wedelte sie mit den Armen, wie um Fliegen zu verscheuchen.

Juri hatte sich auf seinen Seesack gestützt wie auf einen Tresen. Als er sie erblickte, strahlte er.

»Hör mal, Jazz. Der Mann hat ein tolles Angebot! Wenn wir den *Ponyexpress* jetzt abonnieren, bekommen wir eine Ausgabe umsonst!«

Der Mann im Trenchcoat schenkte ihr ein Verkäuferlächeln, und ein weiteres Magazin, mit einem Shetland Pony auf dem Cover, erschien in seiner Hand.

»Sie müssen nur hier unterschreiben …«

»Nichts da!«, rief Jazz und zerrte Juri von dem Mann mit dem Klemmbrett fort. Sein siegessicheres Grinsen erlosch, als er ihren Gesichtsausdruck sah.

»Sie sollten sich schämen! Er ist erst seit zwei Tagen in der Stadt, hat bereits zwei Zeitungen abonniert, ist Mitglied in sieben Tierschutzvereinen, hat zwei Staubsauger gekauft und acht Volksbegehren unterschrieben. Suchen Sie sich gefälligst einen anderen Hinterwäldler, den sie ausnehmen können!«

Um Juri zum Gehen zu bewegen, stemmte sie sich mit beiden Armen gegen ihn. Juri winkte dem Verkäufer mit dem Magazin, während er vorwärtslief.

»Ich weiß nicht, warum *Hinterwäldler* eine Beleidigung sein soll. Hinter einem Wald zu leben ist doch etwas Wunderbares. Und alles ist besser als die großen Grabsteine.« Er deutete auf die Gebäude außerhalb des Parks.

Ein funkelnder Blick von Jazz vertrieb den hinterhereilenden Verkäufer.

»Juri, was hab ich dir gesagt!« Sie gab es auf, ihn zu schieben, und lief neben ihm her. Ihr Zeigefinger bohrte sich in seine Schulter. »Das ist nicht Arken! Jeder, der dich hier anspricht, will dein Geld. Mach es wie die anderen auch, blick zu Boden, schüttle den Kopf und sag: *Nein, danke!*«

Juri nickte. Aber Jazz war noch nicht fertig.

»Uns läuft die Zeit davon, und du lässt dich von allem und jedem ablenken. Hier die Vögel füttern, da ein Plausch mit einem Obdachlosen. Zugucken, wie die Häuser in den Wolken verschwinden. Zwei geschlagene Stunden in einem Comicladen verbringen. Seit wir hier sind, haben wir noch nicht den Hauch einer Spur gefunden. Es gibt hier nirgends Magie! Ich weiß nicht mal, warum überhaupt Magika in dieser Stadt leben sollten?«

Sie hatte die Hände erhoben, wie die Prediger, die vor dem Bahnhof zum wahren Glauben aufriefen.

Juri ließ das Magazin in seiner Weste verschwinden.

»Wenn niemand glaubt, dass es in Frankfurt Magika gibt, ist das doch ein gutes Versteck. Und der T3 ist ein feiner Comicladen. Wenn Arvids Schwester ein bisschen wie ihr Bruder ist, war sie sicher schon dort.«

Jazz wurde langsamer. Ihre Finger glitten wieder in ihre Taschen und spielten mit dem Briefumschlag.

»Vielleicht hast du recht.«

»Dir hat es in dem Comicladen also auch gefallen?«

»Was? Nein, ich meinte das mit dem Versteck. Wenn es tatsächlich mehr Verzehrer gibt, erklärt das, warum die Stadt so leer ist. Sie muss vollständig ausgesaugt worden sein. Das macht Frankfurt zu einem Versteck, an dem niemand sucht.«

Jazz blieb jetzt ganz stehen. Dass Arvids Schwester keine Absendeadresse auf den Umschlag geschrieben hatte, zeigte, dass sie nicht ge-

funden werden wollte. Aber warum nicht? Wenn sie keinen Kontakt zu ihrem Bruder wollte, hätte sie ihm gar nicht erst geschrieben. Hatte sie befürchtet, dass der Brief abgefangen wurde? Doch wieso, und vor wem sollte ein Ghul Angst haben? Mal abgesehen von Sonnenlicht und Verfall.

»Aber … Aber was macht der denn da?«

Juri war einige Schritte weitergegangen und riss sie mit seinen Worten aus den Gedanken. Jazz verstand nicht sofort, was er meinte. Dann sah sie den Mann mit dem Döner. Von dem halben Fladenbrot, aus dem reichlich Fleisch, aber nur wenig Gemüse hing, war nur noch die Hälfte übrig.

»Das kann er doch nicht machen.« Juris Blick war immer noch auf den Mann gerichtet.

Jazz wusste, dass Juri immer hungrig war. Wenn er sich gerade nichts aufschwatzen ließ, stopfte er sich irgendeine Kombination aus Nüssen und Brokkoli in den Schlund. Dann verstand sie, was er meinte. Vor dem Mann hockte ein struppiger, kleiner Hund und wedelte mit dem Schwanz. Der Dicke machte sich einen Spaß daraus, so zu tun, als ob er dem hungrigen Vierbeiner etwas zu essen hinwarf. Nein, es war kein Vierbeiner. Der Hund hatte nur ein Hinterbein. Immer wenn er in Richtung des Wurfs davoneilte, lachte der Mann. Der Hund schnupperte erfolglos auf der Wiese umher, bis er mit hängendem Schwanz wieder zu dem Mann zurückhumpelte. Schließlich verstand der Hund den Trick und ließ sich nicht mehr in die Irre führen. Stattdessen versuchte er, zu der Hand des Mannes zu gelangen. Zwischen zwei Wurstfingern hielt dieser einen Streifen Fleisch gerade außerhalb der Reichweite des Hundes.

Als Jazz sah, dass Juri den Kopf und die Hörner neigte, griff sie nach seiner Weste und hielt ihn fest.

»Nicht, Juri. Wir mischen uns da nicht ein. Das ist nicht …«

Der Hund hatte es irgendwie geschafft hochzuspringen und an das Stückchen Fleisch zu kommen. Kaum war er gelandet, erwischte ihn der Stiefel. Der Hund überschlug sich. Das Stück Fleisch fiel ihm aus der Schnauze. Jazz ließ Juri los.

Kurz darauf hielt Juri den struppigen Hund auf dem Arm und fütterte ihn mit dem restlichen Döner.

»Ich weiß nicht, ob so viel fettiges Fleisch gut für ihn ist?« Jazz blickte auf den kleinen Hund, der gierig das Fett von Juris Fingern schlabberte. Juri grinste zu ihr hinunter, mit einem Gesichtsausdruck, den man von jungen Müttern kennt, deren Kind zum ersten Mal allein das Töpfchen benutzt.

»Guck nur, wie hungrig der kleine Kerl ist. Ich hätte nicht nur Vogel-, sondern auch Hundefutter mitbringen sollen.«

»Wie du meinst. Aber wenn der alles wieder ausspuckt, machst du das alleine weg.«

Sie warf einen Blick zurück über die Schulter, lachte und winkte dem dicken Mann zu, der vergeblich versuchte, sich aus dem Mülleimer zu befreien. Arme und Beine ruderten wild durch die Luft, während das Hinterteil wie ein Korken in einer Flasche feststeckte.

Sie hatten den Park noch nicht ganz verlassen, als sich der kleine Streuner den Döner noch mal durch den Kopf gehen ließ. Juri streichelte ihm beruhigend über den Rücken und warf ihr vorwurfsvolle Blicke zu. Ihr! Als wenn es ihre Idee gewesen wäre, das Gewicht des Hundes mit Dönerfleisch zu verdoppeln.

»Juri, wir müssen wirklich weiter. Es wird dunkel. Überall gehen schon die Laternen an.«

In aller Ruhe streichelte Juri den Hund.

»Lass dir Zeit, Pampelmuse. Sie meint es nicht so.«

Pampelmuse? Große Mutter, er hatte dem Tier einen Namen gegeben. Jazz schloss die Augen und zählte langsam bis zehn. Dann atmete sie wieder aus. Er hatte ihm einen Namen gegeben. Nichts Geringeres als göttliche Intervention würde ihn jetzt noch von dem Dreibeiner trennen. Verdammt, sie hätte besser aufpassen sollen. *Du wirst die Flut nicht stoppen, indem du dich gegen sie stemmst.* Das war ein anderer Spruch der Magista. Also verschränkte Jazz die Arme vor der Brust und stellte die drängende Frage.

»Warum *Pampelmuse*?«

Juri sah nicht mal auf, so offensichtlich schien ihm die Antwort zu sein.

»Na, weil er weder eine Apfelsine noch eine Grapefruit ist.« Er hielt dem Hund vergilbte Grashalme hin, damit sich sein Magen beruhigte. Wieso hatte sie überhaupt gefragt. Jazz schüttelte den Kopf. Ob über Juri, diese Stadt oder sich selbst, wusste sie nicht.

Als der Hund endlich fertig war, schulterte Juri seinen Seesack, und sie begaben sich zum U-Bahnhof. Jazz hatte beschlossen, dass es keinen Sinn hatte, weiter in der Innenstadt zu suchen. Die Schwester konnte sich am Stadtrand sicher besser verbergen, und irgendwo mussten sie ihre Suche ja fortsetzen.

Noch bevor sie hinab zur U-Bahn-Station stiegen, schärfte Jazz Juri ein: »Wenn dich jemand anspricht, blick auf den Boden, schüttle den Kopf und sag: *Nein, danke, wir brauchen nichts!*«

Juri nickte eifrig. Aber Jazz war sich nicht sicher, ob er ihr antwortete oder den Hund anfeuerte, der an seinen Fingern kaute.

Sie fuhren nach Westen. Jedenfalls, wenn Jazz den U-Bahn-Plan richtig gelesen hatte. Die Bahn war nicht voll. Jeder Fahrgast starrte nur auf sein Handydisplay. Niemand nahm sie wahr. Sie hatten einen Vierersitz für sich ergattert, und Jazz lehnte sich gegen den Seesack, den Juri neben sie gestellt hatte. Der U-Bahn-Waggon war alt und schmutzig. Die Scheiben waren zerkratzt, die Sitze beschmiert. Ein Platz, an dem die Menschen nur so lange wie unbedingt nötig verweilten. Ein Ort, der niemandem gehörte. Die Tunnelwände rasten an ihnen vorbei. Grauer Stein, Kabelstränge, Baulampen und sich verzweigende Tunnel. Wie Gefäße eines faulenden Organismus pumpten die U-Bahn-Schächte die Menschen durch die Stadt. Eingeschlagenen Zähnen gleich klafften finstere Lücken in den bröckelnden Betonwänden. Es war die hässliche Seite der funkelnden Glaspaläste und Edelboutiquen über der Erde. Das unterirdische Netzwerk aus Schächten und Gleisen musste gigantisch sein. Viel größer als die Unterstadt von Arken. Hatte sich Arvids Schwester auch hier unten versteckt? War sie allein, oder hatte sie andere gefunden, die waren wie sie?

Das Licht in dem Waggon flackerte, fiel aus und erwachte dann wieder zum Leben. Jazz blickte sich um. Waren sie dafür verantwortlich? Ein Junge in einer zerfetzten Hose, weiter den Gang hinunter, hämmerte auf sein Handy ein, das nicht zu funktionieren schien. Zwei ältere Damen hinter ihnen waren in ein Gespräch vertieft. Niemand blickte zu ihnen hinüber. Juri spielte mit dem Hund und versuchte tatsächlich, ihn mit den selbst gemachten Proteinriegeln zu füttern. »Er hat doch jetzt einen leeren Magen«, erklärte er.

Jazz schluckte ihre Antwort hinunter und rieb sich über die Stirn. Die Zeichen auf ihrer Haut glommen sanft, und sie zog schnell den Ärmel darüber. Der Hund schien keinen Gefallen an den Riegeln zu finden und leckte Juri nur die Finger ab. Pampelmuse hatte offensichtlich Geschmack. Beim Mutterschrein, jetzt nannte sie den Hund auch schon beim Namen.

Die Idee, wieder zum Main zu fahren und weiter dem Fluss zu folgen, war nur ein weiterer Schuss ins Blaue. Doch was blieb ihnen übrig? Die U-Bahn hielt an und fuhr wieder los, im ewig gleichen Rhythmus. Das Rattern der Bahn wiegte sie hin und her. Mit schweren Lidern betrachtete Jazz die vorbeihuschenden Tunnel – in der absurden Hoffnung, dort einen Ghul zu erblicken. Als sie den Blick wieder durch die U-Bahn schweifen ließ, waren sie allein. Sie streckte sich und unterdrückte ein Gähnen. Das Licht spielte wieder verrückt. Juri blickte zu ihr hinüber und deutete mit dem Kopf auf Pampelmuse. Der Hund hatte sich auf seinem Schoß zu einem fleckigen, struppigen Ball zusammengerollt. Langsam hob und senkte sich das Fellknäuel. Wie schnell er zu Juri Vertrauen gefasst hatte! Lag das an dem Troll, oder war der Kleine einfach nur erschöpft? Ihr Magen grummelte so laut, dass Juri sie fragend ansah. Wann hatte sie das letzte Mal etwas gegessen? Sie wollte gerade etwas zu Juri sagen, als sie bemerkte, dass sie nicht mehr völlig allein waren.

Schräg gegenüber von ihnen hockte auf der anderen Seite des Waggons ein sehr schlanker Mann. Aschblonde Haare lugten unter einer groben Wollmütze hervor. Das Tweedjackett war geflickt. Der gestrickte Schal und die fingerlosen Handschuhe sollten wohl gegen die Kälte helfen. Und trug er tatsächlich Knöpfstiefel? Er hatte etwas Altertümliches an sich. Wahrscheinlich war es gerade angesagt, herumzulaufen wie Stadtstreicher vor hundert Jahren. Aber die Kleidung war nicht der Grund, warum Jazz den Mann betrachtete. Er hielt ein Buch. Es war selten genug, Menschen mit Büchern in den Händen zu sehen. Eigentlich war das immer etwas, was Jazz den Glauben an die Menschheit zurückgab. Aber der Kerl brach dem Buch den Rücken. Er hatte es so umgeklappt, dass die Buchdeckel sich berührten. Wusste er denn nicht, dass so die Bindung aufbrach? Wie konnte man ein Buch nur so behandeln? Die Seiten würden herausfallen.

»Geld her!«

Jazz schreckte auf. In dem flackernden Licht sah sie ihn nicht gleich. Der Leser hatte sie zu sehr abgelenkt. Vor ihnen stand ein junger Mann in abgetragener Kleidung. Aufgerissene Augen blickten unter einem schmutzigen Basecap hervor. Das Messer in seiner Hand blitzte und zuckte zwischen Jazz und Juri hin und her. Bevor Jazz etwas tun konnte, reagierte Juri.

»Nein, danke. Wir kaufen nichts«, sagte er, schüttelte den Kopf und hielt den Blick auf den Boden gerichtet.

»Los, raus mit der Kohle!«

Die Stimme des Mannes überschlug sich. Seine Zunge fuhr über die schmalen Lippen. Die Klinge in seiner Hand ruckte vor und zurück wie eine gereizte Schlange. Die Schultern hatte er hochgezogen wie ein Boxer. Immer wieder warf er Blicke hinter sich. Jazz' Hals wurde trocken. Sie versuchte, sich hinter dem gewaltigen Seesack zu verstecken, der neben ihr auf dem Sitz stand. Ihre Finger rutschten wie von selbst in die Tasche und umklammerten den metallenen Zylinder.

Jetzt bloß nichts Falsches sagen, sonst endete das hier in einem Unglück. Verdammt, warum hatte sie nicht aufgepasst!

Juri blickte noch immer auf den Boden, wie sie ihm aufgetragen hatte, und schüttelte den Kopf.

»Nein, danke«, murmelte er.

»Willst du, dass ich dich verletze, hä? Her mit dem Geld! Oder …«

Endlich erwachte Jazz aus ihrer Starre. Sie tippte Juri mit der Fußspitze an. Sie wollte ihre Hand aus der Tasche ziehen, doch der drohende Blick des Mannes war eine stumme Warnung.

»Juri!« Ihre Stimme war flach. »Juri, wir werden gerade ausgeraubt.«

Endlich hob der Troll den Blick und sah auf zu dem Räuber. An der Waffe blieb sein Blick länger haften.

»Mit einem Küchenmesser?«, vergewisserte er sich. Jazz nickte und vermied es, den Mann anzusehen.

Juri schüttelte missbilligend den Kopf.

»Ein Messer ist eine ganz schlechte Waffe für einen Überfall.«

Der Mann machte einen Ausfallschritt auf Juri zu und fuchtelte mit dem Messer vor dessen Gesicht.

»Spiel hier nicht den Helden! Rückt raus, was ihr bei euch habt. Alle beide!« Er gestikulierte wild mit dem Messer. »Eure Handys nehme ich …«

Der Mann starrte mit offenem Mund auf seine leere Hand.

»Siehst du, deswegen sind Messer so schlecht für einen Überfall.« Juri hielt in der einen Hand den gähnenden Pampelmuse und in der anderen die Klinge. Er prüfte mit dem Daumen die Schneide und seufzte. »Die ist ja praktisch stumpf …« Dann hielt er sie schräg vor sich in das flackernde Licht. »… und sie fängt schon an zu rosten.«

Er drückte dem Mann das Messer wieder in die Hand. Der öffnete und schloss den Mund wie ein Fisch.

»Weißt du, was eine bessere Waffe wäre?« Juri wartete gar nicht erst auf eine Antwort. »Ein Speer. Ja, ja, ich weiß. Sag nichts. Ein Speer ist so archaisch. Sieht vielleicht auch nicht sonderlich bedrohlich aus. Aber er hat Reichweite und ist deutlich schneller!« Er hatte den Finger erhoben und erinnerte Jazz dabei an Björn, von dem er die Lektion sicherlich gelernt hatte. Dann geschah das Unglaubliche. Der Mann nickte. Die Augen rund wie Brunnenschächte, der Mund offen. Vielleicht war er sich dessen nicht einmal bewusst, aber er nickte langsam.

»Ich würde dir auch ein bisschen Cardiotraining empfehlen. Gerade als professioneller Bandit lohnt es sich, fit zu sein.«

Juri warf dem Räuber seine Kugelhantel zu, der sie unbeholfen mit

beiden Händen auffing. Doch das Gewicht ließ ihn stolpern und riss ihn fast zu Boden. Das Messer klimperte, als es aufschlug.

»Kettlebell-Training scheint mir für dich das Richtige zu sein. Am Anfang elf Minuten mit nur sechzehn Kilo. Diese Hantel scheint ja ein bisschen zu schwer für dich zu sein.«

Er nahm dem Mann das Gewicht mit einer Hand wieder ab und stellte es wie eine Handtasche neben sich. Der Mann mit den großen Augen blickte auf seine leeren Hände. Schweiß hatte sich auf seiner Haut gebildet. Er taumelte und wäre gestürzt, hätte Juri ihn nicht festgehalten. Er zog ihn zu sich auf die Sitzbank.

Jazz stieß geräuschvoll die Luft aus und nahm die Hand aus der Tasche mit dem Reizgas.

»Du kannst doch nicht einfach durch den Zug rennen und Leute mit einem Messer bedrohen? Selbst für Frankfurt ist das eine Nummer zu irre.« Sie trat nach dem Messer, das durch den Wagen schoss. Juri hob die Hand.

»Sie hat recht, weißt du? Selbst mit so einem Messer kannst du jemanden oder dich selbst verletzen.«

Der Mann sackte in sich zusammen wie ein Ballon, aus dem Luft entwich.

»Du machst das zum ersten Mal, oder?«

Der Mann nickte stumm.

Passierte das hier gerade wirklich? Jazz blinzelte. Gerade hatte er ihr noch ihre Kohle abnehmen wollen, und jetzt hockte er da wie ein Schüler beim Direktor.

»Was is'n los bei dir?« Juris Stimme war ruhig und tief.

Der Mann zog sich das Basecap tiefer in die Stirn. Seine Schultern zuckten.

»Na, komm schon. Wir alle kennen harte Zeiten, aber es in sich reinzufressen macht es nicht besser. Was ist denn los?«

Der Mann sah nicht mehr aus wie ein Mann. Mehr wie ein großer, einsamer Junge. Die Hände lagen schlaff im Schoß, der Blick war hinter der Mütze versteckt. Er schluckte. Seine Stimme war leise und stockend. »Wir sind mit der Miete im Rückstand. Hab meinen Job verloren, als der Späti pleiteging. Das Westhafen-Viertel geht vor die Hunde. Kein zuverlässiges Internet, kein Handyempfang, weil die alte Chemiefabrik das Netz stört. Stromausfälle, geklaute Autos, eingeworfene Scheiben. Nach dem Brand in der Metzgerei sind die Ersten weggezogen, in bessere Gegenden. Es gab Überfälle. Meine Freundin traut sich nicht mehr zur Nachtschicht raus. Und dann diese Schreie in der Nacht …«

Er brach ab, wischte sich mit dem Handrücken über die Nase und schniefte. Worte, die zu lange unausgesprochen waren, ketteten sich aneinander.

»Wir wären ja längst weggezogen. Aber die Mieten in den anderen Vierteln … die können wir uns einfach nicht leisten. Dann hat der Spätverkauf dichtgemacht. Mein Vermieter will aber trotzdem sein Geld haben. Die Hälfte des Hauses steht leer, aber von mir will er Geld. Geld, das ich nicht hab.«

Er hatte den Kopf gehoben, und die Wut in den großen Augen war Verzweiflung gewichen.

Juri klopfte dem Mann auf die Schulter. »Guck dir Pampelmuse an. Er hat nur drei Beine, aber deswegen hört er doch nicht auf zu laufen. Vielleicht solltet ihr Frankfurt hinter euch lassen und auf dem Land neu anfangen?«

Der andere nickte zögernd. Aber das hätte er wohl auch getan, wenn Juri ein Leben auf dem Mond empfohlen hätte.

Als er schließlich aus der U-Bahn stolperte, hatte er eine Handvoll Müsliriegel und Juris gesamte Barschaft bei sich, die wohl gerade für ein Mittagessen reichen würde. Jazz blickte ihm nach, bis sich die Türen schlossen.

»Das gibt's doch nicht!«

Juri stimmte ihr zu. »Was für 'ne irre Stadt, die Menschen dazu bringt, Hunde zu treten.«

»Und Menschen mit Messern zu bedrohen, um sie auszurauben.«

»Hmm, ja, das wohl auch.«

»Aber ich meinte etwas anderes. Ich glaube, er hat uns den ersten brauchbaren Hinweis geliefert.«

Juri blickte Jazz verständnislos an, und Pampelmuse folgte seinem Beispiel.

Jazz bemerkte aus dem Augenwinkel, dass der Leser nicht mehr da war. Wann war der denn ausgestiegen? Sie hatte es gar nicht mitbekommen. Sie blickte auf die Anzeige, die den kommenden Halt ankündigte.

»Wir müssen an der nächsten Station raus.«

»Ah, dasch isch sooo guuuut?«

Juri war kaum zu verstehen. Er vertilgte gerade den dritten Dürüm, während Jazz an ihrer Portion Falafel knabberte. Pampelmuse folgte Juri wie ein Schatten und saugte alles ein, was aus Juris Teigrolle herabregnete. Juri verschlang einen weiteren Bissen und wischte sich die langen braunen Haare aus dem Gesicht. »Die Stadt ist zwar so behaglich wie ein Abwasserschacht, aber kochen können diese Frankfurter«, stellte er fest.

Jazz machte sich nicht die Mühe, ihm zu erklären, dass *Falafel* und *Dürüm* nicht unbedingt zu den regionalen Spezialitäten gehörten. Wenn sie ihm *Handkäs mit Musik* vorsetzte, würde er die Stadt umgehend verlassen wollen. Jedenfalls hatte sie das getan, als sie es das erste und letzte Mal probiert hatte. Es schien ihr inzwischen wie ein anderes Leben, eines, das vor langer Zeit in ihrer Vergangenheit beerdigt worden war. Dabei war es nur wenige Jahre her. Damals war sie aus einer Pflegefamilie abgehauen, nachdem sämtliche Spiegel im Bad zersplitterten, während ihr Ebenbild sie mit brennenden Pupillen anstarrte. Es waren Erlebnisse wie diese, vor denen sie geflohen war. Doch so weit sie auch rannte, sich selbst konnte sie nicht entkommen. Aber bleiben konnte sie auch nicht. Wie hätte sie denn ein verwüstetes Bad erklären sollen, wenn sie doch selbst keine Antwort hatte?

»Magst du mir verraten, warum wir genau hier ausgestiegen sind? Will mich aber nicht beschweren. Vielleicht können wir ja auf dem Rückweg noch mal einen Abstecher zu dem Imbiss machen?«

Er machte sich daran, die Alufolie von dem letzten Dürüm zu wickeln, und blickte ihn fast wehmütig an.

Jazz' Blick schweifte über die Straße. Die Häuser waren hier niedriger, nur wenige Stockwerke hoch. Der herabfallende Putz riss Löcher in die bunt besprühten Wände. Die meisten Fenster waren vergittert und dunkel. Die Straßen erinnerten sie an Kratzbach. In der Ferne glitzerte das goldene Licht des Hafenbeckens, wo die Boote anlegten und die Eigentumswohnungen thronten. Dort waren die Straßen vermutlich sauber, die Laternen funktionierten, und die abgeschlossenen Fahrräder hatten noch Sättel und Reifen.

Es waren nur ein paar Häuserblocks, doch in Wirklichkeit waren es Welten.

»Weißt du noch, was der Junge über sein Viertel erzählt hat?«, fragte Jazz, während ihr Blick die Straße abtastete wie Suchscheinwerfer.

»Du meinst, das mit den Überfällen und den geklauten Autos?« Juri leckte sich die Finger, an denen noch die Soße klebte.

»Ja, auch, aber wichtiger ist das, was er über die Chemiefabrik er-

zählt hat. Schlechtes Internet, schwaches Handynetz, Strom, der ausfällt…«

Juri zuckte nur mit den Schultern. »Und? Was soll damit sein? Ist doch in Arken genauso.«

Jazz rollte mit den Augen. »Juri, genau das ist der Punkt. Das ist nicht normal. Sonst funktionieren diese Netze, besonders in den großen Städten.«

Juri brummte nur. Es schien ihn nicht sonderlich zu interessieren. Stattdessen hielt er Ausschau nach dem nächsten Falafel-Stand.

»Und das mit der brennenden Metzgerei? Um sich mit Frischfleisch zu versorgen, ist eine Metzgerei doch der ideale Ort.«

»Hmm, vielleicht. Aber warum wurde sie dann angezündet?«

»Keine Ahnung, vielleicht ist bei einem Einbruch etwas schiefgelaufen?«

Juri hob die Augenbrauen, bis sie unter dem braunen Schopf verschwanden.

»Es könnte auch ein Kurzschluss oder eine weggeworfene Zigarette gewesen sein.«

»Was ist mit den Schreien in der Nacht? Vielleicht hat Arvids Schwester sich in einen Siechen verwandelt und Menschen angegriffen?«

Juri wischte sich die Hände an der speckigen Weste ab. Er hob die Arme und ergab sich in sein Schicksal. Doch der Zweifel war ihm deutlich ins Gesicht geschrieben.

»Na gut, dann suchen wir also nach dieser alten Chemiefabrik. Vielleicht haben wir ja Glück und finden unterwegs was zu essen.«

»Du kannst doch unmöglich noch hungrig sein.«

»Nicht für mich!« Er hob abwehrend die Hände. »Ich will nur Vorräte anlegen, falls Pampelmuse nachher Hunger bekommt.«

Jazz zog sich den Schal über das Kinn. Mit der Nacht kam auch die Kälte.

»Dir ist schon klar, dass der Hund ein Zwanzigstel von dir wiegt?«

Juri lachte und hob den Hund auf den Arm.

»Aber er ist doch noch im Wachstum!«

Der Mond war eine unvollständige, fahle Münze hinter silbernen Wattebäuschen, als sie das urzeitliche Monstrum endlich erblickten. Die Wohnhäuser waren längst aufgegeben und Fabriken und Abschleppdiensten gewichen. Die breiten Straßen waren leer und dunkel, der Asphalt aufgeplatzt, der Gehweg mit Sperrmüll übersät.

Wie das Skelett eines prähistorischen Giganten schälten sich rostige Stahlträger und aufgerissene Wellblechdächer aus der Nacht. Das Gelände war weitläufig und in dem schummrigen Licht der vereinzelten Laternen kaum zu erkennen.

»Also, wenn ich ein Ghul wäre, würde ich mich hier verstecken«, gab Juri Jazz recht, die auf ein aufgebogenes Zaunteil deutete. Juri drückte den Zaun weiter auf, und er gab mit einem Knirschen nach.

»Warte!«, sagte er, als sie sich auf dem mit Unkraut überwucherten Gelände befanden. Er wühlte in seinem Seesack und drückte Jazz eine Taschenlampe in die Hand.

»Damit machen wir zwar alle auf uns aufmerksam, aber besser, als dass du dir den Hals brichst.«

Jazz schaltete die Taschenlampe ein und lächelte. So viele magische Utensilien hatte sie eingepackt, aber an so etwas wie eine Taschenlampe hatte sie nicht gedacht. Sie tastete nach Juris Hand.

»Danke, dass du mitgekommen bist.«

Juri wich ihrem Blick aus und rieb sich den Nacken. »Na, wofür hätte man denn eine Rollenspielgruppe, wenn man dann alleine auf Abenteuer geht?«

Sie hatten sich an ausgeweideten Lkws und zersplitterten Europaletten vorbeigeschlichen. Nun standen sie einen Steinwurf von der Fabrik entfernt. Sie duckten sich hinter eine Kabeltrommel und schalteten die Taschenlampe aus. Die Stille wurde nur von einzelnen Autos gestört, die ab und zu vorbeifuhren.

»Ich schleich mich rein, und du bleibst hier in Deckung«, schlug Juri vor.

»Mit Sicherheit nicht.«

Jazz stand auf, hörte, wie Juri hinter ihr brummte, und lief auf das Gebäude zu. Sie planten ja schließlich keinen Überfall. Wenn Arvids Schwester hier war, sollte sie sie ruhig sehen.

Zerbröckelnde Betonstufen brachten sie auf eine überdachte Verladerampe. Von hier wurden wohl früher Lkws beladen. Ihr Lichtstrahl strich über die Backsteinfassade, an der Zettel klebten. Irgendwelche Arbeitsschutzhinweise, nahm Jazz an und trat näher. Doch sie hatte sich geirrt. Es waren Nachrichten, die allesamt von Hand geschrieben wurden. Die Handschriften waren dabei so unterschiedlich wie das Material, mit dem sie erstellt wurden. Kleine Zettel mit feinen Bleistiftlinien wurden von großen, in Blockbuchstaben beschriebenen Postern überdeckt. Auf die Wand geklebte Pappkartons, übermalte Zeitungsseiten, Servietten aus Schnellrestaurants ... es schien alles verwendet worden zu sein, auf dem man schreiben konnte. Jazz leuchtete auf einen Zettel, der unmittelbar vor ihr an einem Faden pendelte.

Nicht die Sonne des Tages, die Sterne der Nacht vermisse ich.

Jazz strich über die vergilbten Papiere. Es waren Dutzende Botschaften. Manche ungelenk und kaum zu lesen.

Nirgends herrscht so viel Elend, dass man nicht noch mehr hinzufügen könnte.

Andere filigran und wenige Wochen alt.

Ich stehe im Dunkeln und blicke ins Licht, ersehne die Hoffnung, doch sehe sie nicht.

War das Ghullyrik?

»Jazz, komm her. Ich glaube, du hattest recht.«

Juri stand vor einer gewaltigen Schiebetür, durch die einst Waren zum Weitertransport geschoben worden waren. Er deutete auf das rostige Tor. Jazz musste erst mit der Taschenlampe daraufhalten, damit sie es auch erkannte. In zittrigen Lettern war etwas in großer Eile daraufgesprüht worden. Sie brauchte einen Moment, um es zu entziffern. Ihre Lippen bewegten sich stumm, als sie die Worte las, und Kälte kroch ihre Wirbelsäule empor.

Bruder, sie kommen, um uns zu holen! Flucht! Fürchte nicht die Kälte.

Eschenallee
Cesare Cos
G.Giersch
Grantowit
Meister

Der große Frieden

Adrian rieb sich den Schlaf aus den Augen und gähnte, als wolle er den Nachthimmel samt zunehmendem Mond verschlingen. Sein Atem war eine goldene Wolke im Licht der Laterne, die sich langsam auflöste. Er zog den Schal bis zur Nase hoch, um sich gegen den Biss der Kälte zu schützen. Die Pflastersteine der Eschenallee wanden sich durch das finstere Arken wie der schuppige Körper eines Reptils. Hinter ihm erklang das vertraute Stöhnen und Ächzen des Anwesens. Eine Tür wurde geöffnet, Schritte stapften die Stufen hinab. Adrian wich zurück, als Björn schwer beladen auf ihn zuwankte. Unter all den Kisten und Paketen konnte er den Riesen von nebenan kaum erkennen.

»Was ist das denn alles für Zeug?«

»Meintest du nicht, du würdest Jazz' Aufgaben übernehmen? Nun, das sind ihre Aufgaben«, sagte der Riese mit einer Stimme, die Rinde von Bäumen schälen konnte. Man fühlte sie mehr, als man sie hörte.

»Ja, schon, aber ich dachte, ich müsste noch mehr Bücher ausliefern. Nicht so was.«

Er gestikulierte in Richtung eines unförmigen Pakets, aus dem dunkle Flüssigkeit sickerte. Björn folgte der Geste und hob die Brauen.

»Glaub mir, du willst nicht wissen, was da drin ist.«

Adrian wich einen weiteren Schritt zurück und stieß gegen den Gartenzaun. Björn begann damit, Holzfässchen, Bücher, Gläser mit undefinierbarem Inhalt und muffige Leinensäcke auf dem Lastenrad zu verstauen. In der braunen Flüssigkeit eines bauchigen Einmachglases zuckte etwas.

»Da, da hat sich was bewegt!« Adrian deutete auf das Gefäß und hielt sich mit der anderen Hand am Zaun fest.

»Ein Glück! Du solltest dir Sorgen machen, wenn es aufhört, sich zu bewegen.«

Er wusste bei Björn nie, wann er einen Scherz machte und wann nicht. Adrian zog den Kopf ein und beugte sich leicht nach vorn. Jetzt war die Flüssigkeit still, wie erkalteter Teer.

»Will ich …« Er schluckte, deutete auf das Glas und versuchte gleichzeitig, die Hand möglichst dicht am Körper zu halten. »Will ich wissen, was es ist?«

Björn legte den Kopf schief, als müsse er nachdenken.

»Das kommt darauf an …«

Adrian entschied, das Spiel mitzuspielen. »Worauf kommt es an?«

»Ob du schon gefrühstückt hast oder nicht.« Der Riese griente, und Adrian wurde klar, wo Juri sich das abgeschaut hatte. Die Antwort reichte ihm. Er winkte ab und spürte, wie sein Magen rebellierte, als ihm Bilder von sich windenden Tentakeln in brauner Soße durch den Kopf gingen.

»Eigentlich muss ich es gar nicht so genau wissen.«

Björn klopfte Adrian auf die Schulter, dass es ihn fast umwarf.

»Ist oft besser so. Einfach nicht dran denken. Du musst nur aufpassen, dass das Glas nicht zu dicht neben dem hier steht.«

Er hielt wieder das triefende Paket hoch. Adrian nickte. Nicht, weil er irgendetwas verstand, sondern weil er nicht wusste, was er sonst tun sollte.

Er war überrascht, was alles in den Satteltaschen, auf dem Gepäckträger und in dem großen Kasten zwischen den beiden Vorderrädern verschwand.

»Hätte nicht gedacht, dass das alles da reinpasst.«

Björn tätschelte den Sattel wie ein Haustier. »Der rote Blitz ist eben nicht nur schnell und stabil, sondern auch geräumig. Aber du weißt ja, das Beste an dem Rad ist der Motor.«

Adrian war gerade erst ins Bett gefallen, als der Riese an die Tür geklopft hatte. Zumindest hatte es sich so angefühlt. Er war zwar von Träumen verschont geblieben, aber noch so müde, dass er fragte: »Motor?«

In den Augen des Mannes funkelte es belustigt. Dann begriff Adrian. »Ach so, ich.«

Björn drückte ihm die Lieferliste in die Hand und deutete auf das Lastenrad, als würde er ihn in eine elegante Kutsche einladen. Adrian stieg auf das Rad und stemmte sich gegen die Pedalen. Nichts passierte. Erst dachte er, Björn würde das Rad festhalten. Aber der stand nur da wie eine Statue und stemmte die Hände in die Hüften. Waren etwa alle drei Reifen des Ungetüms platt? Oder hatten sich die Felgen am Rahmen festgerostet? Doch endlich senkte sich die Pedale hinab, und das Rad machte träge eine halbe Umdrehung. Ein brummendes Glucksen drang aus dem rotbraunen Bart des Riesen, und er machte eine auffordernde Geste. »Du weißt doch, es gibt nur zwei Arten, etwas zu tun, richtig und noch mal.«

Adrian verdrehte die Augen, so, dass Björn es nicht sah. Erneut legte er sein ganzes Gewicht in die Bewegung. Er zog sich zum Lenker und grunzte, doch das Rad gab nur das Geräusch einer rostigen

Friedhofspforte von sich. Dann erbarmte sich Björn und half dem roten Blitz auf die Sprünge. Er gab dem Gepäckträger einen Schubs, und das Lastenrad rollte los.

»Und immer daran denken … Wenn dir zu kalt wird, trittst du nicht schnell genug.«

Björn hatte wohl noch weitere Tipps auf Lager, aber das Kopfsteinpflaster verschlang alle anderen Geräusche. Adrian umklammerte den Lenker, um nicht abgeworfen zu werden.

Warum hatte er sich nur darauf eingelassen? Oder warum hatte er Jazz nicht wenigstens gefragt, was denn diese Aufgaben seien, die er übernehmen sollte? Mit Sicherheit musste sie nie mit diesem dreirädrigen Ungetüm mitten in der Nacht Botengänge erledigen.

Gestern hatte er den halben Abend Thymianblätter von Stängeln gezupft und zusammen mit Knoblauch in Olivenöl eingelegt. Danach hatte er sämtliche Pflanzen im Haus mit Vollmondwasser gegossen und die Dachbalken mit aufgeschnittenen Zwiebeln eingerieben. Das sollte angeblich gegen Holzwürmer helfen. Er wusste nicht, ob die Zwiebeln die Holzwürmer beeindruckten, aber sie würden jeden davon abhalten, im Bus neben ihm sitzen zu wollen. Auch ein heißes Bad hatte an dem Zwiebelgeruch nicht viel geändert. Warum stank Jazz nie nach Zwiebeln, sondern roch immer nach Lavendel und Rosenlorbeer?

Wahrscheinlich waren diese Aufgaben nur die Rache seiner Tante dafür, dass er ihr nichts von Jazz' Reiseplänen erzählt hatte.

»Jazz tut, was sie tun muss, und du hast getan, was du für richtig gehalten hast«, war ihre Antwort gewesen, als Jazz nicht zum Frühstück erschienen war und er seiner Tante erklären musste, was sie vorhatte. Dann hatte sie in ihren Tee geseufzt, als wolle sie sich in die Tasse stürzen.

»Ich werde Barnaby bitten, nach ihr zu suchen. Du weißt nicht, wo sie ist?«

Adrian hatte nur den Kopf geschüttelt.

»Nun gut, wenn ich dich richtig verstanden habe, wirst du ihre Aufgaben übernehmen? Fein, die Liste liegt in der Küche.«

Ihre Stimme hatte dabei nicht besonders schwach geklungen.

Die Liste wurde stets um einen Auftrag erweitert, kaum dass er eine Arbeit erledigt hatte. Es grenzte an Hexerei, dass Jazz all das geschafft haben sollte.

Adrian kribbelte von den andauernden Erschütterungen der Straße der Hintern. Zum Glück ging es von der Oberstadt zur Altstadt bergab. Der rote Blitz rollte an schlafenden Häusern und träumenden Gassen vorbei. Die Eschenallee hinunter und im Zickzack durch die Straßen der Oberstadt, über leergefegte Plätze, an Gaslaternen vorbei und unter dunklen Brücken hindurch. Das schwere Rad rollte erbarmungslos über Schotter, Kies und Pflastersteine. Abgesehen von dem Rauschen der Räder war es völlig still. Keine Stimmen in oder außerhalb von seinem Kopf. Arken schlief, und Adrian sah niemanden auf den Straßen oder hinter den dunklen Fenstern. Es war so ruhig, als wäre er der einzige Mensch auf der Welt, und das fühlte sich besser an, als er gedacht hätte.

Den Großteil der Pakete war er inzwischen losgeworden. Er hatte sie vor Haustüren, Luken, Pforten und ein Fallgitter gelegt. Einen Leinensack musste er sogar in einen hohlen Baum stecken. Die Adressen waren typisch für Arken. Auf dem tropfenden Paket befand sich kein Name, stattdessen stand in krakliger Handschrift, die sich im Later-

nenlicht kaum entziffern ließ: *Brombeergasse, irgendwo zwischen Wachholderbusch und alter Eiche, Gullydeckel.*

Adrian hatte das kalte, weiche Paket – weit von sich gestreckt – auf den Abwasserdeckel gelegt. Nichts tat sich. Er zuckte mit den Schultern und ging drei Schritte zurück zum Rad. Als er aufstieg, war das Paket verschwunden. So war das halt in Arken. Er rumpelte weiter die Straße hinab, das Rad war spürbar leichter. Nur noch drei Namen standen auf seiner Liste mit dem Vermerk: *persönliche Übergabe an Meister Hauchaus, Griselda Giersch-Grantowitz, Cesare Costa.*

Er ließ den Klöppel gegen die Glocke schlagen. Der Ton hallte voll und tief durch die stillen Gassen der Altstadt. Neben dem Holzrahmen der Tür prangte ein Zettel mit einem Zeichen, das Adrian in Arken schon häufiger gesehen hatte. Ein stilisierter Mann mit Brille und einem Fragezeichen auf dem Hut. Jazz wusste sicherlich, was das bedeutete, aber er selber hatte keine Ahnung. Und tatsächlich kümmerte es ihn auch kaum. Er dachte an eine warme Dusche und einen große Becher Kakao mit Marshmallows. Vom fernen Marktplatz vernahm er die ersten Laute der Schausteller. Die Sonne war jedoch noch so weit von Adrian entfernt wie ein normales Leben.

Er blickte hinunter zu dem Kanal, der wie schwarzes Glas die Altstadt durchschnitt. Irgendwo dort unten war der Haupteingang zur Unterstadt versteckt. Vielleicht lauerten einige Ghule in den Schatten? Es war das richtige Wetter für sie, dunkel und kalt. Ob sich Latit an den Pakt halten würde, jetzt, wo Jazz nicht mehr in Arken war? Und falls nicht … was sollte er, Adrian, tun? Warum musste er sich überhaupt mit solchen Fragen herumschlagen? Von den Wehrwölfen musste sicher niemand in eisiger Nacht mit einem peinlichen Rad durch die Stadt eiern, um dubiose Lieferungen auszufahren und sich Gedanken über die Einhaltung von Pakten zu machen. Die Umweltschützer schraubten tagsüber lustig an ihren Rädern, spielten Eishockey und lagen jetzt gemütlich in ihren warmen Betten.

Adrian griff erneut nach der Glocke, als sich die Tür einen Spalt öffnete.

Eine Kapuze erschien in der Öffnung. Das Gesicht darunter war im Schatten verborgen. Aus dem Haus strömte ein Duft nach Tee, Sandelholz und Kaminfeuer. Ein warmes, oranges Licht flackerte hinter der Gestalt und deutete einen langen Flur an.

»Wo ist Jazz?«, fragte eine heisere Stimme.

Bildete Adrian sich das ein, oder stieg Dampf aus der Dunkelheit der Kapuze auf?

»Ähem, Jazz ist verhindert. Ich bin ihr Ersatz und habe, ähem, Ihre Lieferung?«

Der letzte Teil klang mehr nach einer Frage, denn Adrian wusste nicht, wie er das Einweckglas sonst nennen sollte.

Eine bandagierte Hand erschien in dem Türspalt. Die Geste war nicht misszuverstehen. Adrian schluckte, er hatte gehofft, das Glas nicht anfassen zu müssen. Also zog er sich die Ärmel über die Hände, nur für alle Fälle, und hob das Glas vom Rad. Es war schwerer, als es aussah, und Blasen stiegen darin auf, kaum dass er es berührte. So schnell er konnte, drückte er das Gefäß in die geöffnete Hand.

Er war sich sicher, wieder eine Bewegung erkannt zu haben.

»Sagen Sie, wollen Sie mir sagen, was das in dem Glas …«

»Nein«, unterbrach ihn die heisere Stimme. Zwei glimmende Kohlen funkelten unter der Kapuze auf.

Das Glas verschwand, und eine versiegelte Schriftrolle wurde Adrian entgegengestreckt.

»Richte der Frau Magista meinen Dank aus, Adrian Eisenhut.«

Die Tür quietschte in ihren Angeln, als sie vor Adrian zuschlug, bevor er etwas erwidern konnte. Woher kannte Meister Hauchaus seinen Namen? Was war das überhaupt für ein merkwürdiger Magika, und was war in dem Glas? Er blickte auf die Schriftrolle. Was er wohl bestellt hatte? Krötenbeine und Spinneneier, Opferbeigaben heidnischer Kulte oder bloß ein Glas Bananenshake? Das Siegel ließ keinen weiteren Blick auf den Inhalt zu. Adrian zuckte mit den Schultern. Wenigstens war er das Glas los und hatte auch sonst alle merkwürdigen Pakete ausgeliefert. Jetzt gab es nur noch die Bücher und zwei Namen auf der Liste. Einen davon kannte er leider schon von den letzten Botengängen.

Er schob das Rad am Kanal entlang und über eine kleine Brücke. Zwei knorrige Apfelbäume standen wie stumme Wächter vor dem Fachwerkhaus. Es war das einzige Haus, in dem um diese Zeit schon Licht brannte. Ein Licht in der Dunkelheit, schoss es ihm durch den Kopf, das Motto der *Arken-Laterne*, dem Revolverblatt der Stadt. Er kramte die Bücher hervor und nahm die drei Stufen zur Eingangstür. Kaum stand er auf der obersten Stufe, schwang die Tür nach innen, und das runzlige Gesicht von Frau Giersch-Grantowitz funkelte ihn von unten an.

»Warum hat das so lange gedauert?«

Die Alte hatte das Kinn angriffslustig nach vorne gestreckt. Sie ging Adrian gerade mal bis zur Brust, aber das machte keinen Unterschied.

»Wenn die junge Dame kommt, ist sie immer früher hier. Nur du kommst immer so spät.«

Adrian deutete in die Nacht hinaus. »Es ist noch nicht mal Morgen …«

»Und das heißt, dass man nicht arbeiten muss? Stadtjunge, hier in Arken schläft die Arbeit niemals!«

Wenn Jazz wieder da war, durfte sie die Buchlieferung an diese Adresse gern wieder übernehmen. Die Alte war einfach unausstehlich, egal zu welcher Tageszeit. Um den Besuch möglichst kurz zu gestalten, hielt er ihr das Bündel hin.

»Hier sind die Bücher, die Sie bestellt hatten.« Er sah noch einmal auf die Titel: »Der Reichsapfel – ein Symbol der Macht«; »New Amsterdam – the big apple«; »Von Adamsapfel bis Augapfel – Anatomie der Frucht«; »Der Apfel fällt nicht weit vom Stamm – Ahnenforschung für Amateure« und »Der Zankapfel von Eden«.

Er war jetzt das dritte Mal hier, und bisher hatte er noch kein Buch dabei gehabt das ihre Lieblingsfrucht nicht im Titel nannte. Er würde Jazz ein Buch über Birnen unterschieben, wenn sie die nächste Lieferung übernahm.

Die Augen der alten Frau weiteten sich gierig. Mit einer Handbewegung raffte sie die Bücher an sich. Adrian rannte fast die Stufen hinunter. Was auch immer Frau Giersch-Grantowitz hinter ihm krähte, er gab sich Mühe, es zu überhören.

Der rote Blitz rollte jetzt geradezu federleicht durch die Gassen. Er blickte in den Innenhof, in dem der Kaninchenbau lag, der Ort, an dem Jazz ihm erklärt hatte, er sei nicht verrückt. Wie sehr er sich damals vor Juri gefürchtet hatte! Was der Troll wohl gerade machte? Sicher schlief er tief und fest.

Der letzte Name auf der Liste – Cesare Costa – kam ihm irgendwie bekannt vor. Er stöhnte, als er auf dem Stadtplan nachsah. Natürlich wohnte Herr Costa außerhalb der Oberstadt in einem Wohnwagen, in der Nähe vom Friedhof.

Adrian entschied, dass Cesare Costa noch etwas länger auf seine Bücher warten konnte. Sein Magen forderte lautstark seine Aufmerksamkeit, und wenn er die Wahl zwischen Frühstück oder einer weiteren Lieferung hatte, fiel ihm die Entscheidung leicht.

In einem hatte Björn recht gehabt, kalt war ihm inzwischen nicht mehr. Adrian hatte den roten Blitz im Vorgarten geparkt und eine *Arkenlaterne* über die restlichen Bücher gelegt. Nur für den Fall, dass Björn einen Blick in den Lieferkasten warf. Eine Zeitung, die über Ufo-Sichtungen und Bigfoot-Entführungen berichtete, würde der Riese hoffentlich nicht anfassen.

Als Adrian, von der Dusche aufgewärmt, die Küche betrat, spürte er das Anwesen auf ihn herablächeln.

In der Küche duftete es nach Tee, frischem Brot, altem Holz. Nach zu Hause. Der Perlenvorhang hinter ihm klirrte, als er eintrat. Björn war gerade dabei, zwei Teller abzuräumen. Selbst für die weiträumige Küche schien der Mann zu groß zu sein. Jedenfalls zog er den Kopf zwischen die Schultern, als fürchtete er, überall anzustoßen. Der Tisch war reichlich gedeckt. Vier Keramiktassen und eine Schnabeltasse bedeuteten aber wohl, dass er zu spät kam. Seine Mutter und Eckart waren schon unterwegs. Erstaunlicherweise stand immer noch mehr als genug auf dem Tisch, um jeden Hunger zu stillen.

»Setz dich doch, Adrian.«

Seine Tante deutete auf einen der leeren Stühle, und Adrian ließ sich darauf fallen. Sie hatte sich ein grobes Tuch um die Schultern geschlungen, obwohl es in der Küche gemütlich warm war. Adrian rieb sich mit beiden Händen durch das Gesicht und warf einen schläfrigen Blick über den Tisch. Marmelade in kleinen Tiegeln, Brot mit brauner

Kruste, knusprige Brötchen, Kräuterquark in einer Schüssel, verschiedenes Gemüse und geschnittenes Obst, aber nicht das, was er suchte. Seine Tante lächelte und schob ein Glas mit haselnussbrauner Creme über den Tisch.

»Ich musste es vor Eckart verstecken, sonst wäre nichts mehr davon da.«

Die ersten Sonnenstrahlen kletterten durch das Fenster und erweckten den Garten mit goldenem Glanz. Der Frost glitzerte auf den Zweigen, als wenn sie mit Diamanten überzogen wären.

Adrians Finger schlossen sich um das Glas, und er erwiderte das Lächeln.

»Danke. Mich wundert, dass überhaupt noch etwas übrig ist.«

Adrian schmierte die duftende Masse auf eine Brötchenhälfte und biss hinein. Süßer Haselnussgeschmack breitete sich in seinem Mund aus, während er schon die zweite Hälfte bestrich.

»Du hast schon alles ausgeliefert?«, wunderte sich Björn und stellte eine Tasse mit dampfendem Kakao vor ihm ab.

Adrian, dem noch das halbe Brötchen aus dem Mund hing, nickte zwischen zwei Bissen.

»Die Giersch-Grantowitz hatte wieder super Laune.«

»Hat sie dich mit einem Besen angegriffen?«, wollte Björn wissen und ließ sich auf einem knarzenden Stuhl neben der Magista nieder.

Adrian schüttelte den Kopf.

»Dann hatte sie wirklich gute Laune.«

Adrian hielt kurz inne. War das einer von Björns Scherzen? Auf der anderen Seite konnte er sich gut vorstellen, wie die Alte mit einem Besen auf den losging, der ihr das falsche Buch brachte.

Seine Tante stellte ihre Tasse mit einem leisen Klacken auf dem Tisch ab. Ihre Ohrringe klimperten, als sie sich eine schlohweiße Strähne aus dem Gesicht kämmte.

»Es ist wirklich lieb von dir, dass du das übernommen hast, Adrian. Jazz ist mir eine große Stütze, aber du auch.«

Adrian schluckte das Brötchen und das schlechte Gewissen hinunter.

Die Magista legte die Fingerspitzen aneinander. Die Ringe mit den Halbedelsteinen glitzerten. Ihr Blick verirrte sich in den Garten, und Adrian folgte ihm.

»Egal, wie finster die Nacht, es gibt immer ein Morgen.«

Adrian wusste nicht, ob sie mit sich selbst oder mit ihm sprach. Aber es klang nicht so hoffnungsvoll, wie die Worte vermuten ließen.

»Ich bin sicher, Jazz wird es schaffen«, versuchte er, sie aufzumuntern.

Der Blick der zu früh gealterten Augen richtete sich auf ihn. Müde und doch eindringlich. Er spürte das Gewicht fast körperlich. Aus den Krähenfüßen war ein Geflecht aus Falten geworden, das sich bis über die Stirn zog. Die Haut war bleich und von Altersflecken gesprenkelt, ihre Stimme sanft wie raschelndes Papier.

»Ihr droht eine Gefahr, die ihr beide unterschätzt. Sich allein auf die Suche zu machen ist ein großes Wagnis. Nicht nur für Jasmina, sondern für ganz Arken. Sollte ich versagen und der Schleier fallen, ist sie die einzige Hexe, die Arken beschützen kann.«

Adrian wusste, was seine Tante mit Versagen meinte, und er schob den Gedanken weit von sich. Sicher, sie war schneller gealtert, aber sie war doch nicht mal fünfzig. Und Jazz als einziger Schutz für alle Magika, die in Arken lebten?

»Wie soll Jazz das denn schaffen? Wenn der Schleier gefallen ist, wird jeder die Magika als das erkennen, was sie sind, dann gibt es keinen Schutz mehr.«

Die Magista rieb über ihre Fingerknöchel. Björns Blick war voller Sorge, auch wenn er versuchte, das zu verbergen. Behutsam legte er

eine zusätzliche Decke um ihre Schultern und ragte dabei wie ein Berg neben ihr auf. Sie strich ihm dankbar über den Arm.

»Es gibt andere Wege. Zauber, die weniger mächtig sind. Selbst ein Schild aus Papier ist besser als keiner.«

Adrian sagte nichts. Er kaute langsam. Ein Schild aus Papier klang für ihn noch gefährlicher als gar kein Schild.

Die Stille wuchs. Björns Stuhl ächzte, als er sich zurücklehnte und über den Bart strich. Um das Schweigen zu beenden, murmelte Adrian: »Sie weiß, was sie tut. Sie hat sich vorbereitet. Mit Ghulen kommt sie zurecht, und sie weiß, dass dort draußen Verzehrer lauern und dass sie sich vor ihnen in Acht nehmen muss.«

Seine Tante schüttelte müde den Kopf. Die Ohrringe klingelten leise.

»Adrian, unser Feind ist viel älter und gefährlicher. Der Orden des Hammers kennt keine Gnade und keine Müdigkeit. Es sind Ritter, die ihr ganzes Leben der Jagd auf uns verschrieben haben.«

Björn pellte vorsichtig ein Ei, blickte aus dem Augenwinkel aber immer wieder auf die Magista, als fürchte er, sie könne jeden Moment vom Stuhl fallen.

Adrian konnte sich nicht gegen den Zweifel wehren, der sich in seinen Blick schlich. Längst war ein neues Jahrtausend angebrochen, die Zeit von Hexenverbrennungen und Ritterorden war unwiederbringlich vorbei. Warum also sich vor der Vergangenheit fürchten? Und überhaupt, sie konnten Magie wirken, während diese Ordensritter Fackeln schwangen.

»Das ist doch alles Jahrhunderte her. Die Inquisition gibt es schon lange nicht mehr. Niemand verbrennt mehr Hexen auf Scheiterhaufen. Falls es diesen Orden immer noch gibt, sind seine Burgen längst Museen und seine Mitglieder nichts weiter als gelangweilte Familienväter, die am Wochenende Mittelalter spielen. Und selbst wenn es anders wäre: Kann man nicht einfach Frieden mit ihnen schließen, einen Pakt vereinbaren wie mit den Ghulen?«

Ein mattes Lächeln stahl sich auf die Lippen der Magista. Aber es lag keine Heiterkeit in ihren Augen. Sie streckte ihre Hand aus, um seine zu umfassen. Ihre Haut war dünn und kalt.

»Du erinnerst mich so sehr an meine Schwestern, deine Oma und deine Großtante.«

Adrian richtete sich auf. Über seine Oma wusste er so gut wie nichts. Tante Lia war immer seine Oma gewesen. Eine andere hatte er nicht, und von einer anderen Großtante hörte er zum ersten Mal.

Sie nickte, als sich ihre Blicke begegneten.

»Sie waren auch der Meinung, der Krieg muss enden. Sie hofften auf einen großen Frieden, auf das Ende von Verstecken und Verfolgung, und sie waren nicht die Einzigen.«

Langsam zog sie ihre Hand zurück. Ihre Finger krümmten sich zu Fäusten.

»Doch der große Frieden ist gescheitert, der Zirkel wurde gesprengt.«

»Aber wie?«

»Verrat …« Ihre Stimme war kaum mehr als ein Hauchen. Und doch echote das Wort durch den Raum, bis es im Flur verklang. Adrian hatte sich weit über den Tisch gebeugt. Ein Messer fiel klirrend zu Boden, aber er bemerkte es kaum. Der Zirkel wurde gesprengt? Er dachte an die drei anderen Symbole, die anderen Familien, zwei Vögel und das schwarze ausgebrannte Loch für die Familie, die es nicht mehr gab.

»Verrat? Ist das der Grund, warum ich meine Oma nie kennengelernt habe? Wieso? Wann? Was ist damals passiert?«

Björn räusperte sich. Das gepellte Ei hatte er noch immer nicht angerührt.

»Das ist keine Geschichte für den Frühstückstisch. Und müsstest du nicht längst in der Schule sein?«

Das konnte er doch nicht ernst meinen. Jetzt, wo er endlich ein paar Antworten bekam, sollte er zur Schule? Adrian schüttelte den Kopf.

»Nein, nein! Ich kann auch später zur Schule. Das merkt eh niemand. Der Bio-Lehrer kennt ja nicht mal meinen Namen.«

Doch seine Tante legte die Hände zusammen, und Adrian verstand, dass das Gespräch beendet war.

»Björn hat recht, das ist nicht der richtige Ort. Und du musst dich sputen, wenn du den Schulbus nicht verpassen willst.«

Adrians Schultern sanken nach vorn. Wieder nur Andeutungen und keine Antworten. Wie die ganze Zeit. Niemand erzählte ihm etwas, außer, welche Aufgabe er übernehmen sollte. Er blickte auf die Uhr. Verdammt, den Bus würde er nicht mehr schaffen. Wenn er nicht zu Fuß gehen wollte, blieb ihm nur eine Möglichkeit.

Den Bus hatte er tatsächlich verpasst, aber mit dem roten Blitz konnte er direkt zur Schule fahren, ohne irgendwelche Umwege und Zwischenstopps. Das Lastenrad knallte hart in ein Schlagloch, doch Adrian trat noch kräftiger in die Pedale.

Er würde es Björn gegenüber niemals zugeben, aber mit seinen drei Rädern war das Rad viel stabiler auf den gefrorenen Straßen unterwegs. Wenn er die Akanthusallee und dann die Abkürzung über die Gösselgasse nahm, konnte er es sogar noch pünktlich schaffen. Aber er wusste, was alles auf dem Spiel stand.

Sein Ruf in der Schule, sein Ansehen, das bisschen an Anerkennung, das er sich aufgebaut hatte. All das war in größter Gefahr. Er

hatte endlich die Chance, mal nicht der Schulfreak zu sein, dafür gab es in Arken zum Glück genügend andere Kandidaten. Bis jetzt war es dank Jazz und Juri einfach für ihn gewesen. Alle hatten ihn, den Jungen aus der Stadt, in Ruhe gelassen oder mit neugierigen Fragen gelöchert. Die Wehrwölfe grüßten ihn, wenn sie ihn in den Fluren sahen. Selbst einige der Rotfüchse nickten ihm zu. Das waren genau die Typen, die ihm früher auf den anderen Schulen das Leben zur Hölle gemacht hatten, die seine Sachen aus dem Fenster warfen und ihm nach der Schule auflauerten, weil sie ihn für einen Freak hielten. Hier in Arken hatte er die Chance, endlich nicht das Opfer zu sein. Aber dafür musste er mit dieser Peinlichkeit auf drei Rädern in der Schule sein, bevor der Bus ankam. Wenn die anderen sahen, mit was er sich auf die Straße traute, würden sie sich tot- und ihn auslachen.

Das Pflaster schüttelte ihn durch, seine Zähne schlugen aufeinander, doch er beschleunigte noch. Am Ende der Gösselgasse keuchte er. Schweiß lief ihm trotz der frostigen Temperaturen über die Stirn. Da war schon das Schulgebäude. Der breite Backsteinbau mit seinem geschwungenen Glockenturm trotzte der Kälte mit Gelassenheit. Er konnte schon die große Uhr auf der Giebelseite erkennen. Von dem Bus fehlte jede Spur. Jetzt musste er nur noch parken, das Rad abschließen und schnell in der Schule verschwinden. Nach dem Unterricht würde er dann warten, bis alle gegangen waren, und niemand würde wissen, dass das überdimensionierte rote Riesendreirad ihm gehörte.

Ein Zischen hinter ihm. Er legte den Kopf schief, und dann hörte er sie. Ein Rudel Teenager raste hinter ihm heran. Die Köpfe tief über die Rennlenker gebeugt, schossen sie auf ihn zu. Sie heulten wie Wölfe, ehe sie an ihm vorbeijagten. Ausgerechnet die Wehrwölfe. Mit ihren schlanken Fixies schlängelten sie sich wie ein Schwarm Raubfische an den Autos vorbei, die sie überholten. Schon hatten sie die Schule erreicht. Manche deuteten auf ihn.

Was sollte er jetzt tun? Sie hatten ihn schon gesehen. Einige riefen seinen Namen. Verdammt! Adrian umklammerte den Lenker, bis seine Knöchel hell hervortraten. Es gab kein Zurück mehr.

Quietschend hielt er neben den Umweltschützern. Es war ein halbes Dutzend von ihnen, die auf ihn zukamen. Schon hörte er ihr Lachen.

»Adrian, was ist das denn für ein Teil?«

Noch erinnerten sie sich an seinen Namen, das würde sich bald ändern. Adrian schluckte.

»Na ja, das, ähem, war ein Geburtstagsgeschenk …«

Ein Junge mit breiten Schultern und einem breiten, grünen Mohawk zeigte auf das Rad.

»Das ist ja ein gemuffter Rahmen. Und schaut euch mal die Vordergabel an!«

Ein kleines Mädchen mit wildem, silbernem Haar stellte sich neben ihn. Sie verschwand fast in dem übergroßen Pullover. Er hätte Diana beinahe nicht erkannt, weil sie mit Schuhen an den Füßen irgendwie fremd aussah.

»Die gesamte Gabel ist umgebaut worden, damit die Transportkiste reinpasst. Was für ein Aufwand.«

Der Junge mit den abrasierten Seiten nickte heftig.

»Die Kiste! Genial! Was da alles an Ausrüstung reingeht. Da kann man gleich mehrere Hundertmeterlängen Kernmantelseil samt Exen und Gurten unterbringen. Wie viel Liter passen denn da rein?«

Mehrere Augenpaare waren auf Adrian gerichtet. Was passierte hier? Wollten sie ihn verarschen? Aber das Lachen klang nach Begeisterung, nicht nach Spott, den Unterschied hatte er schnell begriffen. Sie deuteten auf bestimmte Teile und sagten Sachen wie: »16-46-Übersetzung ohne Schaltung!« – »Die Klemmung der Sattelstütze kommt ohne Gewinde aus« – »Sind die Kurbeln etwa von Hand gegossen?«

»Ähem, keine Ahnung«, antwortete er mit Verzögerung auf die erste Frage. »Ich schätze mal, da passt so viel rein wie in einen kleinen Kühlschrank.«

»Jetzt sag nicht, die Kiste ist wasserdicht? Dann könnte man im Sommer Eiswürfel reinpacken und beim Klettern kalte Cola trinken.« Der grünhaarige Junge hielt Adrian die Hand hin. »Du musst mich nachher mal 'ne Runde drehen lassen.« Adrian schlug ein. »Okay, sicher.«

Dann entdeckte er den feuerroten Haarschopf. Malinka! Trotz der Kälte trug sie die Jacke offen, wie ihre zinnoberroten Haare. Die anderen ließen sie durch, und sie schlenderte einmal um das Rad, bevor sie neben Adrian stehen blieb.

»Am besten finde ich die Farbe. Die roten sind einfach immer die schnellsten.«

Sie fing sich sofort einige Buhrufe von Diana und anderen ein. Der Junge mit dem Iro klopfte Adrian auf die Schulter. »Wie schaffst du es ohne Schaltung mit dem Rad die Straßen hoch, wenn es voll beladen ist?«

»Ich hab da 'ne spezielle Anfahrtechnik.« Adrian lachte. Zusammen mit der Gruppe Wehrwölfe wurde er in die Schule getrieben. Den Schulbus, der am Straßenrand anhielt, bemerkte er gar nicht.

Tote Oma und Leichenfinger

Merle war heute Morgen zu ihrer eigenen Überraschung die Erste, die an der Schule aus dem Bus stieg. Keiner drängelte sich vor, keiner schubste sie zur Seite. Es war insgesamt eine stille Fahrt gewesen. Niemand hatte sie angesprochen, selbst der aufgeblasene Affenfurz Raffael hatte sie in Ruhe gelassen. Aber es hatte sich auch niemand auf den leeren Platz neben sie gesetzt. Geschichten über ihre Friedhofsbesuche – und was sie dort angeblich tat – kursierten immer noch. Sie hatte die Blicke der anderen gefühlt, das leise Gemurmel gehört, die Gerüchte, die nicht verstummten, sondern lediglich leiser wurden. So leise, dass man sich gar nicht mehr dagegen wehren konnte. Sie hatte sich in ihre dicke Lederjacke zurückgezogen wie in einen Panzer und sich mit ihren Kopfhörern und ihrem nicht funktionierenden Walkman abgeschottet.

Vor der Schule hatte sich ein Pulk aus Wehrwölfen gebildet. Mittendrin Adrian. Er verschwand gerade unter dem großen Torbogen auf den Vorhof. Sie bemerkte erst, dass sie ihm zuwinkte, als ihr Arm schon in der Luft war. Sofort zwang sie sich aufzuhören und hoffte, dass niemand sie gesehen hatte. Was war nur los mit ihr? Natürlich sah er sie nicht. Aber immerhin war Adrian hier und nicht krank. Sie hatte sich an ihn gewöhnt, daran, im Schulbus neben ihm zu sitzen. Mit ihm über Musik und das Leben in Arken als Zugezogene zu reden. Warum hatte er heute nicht den Bus genommen? Lag es an ihr? Wollte er nicht mehr neben ihr sitzen? Oder hatte ihn vielleicht jemand mitgenommen, weil seine Tante irgendwelche exotischen Medikamente brauchte, die es nur in der einen speziellen Apotheke gab, die zufällig auf dem Weg zur Schule lag? Kackmist, warum machte sie sich überhaupt darüber Gedanken, wie Adrian Eisenhut zur Schule kam?

Die anderen Kinder strömten an ihr vorbei und ließen sie zurück, wie ein Bach einen Felsen. Als der Bus abfuhr, spürte Merle, dass jemand neben ihr stand und genau wie sie zusah, wie die anderen schreiend und lachend in der Schule verschwanden.

Groß, hager in Jeans, aus denen er längst herausgewachsen war, mit ramponiertem Parka und ungebändigten braunen Haaren stand Titus neben ihr. Er roch nach Moos, Harz und schlechten Träumen. Seine Augen waren zu Schlitzen verengt, als würde er jeden einzelnen Schüler anvisieren.

Die Wehrwölfe und die Füchse riefen sich gegenseitig Nettigkeiten zu und schubsten sich die Treppen zum Eingangsportal hinauf. Die anderen Schüler passten auf, nicht ins Kreuzfeuer zu geraten. Es war jeden Morgen das gleiche Schauspiel. Die roten Jacken der Füchse und die dunklen Jacken der Wehrwölfe bildeten ein verschlungenes Muster, als beide Gruppen gleichzeitig versuchten, die Schule zu betreten. Obwohl die roten Jacken doppelt so zahlreich waren, verschwanden meist die dunklen zuerst im Gebäude. Doch irgendwas war heute anders. Irrte sie sich oder standen die Wehrwölfe dichter beieinander? Waren die Rangeleien eine Spur gereizter, die Witze der Füchse fieser? Die Rotfüchse sammelten sich in immer größeren Gruppen, bevor sie vom Schulgebäude verschluckt wurden.

»Pass auf dich auf. Ihnen ist nicht zu trauen.«

Seine Stimme klang tiefer, als sein Alter vermuten ließ.

Merle folgte seinem Blick und widerstand dem Bedürfnis, mehr Abstand zwischen sich und ihn zu bringen. Irgendetwas an Titus sorgte dafür, dass sich ihre Nackenhaare aufstellten, und sie konnte nicht sagen, ob das ein gutes oder ein schlechtes Gefühl war.

»Ja, die Rotfüchse sind eine Bande großkotziger Angeber. Ich glaub kein Wort von dem, was sie sagen.«

»Nein!«

Seine Stimme war ein tonloses Raunen.

»Nicht die Füchse. Vor den Wehrwölfen musst du dich in Acht nehmen.«

Bevor sie etwas erwidern konnte, schlich er den anderen hinterher, den Blick steif nach vorne gerichtet, die Schultern hochgezogen.

Was sollte das denn? Bis jetzt war Titus doch nur von Raffael und seinen stumpfhirnigen Idiotenfreunden genervt worden.

Merle blies sich eine bunte Strähne aus der Stirn, warf sich den Rucksack mit den vielen Buttons über den Rücken und folgte den anderen. Die erste Stunde hatte noch nicht begonnen, und doch lag schon Ärger in der Luft.

Auch Jazz hatte sie noch nirgends entdeckt. Schon wieder nicht. Sie hatte schon vor Wochen angedeutet, dass sie keinen anderen Ausweg sehe, als sich auf die Suche nach anderen zu machen, die so seien wie sie. Jazz war die letzten Tage nicht in der Schule gewesen, nicht am Treffpunkt aufgetaucht und auch sonst nirgends zu entdecken. Hatte sie sich also tatsächlich auf die Reise gemacht? Auch der Troll mit den breiten Schultern und den gewundenen Hörnern war nirgends zu sehen, und er war jemand, den man schwerlich übersehen konnte.

War ja klar, dass er sie nicht alleine gehen ließ. Zu zweit war so eine Reise nicht so eine einsame Angelegenheit. Jazz war schon lange genug allein gereist und verdiente einen guten Freund, der sie begleitete.

Warum aber hatte Merle dann diesen verdammten Stein im Bauch, als sie über den Vorplatz trottete?

Auch wenn viele das glaubten, war Einsamkeit kein Mangel. Einsamkeit wurde nicht dadurch bestimmt, dass etwas fehlte wie ein verlorener Schlüssel oder ein ausgeschlagener Zahn. Einsamkeit war etwas Greifbares, etwas, das sich wie ein nasser Mantel um die Schultern legte. Ein Geruch, der einem anhaftete und dem die Raubtiere zur Quelle folgten.

Merle hatte es schon vor Monaten gemerkt, als ihr Vater ohne sie losgefahren war. Und jetzt wurde dieses Wissen zur Gewissheit.

Die ersten Tage ohne Jazz und Juri waren nur eine Anomalie gewesen. Wenig hatte sich geändert, aber Merle hatte gespürt, wie Gewitterwolken aufzogen und darauf warteten, sich zu entladen. Als Jazz und Juri heute immer noch nicht wiederkamen, wurde ihre Abwesenheit die neue Normalität.

Es waren nur die wenigen Schritte die Treppe hinauf, durch das Portal und den Flur entlang. Aber es waren Schritte, die nicht unbemerkt blieben. Die Stimmen von Dutzenden Jugendlichen erfüllten die jahrhundertealten Hallen, wurden zu einem Teppich aus Gewusel, der sich in der Schule ausrollte. Wie Ameisen irrten die Kinder umher. Feuerten ihre Sachen in die Schließfächer, eilten zu ihren Klassenräumen, warfen sich Sprüche zu wie Süßigkeiten. Sie waren laut, hektisch von ihrer eigenen Unsicherheit und Aufregung berauscht. Doch es gab andere. Ruhig, abwartend lehnten die Aasgeier, die Beutegreifer und Hyänen an den Wänden und verfolgten sie mit Blicken. Merle war die hinkende Antilope, das Zebra, das schon zu lange von der Herde getrennt war. Sie war allein, und das war nicht unbemerkt geblieben. Ihre Finger schlossen sich fester um ihren Rucksackriemen. Mit dem Klingeln betrat sie den Klassenraum und verkroch sich hinter ihrem Rucksack wie in einem Schützengraben. Doch das fiese Lächeln, mit dem sie Samira und die anderen Puten erwarteten, rief den plötzlichen Wunsch hervor, sich krankzumelden. Irgendetwas lag in der Luft. Und tatsächlich dauerte es nur fünfzehn Minuten, bis sich Samira meldete. Die Lehrerin war davon so überrascht, dass sie sich selbst unterbrach.

»Oh wie schön, Samira, dass du dich auch am Unterricht beteiligst. Du willst uns also erklären, wie eine endotherme Reaktion abläuft?«

»Äh, klar, würde ich gern, Frau Brass, aber wir können uns überhaupt nicht konzentrieren, weil es hier hinten so nach Grab stinkt.«

Die Puten kicherten. Merles Schützengraben war nicht tief genug.

Die Lehrerin blinzelte mehrmals. »Ich verstehe nicht. Ist die Belüftung wieder defekt? Ich werde mit dem Hausmeister darüber reden. Vielleicht hat Herr Lidke wieder Buttersäure gebraut? Doch widmen wir uns einfach wieder den endothermen …«

»Ja, jetzt merke ich es auch!«, rief eine der beiden Puten und hielt sich die Nase zu. »Riecht nach Friedhof, als ob jemand innerlich verwest.«

Gelächter schwappte durch die Klasse.

Die Stunde war bereits um, auch wenn sie noch zwanzig Minuten weiterging. Niemand hörte mehr, was Frau Brass über exotherme Reaktionen zu erzählen hatte. Alle wedelten nur mit der Hand vor der Nase oder drückten sich ihre Ärmel vor das Gesicht, als wenn sie an einem unsichtbaren Gas erstickten. Die Lehrerin plapperte währenddessen fleißig weiter von Gibbs-Helmholtz-Gleichung und Boudouard-Gleichgewicht.

Das Blitzen in Samiras Augen ließ Merle wissen, dass das nur der Anfang war. Sie hatte sich weit nach vorne gebeugt und schrammte ihren schwarzen Stift über das Papier. Er durchschlug die Seite und hinterließ eine Furche in dem Block. Merles Blick bohrte sich in das Papier. Nur nicht zur Seite gucken. Ihre Welt schrumpfte zusammen auf den Kugelschreiber in ihrer Hand. Die bleichen Finger. Die schwarz lackierten Fingernägel. Doch die gackernden Kinder, die ihr immer wieder verstohlene Blicke zuwarfen, fanden einen Weg in diese Welt. Selbst durch ihre Kopfhörer drang das Gegacker. Aus dem Stein in ihrem Bauch wurde ein Fels. Mit Jazz' Fähigkeiten müsste sie sich nicht verstecken. Niemand würde über sie lachen, wenn sie eine Hexe wäre. Sie würde sie alle verstummen lassen, in einen Bannkreis werfen, vom Erdboden verschlucken lassen …

Doch sie war nicht Jazz, sie war bloß Merle. Sie biss sich auf die Lippen, um den Schmerz, der sich ihre Kehle hinaufarbeitete, zu ersticken.

Endlich Mathe. Der Lehrer war so langweilig wie streng. Er war ein Arsch, aber das war er zu jedem. Heute war ihm Merle zum ersten Mal dankbar dafür. Er verteilte Algebra-Aufgaben und wachte wie ein Scharfrichter darüber, dass sie jeder ohne den geringsten Laut löste. Die Schulstunde war Waffenruhe in einem Gefecht, das gerade erst begonnen hatte. Merle nagte auf ihrer Unterlippe. Sie wusste, welche Stunde danach kam. Die letzte vor der Mittagspause.

Englisch war eigentlich eins ihrer Lieblingsfächer, aber nicht heute. Die Tests der letzten Woche wurden ausgeteilt. Ohne Merles Hilfe war Samira nicht über das korrekte Eintragen ihres Namens hinausgekommen. Das ließ der Lehrer auch gleich die gesamte Klasse wissen: »Samira, wie so oft ist deine Leistung enttäuschend. Ich rate dir dringend, weniger Zeit vor dem Spiegel und mehr Zeit mit einem Buch zu verbringen.« Die Jungs der Klasse grienten. Doch der Lehrer war noch nicht fertig. »Nimm dir mal ein Beispiel an Merle. Man sieht sie nicht, man hört sie nicht, aber sie hat alles richtig.«

Was sollte das? Warum konnte er nicht einfach nur die verdammten Tests austeilen? Wozu diese Ansage?

Wollte er Samira bloßstellen, damit sich der Rest der Klasse mehr Mühe gab? Wollte er Merle motivieren, sich mehr am Unterricht zu beteiligen? Auf jeden Fall erreichte der Lehrer das genaue Gegenteil. Samiras Nasenflügel bebten, als sie sich zu Merle umdrehte. Sie sagte kein Wort. Das war auch nicht nötig, der Blick war Botschaft genug.

War der Unterricht noch eine gewisse Sicherheitszone, weil die Lehrer zumindest körperlich anwesend waren, galt das für die Mittagspause nicht. Merle hatte ihre Sachen schon längst gepackt. Mit dem Klingeln stürmte sie aus dem Zimmer und in den Flur.

Natürlich war ihr Klassenzimmer am weitesten vom Speisesaal entfernt. Türen klappten vor ihr auf wie Geschützluken. Aus jedem Raum quollen Jugendliche und Kinder auf dem Weg zum Mittagessen. Merle ließ sich mit der Menge treiben. Samira und ihre beiden Schatten waren außer Sichtweite. Noch ein paar solcher Tests, und Samira würde das Jahr wiederholen; so lange musste sie durchhalten. Nein, nicht so lange, lediglich, bis Jazz und Juri wieder da waren, korrigierte Merle sich. Wenn ihre Freundin wieder hier wäre, würde sich Samira in der Pause nicht an sie rantrauen. Aber erst mal musste sie es in den Speisesaal und bis zu ihrem Tisch schaffen, ohne der Puten-Clique zu begegnen. Wenn sie Glück hatte, war Adrian da. Oder vielleicht saß Kassandra schon am Tisch. Alles würde gut, wenn sie es nur bis dorthin schaffte.

Zusammen mit den anderen hungrigen Schülern wurde sie in den

Speisesaal geschwemmt. Die ersten Tische waren schon besetzt. Blutwurst, Pommes und Erbsen standen auf dem Speiseplan neben der Essensausgabe. »Leichenfinger und Tote Oma«, korrigierte ein Sechstklässler, als er angewidert auf den roten Matsch auf seinem Teller blickte.

Die Rotfüchse hatten sich auf die Lehnen ihrer Stühle gesetzt und warfen Papierkügelchen auf jüngere Schüler. Merle duckte sich hinter einen Sportler in der typischen roten Jacke. In seinem Windschatten schaffte sie es bis zur Ausgabeschlange.

An ihrem Tisch saß noch niemand. Keine Überraschung. Nerds wie sie hatten es selten eilig, als Erste im Saal anzukommen und somit die einzige Zielscheibe für dumme Sprüche zu sein. Vom Wehrwolftisch war lautes Gelächter zu hören. Merle erkannte haselnussbraune Haare unter den roten, weißen und grünen Haarschöpfen. War das wirklich Adrian? Tatsächlich, er hockte mitten zwischen den Umweltschützern und lachte, als wenn er sie alle schon seit Jahren kennen würde. Wie machte er das bloß, er war doch ein Neuer, noch kürzer hier als sie? Er saß in der Mitte des Tisches und klatschte sich mit einem Wehrwolf ab, als sich ihre Blicke kreuzten. Adrian grinste ihr zu und hob die Hand. Ja, er winkte ihr zu. Aber er winkte sie nicht zu sich. Er sah sie, grüßte sie, aber lud sie nicht ein. Und warum sollte er auch? Er war aufgestiegen in der beschissenen Beliebtheitsskala der Schule, während sie eine Stufe verfehlte und hinunterstürzte.

Eine Welle lief durch die Schlange, und sie wurde gegen den Sportler vor ihr gepresst. Merle entschied, dass Mittagessen völlig überbewertet war. Sie machte einen Schritt aus der Reihe und warf aus der Bewegung einen Blick zu den Wehrwölfen, die sich prächtig amüsierten. Alle saßen beieinander wie eine große, beschissen glückliche Familie.

»Und ich hatte mich schon gefragt, ob sie heute Abfall servieren. Hätte ich mir denken können, dass du es bist, die hier so stinkt.«

Wie aus dem Boden gewachsen standen Samira und ihre Klone vor ihr, in den Händen voll beladene Tabletts. Die sie offensichtlich jüngeren Schülern abgenommen hatten.

Eine der Puten blickte Merle angewidert an, legte sich die Hand auf den Bauch und gab würgende Geräusch von sich.

»Sami, ich glaub, mir wird schlecht.«

Merle merkte, wie sich ein Kreis von Gaffern um sie bildete. Sie kicherten und schubsten sich in Erwartung eines Spektakels. Wenn sie jetzt schwieg, würde sie es für den Rest ihrer Schulzeit tun. »Kann ich mir vorstellen, dass du kotzen musst, wenn du den ganzen Tag mit der hohlen Plastikbarbie rumhängst«, zischte sie. »Sami, in die Haare, nicht in den Mund musst du das Bleichmittel gießen, vielleicht schaffst du dann auch mal 'n Englischtest.«

Das Johlen, das durch die Meute der Schaulustigen ging, lockte noch weitere an. Ihr Streit mit Samira wurde zum Highlight der Mittagspause. Es gab kein Entkommen mehr.

Samira starrte sie einen winzigen Moment an, schleuderte aber weder das Tablett nach ihr, noch stürzte sie sich auf sie. Stattdessen lehnte sie sich nur zurück, blickte auf ihre perfekt manikürten Fingernägel, hob eine Augenbraue und wandte sich dann an ihre Freundinnen, laut genug, dass sie jeder verstehen musste.

»Wen interessiert schon so 'ne bescheuerte Englischnote. Wir haben Familien, die sich um uns kümmern, ganz egal, welchen Abschluss wir machen.« Sie beugte sich vor. Die goldenen Ringe funkelten an der Hand, mit der sie auf sich selbst deutete. »Auf jeden Fall muss keiner von uns auf der Straße betteln!«

Ein Raunen ging durch die Menge. Merles Zunge klebte am Gaumen.

»Was soll der Scheiß?« Warum musste ihre Stimme so zittern? Samira konnte sie unmöglich gesehen haben, sie war doch in der Schule gewesen. Ihre Fingernägel knibbelten an ihrem Daumen. Überall standen Jungen und Mädchen um sie herum mit großen leuchtenden Augen, als wenn sie gerade den Weihnachtsmann beobachteten, der durch den Kamin kroch. Sogar Raffael stand zwischen ihnen, begleitet von einem süffisanten Lächeln.

Mit zuckersüßer Stimme, als spräche sie zu einem Kleinkind, erklärte Samira: »Ach, dann warst das nicht du, die meine Mom in Kratzbach vor dem Weihnachtsmarkt gesehen hat? Die abgerissene Obdachlose, die für ein paar Münzen auf einer Gitarre geklimpert hat? Warte mal …« Sie legte sich die Finger an das Kinn, während die pinken Lippen ein erstauntes »O« formten, »… warst du in den letzten Wochen nicht eigentlich auf Tournee mit deinem Vater? Spielt er etwa auch in Kratzbach? Das gucke ich mir direkt an. Ich habe auch noch etwas Kleingeld für deine Familie übrig.«

Sie zog die Hand aus der Hosentasche und warf Merle Kupfermünzen entgegen.

Die Menge explodierte. Gewieher flutete den Saal. Augen wurden aufgerissen, Handys gezückt. Tratsch war das Einzige, was sich noch schneller bewegte als Licht.

Merle hatte gewusst, dass es eines Tages herauskommen würde. Aber doch nicht so. Nicht mitten im Speisesaal, wo alle sie begafften.

Was hätte sie denn sonst tun sollen? Zu Hause stapelten sich die Rechnungen. Die Bank drohte mit Pfändung. Ihr Opa konnte den Bauernhof, sein Zuhause, verlieren. Also hatte sie ihre Gitarre genommen und war nach Kratzbach gegangen, um Geld zu verdienen.

Die Zeit verwandelte sich in Brei, zäh, klebrig und überhaupt nicht süß. Sie wusste, die meisten Kinder lachten, weil sie froh waren, nicht an ihrer Stelle zu sein. Aber das änderte nichts. Das Gelächter brannte in ihrem Gesicht. Der Stein in ihrem Bauch wuchs und schnürte ihr die Luft ab. Sie kämpfte gegen den Schmerz an, der sich ihre Kehle hinaufarbeitete, und wusste, sie würde verlieren. Aber nicht hier. Die anderen durften sie so nicht sehen.

Sie schlug nach Samiras Tablett und erwischte es. Leichenfinger, Tote Oma und Erbsen flogen durch die Luft und klatschten in Samiras Gesicht. Blutwurst hing in den blonden Haaren, Pommes verfingen sich in den funkelnden Creolen. Der Jubel und das Grölen der Gaffer folgten. Merle sprang auf Samira zu und rammte sie zur Seite, die Blondine stolperte über ihre Freundin und fiel, während Merle an ihr vorbeistürmte. Sie musste raus hier, so schnell wie möglich. Raus hier, solange ihre Wut die Scham noch in Schach hielt. Sie stürmte an den langen Tischen vorbei und auf die Terrassentür zu. Ein verschwommener Schleier legte sich über alles. Wenn sie blinzelte, war sie verloren. Ihre Stiefel quietschten auf dem Linoleum. Jemand rief ihren Namen. Das kalte Metall der Türklinke. Ein Ruck. Eisige Luft. Sie stolperte ins Freie.

Der Angriff

Das Gelächter hinter Merle verstummte. Das Schluchzen ließ sich nicht länger unterdrücken. Etwas Warmes lief ihr über die Wangen. Sie schmeckte Salz auf den Lippen.

Ihre Stiefel trugen sie über den leeren Schulhof, einen runden Platz, umringt von zinnengekrönten Mauern und Backsteingebäuden. Vor einem Schuppen rostete seit Wochen ein herrenloses Fahrrad. Graue Müllcontainer trotzten dem Winter. Herbstlaub hatte sich in einer Ecke zusammengerottet. Krähen hockten auf den kahlen Ästen des einzigen Baumes. Sonst war da niemand. Merle stolperte über das unebene Pflaster und fuhr sich mit dem Ärmel über das Gesicht. Sie sah die verwischten Spuren des Kajalstifts auf ihrem Handrücken und wischte sie an der Hose ab. Im Windschatten einer großen Esche rutschte sie am Stamm hinunter und verbarg das Gesicht in den Händen.

Wieso musste ausgerechnet Samiras Mutter sie gesehen haben? Was war das für ein ungerechter Kackmist? Sie tat alles, um ihrem

Opa zu helfen, und wurde dafür bestraft. Was stimmte mit dieser verdammten Welt nicht? Warum waren es immer die Arschgeigen, die eh schon alles hatten, die am Ende gewannen? Sie ballte ihre Hände zu Fäusten und brüllte in den Winterwind: »Ich habe es so satt!«

Tränen liefen ihr über die Wange. Vor Wut, Scham, Kälte? Sie wusste es nicht, und es war auch egal. Hier war niemand, der sie sehen konnte.

Sie schlang die Arme um sich, schniefte und sah, wie der Wind ihren Atem forttrug. Warum konnte er sie nicht gleich mitnehmen? Ganz egal wohin, nur fort von hier. Warum hatte Jazz sie nicht mitgenommen?

Die Schultür wurde aufgerissen. Merle rieb sich die verschmierte Mascara von den Wangen und spähte hinter der Esche hervor.

Die platinblonden Haare erkannte sie sofort. Samira stand auf der Terrasse, und sie war nicht allein. Außer von ihren Freundinnen wurde sie von drei Jungen mit roten Jacken begleitet. Merle zuckte zurück und presste sich dichter an den Stamm. Hoffentlich hatte Samiras Clique sie nicht gesehen.

Warum konnten sie sie nicht einfach in Ruhe lassen? Ihr Blick huschte über den weiten Hof. Ob sie es bis zum Tor in der Backsteinmauer und zum Fußballfeld dahinter schaffen konnte oder wenigstens zum Fahrradschuppen? Sie brauchte dringend ein besseres Versteck.

»Wo hast du dich vergraben, Zombie?«

Die Stimme kam näher. Merles Blick huschte hinüber zur Hockeyhalle. Vielleicht war sie offen? Wo waren denn nur die verfluchten Lehrer, die sich sonst immer in alles einmischten?

»Wir finden dich, Zombie, und dann wünschst du dir, du wärst niemals von deinem Friedhof gekrochen!«

Eine zweite Stimme hallte über den Hof.

»Ach komm schon, Süße, die ist es doch nicht wert, sich hier den Arsch abzufrieren.«

Diese Stimme kannte Merle auch. Es war das erste Mal, dass sie Raffael zustimmte.

»Dir hat sie ja auch kein Essen ins Gesicht gefeuert! Sieh dir mein Shirt an! Das Outfit kann ich jetzt wegschmeißen.«

Merle hörte Schritte in Richtung der Müllcontainer und wie ein Deckel zurückgeschoben wurde. Dachten sie ernsthaft, sie würde sich da drin verstecken? Dann klangen die Geräusche von weiter weg.

»Egal, wo du steckst, irgendwann kriegen wir dich, und dann bist du dran!«

Die Schritte entfernten sich langsam, und mit jedem Schritt wich Merles Anspannung. Sie atmete auf. Was hätte sie getan, wenn sie sie gefunden hätten? Doch wenigstens dieses eine Mal war das Schicksal auf ihrer Seite.

Das Eisentor quietschte in den Angeln. Ein Geräusch, so unüberhörbar wie Fingernägel auf einer Schiefertafel. Eine Gestalt trat in den Hof, die olivgrüne Kapuze in die Stirn gezogen. In den Händen ein Tablett mit dreckigem Geschirr. Die Hosen zu kurz, der Gang schlaksig. Titus! Was machte er hier draußen? Hatte er sich versteckt, so wie sie sich sonst in der Mittagspause im Keller verbarg? Als er sie ansah, legte sie eine stumme Warnung in ihren Blick. Sie schüttelte den Kopf und deutete auf das Tor. »Geh weg!«, formte sie mit ihren Lippen. Aber es war zu spät.

»Na, wen haben wir denn da?«

Jegliche Gleichgültigkeit war aus Raffaels Stimme gewichen. Seine Aufmerksamkeit schnappte auf wie ein Taschenmesser. Die Hyäne hatte Witterung aufgenommen.

Titus ging an Merle vorbei, ohne ein Wort zu sagen. Hatte er verstanden? Ging er auf Raffael zu, damit der nicht zu ihm kam und Merle entdeckte?

»Na, hat das Geld fürs Schulessen wieder nicht ausgereicht? Musstest du dir was Leckeres aus der Mülltonne fischen?«

Samiras Lachen war ein hohles Wiehern neben dem dumpfen Glucksen der Jungs.

»Vielleicht hat er da auch seine Klamotten her. Wäre jedenfalls der richtige Ort für diesen Straßenköter-Look«, sagte Samira. Ihre Freundinnen gackerten wie von ihnen erwartet. Titus blickte stur zu Boden.

»Lass mich in Ruhe«, erwiderte er lahm. Merle schob sich ein Stück aus der Deckung hervor. Titus versuchte, sich an den Rotfüchsen vorbeizuschieben, aber sie ließen ihn nicht durch. Er hob die Schultern und drehte sich um.

»Fein, dann gehe ich eben außen rum.«

Raffaels Arm schnellte nach vorne und hielt ihn an der Kapuze fest.

»Ach was, Titus, versuch es doch einfach mal mit Freundlichkeit. Sag einfach nur *Bitte,* und wir lassen dich gehen.«

Merle sah, wie das Tablett in Titus' Händen zitterte. Er stand noch immer mit dem Rücken zu Raffael. Hätte der sein Gesicht sehen können, hätte er ihn vielleicht durchgelassen.

»Okay, bitte«, knirschte Titus.

Hohles Lachen. Hyänen, die ein lahmes Kalb gefunden hatten.

»Ich weiß nicht, Titus, mich hat das nicht überzeugt. Was sagt ihr, Jungs?«

Hamsterhirn und Rattengesicht schüttelten den Kopf.

»Weißt du, Titus, du musst es auch meinen. Aber wenn das mit dem Reden nicht klappt, brauchst du mir nur die Schuhe zu küssen, und wir lassen dich rein.«

Das Glas auf dem Tablett kippte um. Titus' Haare flatterten im Wind. Für einen kurzen Moment hatte Merle das Gefühl, dass er sie ansah. Brennende Augen zwischen braunen Strähnen. Was sollte sie tun? Was konnte sie tun? Titus zog den Kopf zwischen die Schultern.

»Verpiss dich, Raffael!«

Das klang anders, tiefer, drohender. Ein Straßenköter, in die Ecke getrieben von einem Rudel Hyänen. Auch Raffael musste das gemerkt haben. Er ließ die Kapuze los, und Titus fuhr herum. Er war größer als die anderen, aber hager und knochig, wo sie breit und kräftig waren. Die Jungen umringten ihn. Raffael baute sich vor ihm auf und verschränkte die Arme.

»Oh, fühlst du dich stark, weil du jetzt im Jagdverein bist?«

Titus war was? Warum sollte er sich einem solchen Haufen von Lahmärschen anschließen?

»Ja, da wunderst du dich, dass ich das weiß, was? Hat mir mein Vater erzählt. Er war natürlich gegen deine Aufnahme. Sind auch so schon genügend Versager im Verein, meinte er.«

Titus hielt das Tablett mit beiden Fäusten umklammert wie einen Schild. Sollte sie aufspringen und nach einem Lehrer rufen? Das hier roch nach Ärger.

»So ist das mit Verlierern, sie locken immer noch mehr von ihrer Sorte an. Und-du-bist-der-König-der-Verlierer.«

Raffael rammte bei jedem Wort den Zeigefinger in Titus' Brust. Er hatte sich heißgeredet und endlich ein Opfer gefunden, das ihm ausgeliefert war. Die Hyäne spielte mit ihrer Beute, bevor sie zuschnappte.

»Dein Vater gibt schließlich dieses Scheißhauspapier von einer Zeitung raus und schwafelt jeden, der es nicht hören will, über Aliens und Bigfoots voll.«

»Was für ein Loooser«, kam es von Samira.

»Das hat sich sein Bruder wohl auch gedacht, als er abgehauen ist, um bei den Wehrwölfen mitzumachen«, spöttelte Raffael.

»Lass mich in Ruhe.«

Titus' Stimme war leise, mehr ein Knurren als ein Satz, aber Raffael hörte nicht hin.

Der Wind wuchs zu einem Sturm an und zerrte an ihnen.

»Ehrlich, ich kann Tonius verstehen. Ich wäre auch abgehauen. Wer will schon mit Verlierern in einem vergammelten Wohnwagen hausen.«

»Unter der Brücke war wohl nichts mehr frei«, kicherte Samira.

»Seid endlich still!«

Titus' Worte klangen nach Drohung.

Raffael schlug zu. Titus krümmte sich. Der Schlag in den Magen trieb ihm die Luft aus den Lungen.

Das Tablett fiel zu Boden. Das Glas zersprang. Messer und Gabel schepperten auf den Steinplatten. Rattengesicht und Hamsterhirn packten Titus und hielten seine Arme fest. Die Hyänen griffen an.

Merle sprang hinter dem Baum vor und lief los.

»Und, wo ist dein Bruder jetzt? Ist er vor deiner Verliererfamilie geflohen?« Raffael brüllte gegen den Wind an.

Seine Kumpel pressten Titus die Arme auf den Rücken und zwangen ihn auf die Knie. So würden sie ihm die Arme auskugeln.

»Hört sofort mit dem Mist auf. Er hat euch doch überhaupt nichts getan!«, schrie Merle. Sie war nur noch wenige Schritte von den anderen entfernt.

»Aber du!« Samira schoss sofort auf sie zu. »Es ist Zeit, dass du lernst, wann du die Klappe halten sollst!«

Sie zischte ihren Freundinnen etwas zu. Die liefen zum Müllcontainer und klappten den Deckel auf.

Was sollte das?

Merle wich vor Samira zurück, aber Raffael war schneller und packte sie an den Haaren. Merle keuchte auf. »Lass los!« Schmerz zerrte an ihrer Kopfhaut. Er würde ihr die Haare ausreißen.

Sie versuchte, sich zu wehren. Doch Samira hielt sie fest.

»Jetzt bringen wir dich endlich dorthin, wo du hingehörst.«

Sie zerrten sie zu den Mülltonnen. Merle schrie und bäumte sich auf, aber Raffaels Griff war eisern. Der Kraft von Hyänen konnte nichts widerstehen.

Merle konnte ein Wimmern nicht unterdrücken, als sie den Gestank aus dem Müllcontainer roch. Süß und faulig trotz der Kälte. Sie stemmte sich mit den Stiefeln gegen das dunkle Plastik, aber Raffael war stärker.

»Ehrlich, Costa«, rief er und drehte Titus den Kopf zu. »Was Frauen angeht, hat deine Familie einen echt beschissenen Geschmack. Aber eigentlich ist es kein Wunder, dass du auf Zombie hier stehst. Deine Mutter liegt ja auch schon auf dem Friedhof. Muss hart sein, wenn der eigene Vater die Mutter killt.«

Die beiden Jungen, die Titus festhielten, lachten, dann krachten sie zu Boden, wie von einer unsichtbaren Explosion getroffen. Zu spät begriffen die Hyänen, dass sie Füchse waren und es nicht mit einem Hund zu tun hatten.

»SEI STILL!«

Der Schrei ließ selbst den Sturm verklingen. Titus stürmte auf sie zu. Ein Wimpernschlag und er war bei ihnen. Der Schmerz in Merles Kopfhaut hörte sofort auf. Titus stand neben ihr. Sein Mantel peitschte im Wind, wie Flügel eines Racheengels. Er hielt Raffael am ausgestreckten Arm in die Höhe. Der Fuchs hing in der Luft, seine Beine zappelten einen halben Meter über dem Boden. Titus schüttelte ihn wie ein Kaninchen.

»Sei endlich still!«

Seine Haare peitschten ihm in die Stirn. Er hielt Raffael wie eine Puppe über sich. Raffaels Augen waren geweitet, die Haut fahl. Er wimmerte. Titus schleuderte ihn von sich. Raffael segelte durch die Luft und knallte aufs Pflaster. Merle konnte den Aufschlag hören. Sie sah Titus' Blick unter dem Vorhang aus wildem Haar. Neben Wut und Hass lauerte dort etwas viel Ursprünglicheres: Hunger!

Titus machte einen Schritt auf Raffael zu. Der Jäger war zum Opfer geworden. Titus ballte die Hand zur Faust. Merle war klar: Er würde dafür sorgen, dass er nie wieder von den Füchsen gedemütigt wurde.

Eine der Schultüren flog auf. Jemand sprang heraus und rannte zu ihnen. Das Mädchen mit den roten Haaren. Sie trat Titus entgegen und hob die Handflächen.

»Nicht, Titus, er ist es nicht wert.«

»Du sagst mir nicht, was ich tun soll!«

Die Stimme hatte nichts an Lautstärke verloren. Wie ein Donner rollte sie durch den Hof. Raffael krümmte sich zu einer Kugel zusammen.

Malinka wich nicht zurück. Obwohl sie einen Kopf kleiner war, schien Titus ihr keine Angst zu machen. Es trennte sie nur eine Armlänge.

In diesem Moment dämmerte es Merle, dass sie die beiden nicht zum ersten Mal zusammen erlebte. Sie waren es gewesen, die sie im Flur belauscht hatte.

Titus' Hände öffneten und schlossen sich. Die Schultern bebten. Er lehnte sich nach vorn, als würde er von einer unsichtbaren Kette gehalten. Die Beine krümmten sich zum Sprung.

Eine Stimme erklang, schneidend und befehlsgewohnt.

»Was ist hier los?«

Na klar, jetzt tauchten die Lehrer auf, jetzt, wo es zu spät war.

Der Mathelehrer wartete gar nicht erst irgendwelche Erklärungen ab. Er deutete auf Raffael. »Sie, zur Schulkrankenschwester.«

Er nickte Titus zu. »Costa, Sie finden sich bei Frau Herdera ein.« Sein Blick streifte Merle. »Und Sie werden auch dorthin gehen, nachdem sie das Chaos im Speisesaal in Ordnung gebracht haben.«

Das leise Kichern von Samira und ihren Freundinnen entging ihm nicht. »Schön, dass die Damen sich freiwillig für den gesamten Abwasch melden. Ich stelle Sie dafür von den nächsten Unterrichtsstunden frei.«

Als sie alle nacheinander in das Schulgebäude trotteten, war der Racheengel verschwunden und Titus wieder nur ein Junge mit löchrigen Klamotten und hängenden Schultern. Den Blick, mit dem Malinka ihn maß, konnte Merle nicht deuten – Sorge, Vorsicht, Mitgefühl? Doch all das verschwand, als sie bemerkte, dass Merle sie musterte.

Was eigentlich eine Strafe sein sollte, stellte sich als Segen heraus. Es machte Merle nichts aus, den Saal zu putzen. Alles war besser, als zurück in die Klasse zu müssen und das Getuschel zu ertragen. Sie sah den Lehrer aus den Augenwinkeln, der am Tisch der Füchse Hausarbeiten korrigierte. War genau das seine Absicht gewesen? Ihr die Bloßstellung in der Klasse zu ersparen? Der Lehrer blickte auf und sah sie an. Dann deutete er auf die restlichen Tische. Merle seufzte. Vielleicht auch nicht.

Als sie endlich fertig und der Speisesaal von allen Essensresten befreit war, waren ihre Finger ganz weich. Das warme Seifenwasser hatte ihre Fingerspitzen schrumpelig gemacht. Sie warf sich ihren Rucksack über die Schulter und stapfte zum Büro der Rektorin.

Kurz darauf trat sie durch die Glastür im dritten Stock und öffnete die Tür zu einem Vorraum. Ein Ficus kämpfte neben einer Ledercouch ums Überleben. Durch das Dachfenster fiel graues Licht.

Neben einem Beistelltisch mit Glaskaraffe hockte Titus auf einem Stuhl. Fast verschwand er in dem grünen Armeemantel. Er sah nicht auf, als sie eintrat.

Sie stockte. Was sollte sie tun? Sich auf die Couch setzen und schweigen? Sich ein Glas Wasser einschenken, weil alles besser war als die bedrückende Stille? Ihn ansprechen? Ihm sagen, wie leid es ihr tat, dass er an ihrer Stelle den Ärger abbekommen hatte? Ihn fragen, was zum Henker da vorhin los war?

Sie entschied sich für ein »Hi« und hasste sich dafür. Er nickte nur stumm. Die schwere Eichentür auf der anderen Seite öffnete sich und erlöste sie.

»Merle, komm doch bitte rein.«

Rot gefärbte Haare zu einem Knoten hochgesteckt. Eine Brille mit dunklem Rahmen. Ein Lächeln, das Vertrauen ausstrahlen sollte, es aber nicht tat.

Frau Herdera hielt die Tür einladend auf.

Merle deutete auf Titus. »Er war vor mir hier.«

Die Schulleiterin zeigte ihre weißen Zähne.

»Hier geht es nicht nach Reihenfolge. Mit Titus rede ich später.«

Merle zuckte mit den Schultern und trat ein. Sie hätte gewettet, es würden ein bequemes Sofa und ein Sessel auf sie warten. Stattdessen standen nur eine Batterie Zimmerpflanzen und ein Schreibtisch mit zwei ungleichen Stühlen in dem Raum. Es war nicht schwer zu erraten, welcher für sie gedacht war.

»Also, Liebes, jetzt erzähl mir doch mal aus deiner Sicht, was vorhin im Speisesaal passiert ist«, sagte Frau Herdera, nachdem sie in dem großen Bürosessel Platz genommen hatte.

Merle rutschte auf dem harten Holzsitz hin und her.

Wo sollte sie anfangen? Sie konnte unmöglich erzählen, dass sie die letzten Wochen auf dem Kratzbacher Weihnachtsmarkt Straßen-

musik gemacht hatte. Die Lehrerin hätte sofort das Jugendamt informiert! Also zuckte sie mit den Schultern.

»Bin nur im Speisesaal gestolpert, und Samira war sauer, dass sie was von meinem Essen abbekommen hat.«

Die Frau seufzte. Dann streckte sie ihr die Hände entgegen.

»Hör zu, Merle. Ich will dir helfen. Ich weiß, dass irgendetwas Fieses passiert ist. Aber bisher erzählt mir jeder eine andere Geschichte. Willst du mir nicht sagen, was wirklich los war?«

Na klar, die Wahrheit würde sicher helfen. Dass Samira von ihrem Nebenjob erfahren und dass Titus den Trottel Raffael wie einen Sack Mehl durch die Luft gepfeffert hatte.

Sie verschränkte die Arme vor der Brust. Ihre Lederjacke fühlte sich gut an, stark wie eine Rüstung, in der man sich verkriechen konnte.

»Alles nur 'n Missverständnis«, murmelte sie.

Die Frau zog ihre Arme zurück.

»Pass auf, Merle. Ich hab den Eindruck, dass du es hier an der Schule nicht leicht hast. Die Neue zu sein ist nie einfach. Aber vielleicht liegt es auch ein bisschen an dir. Du musst mit den anderen sprechen, auch mit mir. Du musst dich öffnen. Dann findest du auch leichter Freunde.«

Ich hab Freunde, wollte sie antworten. Aber sie biss sich auf die Lippen. Hatte sie die wirklich? Wo waren sie denn? Was war mit Jazz und Juri? Und wo war Adrian gewesen, als sie aus dem Speisesaal gerannt war? Warum war er ihr nicht in den Hof gefolgt?

Doch sie sagte nichts. Sie nickte nur. Der Rektorin schien das nicht zu reichen, sie lehnte sich zurück und legte die Hände aneinander.

»Ich schlage dir eine Abmachung vor. Ich höre auf, dich mit Fragen zu grillen.« Sie blickte über den Rand ihrer Brille hinweg. »Ich werde auch nicht fragen, wo du in den letzten Wochen wirklich warst.«

Merle hob alarmiert den Kopf.

Frau Herdera lächelte. »Dafür kommst du mir entgegen und arbeitest an deiner Haltung. Beweist mir, dass du versuchst, auf andere zuzugehen und ein Teil unserer Schulgemeinschaft zu werden.«

Merle nickte zögernd. Es war ein Ausweg, und wie schlimm könnte das schon werden?

»Fein, dann sind wir uns einig. Mir ist zu Ohren gekommen, du sollst gut Gitarre spielen können. Darum wirst du auf dem Winterfest auftreten, direkt vor der Schulband. Wenn deine Mitschüler erst einmal gesehen haben, was du alles kannst, werden sie dich mit ganz anderen Augen betrachten.«

Sie zwinkerte ihr verschwörerisch zu.

Merles Augen weiteten sich. Ihre Finger wurden feucht. Ahnte diese Frau auch nur, was sie da von ihr verlangte? Vor anderen spielen? Konnte sie nicht einfach den Speisesaal putzen – bis zum Sommer, wenn es sein musste – oder einen hundertfünfzigseitigen Aufsatz schreiben? Alles, wirklich alles wäre besser.

Doch bevor sie etwas sagen konnte, klatschte Frau Herdera in die Hände. »Wunderbar! Dann ist das abgemacht.«

Sie stemmte sich aus dem Sessel hoch, gab es dann auf.

»Merle, bist du so gut und bittest Titus herein, wenn du gehst?«

Merle nickte mechanisch und schlürfte aus dem Raum. Sie brauchte gar nichts zu sagen. Als Titus sie sah, stand er sofort auf und nahm ihren Platz ein. Die Tür schloss sich und besiegelte ihre Verdammnis.

Als Titus eine halbe Stunde später die Treppe hinunterpolterte, wartete Merle im Erdgeschoss auf ihn.

Er schnaubte, als er sie sah. Aber so einfach würde sie sich nicht ab-

schütteln lassen. Sie wusste, was sie gesehen hatte. Wie er Raffael hochgehoben hatte wie ein Spielzeug. Das konnte nur eines bedeuten … Wenn er doch nur mal stehen bleiben würde, damit sie ihm erklären könnte, dass er nicht der Einzige war. Es gab andere, die mit besonderen Gaben und Flüchen klarkommen mussten. Die Geister sahen …

Aber es war schon schwer genug, nur neben ihm herzueilen. Das Echo ihrer Schritte hallte durch die verwaisten Gänge. Die anderen Schüler waren sicher längst zu Hause. Merle packte Titus am Ärmel. Er würde stehen bleiben müssen oder sie mitreißen. Ihre Schritte stoppten.

»Titus, es tut mir echt leid, was da vorhin gelaufen ist. Ich wollte nicht, dass du wegen mir Ärger bekommst.«

Seine Schultern senkten sich. Braune Augen blickten unter dem Gestrüpp aus Haaren hervor.

Immerhin hörte er ihr zu.

»Raffael ist ein selbstverliebtes, sadistisches Sackgesicht und hat völlig verdient, was du mit ihm gemacht hast. Ich hoffe, sie lassen ihn sämtliche eingetrockneten Kaugummis unter den Schülertischen abspachteln.«

Irrte sie sich, oder hatten seine Mundwinkel gezuckt? Sie dachte an das, was Raffael über Titus' Familie erzählt hatte: sein Bruder, der vermisst wurde, sein verrückter Vater, seine Mutter …

Schritte und Stimmen näherten sich. Merle blickte sich um und sah Mädchen aus der Klasse über ihr den Flur entlanglaufen. Sie alle trugen das gleiche Outfit, Mützen, Schals und Jacken in Fuchsrot. Wie kleine Werbetafeln stiefelten sie durch den Flur. Verdammte Fangirls.

Die Fans näherten sich, und Titus zog den Kopf ein. Noch immer hielt ihn Merle am Ärmel.

»Ich hab gesehen, was auf dem Hof passiert ist. Was du mit Raffael gemacht hast.«

Er reagierte nicht. Warf nur einen Blick nach hinten. Die Mädchen waren stehen geblieben. Sie tuschelten, tauschten Blicke. Eine zeigte in ihre Richtung. Merle hörte ein unterdrücktes Giggeln.

»Kann ich euch irgendwie helfen?«, fauchte Merle ihnen entgegen. Aber die Fangirls lachten nur.

Sie senkte die Stimme, damit die Mädchen sie nicht hörten.

»Ich will dir nur sagen, dass du nicht der Einzige bist, der anders ist. Es liegt an Arken. Diese Stadt …« Sie griff nach Worten, aber fand sie nicht. »Es gibt hier andere wie dich: Magika, die hinter den Schleier blicken können.«

Titus schnaubte.

»Jetzt klingst du wie Malinka. Und wie mein Vater. Warum glaubt jeder, er müsste mir die Welt erklären? Meinst du, ich weiß nicht, welche Monster sich dort draußen rumtreiben? Wölfe, die ungehindert durch den Wald streifen!«

Er riss sich los.

»Ich weiß, dass mein Bruder nicht abgehauen ist. Diese Bestien in den Wäldern haben ihn erwischt! Und alle tun so, als wäre er auf einem Selbstfindungstrip durch Europa oder Ähnliches. Selbst seine angeblichen Freunde tun nichts. Sie sitzen nur rum und erzählen Lügen.«

Aus dem gepressten Geflüster war ein zorniges Fauchen geworden, das selbst die Fans zurückweichen ließ.

Merle sah das zornige Funkeln in seinen Augen, aber auch die Einsamkeit, die sich dahinter verbarg.

»Titus, ich weiß, wie du dich fühlst. Es tut mir leid, was mit deinem Bruder passiert ist …«

»Überhaupt nichts weißt du! Du kanntest ihn nicht, und du kennst mich nicht. Pack deine Märchen über Schleier und Magier wieder ein und heb dir dein Mitleid für dich selbst auf!«

»Titus, ich …«

»Lass mich in Ruhe und verkriech dich wieder hinter deine Grabsteine.«

Er stürmte davon, zum Eingangsportal. Die Fangirls sprangen zur Seite wie Hühner vor einem heranrasenden Bus.

Der Stein in Merles Bauch zersprang und hinterließ nichts als Leere. Sie taumelte in die andere Richtung davon.

Das Lächeln der Katze

Jazz schwebte durch die Dunkelheit. Sie schwamm durch Wolken aus wattiger Schwärze, während Bilder unter ihr vorbeizogen. Kaum dass sie sie erfasste, vergingen sie wieder. Ein Dreirad rollte durch eine Pfütze. Kugelrunde Kaugummis kullerten über dunkles Parkett. Ein Glas warme Milch mit Honig. Etwas beugte sich über sie. Nicht etwas. Jemand. Bevor sie die Person erkennen konnte, verblasste auch dieses Bild. Nur die wohlige Finsternis, die sie trug, blieb. Dann waren da Geräusche, Laute, die von nirgendwoher erklangen. Töne, die sie erahnte, die sich zu einer Melodie verbanden. Sie kannte dieses Lied. Aber woher? Der Friedhof! Merle! Die Musik, die sie gespielt hatte, als sie sich kennenlernten. Es war eine andere Musik und doch das gleiche Thema, das sie jetzt hörte. Ein Lied wie eine Umarmung aus der Vergangenheit. Sie öffnete die Augen und wusste doch, dass sie schlief. Die Musik war immer noch da, aber anders. Sie drehte sich in ihrem Bettchen. Der Raum war riesig. Sterne funkelten an der Decke. Es roch nach warmer Milch. Im Schein des orangenen Nachtlichts sah

sie die Spieluhr. Ihre Spieluhr. Ein heller Vogel, der eine Uhr im Schnabel hielt. Aus seiner Brust erklang die Melodie. Das Lied, das sie jeden Abend hörte, um den Weg ins Traumland zu finden.

Ihre Zimmertür öffnete sich. Zwischen den Teddys und Puppen in ihrem Bett blickte sie auf den goldenen Spalt und erkannte eine Silhouette, die in das Zimmer trat. Es war zu dunkel, um sie zu erkennen. Aber das war auch nicht nötig. Sie wusste, es war ihre Mutter. Lange dunkle Haare, grüne Augen, ein warmes Lächeln. Ihr Gesicht beugte sich herab zu ihr, sagte etwas, das sie nicht verstand. Sie fühlte die Wärme ihrer Hände. Andere Laute aus anderen Räumen drangen zu ihnen. Ein Krachen. Rufe. Das Gesicht verschwand. Wo war Mama? Aus Rufen wurden Schreie. Sie wollte aufstehen, doch klammerte sich nur an der Bettdecke fest. Ein Beben erfasste den Raum. Das Bett vibrierte, das runde Glas mit den Kaugummis fiel aus dem Regal und zersprang auf dem Boden.

Sie hörte, wie die Klinke zu ihrem Zimmer heruntergedrückt wurde, sie quietschte. Ein Laut wie von einer schlecht geölten Tür, wie eine alte, rostige Schaukel. Die Tür öffnete sich behäbig, Stück für Stück. Das war nicht ihre Mutter. Sie würde die Tür nicht so langsam aufmachen. Wer war dort auf der anderen Seite? Das Knirschen wurde lauter. Jazz sprang auf.

Sie riss die Augen auf. Die Glyphen auf ihrer Haut leuchteten. Schweiß klebte ihre Haare an die Stirn. Sie keuchte, während sich ihre Brust hob und senkte wie nach einem Sprint. Ihr Blick jagte umher. Zwielicht beleuchtete eine große Halle. Große Mutter, wo war sie?

Etwas Warmes, Nasses klatschte ihr ins Gesicht. Sie blinzelte und

sah eine dunkle Hundenase direkt vor sich. In diesem Moment fiel ihr alles wieder ein. Natürlich. Sie war in der Chemiefabrik.

Sie versuchte, Pampelmuse davon abzuhalten, sie weiter abzulecken.

»Hab dich nicht geweckt, oder?«

Juris Stimme erklang irgendwo über ihr. Sie suchte die hohe Decke ab. Rostige Stahlträger waren vier Meter über ihr zu einer Struktur verflochten, die die Decke trug. Und dort hing Juri parallel zum Boden und hielt sich mit beiden Armen an einer Eisenstrebe fest. Metall quietschte, als er sich bewegte. Langsam ließ er den Körper wieder herunterpendeln, bis er mit ausgestreckten Armen unter der Decke hing, nur um gleich darauf wieder nach oben zu schwenken, als würde ein unsichtbares Seil seine Beine heraufziehen. Wieder in horizontaler Position, erklärte er: »Konnte nicht mehr schlafen. Schon nach zwei Tagen ohne Training baut der Körper ab, und da dachte ich …«

Er schwenkte wieder herab wie eine menschliche Schranke, und das Quietschen von Metall begleitete seine Bewegung.

Pampelmuse sprang von ihr herunter und wedelte aufgeregt mit dem Schwanz.

Jazz winkte ab. Die fasrigen Finger des Traums hielten ihre Gedanken gefangen. Das Zimmer. Ihr Kinderzimmer. Die Melodie, das Gesicht. War es wirklich ihre Mutter gewesen, oder war es nur ein Traum?

»… war ja nicht dafür, hierzubleiben. Aber der Ort hat seine Vorteile. Geräumig, solide, und es ist trocken. Ich kann dir gar nicht sagen, wie wenig Spaß Schwertkampf auf nassen Sägespänen macht. Die jucken wie verrückt. Aber Björn sagt immer, wir müssen unter realen Umständen trainieren. Er versteht einfach nicht, dass bei Regen auch keine Schaukämpfe stattfinden …«

Er hing wieder horizontal wie ein Brett unter der Decke und hörte nicht auf, über die Vorzüge von Training im Trockenen zu berichten.

Jazz hörte nicht hin, aber die Stimme des Trolls war für sie wie eine gemütliche Sofadecke, die sie einwickelte. Das Muster auf ihrer Haut leuchtete schwächer. Ihr Atem beruhigte sich langsam. Wie von selbst fiel ihr Blick auf die Foci, Glasfläschchen, Achatstücke, Medaillons, Schnitzereien, die sie in einem weiten Kreis um sich und Juri herumgelegt hatte, weil Juri darauf gedrängt hatte. Er hatte nicht in der verlassenen Fabrik bleiben wollen, aber Jazz hatte einen Ausspruch der Magista zitiert: »Der Blitz schlägt nicht zweimal in den gleichen Baum.«

Juri hatte das nicht überzeugt. »Wer auch immer Arvids Schwester und die anderen Ghule von hier vertrieben hat, könnte wiederkommen«, hatte er gewarnt. Nur durch den Bannkreis hatte Jazz sie überreden können. Kaum etwas beruhigte Juri so sehr wie Magie. Jazz wünschte, sie hätte sein Vertrauen in ihre Fähigkeiten. Sie schüttelte ihre Haare und die Träume von sich. Kein Wunder, dass sie so schlecht schlief. Die Zettel an der Wand, die Botschaft an der Tür, der Gedanke an das Schicksal von Arvids Schwester und anderen Ghulen – all das waren regelrechte Einladungen für Albträume. Auch Jazz wollte hier nicht länger bleiben als unbedingt nötig.

Sie raffte sich auf und sammelte die Foci wieder ein. Die Glyphen auf dem Boden verwischte sie sorgfältig. Die Magie dieser Symbole konnte nur durch Hexen erweckt werden, aber sie wollte keine Spuren hinterlassen. Juri hatte nicht unrecht: Es war ein Risiko, hier zu sein.

»Glaub, ich hab die Botschaft entschlüsselt.«

Juri hing jetzt wie eine Fahne, die Hände übereinander an eine Stange gepresst. Die Beine bildeten mit dem Körper eine gerade Linie.

Jazz streckte sich. Sie wusste: Juri fischte nur nach Komplimenten,

und den Gefallen würde sie ihm nicht tun. Deswegen überging sie, dass der Troll scheinbar schwerelos über ihr hing, und fragte verschlafen. »Welche Botschaft meinst du?«

»Na, die von Arvids Schwester.«

Jazz war plötzlich hellwach. »Du meinst, es war mehr als nur eine Warnung an Arvid?«

Die Trollfahne wehte quietschend von West nach Ost.

»Glaub schon. Ich wäre ja bereit, das Geheimnis zu teilen. Sagen wir, gegen ein Frühstück?«

Jazz hob beide Augenbrauen. »Und woher soll dieses Frühstück kommen? Es ist ja nicht so, als wenn wir hier in einem Hotel wären.«

»Du bist doch eine Hexe, zaubere uns halt eins.«

Juri konnte sich sehr glücklich schätzen, außerhalb ihrer Reichweite zu sein. Aber ihr Magen stellte sich auf Juris Seite. Also begab sie sich wenig zauberhaft auf den Weg in den nächsten Supermarkt und besorgte neben Frühstück einen heißen Kaffee für sich, so dunkel wie ihre Haare. Die Gegend wirkte im trüben Licht der grauen Wolken noch trostloser. Ihre Schritte trugen sie an aufgegebenen Werkstätten, leerstehenden Kiosken und verwaisten Mietskasernen vorbei. An manchen Ecken hatte die Natur bereits begonnen, die Stadt zurückzudrängen. Es gab also noch Hoffnung für das Viertel. Immer wieder klang diese Melodie in ihrem Kopf, ein Ohrwurm, der sich fest eingenistet hatte. Und das Gesicht ihrer Mutter schien ihr aus eingeworfenen Schaufensterscheiben und Pfützen entgegenzublicken, wenn sie nicht genau hinsah.

Vergessene Orte wecken vergessene Erinnerungen, hatte ihr die Magista gesagt, als sie in der ersten Nacht in der Villa von Albträumen geplagt wurde. War das hier auch der Fall? Misstrauisch beäugte Jazz die Fabrikhalle, als sie schwer beladen zurückkehrte. Die Botschaften der Ghule knisterten im Wind.

Juri war inzwischen heruntergeklettert und gerade dabei, im Handstand Liegestütze zu machen; er winkte ihr auf einem Arm, als er sie sah.

Sie machten es sich auf den Schlafsäcken so bequem wie möglich. Die Couch in der gegenüberliegenden Ecke, aus der gelber Schaumstoff quoll wie aus einer Wunde, war weniger einladend. Überall in der Vorhalle fanden sich Spuren der einstigen Bewohner. Eine achtlos weggeworfene Zeitung. Ein zerbrochener Stuhl, abgenagte Knochen, eine schimmlige Matratze.

»Weiter drinnen finden sich sogar Betten und auch so was wie eine Küche. Hab aber nur vergammeltes Fleisch gefunden.«

Deshalb war der Troll also vor ihr aufgewacht. Es lag nicht nur an dem Ort, sondern an seinem Hunger. Wobei sich die Speisekarten von Juri und den Ghulen kaum überschnitten. Wenn die Schwester und ihre Begleiter Lebensmittel zurückgelassen hatten, musste ihr Aufbruch sehr plötzlich gewesen sein.

Als sich Juri ein paar Handvoll Vogelfutter in einen Liter griechischen Joghurt gerührt hatte und nach dem Honig fragte, rückte Jazz das Glas zunächst nicht raus.

»Erst will ich wissen, was es mit der Botschaft auf sich hat.«

Juris Blick pendelte vom Joghurt zum Honig und wieder zurück. Schließlich schnaufte er. »Na gut. Aber da siehst du mal, wie nervig das ist, wenn jemand sein Wissen für sich behält.« Er deutete mit seinem improvisierten Löffel auf sie.

»Warum beschwerst du dich? Ich habe dir schon mehr über den Hexenzirkel verraten, als ich durfte. Also, beim Mutterschrein, sag mir jetzt endlich, was du gefunden hast.«

Sie warf ihm den Honig zu. Er fing ihn und hielt ihn wie eine magische Kristallkugel vor sich.

»Ich war also auf der Suche nach Schätzen in diesem aufgegebenen

Ghullager, während meine Gefährtin noch im Land der Träume weilte ...«

»Juri! Nicht im Dungeon-Master-Modus. Gib mir einfach die Kurzfassung.«

Der Troll blickte kurz enttäuscht, schlang dann aber sein Müsli hinunter und deutete über die Schultern.

»Hab mich ein wenig umgesehen. Dahinten ist ein alter Ofen, 'n großes Teil. Die Tür ließ sich nur schwer öffnen.«

Jazz presste die Lippen zusammen und zwang sich, nicht nachzufragen, was er denn in einem Ofen zu finden gehofft hatte.

»Jedenfalls gingen mir die Worte an der Tür durch den Kopf. Fürchte nicht die Kälte. Das hatte mich gestern Nacht schon gewundert. Kälte macht Ghulen doch nicht sonderlich was aus. Es ist das Sonnenlicht, das sie fürchten. Warum sollte sie ihn in so einer kurzen Nachricht also davor warnen?«

Jazz blickte von ihrem Marmeladenbrötchen auf. Warum hatte sie sich das nicht gefragt? Als Juri die Pranke ausstreckte, schob sie ihm den nächsten Eimer Joghurt rüber.

»Also, dachte ich, hat sich hinter den Worten vielleicht mehr verborgen. Eine Botschaft, die nur für Arvid, aber nicht für fremde Augen bestimmt war.«

Jazz überlegte. Vermutlich hatte die Schwester wenig Zeit gehabt und gewusst, dass ihr jemand auf der Spur war – wie sonst hätte sie ihren Bruder warnen können? Für das Abschicken eines weiteren Briefs war wohl keine Zeit gewesen.

»Und?«, fragte sie, während sie sich zu Juri herüberlehnte. Ihr eigenes Marmeladenbrot hatte sie vergessen.

Juri griente sein Trollgrinsen und griff unter seine Weste.

»Und da habe ich es gefunden, eingewickelt in einen Scheuerlappen. Ich hätte es fast übersehen in der Dunkelheit und mitten in der Asche.«

Eine Tür, die sich nur mit besonderer Stärke öffnen ließ, und ein Versteck, das nur jene sehen konnten, deren Sinne nicht von der Dunkelheit behindert wurden. Es klang ganz so, als hätte Juri recht. Sie griff nach dem rechteckigen Paket, das er ihr hinhielt. Jazz wickelte es aus und achtete nicht auf die Asche an ihren Fingern.

Ihre Augen weiteten sich, als sie sah, dass sie ein lindgrünes, leinengebundenes Buch in den Händen hielt. Sofort wischte sie sich die Finger an ihrem Mantel ab. Auf dem Buchdeckel stand kein Titel. Einzig eine kleine, kreisrunde Vignette prangte in der Mitte: das Gesicht einer goldenen Katze. Jazz musste nicht erst den Rücken des Buchs betrachten, um zu wissen, um welches Buch es sich handelte.

Vorsichtig schlug sie die erste Seite auf. Ihr stockte der Atem.

»Alice im Wunderland in einer Erstauflage von 1869!« Fast hätte sie das Buch mit den kostbaren Illustrationen von John Tenniel fallen gelassen. So gut sie konnte wischte sie sich die Aschespuren an ihrem Mantelärmel ab.

Juri griente mit der Grinsekatze um die Wette. »Guck mal, welche Stelle das Lesebändchen markiert.«

Vorsichtig tastete sie nach dem roten Faden. Es war eine Stelle ganz am Anfang. Tatsächlich war es das erste Kapitel, und dort war die Überschrift, was für ein Sakrileg, mit einem Bleistift unterstrichen. *Hinunter in den Kaninchenbau*. Das konnte kein Zufall sein.

Jazz stand der Mund offen. Sie blickte Juri an, unfähig, etwas zu sagen. Der nickte nur und wischte mit seinem Finger den Becher aus. Pampelmuse half ihm dabei.

»Ja, sag ich doch, es ist eine Nachricht für Arvid.« Jazz blickte wieder hinab zu dem Buch in ihrem Schoß. Der Kaninchenbau, der Ort, an dem sie die Magista kennengelernt hatte, war der Treffpunkt für die Magika in Arken. Sie streichelte mit den Fingern über den Ein-

band. Die vergangenen Jahrzehnte hatten ihre Spuren hinterlassen. Die Ecken waren angeschlagen, und an einigen Stellen war das Leinen fadenscheinig, aber für so ein altes Buch war das ein guter Zustand. Sie schlug es erneut auf. Vorsichtig, als entfalte sie den Flügel eines Singvogels. Auf der letzten Seite fand sie neben dem Impressum einen kleinen eingeklebten Umschlag mit einer Karte. Es war die Stempelkarte für eine Bibliothek, die verriet, bis wann das Buch ausgeliehen war. 18. März 1990.

Wer immer das Buch ausgeliehen hatte, musste der Bibliothek eine massive Leihgebühr schulden. Als Jazz das Buch in den Händen drehte, bemerkte sie etwas, das zwischen Einband und Buchrücken geschoben war. Vorsichtig tastete sie danach. Jetzt war es an Juri, große Augen zu bekommen. Sie wurden immer runder, als sie ein dünn zusammengerolltes Stück Papier hervorzog.

Juri rutschte näher zu ihr heran. Das Papier war weiß und hob sich schon dadurch von den vergilbten Buchseiten ab. Sie entrollte den Zettel und spürte, wie sich Juris Kopf an ihren lehnte. Gemeinsam lasen sie die Botschaft der ehemaligen Ghulkönigin.

Bruder,

wenn du dies liest, haben sie uns gefunden. Sie jagen uns. Nicht nur die Hohlen. Es gibt Geflüster über einen Feind, der alle Nokturnen jagt. Wer ihm begegnet, verschwindet.

Doch die größte Gefahr bleibt die Verwandlung. So lange suchte ich nach dem Grund, warum einige von uns zu Siechen werden. Ich glaube, ich habe ihn gefunden:

Es ist nicht der Hunger!

Ich selbst bin lange ohne Nahrung ausgekommen, und ich habe Nokturne

gesehen, die sich trotz voller Bäuche verwandelten. Bei allen, die zu Siechen wurden, gab es nur eine Gemeinsamkeit: den Mangel an Hoffnung.

Gib die Hoffnung nicht auf, sie ist es, die uns am Leben hält. Sich aufgeben heißt, die Verwandlung zulassen. Gebt euch nicht auf!

Ich versuche, in den Kaninchenbau zu kommen, wenn ich den Weg durch den Schleier finde.

Bring das Buch der Magista, vielleicht gestattet sie mir dann einen Besuch.

Deine Schwester.

Jazz las den Brief ein zweites Mal, als sich Juris Lippen noch immer bewegten. Sie sahen einander an, das eigene Erstaunen auf dem Gesicht des anderen erkennend. Beide sprachen gleichzeitig.

»Der Brief muss zu Arvid.« – »Die Verzehrer sind in Frankfurt.«

Sie nickten sich zu. Dann sprang Juri auf und begann damit, alles in seinen Seesack zu stopfen. Der dreibeinige Hund stürzte sich darauf wie auf ein Beutetier.

»Sie nennt die Ghule Nokturne, ich frage mich … Äh, was machst du?«, fragte ihn Jazz.

Er hielt den Schlafsack wie ein erlegtes Beutetier in der Faust. Pampelmuse hatte sich darin festgebissen und hing in der Luft.

»Na, wir müssen zurück nach Arken. Die Botschaft …« Er nickte zu dem Zettel in ihrer Hand.

Jazz legte den Brief zwischen die Seiten des Buches.

»Sicher, aber doch nicht sofort. Unsere Suche ist noch nicht beendet.«

»Ist sie nicht?«

»Nein, natürlich nicht, oder siehst du hier noch andere Hexen?«

Juri warf den Kopf in den Nacken und gab einen tierischen Laut von sich. Etwas zwischen dem Seufzen eines Schafbocks und dem Brummen eines Bären.

»Du hast also immer noch nicht genug? Ich verstehe ja, warum wir hier sind. Aber unsere Spur ist zu Ende, unsere Quelle versiegt. Arvids Schwester ist geflohen. Und überhaupt, wie wahrscheinlich ist es denn, dass wir zufällig eine von den Hexen der übrigen zwei Familien treffen? Hexen, nach denen Björn und Barnaby schon jahrelang erfolglos suchen?«

Jazz schob die Lippen vor und verschränkte die Arme. Sie hörte seine Worte, und sie machten Sinn, aber das machte es nur noch schlimmer. Das konnte es einfach nicht gewesen sein! Sollten sie mit leeren Händen nach Arken zurückkommen? Was stand in dem Brief? *Gebt die Hoffnung nicht auf.* Und was war mit der Hoffnung für die Magista? Jetzt zurückkehren hieße aufgeben.

»Wir suchen ja nicht die Schwestern des Zirkels. Wir suchen irgendeine Hexe. Es muss doch noch andere geben.«

Leiser und mehr zu sich selbst fügte sie hinzu: »Außerdem gibt es drei, nicht nur zwei weitere Familien.«

Juri gab es auf, den Schlafsack einzupacken, und ließ ihn auf den Boden fallen.

»Du glaubst, es gibt noch andere Hexen. Aber du weißt es nicht. Wie viele Hexen kennst du denn außer der Magista?«

Das war fies. Jazz kaute auf ihrer Wange. Juri wusste, sie kannte nur die Magista. Wenn sich andere Hexen in Arken aufhielten, hielten sie es geheim. Aber es musste einfach noch andere geben. Jetzt in dem neuen Millennium, wo all die Magika erwachten: Warum sollte es da nicht auch andere Hexen geben? Aber Juri war noch nicht fertig. Er bückte sich, um den Schlafsack wieder aufzuheben, und mur-

melte: »Außerdem hast du mir selbst gesagt, dass es nur noch zwei weitere Familien im Zirkel gibt. Koriander und Silberregen oder so.«

Jazz, die nicht weiter zusehen konnte, wie er den Schlafsack erwürgte, nahm ihm das Ding ab. Mit wenigen Handgriffen war er in dem kleinen Beutel verstaut.

»Oleander und Goldregen. Es gab vier Familien im Zirkel von Arken. Eisenhut, Oleander, Goldregen und Nachtschatten. Dass es jetzt nur noch drei gibt, liegt daran, dass das Haus Nachtschatten verbannt wurde. Bete zur großen Mutter, dass wir die Nachtschattenschwestern nie finden.«

Der Troll richtete sich zu seiner vollen Größe auf. Seine gewundenen Hörner zeigten zur Decke, mit den breiten Händen hielt er sich am Revers der Weste fest. In den schwarzen Augen leuchtete es rot. Jazz schmunzelte – sobald es um Magie ging, konnte sie sich stets Juris ungeteilte Aufmerksamkeit sicher sein.

Er rieb die Handflächen aneinander.

»Warte mal. Also, wenn das Haus Eisenhut sich dem Schutz, das Haus Oleander dem Wissen und Goldregen der Heilung verschrieben hat – was war die Aufgabe des verbannten Hauses? Und warum wurden sie verbannt?«

Jazz zeichnete mit dem Finger die Muster auf ihrem Arm nach. Sie hatte schon zu viel gesagt. Mehr Antworten würden unweigerlich zu noch mehr Fragen führen. Auf der anderen Seite, mit wem konnte sie über diese Fragen reden außer mit ihm? Ihre Nasenflügel blähten sich, als sie tief Luft holte.

»Na gut, ich sage es dir, aber nur, wenn du zustimmst, dass wir noch einer letzten Spur nachgehen und du keine weiteren Fragen stellst.«

Juri nickte eifrig. Er hätte jedem Vorschlag zugestimmt. Jazz tas-

tete unwillkürlich nach ihrem Diarium. Sie wünschte, sie selbst wüsste mehr, aber dies war ein Thema, über das sich die Magista stets ausschwieg.

»Vor über einem Jahrzehnt«, begann sie, »wollte der Zirkel Frieden schließen mit seinem ältesten Feind. Doch der Frieden ist gescheitert, weil die Nachtschattenhexen die anderen Schwestern hintergingen. Ihr Verrat führte zu Blutvergießen und Tod auf beiden Seiten. Der Zirkel zerbrach, der Frieden scheiterte, und der Krieg begann von Neuem.«

Sie schwieg kurz und dachte über ihre eigenen Worte nach.

»Ich glaube, die Nachtschattenhexen fürchteten den Frieden, weil er sie ihrer Aufgabe beraubt hätte. Hätte der Frieden gehalten, wären sie bedeutungslos geworden ...«

Sie blickte Juri an, der gebannt an ihren Lippen hing.

»... Die Aufgabe der Nachtschattenhexen ist der Kampf.«

Sie sah, wie der Troll stumm das Wort Kampf wiederholte. Er hob den Finger und setzte zu einer Frage an, stockte dann aber. Jazz schüttelte nur stumm den Kopf. Juri sank ein wenig in sich zusammen und ergab sich in sein Schicksal.

»Also gut, wo gehen wir hin?«

Jazz zwinkerte ihm zu und hielt *Alice im Wunderland* hoch.

»Wir folgen dem Buch!«

Julmond

Adrian streckte sich, bis seine Knochen mit dem Gebälk um die Wette knackten. Das Bett war weich und schmiegte sich an ihn wie eine Katze. Er blickte aus dem Dachfenster dem Vollmond entgegen, der wie ein großes Käserad in einem dunklen Meer schwamm. Sämtliche Stimmen in der Villa waren verstummt. Der Winterwind hatte seinen Schrecken verloren und fauchte zahnlos über das Dach. Kerzen erfüllten die Dachkammer mit Wärme und schummrigem Licht. Das Anwesen hatte keinen Strom spendiert, aber so war es eh gemütlicher. Adrian verschränkte die Arme hinter dem Kopf. Sein Blick glitt über die verschwommenen Fotos an der Wand. Juri und Jazz würden staunen, wenn sie wiederkämen. Er hatte neue Freunde gefunden – und was für welche!

Selbst die eiskalte Dusche und das misstönende Knarzen des Hauses konnten ihm seine gute Laune nicht verderben.

Denn sie hatte mit ihm gesprochen. Obwohl Malinka in eine höhere Klasse ging, hatte sie sich beim Mittagessen mit ihm unterhalten. Und nicht nur das!

Seit die Wehrwölfe sein Lastenrad bestaunt hatten, war alles besser und besser geworden. Eigentlich war der rote Blitz eh ein gutes Rad. Was hatte er eigentlich daran auszusetzen gehabt? Klar, es war ein bisschen schwer, aber dafür passte irre viel Krempel in die Transportbox. Es konnte nicht umfallen – und, wie hatte Kunal gesagt, es gab davon kein zweites. Der Wehrwolf hatte wirklich darauf bestanden, eine Runde mit dem Blitz zu drehen. Kunals Haare hatten wie eine grüne Pferdemähne geflattert. Adrian hätte nie geglaubt, dass der rote Blitz so schnell sein könnte!

Als er mit den Wölfen die Schule betrat, waren ihm die anderen Schüler aus dem Weg gegangen. Er hatte ihre neidischen Blicke gespürt, und zwar zum ersten Mal.

Und dann das Mittagessen. Sie hatten ihn tatsächlich an ihren Tisch eingeladen! Wie gut es sich angefühlt hatte, ein paar der Angeber von den Rotfüchsen auszulachen und nicht das Opfer zu sein. Und dann hatte Malinka ihn auch noch gefragt, wie es an seiner alten Schule war, wo Barnaby steckte und wie es seiner Tante ging. Sie hatte ihm zugezwinkert und gefragt, was Katze zu seinem Umzug nach Arken sagte. Er hatte natürlich gelogen, dass Katze begeistert sei. Und zum Glück hatte Katze wieder geschwiegen. Ohne die Stimme im Kopf war es deutlich einfacher, nicht wie ein Verrückter zu wirken. Überhaupt war vieles leichter ohne den Quälgeist. Keine Kopfschmerzen und ungewünschten Bemerkungen, und wenn jetzt auch noch die Träume aufhörten, wäre alles wunderbar.

Als die Wehrwölfe von ihrem neuen Camp erzählten und dass er es sich doch mal ansehen sollte, wäre er am liebsten sofort aufgebrochen. Nach dem Angriff der Ghule hatten die Wehrwölfe einen neuen, supergeheimen Unterschlupf gebaut. Ausgerechnet als Malinka dann von dem geplanten Julfest erzählte und es so klang, als wenn sie ihn dazu einladen wollte, brach der Aufstand los. Lautes Geschrei und

Gelächter, und dann war Merle plötzlich aus dem Speisesaal gestürmt.

Was hätte er tun sollen? Ihr nachlaufen und fragen, was los war? Endlich saß er mal nicht am Verlierertisch. Endlich gehörte er dazu, war beliebt oder zumindest auf dem besten Weg dahin. Also hatte er ihr nur hinterhergerufen. Kunal hatte ihm die Hand auf die Schulter gelegt und gemeint, dass sie sich bestimmt wieder beruhigen würde. »Manchmal brauchen Mädchen einfach Zeit.« Das klang sinnvoll. Merle brauchte sicher nur mal fünf Minuten für sich. Er kannte das ja von sich selbst. Und dann hatte Malinka wieder von dem Julfest, von Lagerfeuer, Stockbrot und Musik angefangen. Er konnte es schon vor sich sehen. Sie wollten in Zelten auf Plattformen in den Baumwipfeln übernachten.

Die Schreie vom Schulhof änderten jedoch die Stimmung im Saal. Malinka sprang auf, um nachzusehen, was los war, doch ein Fuchs stand vor der Terrassentür und ließ niemanden raus. Den Fehler würde er sicher nicht wieder machen.

Kurz darauf kamen alle wieder in den Speisesaal, und ganz offensichtlich war draußen irgendetwas geschehen. Merle sah so anders aus, und er hätte sie gern gefragt, was los war. Aber der Lehrer schickte sie alle in ihre Klassenzimmer. Hätte er sich mit dem Lehrer anlegen sollen? Das waren diese ganz seltenen Momente, wo Adrian Katze vermisste. Eine Stimme, die ihm sagte, was los war. Sinne, die mehr spürten.

Aber er brauchte sich nichts vorzuwerfen. Oder? Immerhin hatte er nach der Schule auf Merle gewartet. Der Schulbus, Kunal und die anderen Wehrwölfe waren schon längst weg gewesen, und er hatte immer noch auf Merle gewartet. Irgendwann war dann Titus aus dem Gebäude gekommen, hatte aber nicht so ausgesehen, als wenn er Fragen beantworten wollte. Und Adrian saß nicht bei den Wölfen, um ausgerechnet an diesem Tag dem größten Loser der Schule hinterherzulaufen. Nur kurz hatten sich ihre Blicke gekreuzt, und Adrian hatte etwas Verwandtes in den braunen Augen gesehen. Etwas, das ihn an sich selbst erinnerte. Dann hatte er sich abgewendet. Der Blick brach ab, und Titus verschwand.

Irgendwann war er selbst dann auch losgefahren.

Katze hatte Merle gemocht. *Ich mochte Vögel schon immer*, hatte die Stimme gesagt, als Adrian Merle das erste Mal gesehen hatte. Wie von selbst schlossen sich seine Finger um den kleinen Gegenstand, den ihm Barnaby gegeben hatte. Komisch, er trug ihn immer bei sich. Irgendwie half er beim Nachdenken.

Wieder wanderten seine Gedanken zu Merle. Der Ausdruck in ihrem Gesicht, als sie zurück in den Speisesaal gekommen war. Als wäre irgendwas am falschen Platz, als wäre etwas zerbrochen. Die letzten Tage hatte sie so lebendig und fröhlich gewirkt. Klar, sie hatte geflucht über die rückständigen Arkener, den Busfahrer und die Trottel in den Sportjacken. Und jedes Mal, wenn sie *Kackmist* oder *Schneckenschiss* sagte, hatte er grinsen müssen. Was hatte sich seitdem geändert?

Ach, vielleicht machte er sich auch zu viele Gedanken. Er würde sie morgen fragen, was los war.

Ob die Wölfe ihn morgen wohl auch wieder an ihren Tisch holen würden? Kunal hatte von einer Höhle in den Windlochfelsen erzählt, die man nur erreichen konnte, wenn man zu ihr hinaufkletterte. Das war der Ort, den jeder von den Umweltschützern allein erreichen musste, um aufgenommen zu werden. Wie schwer es wohl war, das Klettern zu lernen? Mit Katzes Hilfe könnte er es schaffen. Wieder glitten Adrians Finger über Barnabys Geschenk. Aber er verzichtete gern auf Katzes Hilfe, wenn er dafür die Stimme und die Träume los war. Wer würde nicht die Monster unter der Stadt und die Verzehrer im Wald gegen Lagerfeuer und Mittagspause mit den Stars der Schule eintauschen? Das Leben war nun mal nicht wie in den Filmen. Außenseiter zu sein war hart. Wer wollte denn schon unbeliebt und allein sein, so wie Titus? Oder wie Merle?

Er seufzte. Wenn er erst mal einen festen Platz am Tisch der Wölfe hatte, würde er sie dazuholen. Außerdem kam Merle schon klar. Sie war viel zu tough, um traurig zu sein.

Ein Knistern wie von Alufolie in der Mikrowelle. Adrian richtete sich auf. Da war dieses Geräusch schon wieder. Es kam nicht aus dem Haus. Der Dachstuhl grummelte, als würde er im Schlaf gestört. Die Bohlen ächzten unter seinen Füßen, als er zum Dachfenster lief. Ein leises Pling, gefolgt von dem elektrischen Zischen. Etwas an dem Geräusch kam ihm bekannt vor … Er beugte sich aus dem Fenster. Die dunklen Skelette der Bäume und Büsche ragten aus der glitzernden Schneedecke wie verkohlte Gebeine. Selbst das Mondlicht wirkte kalt. Jetzt erklang das Knistern lauter und direkt vor ihm. Etwas Dunkles stürzte zu Boden. Natürlich! Nun wusste er, warum ihm das Geräusch so bekannt vorkam. Es hatte schon mal jemand versucht, Steine auf die Villa zu werfen. Es hatte mit einem in zwei Teile zertrümmerten Golem geendet.

»Adrian!«

Die Stimme war mehr ein lautes Flüstern als ein Rufen. Adrian lehnte sich noch weiter aus dem Fenster und erkannte eine Gestalt in der Nähe des Gartenschuppens.

»Wer ist da?«

Die Gestalt trat aus dem Schatten und näher an das Haus. Langes Haar funkelte so hell wie der Schnee. Er kannte nur eine Person mit solchen Haaren.

»D-Diana? Bist du das? Was machst ...«

»Lädst du mich ein?«

»Was?«

Wenn er sich noch weiter aus dem Fenster beugte, würde er auf das vereiste Dach stürzen.

»Darf ich reinkommen?«

Das Betreten des Hauses war für ihn inzwischen eine solche Selbstverständlichkeit, dass er kaum noch an den Bann dachte, der um das Haus lag.

»Ach, so. Ja, klar. Du bist hier willkommen. Ich komme runter und mach ...«

Aber Diana lief bereits auf das Haus zu, griff nach dem Rosengitter und kletterte daran empor. Bevor Adrian seine Sprache wiederfand, war sie schon auf dem Dach der Terrasse.

»Du kannst auch einfach die Haustür ...«

Er sparte sich die Worte. Diana erklomm das Haus mit der Geschicklichkeit eines Eichhörnchens. Sie wäre wohl kaum schneller gewesen, wenn sie die Treppe genommen hätte. Als sie sich über die Regenrinne auf das Dach zog, war sie nicht mal außer Atem. Adrian wich einen Schritt zurück, und Diana schlüpfte durch das Fenster. Sie trug immer noch den viel zu großen Pullover ihrer Schwester, hatte ihn aber um einen Wollschal ergänzt. Adrian starrte auf ihre Schuhe. Schnürstiefel mit roten Schnürsenkeln und dicken Sohlen.

»Mit diesen Schuhen bist du hier hochgeklettert?«

Diana überhörte die Frage. Ihre Augen glitten über den zugemüllten Schreibtisch, die Bücher auf dem Nachttisch, die Wäsche auf dem Boden, die Poster an den Holzbalken. Dann nickte sie, offensichtlich mit dem Ergebnis zufrieden.

»Diana, wirklich schön, dass du vorbeischaust, aber es ist mitten in der Nacht ...«

»Es ist dringend. Wir brauchen deine Hilfe.«

»Ihr braucht meine Hilfe?«

Die Wehrwölfe sahen nicht so aus, als wenn sie je bei irgendwas Hilfe bräuchten. Diana ganz besonders nicht. Obwohl sie noch so jung war, hatte sie es damals mit zwei Ghulen aufgenommen, um ihn zu retten.

»Barnaby ist nicht in der Stadt, und Malinka will nicht auf mich hören. Sie denkt, ich bin ein kleines Mädchen, das sie herausfordern will. Daher brauchen wir deine Hilfe. Deine und die von Katze. Wir brauchen einen Schamanen.«

Adrian hockte sich auf sein Bett.

Diana war nun auf Augenhöhe mit ihm. Ihre Augen funkelten golden im Licht der Kerzen. Ihr weißes Haar fiel ihr unbändig um die Schultern, wie der Pelz eines Tieres. Adrian zwang sich, den Blick nicht abzuwenden. Kein Mensch sollte solche Augen haben. Sie war noch halb ein Kind, und doch fühlte er sich wie Beute.

Dann straffte er sich. Die Wölfe brauchten seine Hilfe, das war seine Chance auf einen Platz an ihrem Tisch.

»Vielleicht erzählst du mir einfach, was los ist?«

Dianas Finger spielten mit dem Schal um ihren Hals. Ihr Blick huschte zwischen ihm und dem Fenster hin und her. Dann fällte sie eine Entscheidung.

»Es ist Titus. Seit der Wolf Tonius geholt hat, sucht Titus seinen Bruder. Aber jedes Mal, wenn Tonius sich ihm nähert, sieht Titus nur den Wolf. Er erkennt seinen Bruder nicht mehr.«

Adrian nickte. Er erinnerte sich an die Riesenwölfe, die in jener Nacht die Ghule aus dem Wald vertrieben hatten. Dass in ihnen die Seelen von Menschen steckten, klang auch für ihn unglaublich.

»Er ist wütend und verzweifelt. Er will Antworten von uns. Aber die Antworten, die wir ihm geben können, will er nicht hören.«

So wie Titus heute aus der Schule gestürmt war, wunderte Adrian das nicht wirklich. Es hatte eine Stimme in seinem Kopf, einen Blick hinter den Schleier und Jazz gebraucht, bis er angefangen hatte, an Magie zu glauben.

»Er glaubt, wir belügen ihn. Er gibt den Wölfen die Schuld an Tonius' Verschwinden. Er glaubt, sie haben ihn getötet.«

Diana hockte sich auf den Teppich und blickte auf die Hände, die offen auf ihrem Schoß lagen.

»Ich wollte schon längst Barnaby bitten, mit ihm zu reden. Einem Außenstehenden hört Titus vielleicht zu. Aber Malinka war dagegen. Sie meint, das ist eine Angelegenheit des Rudels.«

»Des Rudels?«

»Von all jenen, die vom Wolf auserwählt wurden. Jene, die seinen Ruf hören, wie ich, Malinka und Kunal, und solche, die von ihm zu sich geholt wurden, wie Tonius und Janka.«

Da war sie wieder, die Traurigkeit in ihrer Stimme, die immer erklang, wenn sie von ihrer Schwester sprach.

Adrian räusperte sich; er wusste nicht, was er sonst tun sollte. Er warf einen Blick zur Tür. Wenn Jazz da wäre, hätte er sie fragen können …

»Aber ihr … Das Rudel wird doch sicher mit Titus fertigwerden.«

Diana seufzte, wie er es sonst nur von seiner Tante kannte.

»Du weißt noch nicht alles. Titus hat ein Recht darauf, im Wald zu sein. Bei uns zu sein. Auch er gehört zum Rudel.«

Ihr Blick richtete sich auf ihn, und alles Tierhafte war daraus gewichen. Die großen, goldenen Augen glänzten.

»Aber er will es nicht erkennen. Er wehrt sich dagegen, das Offensichtliche zu sehen. Er versucht, den Wolf in sich einzusperren. Für ihn ist er alles Schlechte in seinem Leben. Für alles, was mit seiner Mutter und jetzt auch mit seinem Bruder geschehen ist, für alles, was er sich nicht erklären kann, gibt er dem Wolf die Schuld, und er merkt es nicht einmal. Er spürt nur diesen Zorn auf sich und alle anderen.«

Was mit seiner Mutter geschehen war? Was meinte Diana damit? Aber bevor er sie fragen konnte, sprach sie weiter.

»Seinen Platz im Rudel zu finden ist, wie nach Hause zu kommen. Aber Titus kämpft dagegen an. Den Wolf auszusperren heißt, einen Teil von sich selbst aufzugeben.«

Sprach sie immer noch von Titus oder von ihm? War es nicht genau das, was er selbst tat? dachte Adrian ertappt. Einen Teil von sich wegsperren? War Katze mehr als eine fremde Stimme in seinem Kopf?

»Und jetzt hat er eine Waffe.«

Dianas kalte Stimme schreckte ihn aus seinen Gedanken.

»Aus Zorn oder Trotz und Verzweiflung hat er sich den feigen Mördern angeschlossen und irrt jetzt mit einem Gewehr durch den Wald. Er ist so voller Wut. Wir können nicht weiter wegschauen, aber wir können ihn auch nicht aufhalten. Und heute Nacht ist Julmond.«

»Der Mond der Veränderung.« Er wusste selbst nicht, warum er das gesagt hatte. Etwas aus den Wälzern neben dem Bett war doch hängen geblieben.

Diana blickte ihn an und nickte.

»Der letzte Mond des Jahres in der längsten Nacht des Jahres. Die Nacht des Übergangs.«

Sie richtete den Blick wieder auf ihn.

»Ich glaube, etwas Furchtbares wird heute Nacht geschehen, wenn wir es nicht verhindern. Das Rudel braucht jemanden, der zwischen beiden Welten steht. Wir brauchen dich.«

Adrian schluckte. Seine Finger bohrten sich in das Laken.

Er wollte ihr sagen, dass er die Stimme nicht mehr hörte, dass Katze ihn endlich in Ruhe ließ, dass er nur noch ein normaler Junge

mit einem normalen Leben war. Aber dann blickte er in ihre goldenen Augen. Er sah das Mädchen, das ihre Schwester verloren hatte, und er dachte an Titus, dem das Gleiche widerfahren war. Seine Finger ließen das Laken los und griffen nach dem kleinen hölzernen Gegenstand. Dann nickte er Diana zu, und gemeinsam verließen sie das Zimmer.

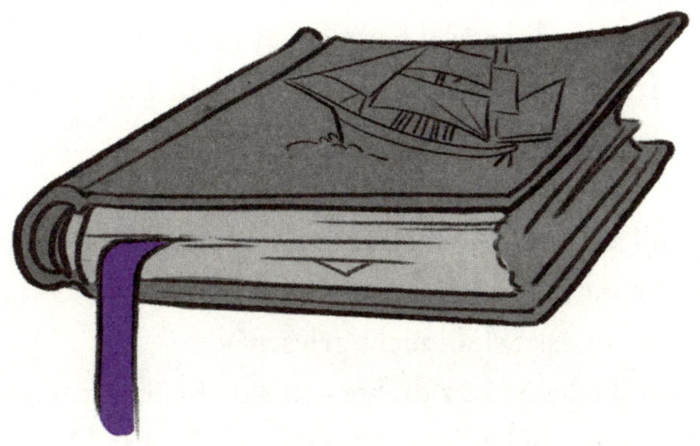

Alice, Peter und Jim

»Hier endet dann wohl unsere Reise.« Juri blieb so abrupt stehen, dass Jazz noch zwei Schritte machte, bevor sie es bemerkte. Sie drehte sich um und zog die Kapuze tiefer in die Stirn. Der Wollmantel war ein armseliger Schutz gegen den Regen. Er sog sich voll und würde ewig nicht trocknen. Sie waren schon am Eingang; nur noch wenige Schritte und das nasse Frankfurter Wetter könnte ihnen nichts mehr anhaben. Aber Juri blieb einfach stehen. Pampelmuse lugte unter Juris Weste empor und verwandelte beide in einen bizarren Totempfahl.

Als er in Richtung der gläsernen Eingangstür deutete, konnte sie ein Stöhnen nicht unterdrücken.

»Was, Juri? Beim großen Mutterschrein, was ist es diesmal?«

Es war nicht der erste Stopp, seit sie den Unterschlupf der Ghule verlassen hatten. Das erste Mal war er vor einem Baum stehen geblieben, dessen Stamm von einem Eisengitter umschlossen wurde, um ihn vor Beschädigungen zu schützen. »Das muss aber ein gefährlicher Baum sein, wenn sie ihn in Einzelhaft stecken«, hatte er festgestellt,

und Jazz war sich bis jetzt nicht sicher, ob das ein Scherz gewesen war oder nicht. Beim zweiten Mal hatte er ein vorbeirasendes E-Bike eingeholt, um den Fahrer zu fragen, warum sein Rad so schnell fuhr, obwohl er doch kaum in die Pedale trat.

Und jetzt war er schon wieder stehen geblieben, so kurz vor dem Ziel. Der Troll stemmte die Hände in die Hüften. Und was sollte dieses erhobene Kinn? Schmollte er etwa?

»Hast du denn das Schild nicht gelesen?«

Welches Schild denn? Jazz drehte sich zum kastenförmigen Gebäude um, in dem es sicher prächtig warm und kuschlig war. Dann sah sie den gelben Aufkleber an der Eingangstür und verdrehte die Augen.

Hier darf ich nicht rein! stand dort in schwarzen Buchstaben, und daneben war ein schwarzer Hund abgebildet.

Juri wiegte den kleinen Pampelmuse wie ein Baby.

»Wir werden nicht an einen Ort gehen, an dem wir nicht willkommen sind!«, stellte er fest und blickte demonstrativ in eine andere Richtung.

Jazz war entschieden zu nass für diese Art von Diskussionen.

»Gut, dann wartet ihr einfach hier draußen und sucht euch ein trockenes Plätzchen, es wird nicht lange dauern.«

Juri machte ein Gesicht, als hätte sie vorgeschlagen, Pampelmuse in einem Pappkarton auszusetzen. Aber Jazz drehte sich nur um, bewaffnete sich mit *Alice im Wunderland* und schritt auf das Heiligtum der Bücher zu.

Die Bibliothek war ein großer grauer Betonklotz ohne jede Verzierung. Schmucklos, knochenbleich und abweisend wie das Wetter. Aber Jazz ließ sich davon nicht beeindrucken, sie wusste, was sich hinter diesen unscheinbaren Toren befand; nichts Geringeres als das Wissen der Welt.

Die Glastüren der Zentralbibliothek öffneten sich wie von Geister-

hand, und der geliebte Geruch von Papier, Druckerschwärze und Leinen umfing sie.

Die weißen Sicherheitsbügel piepsten wie verrückt, als Jazz eintrat. Der Monitor der Bibliothekarin am Empfang flackerte und zeigte Störbilder. Die Frau versuchte, den Computer mit ein paar kräftigen Schlägen zur Zusammenarbeit zu bewegen, und winkte Jazz durch. Manchmal war es auch von Vorteil, dass Magie und moderne Technik sich so schlecht miteinander vertrugen.

Jazz presste Alice fester an sich, als sie an den grauen Bücherregalen entlangspazierte. Die Buchrücken waren mit roten und grünen Aufklebern bedeckt. In Reihen standen sie da, Regal um Regal, und hielten Wissen bereit, das endlose Generationen zusammengetragen hatten.

Sie ließ ihre Finger über die Buchregale streichen, als begrüße sie einen alten Freund. Die Bibliothek hatte weder das Alter noch die Atmosphäre der Gebrüder-Grimm-Bücherei in Arken, aber sie war dafür viel größer. Groß genug, um die gesamte Villa in der Eschenallee in sich aufzunehmen.

Wie in jeder Bibliothek, die etwas auf sich hielt, waren die wirklichen Schätze nicht im Eingangsbereich untergebracht. Für die guten Bücher musste man Treppen steigen und lange Flure überwinden. Die Bibliothekarinnen liebten es, ihre Kostbarkeiten zu verstecken, in Regalen, die nur fand, wer lange genug durch die Säle streifte.

Gleich nachdem sie die Ausleihkarte gefunden hatte, war Jazz klar gewesen, dass sie sich hier umsehen wollte. Es war das Zuhause von *Alice im Wunderland*, auch wenn das Buch seit Jahrzehnten nicht mehr hier gewesen war. Vielleicht war ja hier, an dem Ort, an den es eigentlich gehörte, ein Hinweis versteckt? Hatte Arvids Schwester eine Spur aus Brotkrumen für ihren Bruder gelegt? Oder klammerte sich Jazz an eine falsche Hoffnung? Immerhin hatte die Schwester in dem Brief eigentlich geschrieben, Arvid solle das Buch zur Magista bringen. Von der Bibliothek war keine Rede gewesen. Egal, jetzt war Jazz hier und würde es herausfinden.

Wenige Besucher kreuzten ihren Weg, steckten ihre Nasen in Bücher und nahmen sie kaum zur Kenntnis. Es herrschte eine fast andächtige Ruhe. Der gewaltige Bau erstreckte sich über mehrere Stockwerke, und doch war es hier so ruhig wie in einer Kirche. Als befürchteten alle, den Schlaf der Geschichten zu stören. In diesem Teil der Bibliothek waren die Schilder auf den Buchrücken orange. Zu schade, dass *Alice* keinen solchen Sticker hatte. Es wäre so viel einfacher gewesen, den Ort zu finden, an den sie gehörte.

Jazz folgte eine Wendeltreppe in ein höheres Stockwerk. Hier war es so wohlig warm, dass sie das schlechte Wetter schon vergessen hatte. Lampen mit orangen Schirmen verbreiteten ein angenehmes Licht. Die Bodenfliesen waren von zahllosen Schuhsohlen blank poliert. Auch die Bücher sahen nun älter aus. Leinenrücken statt Paperbacks.

Zwei weitere Treppen, und sie hatte gefunden, wonach sie gesucht hatte. Die Abteilung für Märchen und Abenteuer. Wenn *Alice* irgendwo in dieser Bibliothek gewohnt hatte, dann hier. Das gesamte Stockwerk war dunkler. Jazz schlenderte durch einen Gang, dessen Regale aus Holz bestanden. Die Bücher wurden mit jedem Schritt älter. Sie war auf der richtigen Spur.

Der Gang mündete in einen winzigen, runden Saal, der von sechs Regalen begrenzt wurde. In der Mitte stand ein Tisch samt Stühlen. Das Licht war hier noch schwächer, fast trübe, als wäre sie unter Wasser. Hatte jemand ein Fenster offen gelassen, durch das feuchter Nebel hereingekommen war? Hatte der Raum überhaupt Fenster? Sechs Regale, ein Tisch, Stühle und jemand, der zwischen Stapeln von Büchern hockte, aber keine Fenster.

Jazz hing ihren klammen Mantel über eine Stuhllehne und schritt

auf das nächstbeste Regal zu. Bei manchen Büchern löste sich bereits die Bindung, bei einigen fehlte der gesamte Rücken, und alle waren von einer Staubschicht bedeckt. Die Bücher mussten durch viele Hände gegangen sein, und alle schienen ihre Spuren hinterlassen zu haben. Sie zog *Der Graf von Monte Christo* aus dem Regal und glättete einige Eselsohren. Das hier war ein Feldlazarett für Geschichten, kein Bibliotheksregal. Dann rieb sie sich den Staub von den Fingern und wollte gerade nach *Peter Pan* greifen, als sie leises Gemurmel vom Tisch hörte.

Jazz ging einen Schritt zur Seite, um in Hörweite zu kommen. Vor ihr stand *Das letzte Einhorn* in einem furchtbaren orangeroten Einband. Wie konnte man ein solches Märchen nur in einen so grässlichen Buchdeckel zwängen? Sie griff gerade nach dem Buch, als die Gestalt am Tisch wieder vor sich hinmurmelte. Diesmal konnte Jazz einige Worte aufschnappen.

»Ausgelesen, viel zu oft schon ... so nahrhaft wie ein Backstein ...«

Jazz' Blick zuckte hinüber zu dem Tisch. *Alice* rutschte ihr aus den Fingern. Sie bekam es gerade noch zu fassen, bevor es auf dem Boden aufschlug. Sie kannte die Gestalt am Tisch. Jazz war sich sicher. Der löchrige Tweedmantel, die geflickte Hose, der gestrickte Schal, aber vor allem die Art, wie er die Bücher aufschlug, um sie kurz danach auf den wachsenden Stapel zu pfeffern, waren ihr vertraut. Das war der Leser, der in der U-Bahn gesessen hatte, kurz bevor sie ausgeraubt wurden. Was machte er hier? War das Zufall? Sie griff nach dem letzten Einhorn, ließ den Blick jedoch über die Seiten hinweg auf dem Jungen verweilen. Er hatte sich tief über den Tisch gebeugt und schlug schon wieder das nächste Buch auf. Dann las er nur die ersten Sätze, bevor er es auf den wackligen Berg der anderen Bücher knallte. Der Stapel, von dem er die Bücher nahm, schmolz dahin.

»Nichts ... Überhaupt nichts ... Haben wir den Weg ganz umsonst

auf uns genommen?«, hörte sie ihn flüstern. Seine Finger schienen ihr eigenes Leben zu haben. Wie kleine Tiere huschten sie über die Seiten und griffen schon nach dem nächsten Buch. Diesmal wanderten die grauen Augen nur Sekundenbruchteile über die Seite.

»Schon hundertmal gelesen. Und dieses ist nicht das Papier wert, auf dem es gedruckt ist.« Er begann, auf seinen Fingerknöcheln zu kauen, während er das vorletzte Buch vom Stapel zerrte. Er blickte nur auf den Buchdeckel und raufte sich die Haare.

»Behalte deine Ängste für dich, aber teile deinen Mut mit anderen. Ach, Stevenson, warum konntest du nicht mehr schreiben? Viel zu oft saßen wir schon mit Jim Hawkins zusammen im Admiral Benbow.«

Seine Finger strichen über den dunklen Buchdeckel. Ein Seufzen.

»Schatzinsel, für heute wirst du uns reichen müssen. Der Frierende ist dankbar für jeden Lumpen. Aber was machen wir morgen?«

Der Stuhl schabte über den Boden. Der Leser stand auf und marschierte auf das Regal zu, vor dem Jazz stand.

Sie bemerkte, dass sie ihn anstarrte, drehte sich um und stellte *Das letzte Einhorn* ins Regal. Der Junge, der fast ein Mann war, fuhr mit dem Finger die Regale entlang und wirbelte Staub auf. Fand jedoch offensichtlich nicht, was er suchte.

Was hatte er über Frierende gesagt? Der Frierende ist dankbar für jeden Lumpen? Den Spruch kannte Jazz nur von der Magista. Der Leser war ein Magika, da war sich Jazz sicher. Sie spürte das beruhigende Gewicht von *Alice*, konnte die Verzierungen auf dem Rücken aber schlecht erkennen. Es war noch dunkler geworden. Ein schummriger Dunst breitete sich in dem Raum aus und schien das Licht der Lampen aufzusaugen. Was war hier los?

»Ausgezeichnet, das ist es, was wir brauchen.«

Bevor Jazz reagieren konnte, hatte der Junge ihr *Alice* abgenommen und blätterte durch die Seiten.

Während Jazz noch auf ihre leeren Hände guckte, schnurrte er.

»Du, meine Schönheit, und Long John Silver werden uns durch die Woche bringen.«

Endlich fand Jazz ihre Sprache wieder.

»Gib mir sofort mein Buch wieder!«

»Ihr Buch?«

Graue Augen mit goldenen Einsprengseln funkelten sie über die Seiten hinweg an.

»Weiß sie denn nicht, dass die Bücher der Bibliothek gehören? Also uns allen?«

Wie dreist war der Kerl denn, bitte? Jazz spürte, wie die Zeichen auf ihrer Haut zu schimmern begannen, und zwang sich, langsam auszuatmen. Sie hatte für diesen Zirkus keine Zeit.

»Mag sein. Die Bücherei ist voller Bücher. Such dir ein anderes aus.«

Er schaute wieder auf das Buch und lächelte, als würde er durch ein Fotoalbum blättern.

»Meint sie nicht, dass es noch zu früh für Wünsche dieser Art ist? Immerhin kennen wir uns doch gar nicht. Aber vielleicht sollten wir das ändern. Man nennt uns Reto.«

Er blickte weder auf, noch reichte er ihr die Hand, sondern blätterte unbeirrt durch die illustrierten Seiten. Offensichtlich hatte er ein ganzes Schraubenlager locker. Das war verzeihbar, und das war sie aus Arken gewohnt. Aber sie zu behandeln, als wäre sie ein Kleinkind, war es nicht.

»Hör mal, Reto, ist ja wirklich eine niedliche Nummer, die du einstudiert hast. Aber bei mir bist du völlig an der falschen Adresse. Also gib mir mein Buch und versuche dein Glück bei einer anderen.«

Sie streckte ihm die Hand entgegen und gab ihm in Gedanken drei Sekunden, bevor sie es sich holen würde.

Er blickte auf und klappte das Buch zu, eine Staubwolke in der Luft hinterlassend.

»Aber natürlich werden wir der Dame ihr Buch zurückgeben. Wir wollten doch lediglich einen Blick auf die Illustrationen werfen.«

Er hielt ihr das Buch hin, und sie griff danach, ohne ihn aus den Augen zu lassen. Das entschuldigende Lächeln in seinem Blick nahm sie ihm nicht ab. Dann drehte er sich um und ging. Jazz blickte auf das Buch in ihren Händen. Ein dunkelbrauner Schutzumschlag mit einem Segelschiff. Darüber in goldenen Buchstaben *Die Schatzinsel.*

Dieser Mistkerl!

Mit zwei Schritten hatte sie ihn eingeholt und packte ihn mit einer Hand.

»Toller Trick! Gib mir sofort mein Buch zurück, oder ich zeige dir einen von meinen!«

Ein dumpfer Laut gefolgt von einem reißenden Geräusch. Reto entfernte sich weiter. Jazz blickte auf den Fetzen Tweed in ihren Fingern, der immer weiter zerfiel, bis nichts als Staub übrig war.

Der Leser verschwand in dem einzigen Gang, der aus dem Saal führte. Seine Stimme erklang wie aus weiter Ferne.

»Nicht alle Bücher sind dazu bestimmt, beschützt, bewahrt und verborgen zu werden.«

Jazz stürzte ihm hinterher. Doch da war niemand mehr. Vor ihr lag nur der leere, regalgesäumte Flur.

Sie hatte doch geahnt, dass er ein Magika war. Sie hätte vorsichtiger sein müssen. Sie hastete zurück in den kleinen Raum. Vielleicht hatte er sie wieder ausgetrickst?

Aber auch dort war niemand. Nur Bücher auf dem Tisch, in den Regalen – und ein kleines, ledergebundenes zu ihren Füßen.

Die Gnade der Wölfe

Es war kalt genug, um Wasser in Eis zu verwandeln. Trotzdem war Adrian schweißgebadet, als sie endlich den Arkener Forst erreichten. Er rutschte vom Sattel und sank in die Hocke. Sein Atem ging stoßweise. Wäre nicht Dianas mitleidiger Blick gewesen, er hätte sich in den Schnee fallen lassen. So wedelte er nur mit den Armen und keuchte: »Mir geht's prima.« Diana schürzte die Lippen und hob eine Augenbraue. Der Rhythmus, den ihre Finger auf den Sattel klopften, beschleunigte sich.

Schon nach den ersten Metern hatte Adrian es bereut, Dianas Vorschlag abgelehnt zu haben. Aber wie hätte das denn ausgesehen – sie auf seinem Rad und er in der Transportbox wie ein Kleinkind, das zur Kita gefahren wurde! Daher hatte er darauf bestanden, selbst zu fahren, und hockte jetzt wenig eindrucksvoll schnaufend und röchelnd vor ihr.

»Geht's wieder?«

Sie hatte das Trommeln aufgegeben und die Ärmel ihres zu großen

Sweatshirts hochgeschoben, während sie wartete, dass sich Adrian endlich weniger wie eine defekte Dampflok anhörte. Sie sagte nichts. Das war auch nicht nötig. Adrian stellte fest, dass es sich einfach nicht lohnte, ein Held zu sein, ließ das Lastenrad stehen und folgte Dianas tanzenden Haaren in das Dickicht.

Der volle Mond sorgte dafür, dass er nur über jede zweite Wurzel stolperte und die Baumstämme immerhin erahnte, bevor er gegen sie knallte. Um die sich anbahnende Gehirnerschütterung zu vermeiden, streckte er die Hände aus und tastete sich voran. Schließlich packte Diana grummelnd seine Hand und zog ihn hinter sich her.

Seine restliche Würde gegen körperliche Unversehrtheit, nicht der schlechteste Tausch. »Erzähle bloß Juri nichts davon.«

Adrian musste sich mit einem Grunzen als Antwort zufriedengeben.

Als Diana gefühlte Ewigkeiten später auf die Lichtung trat und Adrian hinter ihr herstolperte, hatte sich der Mond nicht bewegt. Aber etwas anderes hatte sich verändert: Sie waren nicht länger zu zweit.

Als hätten sie sich hier verabredet, standen fünf Werwölfe in einem Halbkreis da und blickten ihnen entgegen.

Ob das wohl all jene Umweltschützer waren, die den Ruf des Wolfes hörten? Wie hatte es Diana damals ausgedrückt? »Wer glaubt schon, dass sich unter den Wehrwölfen echte Werwölfe verstecken.«

»Diana, was soll das!«

Malinka hatte sie mit wenigen Schritten erreicht, baute sich vor Diana auf und überragte sie.

»Das ist Sache des Rudels. Wir hatten gesagt, dass wir das unter uns ausmachen.«

»Wir!« Diana drückte den Rücken durch und das Kinn nach vorne. »Wir haben uns überhaupt nicht geeinigt. Du hast für uns alle ent-

schieden! Wir hätten viel früher jemand holen sollen, der mit Titus redet, statt darauf zu vertrauen, dass er dem Ruf folgt und sich uns anschließt.«

Noch immer hielt sie Adrians Hand, doch ihr Griff wurde fester.

»Ahem, hi Malinka«, versuchte Adrian, auf sich aufmerksam zu machen. »Ich will echt nicht stören. Bin nur hier, um zu helfen. Ich kann auch ein anderes Mal wieder…«

»Gute Idee.«

»Du bleibst!«

Die beiden Antworten kamen gleichzeitig wie zwei Peitschenhiebe. Keins der Mädchen blickte ihn an. Immerhin ließ Diana seine Hand los. Adrian unterdrückte den Drang, einige Schritte zurückzuweichen, und massierte sich stattdessen die schmerzenden Finger.

Die nahen Tannen ächzten unter ihrer Last. Die klirrende Winternacht sickerte durch Adrians Jacke. So eisig die Luft auch war, die Blicke der beiden Mädchen waren kälter.

»Ich hab es satt, Diana. Finde dich endlich damit ab, dass Tonius uns nicht mehr anführen kann. Das ist jetzt meine Aufgabe.«

Diana schnaubte, verschränkte die Arme vor der Brust und schaffte es, dabei nicht wie ein trotziges Kind auszusehen. Obwohl sie zwei Köpfe kleiner war, starrte sie Malinka an, ohne den Kopf in den Nacken zu legen.

»Es geht hier ausnahmsweise mal nicht um dich! Es geht darum, das Richtige zu tun. Titus wird nicht aufhören, seinen Bruder zu suchen, und er wird uns kein Wort glauben. Wie lange wollen wir noch zusehen, wie er leidet?«

Die letzten Worte hatte sie an die anderen vier Werwölfe gerichtet, die langsam näher traten.

Kunal nickte Adrian zu, die anderen drei verzogen keine Miene. Wollten sie sich nicht in den Streit hineinziehen lassen? Wollten sie,

dass er wieder ging? Wenn Juri jetzt hier wäre, hätte er irgendeinen Scherz gemacht, und alle hätten die Anspannung weggelacht. Aber Juri war nicht da.

Kunal hob beide Hände, und Adrian war sich sicher, dass er gerade etwas sagen wollte, als alle Werwölfe wie auf ein geheimes Signal hin die Köpfe hoben und die Augen schlossen. Ihre Nasenflügel blähten sich, als sie die Luft einsogen.

In der Ferne heulte ein Wolf. Kurz darauf antwortete ein zweiter … und dann ein dritter, dichter diesmal.

Die Lichtung war still wie ein Friedhofsgemälde. Der Schnee funkelte wie Millionen Sterne, und vereinzelt tanzten eisige Flocken durch die Nacht. Niemand sagte ein Wort. Jedes Mal, wenn Adrian dazu ansetzte zu fragen, was denn eigentlich los war, warf ihm Diana warnende Blicke zu. So blieb er stumm und starrte in die Finsternis zwischen den Bäumen. Er hätte in der Villa bleiben sollen, dachte er. Was sollte er hier? Klar, er hatte nicht mit Jubelschreien gerechnet, aber vielleicht mit einem Schulterklopfen oder einem Lächeln von Malinka. Stattdessen fühlte er sich so fehl am Platz wie ein Eiswürfel in der Wüste. Vielleicht sollte er einfach gehen. Aber verdammt, er würde ohne Diana nicht mal den Weg zurück zum roten Blitz finden!

Minuten vergingen, bis er Bewegungen in der Dunkelheit erahnte. War da nicht gerade ein Schatten an der Fichte vorbeigehuscht? Und dort dieser Hügel hinter dem Baumstumpf war zu finster.

Diana bemerkte seinen Blick und flüsterte ihm so leise, dass er sie kaum verstand, etwas zu. »Janka und die anderen Wölfe sind hier, um uns zu warnen.«

Sie blickte an eine Stelle zwischen den Bäumen, an der Adrian nur Schwärze erkannte.

»Tonius ist dort drüben. Sie sind alle sehr aufgeregt.«

Tonius! Das letzte Mal hatte Adrian ihn gesehen, als ihn ein Mons-

ter durch die Luft katapultierte. Ein Angriff, der Tonius den Rücken brach. Noch heute dachte Adrian mit Schaudern daran zurück.

Er blickte an die Stelle, auf die Diana zeigte, aber da warteten nur Nadelbäume und kahle Äste.

Die Werwölfe richteten sich auf und schlichen lautlos wie Schatten zur Mitte der Lichtung, wo sie unter den ausladenden Ästen einer Esche verharrten. Sie erinnerten Adrian an Löwen auf der Jagd, leise, fast unsichtbar zwischen den Sträuchern. Adrian folgte ihnen, weit weniger geschickt, und zuckte jedes Mal zusammen, wenn er auf einen trockenen Ast trat.

Im Mondschatten des Baumes angekommen, knackte wieder trockenes Holz, doch diesmal leise und aus weiter Ferne. Selbst Adrian bemerkte, dass die Geräusche näher kamen, und doch wanderte der Mond weiter über den Nachthimmel. Bis plötzlich Titus auf die Lichtung trat. Ein dunkles Gespenst auf einer fahlen Eisdecke. Adrian konnte sein Gesicht nicht erkennen, aber der Mantel war der gleiche, den er auch in der Schule trug. Sein Kopf ruckte hin und her, und der Stock in seinen Händen folgte seinen Bewegungen. Jeder Schritt trug ihn weiter in ihre Richtung. Was Adrian erst für einen Ast gehalten hatte, war ein Gewehr. Er schluckte. Diana hatte also tatsächlich recht gehabt, Titus war bewaffnet. Worauf hatte er sich da bloß eingelassen? Adrian warf einen Blick auf die gegenüberliegende Seite der Lichtung. Konnte er es bis dorthin schaffen, ohne entdeckt zu werden? Doch er kam nicht dazu, den Gedanken weiter zu verfolgen.

»Ich weiß, dass ihr hier seid!«

Titus' Stimme durchschnitt die Ruhe des Waldes.

Keiner der Werwölfe regte sich. Trotz der Kälte wurden Adrians Hände feucht.

»Und ihr beschützt die Monster, die meinen Bruder auf dem Gewissen haben!«

Seine Stimme war kalt wie der Winter.

Diana trat aus dem Schatten. Adrian hörte, wie Malinka scharf die Luft einsog. Aber es war bereits zu spät.

»Titus, du verstehst nicht die Hälfte von dem, was hier passiert. Leg die Waffe weg, bevor jemand verletzt wird.«

Doch der schlaksige Junge umfasste das Gewehr fester und presste den Kolben gegen die Schulter. Aus dem Wald ertönte ein Knurren, so tief und dröhnend, dass Adrian es fühlen konnte.

»Titus«, versuchte es Diana noch einmal. »Leg die Waffe weg! Das einzige Monster, das du in diesem Wald findest, bist du!«

»Ihr lügt, wenn ihr den Mund aufmacht. Glaubst du, ich hab das Knurren nicht gehört? Zwischen den Stämmen versteckt sich etwas, und ich weiß, es ist das Monster, das meinen Bruder geholt hat.« Seine Stimme überschlug sich, und er hastete immer schneller über die Lichtung. »Tonius hätte Arken niemals verlassen, ohne mir Bescheid zu sagen. Und ihr wisst, was mit ihm passiert ist, aber von euch höre ich nur Lügen!« Titus stolperte, fing sich aber wieder. Adrian hörte das mechanische Klicken, als er die Waffe durchlud. »Er war euer Freund! Doch ihr verratet ihn, um diese verdammten Wölfe zu beschützen. Aber die Zeit der Lügen endet jetzt!«

Er legte die Waffe an und schwenkte sie über die Lichtung. Als das Gewehr auf Diana zeigte, krachte das Unterholz. Eine Wolke aus Schnee und Ästen brach aus dem Dickicht. Sofort richtete Titus das Gewehr in die Richtung. Dann aber erstarrte er. Eine schneeweiße Bestie preschte auf ihn zu. Mit geöffnetem Maul und gebleckten Fängen stürzte die pferdegroße Wölfin auf Titus zu. Ihre Pfoten ließen den Boden beben. Titus rutschte die Waffe aus der Hand. Er warf sich zu Boden, tastete nach dem Gewehr. Aber die Wölfin war schneller. Diana lief los, und Adrian folgte ihr, bevor er begriff, was er da tat.

Doch zu spät. Die Wölfin flog bereits auf Titus zu. Dass er ihre

Schwester bedroht hatte, war ein unverzeihlicher Fehler. Die Gnade der Wölfin wäre ein schneller Tod. Doch ihre Beute erreicht sie nicht. Etwas Großes löste sich aus dem Dickicht und warf sie aus der Bahn. In der mondhellen Nacht hielt Adrian es erst für einen riesigen Bären. Dann erkannte er den braunen Wolf. Das Tier hatte das Nackenfell aufgestellt und gab ein tiefes Brummen von sich. Die Wölfin antwortete auf die gleiche Weise. Sie versuchte, an ihm vorbeizukommen, aber der braune Wolf ließ nicht zu, dass sie sich Titus weiter näherte.

Der Rest des Rudels war bereits losgerannt, als Titus die Waffe aus dem Schnee riss. Diana war ihm am nächsten, aber sie hätte auch Welten entfernt sein können. Titus legte das Gewehr an. Die großen Wölfe auf der mondbeschienenen Lichtung waren ein unverfehlbares Ziel.

»Titus!«

Es dauerte einen Atemzug, bis Adrian bemerkte, dass seine eigene Stimme durch den Wald schallte.

»Titus, dein Bruder ist hier!«

Die Waffe schwenkte herum. Folgte sie nur seinem Blick, oder richtete sich das Gewehr jetzt absichtlich auf die Werwölfe? Diana und die anderen stoppten. Egal, wie schnell sie bei Titus wären, eine Kugel wäre schneller. Adrian musste handeln, damit diese Nacht keinen tödlichen Ausgang fand.

»Titus, bitte.« Adrian arbeitete sich weiter durch den Schnee auf ihn zu. »Ich weiß, das ist alles nicht fair. Jeder erzählt dir Lügen, weil alle glauben, du könntest die Wahrheit nicht vertragen.« Er hatte Diana eingeholt und ignorierte den warnenden Blick von Malinka. »Bitte, hör mir kurz zu.«

Zumindest richtete sich der Lauf der Waffe nun gen Boden. Adrian war dicht genug, um die wilden Augen unter dem strähnigen braunen Haar zu erkennen.

Wäre er auch so geworden – wütend, verwirrt, einsam –, wenn Jazz ihn damals nicht gefunden hätte?

Er schob den Gedanken beiseite. Noch zehn Schritte. Sein keuchender Atem und das Knirschen seiner Stiefel waren die einzigen Geräusche. Die beiden Wölfe waren verstummt und blickten ihn aus gelben Augen an. Diana und der Rest des Rudels verharrten wie festgefroren. Sie alle warteten auf das, was er tun würde. War das nicht auch der Grund, warum Diana ihn geholt hatte?

»Sieh dich um, Titus.« Adrian schnaufte, das Rennen im Schnee hatte ihn erschöpft. Titus blickte ihn an, den Finger noch immer am Abzug, das Gesicht verschlossen.

»Was meinst du, warum du nachts durch den Wald streifst? Warum dich die Wölfin nicht zerfetzt hat, obwohl du ihre kleine Schwester bedroht hast?«

Als er sah, wie Titus' Blick zwischen den Wölfen und Diana hin und her schoss, rief Adrian: »Genau, du ahnst die Wahrheit. Du willst sie nur nicht akzeptieren. Genauso wie ich. Wir beide wollen ein normales Leben mit normalen Problemen, ohne Monster und Dämonen.«

Adrian stand nun direkt vor Titus, sah den nassen Mantel, die geflickte Jeans und die schlanken Finger, die sich an die Waffe klammerten wie ein Ertrinkender an Treibholz.

»Aber es gibt kein normales Leben für uns. Diese Wölfe sind keine Dämonen. Sie sind deine Familie.«

Die Waffe ruckte nach oben, und Adrian blieb stehen. Titus schüttelte sich das Haar aus der Stirn. Seine Stimme zitterte wie der Lauf der Waffe.

»Was für ein Schwachsinn! Sieh dir die Bestien an! Sie haben meinen Bruder auf dem Gewissen. Wie viele sollen sie denn noch holen, bevor wir das beenden? Wie viele Familien sollen sie noch zerstören?«

»Dein Bruder lebt, Titus. Und er ist hier. Er hat dich gerade gerettet.«

Adrian machte einen Schritt auf den braunen Wolf zu.

Hinter ihm der Lauf der Waffe, vor ihm das Raubtier.

Katze, wenn du auf den passenden Moment gewartet hast, mir zu helfen – jetzt wäre wunderbar. Aber Katze antwortete nicht auf seine stumme Frage. Adrian tastete nach Barnabys Geschenk und machte einen letzten Schritt.

»Tonius.« Seine Stimme war trocken und kratzig. »Wir kennen uns kaum. Aber ich war in jener Nacht dabei. Gemeinsam haben wir damals die Ghule abgewehrt. Wollen wir jetzt nicht gemeinsam deinem Bruder zeigen, wer du bist? Komm her zu uns. Vertrau mir.«

Ob er ihn nun verstand oder einfach nur neugierig war, der braune Wolf drehte sich zu ihm um. Die Augen wie zwei Sonnen in der Nacht. Wolfsaugen. Doch das, was Adrian einen Schritt zurückweichen ließ, war das Menschliche, das noch immer in ihnen lag.

»Tonius«, flüsterte er. Das Bild von dem Jungen mit den langen Dreadlocks und dem offenen Lächeln erschien vor seinem geistigen Auge.

Der Wolf kam auf ihn zu. Mit jedem Schritt schien er zu wachsen. Adrian hörte, wie sich Titus hinter ihm bewegte. Er konnte nur hoffen.

Adrian hob dem Wolf die bebende Hand entgegen. Der Wolf senkte den Kopf und schnüffelte daran.

»Erkennst du mich wieder?«

Ein Schnauben. Warme Luft blies gegen seine Handfläche.

»Ich war dort, in der Nacht, als du gegangen bist. Diana sagte, der Wolf hat dich zu sich gerufen.«

Adrian sprach laut genug, dass ihn Titus verstehen musste.

Er vernahm leises Gemurmel in seinem Rücken.

»Das ist unmöglich.«

Adrian warf einen Blick über die Schulter. Titus hatte die Waffe immer noch in den Händen. Sie war auf den Boden gerichtet, aber er zitterte umso stärker.

»Du fühlst ihn auch, oder, Titus? Den Ruf des Wolfes. Dein Bruder hat euch nicht verlassen. Er hat den Wolf in sich gespürt und sich seinem Rudel angeschlossen.«

Adrian wusste nicht, ob das stimmte, aber es klang zumindest wahrscheinlich.

»Nein!« Titus' Stimme war ein trotziges Fauchen. »Das ist nur ein Trick. Ihr wollt mich verrückt machen. Wollt, dass ich werde wie mein Vater. Dass ich überall Gespenster sehe. Aber so bin ich nicht. Ich bin kein Freak!«

Seine Stimme war immer lauter geworden, und das Gewehr zeigte gefährlich in Adrians Richtung.

Tonius schnaubte leise, schüttelte den gewaltigen Kopf und trabte an Adrian vorbei auf seinen Bruder zu.

»Sag ihm, er soll stehen bleiben!«

»Sag es deinem Bruder selbst. Du hast Tonius so lange gesucht. Jetzt kommt er zurück zu dir.«

Titus hielt die Waffe wie einen Speer. Seine Augen waren groß, dann kniff er sie zusammen, schüttelte den Kopf und starrte wieder auf den Wolf. Weiße Wölkchen bildeten sich vor seinem geöffneten Mund. Hoffnung, Unglauben, Wut huschten über seine Züge wie Wind über Baumwipfel.

»Bleib, wo du bist! Komm nicht näher!«

Titus' Züge verkrampften sich. Als er die Augen zusammenkniff, lief etwas Feuchtes über seine Wangen.

»Nein, nein, das bist nicht du, Tonius. Das kann nicht sein! Du

hättest uns nicht verlassen, um ein Monster zu werden. Du hattest es mir versprochen. Du hast mir versprochen …«

Der Schuss knallte wie eine Explosion durch den Wald. Vögel flogen in Schwärmen aus ihren Nestern. Adrian hörte nichts mehr. War er getroffen? War sein Trommelfell gerissen? Er tastete nach seiner Brust. Doch der erwartete Schmerz blieb aus. Dann hörte er das nahe Winseln.

Der Wolf machte noch einen Schritt, dann fiel er vor Adrian in den Schnee.

Das braune Fell fühlte sich warm und weich an unter Adrians Finger. Dann ertastete er etwas Nasses, Klebriges und sah die dunkle Flüssigkeit auf seinen Fingern.

Nein, nein, bitte nicht. Das durfte nicht sein.

Adrian hörte wieder das Winseln. Leiser diesmal. Die goldenen Augen des Wolfs waren halb geschlossen. Der Schnee färbte sich schwarz.

Adrian presste seine Hände auf die Stelle, aus der das Blut strömte. Schritte hinter ihm. Titus, der die Waffe fallen ließ.

»Was hast du getan! Titus, was hast du getan?«

Die Augen des Jungen wurden größer, dann waren sie über ihm. Malinka und Kunal warfen sich auf Titus und pressten ihn in den Schnee. Der Junge wehrte sich nicht.

Diana hockte sich neben Adrian. Sie streifte sich das Sweatshirt über den Kopf und presste es auf die Wunde. Der graue Stoff wurde so schnell dunkler. Adrian spürte den Herzschlag kaum noch unter seinen Fingern.

Janka kam und stupste Tonius mit der Nase an. Der Wolf gab einen klagenden Laut von sich.

Adrian fuhr mit den Fingern durch das Fell und klammerte sich daran fest.

Katze, wenn du da bist, bitte, das darf nicht so enden. Bitte, sag mir, was ich tun soll!

Keine Antwort. Adrian presste die Augen zusammen, um in sich hineinzuhorchen. Aber da war nichts. Nur der schwache Puls in dem weichen Fell.

Plötzlich sah er Tonius vor sich, wie er ihn kennengelernt hatte. Leuchtende Augen, braune Haut und ein offenes Lachen. Als wäre ein Stein in einen stillen Teich geworfen worden, veränderte sich das Bild. Es war immer noch Tonius, aber er war jetzt jünger. Ein Kind von vielleicht zehn Jahren. Adrian spürte Sonnenschein auf der Haut. Die Luft roch nach gemähtem Rasen und neuem Gummi. Er war nicht allein. Da war ein zweiter Junge, etwas jünger. Die beiden fuhren auf einem silbernen Fahrrad. Einer trat in die Pedale, der andere hielt sich auf dem Sattel.

»Der Silberpfeil«, murmelte Adrian mit geschlossenen Augen.

Dann saßen die beiden Jungen auf dem Rücksitz eines Autos. Es war neblig. Der Jüngere hatte Angst. Tonius gab ihm etwas. Einen Plastikheld mit bewegbaren Gliedern, Maske, langen Klauen und grauem Cape.

»Keine Angst, Wolfsbane passt auf dich auf«, flüsterte Adrian die Worte, die wie die Bilder in ihm aufstiegen. Von der Welt um sich nahm er nichts mehr wahr. Der verletzte Wolf, Diana, Titus, sie alle waren weit weg.

Die Jungen auf dem Rücksitz wurden durch das Auto geschleudert. Der Ast eines Baumes rammte das Fenster. Schwärze.

Die Bilder kamen und gingen jetzt schneller. Manche konnte er kaum erfassen. Blaues Licht. Ein Ortsschild. Durch einen Türspalt sah er einen Mann an einem Tisch sitzen und leise weinen. Der Mann merkte nicht, dass ihn die beiden Jungen beobachteten.

Die Jungen und der Mann standen jetzt im Wald. Die Sonne ging unter. Zu ihren Füßen aufgeworfene Erde. Eine Tanne mit zwei Spitzen. Ein Engel aus Stein kniete über ihnen. Tonius nahm den Jüngeren bei der Hand.

»Keine Angst, Tonino. Ich werde dich niemals allein lassen, versprochen«, flüsterte Adrian.

Ein Schrei riss ihn zurück in die Wirklichkeit. Das Erste was er sah, waren seine Hände in dem nassen Fell.

Diana neben ihm blickte ihn aus großen Augen an. Hinter ihnen erklang Schluchzen.

»Lasst ihn los«, flüsterte Diana.

Schnelle Schritte im Schnee, dann kniete Titus neben ihnen. Mit bebenden Fingern streckte er seine Hände aus, als befürchte er, den Wolf durch die Berührung zu verletzen. Tonius' Augen öffneten sich. Sie leuchteten matt, als er seinen Bruder ansah.

»Er wollte sein Versprechen halten, weißt du.« Adrians Stimme war leise und ohne Vorwurf.

Titus schluchzte nur. Seine Schultern hoben sich. Dann strichen seine Finger über den Wolfskopf.

»Wolfsbane war der Superheld, den er sich ausgedacht hat, weil ich abends oft nicht einschlafen konnte.« Die Worte schienen mehr an sich selbst gerichtet. »Er hat eine Actionfigur bemalt und sie mir zu meinem achten Geburtstag geschenkt.« Sein Gesicht verzerrte sich. Er wischte sich die Tränen aus dem Gesicht. »Ich, ich wollte das nicht. Der Schuss … er hat sich gelöst. Tonius, du musst mir glauben … ich … ich …«

Die Stimme versagte. Er legte seinen Kopf auf den des Wolfs. Der braune Wolf schloss die Augen.

Titus' Finger ballten sich zu Fäusten. Er warf den Kopf in den Nacken. Ein Schrei hallte über die Lichtung, der wenig menschlich klang.

Adrian spürte, wie kleine Hände nach ihm griffen und ihn von Tonius wegzogen.

Der Schrei wurde zu einem Heulen, auf das keine Wölfe antworteten. Titus' Finger wurden krumm. Der Rücken wölbte sich und wurde länger. Stoff zerriss, und sein Körper wurde von Krämpfen geschüttelt.

»Der Wolf holt ihn zu sich.« Dianas Stimme war dicht neben seinem Ohr. Die anderen standen um ihn herum und betrachteten wortlos die Verwandlung. Der Julmond strahlte mitleidlos auf Titus, dessen Körper sich weiter veränderte. Die Kleidung hing nur noch in Fetzen an ihm herunter. Sein Gesicht wurde länger, und spitze Zähne ragten aus dem geöffneten Maul.

Diana schüttelte neben ihm den Kopf. »Er wehrt sich. Das macht es nur schmerzhafter.«

Titus hockte auf allen vieren im Schnee. Haut wurde zu Fell. Knochen brachen und verschoben sich. In das Jaulen mischte sich Winseln und Knurren. Mit den langen Krallen zerfurchte er den Boden und verletzte sich selbst.

»Lass es zu, Titus. Heiße den Wolf willkommen. Du machst es dir nur schwerer«, rief ihm Diana zu.

Dann sackte Titus in sich zusammen. War die Verwandlung abgeschlossen? Eine Wolke schob sich vor den Mond. Es wurde dunkel auf der Lichtung.

Adrian hörte, wie Diana Luft holte. Unruhiges Gemurmel der anderen. »Nein«, hauchte Malinka.

Als der Mond wieder zum Vorschein kam, sah Adrian, was sie meinte. Über dem braunen Wolf hockte Titus. Der Mantel hing ihm in Streifen über dem Rücken, dunkles Fell bedeckte seinen Körper. Seine lange haarige Schnauze schnüffelte an seinem Bruder. Dann richtete er sich auf.

Das Geschöpf hatte lange Arme und Beine, stand aber aufrecht wie ein Mensch. Seine Hände griffen gen Himmel, eh ein letztes Jaulen aus seiner Kehle erklang. Er drehte Adrian den Wolfskopf zu. Das Maul öffnete sich, als wollte er sprechen. Doch es kamen nur hechelnde Laute hervor. Dann wandte es sich ab und verschwand im Dickicht des nahen Waldes.

»Warum hat er dem Ruf nicht nachgegeben? Jetzt ist er zwischen Wolf und Mensch gefangen.« Es war das erste Mal, dass Adrian Furcht in Dianas Stimme hörte.

Als Malinka zu ihr trat, war jeder Zorn aus ihrer Stimme gewichen. Sie legte ihr beruhigend die Hand auf die Schulter.

»Er bestraft sich selbst, für den Tod seines Bruders. Wut und Schuld lassen nicht zu, dass er dem Wolf in sich folgen kann.« Sie sah Diana an. »Die Zukunft wird zeigen, was aus ihm wird.«

Der Eispalast

»Juri! Juri!«

Wo steckte dieser Troll nur schon wieder? Er sollte sich doch einfach nur ein trockenes Plätzchen suchen und auf sie warten. Das trockene Plätzchen hatte er sicher gefunden, die Frage war nur, wo. Erneut rief Jazz seinen Namen, erneut bekam sie keine Antwort.

Sie stampfte mit dem Stiefel auf. Die Pfütze spritzte in alle Himmelsrichtungen. Bei der großen Mutter, musste denn heute alles schiefgehen? Erst verlor sie *Alice*, dann entkam ihr dieser Reto, dem sie gern noch die eine oder andere Frage hätte stellen wollen, und jetzt war auch noch Juri verschwunden.

Laut grunzte sie ihren Frust heraus und erschreckte dabei einen kleinen rundlichen Mann so sehr, dass er fast seine Bücher fallen ließ. Entschuldigend hob sie die Hände. Aber der Mann warf ihr nur ängstliche Blicke zu und beeilte sich, schnellstmöglich in der Bibliothek zu verschwinden.

Vielleicht hatte sich Juri einfach nur einen weiteren Dürüm orga-

nisiert? Sie war ja eine ganze Weile in der Bibliothek gewesen. Sicher würde er gleich wiederauftauchen. Immerhin hatte es aufgehört zu regnen. Sie schob ihre Hände in die weiten Manteltaschen und fischte das kleine braune Buch heraus, das der Buchdieb verloren hatte. Was war das nur für ein merkwürdiger Kerl! Zweimal hatte sie ihn nun schon in dieser riesigen Stadt getroffen, und sie war sich nicht sicher, ob das Zufall sein konnte. Ganz sicher aber war er ein Magika. Und er wusste entschieden zu viel. Die Losung der Eisenhuthexen – *Bewahren, Beschützen, Verbergen* – sollte außerhalb des Zirkels niemand kennen, schon gar kein Mann. Und wieso hatte er so einfach verschwinden können? Sie hatte noch von keinem Magika gehört, der zu so etwas in der Lage war. Wer war dieser Mann? Jazz schüttelte den Kopf und fuhr mit dem Daumen über die Seiten des Buches. Natürlich hatte sie es schon in der Bibliothek aufgeschlagen, aber die Seiten waren alle blank, das Papier vollkommen unbeschrieben, wenn auch vergilbt und zerknickt. Was hatte es damit auf sich? Sie würde es sich genauer ansehen, wenn sie Juri gefunden hatte.

Sie steckte das Buch weg und lief los. Als Erstes klapperte sie die nahen Imbissläden ab. Die ersten zwei Fressbuden, die nach Frittierfett und Billigbier stanken, halfen ihr nicht weiter. Niemand hatte dort einen kräftigen Jungen und einen dreibeinigen Hund gesehen. Bei der dritten Bude, die geräuchertes Tofu und Halloumi-Sticks verkaufte, hatte sie mehr Glück. Das Mädchen in dem Foodtruck strahlte sie regelrecht an.

»Und ob ich den Typen gesehen hab. Nachdem er vier Tofu-Burger verdrückt hat, wollte er den kleinen Hund mit Halloumi füttern.« Das Mädchen mit den kupferroten Haaren grinste sie an. »Ihm ist dann aufgefallen, dass er gar kein Geld dabei hat, und ist los, um welches zu besorgen. Und jetzt hat er dich geschickt, um die Rechnung zu bezahlen? Das ist wunderbar!«

Nachdem sie Juris Mahlzeit gezahlt und sich geschworen hatte, ihn dafür einige Buchlieferungen für Giersch-Grantowitz übernehmen zu lassen, folgte Jazz der Spur aus Halloumi-Krümeln. Dann hörte sie es aus einer Seitengasse.

Stimmen, die laut von einem Morgen sangen, der die Furcht verjagen würde.

Als Musik konnte man das Gegröle kaum bezeichnen, aber was die Stimmen an Taktgefühl und Stimmlage vermissen ließen, glichen sie durch Lautstärke aus. Der Gesang veranlasste einige Katzen zur hektischen Flucht. An den Versen über magische Lieder, die die Ängste vertreiben, lag das sicher nicht.

Jazz kannte das Lied. Und wie sie es kannte! Sie kannte sogar jemanden, der der Meinung war, es sei das beste Lied der Welt.

Jazz folgte den rauen Stimmen und war nicht überrascht, als sie einige Männer und Frauen vor einer brennenden Tonne sah. Dazwischen erkannte sie eine gehörnte Silhouette.

»… lasst ihn uns noch einmal singen!«, erschallte es gerade erneut.

Jazz musste den Bard's Song zweimal mitsingen, bis Juri bereit war zu gehen. Jazz würde es natürlich nie zugeben, aber man konnte das Lied einfach nicht singen, ohne sich danach besser zu fühlen.

Juri beugte sich neugierig zu ihr herunter, als sie die Musik hinter sich ließen.

»Also, Sherlock Hex, was hast du alles rausgefunden?«

Jazz sparte es sich, Juri vors Schienbein zu treten, weil er nicht auf sie gewartet hatte oder weil sie seine Rechnung bezahlen musste. Das würde sie sich für einen besonderen Moment aufheben, wenn er das nächste Mal morgens nicht aufstehen wollte oder so.

Sie erzählte ihm in knappen Sätzen, was passiert war. Dass sie Alice verloren hatte, schien er nicht so tragisch zu finden wie sie.

»… als ich zurückgelaufen bin, hab ich nur das gefunden.« Sie zeigte ihm das kleine braune Buch. »Es muss dem Typ aus der Tasche gefallen sein, als ich ihn festgehalten habe.«

Juri nahm es in seine breiten Pranken und schnüffelte daran. Dann hielt er es Pampelmuse hin, der das Gleiche tat.

Jazz hob eine Augenbraue. »Ich hab es nur schnell durchgeblättert, aber es scheint … Hey, was machst du da?«

Der Troll hatte das Buch aufgeklappt, bei den Buchdeckeln gepackt und schüttelte es jetzt wie eine Schneekugel. Die Seiten flatterten wild.

»Hör auf damit, du machst es noch kapu…«

Eine kleine grüne Karte segelte durch die Luft. Juri fing sie auf und hielt sie ihr vor die Nase.

Jazz betrachtete die Karte fassungslos. Sie musste irgendwo zwischen den letzten Seiten gesteckt haben. Juri grinste sie an, als hätte er gerade einen Mordfall gelöst, und streichelte den Hund.

»Mach dir nichts draus, Pampelmuse. Sie wird uns später dafür danken, dass wir die entscheidende Spur gefunden haben.«

Jazz ignorierte ihn und stellte fest, dass sie darin inzwischen sehr gut war. Die moosgrüne Karte war nicht viel größer als eine Visitenkarte. Darauf stand:

Eispalast! Bestes Eis von Frankfurt. Alle guten Sorten. Sammelkarte.

»Scheinbar muss man zehn Stempel sammeln, um ein Eis gratis zu bekommen.« Jazz drehte die Karte um. »Hmm, nur ein Stempel drauf. Und leider keine Adresse.«

Juri nahm ihr die Karte ab. »Lass das mal den Meisterdetektiv erledigen.« Er lief zurück zu den Sängern vor der Tonne, die nun wieder

Frankfurter Schlager zum Besten gaben. Jazz fragte sich, wie Juri es geschafft hatte, sie alle dazu zu bringen, sein Lieblingslied mit ihm zu singen.

Als er wiederauftauchte, grinste er so breit, dass sie gar nicht fragen musste, ob er wusste, wo der Eispalast war.

»Ich verstehe es trotzdem nicht, wer macht denn hier einen Eisladen auf?«

Sie blickten beide zur Brücke hinunter. Sie hatten sich am Flussufer über zwei Absperrungen bemüht und folgten der Kaimauer zwischen Unkraut und weggeworfenen Plastikflaschen, bis sie die Brücke sahen. Der Ort sah aus, als wäre er für Schmuggelgeschäfte und nächtliche Überfälle erbaut worden. Niemand, der nicht auf der Suche nach einem lebensgefährlichen Abenteuer war, würde sich dort hinunterwagen. Der Bereich unter der Brücke lag komplett in Dunkelheit. Die Pampe, die durch den Kanal floss, sah aus wie grüner Schlamm, und Jazz meinte, etwas gesehen zu haben, das eine Möwe unter die Oberfläche zog.

»Das ist es einfach nicht wert«, entschied sie. »Entweder ein Rudel Ratten wartet dort unten, um über uns herzufallen, oder die baufällige Brücke bricht über uns zusammen.«

Juri drehte die Karte in den Händen. »Aber hier steht: Alle guten Sorten! Wie kann man so was schreiben? Es muss doch Hunderte guter Sorten geben.«

Jazz guckte den Troll an. Vielleicht hatten die Fäulnisgase, die aus dem Main aufstiegen, schon sein Gehirn geschädigt?

»Du willst nicht wirklich da runter?«

»Nur kurz gucken.«

Der Troll machte sich schon auf den Weg die karge Böschung hinab. Jazz raufte sich die Haare. »Dann sterben wir also unter einer Brücke.«

Der Eispalast ließ sogar die Brücke noch gut aussehen. Der kleine Bauwagen machte den Eindruck, als wenn er schon durch einen kritischen Blick zusammenbrechen könnte. Der Wagen war so winzig, dass sich Jazz fragte, wie der Eisverkäufer dort hineingekommen war. Ob sie den Wagen vielleicht um ihn herum erbaut hatten? Der Verkäufer war ein Monstrum von einem Kerl. So hoch wie Björn und bestimmt doppelt so schwer. Lange fettige Haare hingen ihm bis auf die Brust. Gleich mehrere graue Hörner wuchsen aus seinem Schädel und schlugen gegen die Decke, jedes Mal, wenn er den Kopf drehte. Die Hauer, die zwischen seinen Lippen hervorwuchsen, hätten jeden Eber vor Neid erblassen lassen. Jazz verstand plötzlich, warum der Eispalast hier unter der Brücke stand. Sie hatten einen waschechten Brückentroll vor sich.

»Herrschaften wünschn?«

Jazz wünschte sich nur, so schnell wie möglich wieder von hier zu verschwinden. Irgendwas war gerade zischelnd in einem Stapel Autoreifen verschwunden. Aber Juri legte sein breitestes Lächeln auf und präsentierte die Karte wie einen Schatz.

»Wir sind einen weiten Weg gekommen, um Frankfurts bestes Eis zu kosten.«

Der Brückentroll grunzte nur. Vielleicht war er ja mit dem Busfahrer der Line 8 verwandt, schoss es Jazz durch den Kopf.

Juri ließ sich jedoch nicht entmutigen.

»Was für Sorten haben Sie denn?«

»Alle guten.«

»Na, dann hätte ich gern Erdbeere.«

»Wir ham Pistazie.«

»Johannisbeere fänd ich auch gut.«

»Wir ham Pistazie.«

»Wie wäre es mit Schokolade?«

Einige gescheiterte Versuche später bekam Juri ein Pistazieneis.

Jazz, die das Lachen kaum unterdrücken konnte, wandte sich an den Brückentroll.

»Warum haben Sie denn nur Pistazieneis?«

»Is' die beste Sorte. Warum sollte man eine andere nehmen?«

Ja, mit dieser Logik war sie bereits vertraut. Doch nun war es Zeit, zum eigentlichen Grund des Besuches zu kommen.

»Wir sind nicht von hier«, begann sie.

»Hab ich gemerkt.«

Jazz überging den Zwischenruf.

»Uns ist aufgefallen, dass es hier kaum solche wie uns gibt.« Sie zeigte auf sie alle drei.

Der Brückentroll beugte sich so weit nach vorne, dass der Wagen sich bedenklich neigte. Seine Miene hellte sich ein wenig auf.

»Hab ich doch gewusst, dass ihr Magika seid. Woher kommt ihr?«

»Aus Arken.«

Die Augenbrauen des Brückentrolls hoben sich. »Arken? Das gibt es wirklich? Ich dachte, das wäre nur ein Mythos. Warum seid ihr dann hier, wenn ihr in Arken sein könntet?«

»Das ist eine lange Geschichte. Aber warum gibt es denn hier so wenige Magika?«

»Hmm, Frankfurt ist 'ne schwierige Ecke, besonders wenn es dunkel ist. Einige Stammkunden sind von einem Tag auf den anderen verschwunden. Aber die meisten haben einfach die Stadt verlassen.«

Juri hatte sein Eis schon verschlungen und schaltete sich nun ein.

»Aber warum bist du dann noch hier?«

Der Brückentroll warf ihm einen langen Blick zu und bequemte sich dann doch zu einer Antwort.

»Ich mag, dass es hier so ruhig ist. Keine quengelnden Kinder, keine lauten Jugendlichen. Keine Leute, die Streusel auf ihr Eis wollen. Außerdem hat mir 'ne Hexe gesagt, wenn ich hier unten meinen Palast eröffne, wird mir nix passieren.«

Hatte sie sich verhört? Jazz schob ihre Haare zurück.

»Verzeihung, haben Sie gesagt, eine Hexe hat Ihnen den Standort vorgeschlagen?«

»Na, wenn ich's doch sage, 'ne richtige Hexe. Hab sie in ihrem Wohnwagen besucht. Wollte Frankfurt schon hinter mir lassen, war mir zu gefährlich. Aber sie sagte, hier unter meiner Brücke kann mir nichts passieren.«

Jazz sah sich den Palast noch mal genau an. Gab es irgendwelchen Foci oder Glyphen, die sie übersehen hatte? Sie suchte nach Ley-Linien, um zu überprüfen, ob sie vielleicht unbemerkt auf einem Knotenpunkt standen. Vielleicht hatte eine Hexe einen besonders filigranen Zauber gesponnen? Aber da war nichts. Nicht die geringste Spur Magie.

Auf der anderen Seite: Hier würde niemand freiwillig herkommen, man brauchte keine magischen Fähigkeiten, um das vorauszusagen.

Jazz räusperte sich.

»Diese Hexe, hatte sie eine Kristallkugel oder Tarotkarten? Oder hat sie die Zukunft vorausgesagt? Aus der Hand gelesen und Liebeszauber gemacht?«

Der Brückentroll nickte heftig bei jeder Frage.

»Ja, genau, alles eigentlich. Ihr kennt sie also?«

»Und ich nehme an, ihr habt die Hexe für diesen Tipp bezahlt?«

»Selbstverständlich! Auch Hexen müssen doch von irgendwas leben.«

Jazz seufzte. Also doch eine Sackgasse. Er sprach von einer Hobbyhexe, die mit der Leichtgläubigkeit anderer schnelles Geld machte.

Juri sah das offensichtlich anders. Er ließ sich noch ein Eis und zwei Stempel geben und grinste Jazz an.

»Also, Ziel erreicht. Auf zur Hexe!«

Ritualen?
die als Sasquatch be-
Arkenlaterne
Ein Licht im Dunkeln
Nr. 176
Redaktion und Administration: Cesare Costa
Hrsg.: C. Costa & K. Eisenhut
DU HA
Sie sind unter uns!
THETA-Strahlung!
Nebel des Grau
Egal in we
tung man
lässt, irge
man in
grauen Nebel
Stadt umgibt.
nicht um ein Klima-
en. Der Later-
Informati-
schröter
cervus) ist von s
mernder, dunkelbl
er Farbe und noch völ-
lig unerforscht. Seine
Eier gibt er als gasför-
migen Dunst von sich,
der sich auf Bäumen
und Moosen nieder-
schlägt, wo er zu La
ven reift. Deshalb
der Nebel
ügelgrä
für Ries
DIE GANZE WA
Wer kennt
die seltsam
von Wind
den Hüg
Felsform
den
Findlinge.
kamen sie dor
Geheime Bru
im Kampf geg
Immer wieder erreichen
Männer mit langen
Schwertern, die sich paranormalen Schreck
Monstern der Nacht und Kreaturen der Unt
welt entgegenstellen, um die Menschheit zu
schützen. Wer sind diese Helden des Zwilicht
und wie kann man Kontakt zu ihnen aufneh-
men? Wenn du etwas weißt, bitte zögere nicht
und informiere die Laterne.
Monster
in Arken
er dem
hat sich
ine gefähr
ausgebreit
kremprohr
hat sein Myc
Netzwerk bereits über
den gesamten Wa
ilt. Mykologen is
nbekannt.
Tim Mysteriöse Begeb
1.
2.
3.

Der Costafluch

Die Wipfel der Tannen ragten in den Nachthimmel wie die Zähne eines Leviathans aus Urzeiten, bereit, die Welt zu verschlingen. Im Osten zeigte sich ein erster fahler Schimmer des aufziehenden Morgens. Trotzdem würde es noch Stunden dauern, bis der Tag die Nacht aus dem Arkener Forst vertrieb.

Die Stille des Waldes wurde unterbrochen von dem heiseren Ruf einer Krähe, die aus dem Schlaf geschreckt davonflog. Was sie aufgeschreckt hatte, bewegte sich verborgen unter dem Nadelkleid der Bäume. Ein Wesen – nicht Mensch, nicht Tier – lauerte, witterte und rannte. Äste brachen, junge Bäume wurden entwurzelt, wenn sie seinen Weg kreuzten. Dann hielt es inne, legte den Kopf schief und reckte die Schnauze zu den bleichen Sternen empor. Es verharrte bewegungslos, denn es war nicht länger allein.

Das Dunkel zwischen den Baumstämmen wurde heller. Ein rhythmisches, knarzendes Geräusch begleitete das grelle Licht. Die Kreatur duckte sich und verschmolz mit den Schatten.

Keine zwei Meter von ihr entfernt fuhr Adrian auf dem Lastenrad über den Waldweg. Der verharschte Schnee knirschte unter den Reifen, als der rote Blitz tiefer in den Wald holperte. Äste überragten den Weg, und so lockte das Licht nur gelegentlich funkelnde Inseln aus Eis aus der Dunkelheit.

Adrians Blick folgte dem Strahl der Lampe, aber seine Gedanken folgten anderen Pfaden.

Björn hatte ihn heute nicht wecken müssen. Im Gegenteil, er war froh gewesen, so früh aufstehen zu müssen, um die übrig gebliebene Lieferung an C. Costa zuzustellen. Er hatte die ganze Nacht kein Auge zugemacht, und wenn doch, war er stets nach kürzester Zeit hochgeschreckt.

Diesmal waren es keine düsteren Visionen und Albträume gewesen, die ihm den Schlaf raubten. Es waren die realen Monster, die ihn wach hielten. Sein Körper forderte Schlaf, aber sein Geist sprang rastlos wie ein Eichhörnchen von einem Gedanken zum nächsten. Müde und schwer wie ein Stein war er ins Bett gefallen. Doch sobald er die Augen schloss, sah er die Bilder der beiden Brüder auf dem Fahrrad, im Auto, vor dem Grab, verwandelt und blutend, als Bestie im Wald verschwindend.

Keiner aus dem Rudel hatte ihm Vorwürfe gemacht. Während die anderen die Totenwache übernahmen, hatte Diana ihn zurückgebracht. »Du hast getan, was du konntest.«

Das waren ihre Worte gewesen. Worte, die ihm so wenig aus dem Kopf gingen, wie die Bilder der Brüder.

Was ungesagt blieb, war, dass er versagt hatte. Dass sie seine Hilfe gebraucht hatten und er sie im Stich gelassen hatte. Er hatte gelogen. Ihr nicht erzählt, dass er das Band zu Katze kappen wollte. Ihr nicht erzählt, dass er keine Ahnung von der magischen Welt hatte und die Tür dorthin abschließen wollte.

»Du hast getan, was du konntest.«

Hatte er das wirklich? Was, wenn er früher die Verbindung zu Tonius hergestellt hätte – wäre all das auch geschehen? Er erinnerte sich an seine nächtlichen Albträume von Bäumen und Wölfen. Er hatte alle Zeichen ignoriert. Die Werwölfe hatten einen Schamanen gebraucht, aber nur einen Hochstapler bekommen, der sein normales Leben gegen Katze getauscht hatte. Und sie mussten jetzt den Preis bezahlen.

Er hatte vorher nie darüber nachgedacht, was seine Entscheidungen für andere bedeuteten. Sicher, er wollte ein Leben ohne Monster und Magie, aber was bedeutete das für die Monster und Magier?

Sein Rad holperte über einen Stein und rutschte auf dem Eis einer gefrorenen Pfütze weg, aber er bemerkte es nicht mal. Mit der beinahe leeren Transportbox war der rote Blitz fast federleicht. Weit konnte es jetzt nicht mehr sein. Er war von der Straße zum Friedhof in den kleinen Waldweg abgebogen, zum Glück gab es nur diesen einen.

Der Wohnwagen in der Nähe vom Friedhof am Ende vom Waldweg. So stand es auf dem Päckchen. Die Nähe zum Friedhof stellte sich als ziemlich relativ heraus. Als sich der Wald schließlich lichtete, war Adrian bereits eine Viertelstunde vom Friedhof entfernt, hatte aber das Gefühl, dass er richtig war. Und tatsächlich tauchte der Wohnwagen nach der nächsten Biegung auf. Er war als solcher kaum mehr zu erkennen, Zelte, Planen und Anbauten wuchsen überall aus dem Wagen. Ein rostiger Briefkasten thronte auf einem schiefen Pfahl und verkündete den Namen der Bewohner: Cesare Costa und Söhne. Darunter war die Anschrift um die Redaktion der *Arkenlaterne* ergänzt worden, zusammen mit dem Aufkleber, der den rätselhaften Mann mit dem Fragezeichen auf dem Hut zeigte. Das Symbol hatte Adrian schon häufiger in Arken gesehen; wenn er richtig lag, klebte es überall dort, wo etwas Ungewöhnliches vor sich ging. Was in Arken so ungefähr überall der Fall war.

Windspiele und Wetterfahnen klimperten auf dem Dach der Wagenburg. Eine bunte Mischung aus tibetischen Gebetsfahnen, Aluminiumstreifen und bunten Glasscherben hing in den Ästen rund um die Lichtung. Das Paket stand zwar auf der Liste zur persönlichen Übergabe, aber Adrian entschied sich, sich die Begegnung mit Cesare Costa zu ersparen. Er wollte gerade den Stapel Bücher in den viel zu kleinen Briefkastenschlitz schieben, als er die Stimme hörte.

»Du hast ihn gesehen?«

Ein Mann stürmte vom Wohnwagen aus auf ihn zu. Sein Bademantel, unter dem er trotz der Temperaturen nur einen Pyjama trug, wehte hinter ihm. Ehemals dunkle Haare standen in grauen Strähnen vom Kopf ab und gaben ihm zusammen mit der Hornbrille das Aussehen eines verrückten Wissenschaftlers.

Adrian hielt die Bücher wie einen Schild vor sich.

»Äh, wen? Ich bin bloß wegen der Lieferung hier.«

Der Morgen färbte den Himmel rosa. Ein Anblick, der in dem oft nebligen Arken selten war. Aber der Mann nahm es gar nicht wahr.

Er packte Adrian bei den Armen. Aus der Nähe sah Adrian, dass silberne Bartstoppeln über das unrasierte Gesicht wuchsen. Ein Blick aus rot geäderten Augen huschte über ihn.

»Meinen Sohn! Ob du meinen Sohn gesehen hast, will ich wissen.«

»Ihren Sohn?«

Schon wieder stellte er fest, dass Jazz für diese Auslieferungen viel zu wenig Anerkennung bekam.

»Ja, doch. Er ist gestern nicht nach Hause gekommen. Er ist vielleicht etwas älter als du. Ihr kennt euch bestimmt aus der Schule.«

Er trat etwas näher, blickte sich über beide Schultern und fragte ihn hinter vorgehaltener Hand: »Du gehst doch auf die Bettina-von-

Arnim-Schule und nicht auf diese geheime Schule für Regierungsagenten?«

Adrians Mund stand einen Moment offen, bis er es bemerkte.

»Ja, die Bettina-von-Arnim-Schule …«

Der Mann lächelte, als hätte er gerade von einem Lottogewinn erfahren.

»Wunderbar, dann kennst du bestimmt meine Söhne Tonius und Titus.«

Alle Luft wich aus Adrians Lunge. Trotz des Schlafmangels war er schlagartig hellwach.

Dieser Mann war der Vater der beiden Jungen. Wieso war ihm das nicht längst klar geworden? Manchmal funktionierte sein Gehirn wirklich langsam.

»Titus«, kam es ihm schwach über die Lippen.

Der Mann nickte eifrig. Dann blickte er Adrian aus zusammengekniffenen Augen an.

»Warum wirst du so bleich, Junge? Hast du zu viel Thetastrahlung abbekommen? Am besten, wir gehen rein. Dort ist alles isoliert.«

Alles in Adrian schrie Nein, aber er folgte ihm dennoch.

Das Innere des Wagens verströmte die gleiche Atmosphäre aus liebenswertem Chaos und irrwitziger Unordnung wie das Äußere. Alufolie war an die Decke geklebt. In Glas eingeschlossene Käfer, zu einem Mobile verbogene Drähte, geflickte Polster, Schnappschüsse an den Wänden, auf Bänder gezogene Glasperlen und Kristalle in Kerzenständern erwarteten ihn schon im Vorzelt. Er musste den Kopf einziehen, um einzutreten. Überall stapelten sich Bündel von alten Ausgaben der *Arkenlaterne*. Eine alte Weihnachtslichterkette verbreitete warmes Licht. Auf einer Pinnwand waren Fotos und Namen mit verschiedenen farbigen Fäden verbunden. Cesare nahm die Pinnwand aber schnell beiseite, als er Adrians Blick bemerkte.

»Unveröffentlichter Beitrag über die Trinkwassermanipulation in Arken. Die Recherche ist noch nicht abgeschlossen, aber irgendjemand tut etwas ins Wasser, um unseren Verstand zu benebeln. Kannst du alles in der nächsten Ausgabe lesen.«

Adrian nickte, wie es von ihm erwartet wurde, aber seine Aufmerksamkeit galt etwas anderem. Er starrte auf ein vergilbtes Foto. Zwei Jungs lachten in die Kamera, während sie zu zweit auf einem silbernen Fahrrad fuhren.

»Der Silberpfeil«, flüsterte Adrian.

»Hmm, was meinst du?« Cesare war noch zu sehr mit seiner Geschichte über die Wasservergiftung beschäftigt, um Adrian zuzuhören. Aber er folgte seinem Blick.

Die Züge des Mannes erloschen. Er schob sich mit dem Zeigefinger die Brille auf die Nase und nahm den kleinen Bilderrahmen in die Hände wie ein Kätzchen.

»Das sind meine beiden Jungen. Da war der Kleine acht. Wir konnten uns nur ein Rad leisten, aber es hat ihnen nichts ausgemacht. Silberpfeil haben sie es genannt.«

Das Lächeln des Mannes schnürte Adrian die Kehle ab. Etwas Hartes, das sich nicht runterschlucken ließ, wuchs in seinem Hals.

Auf dem Bild sah Titus so glücklich aus. Der Junge gestern im Wald wirkte wie eine andere Person. Was war zwischen dem Foto und gestern geschehen?

»Hast du ihn gesehen?«

Die Hoffnung in der Stimme des Mannes ließ Adrian schaudern. Er heftete den Blick auf den Boden und schüttelte den Kopf.

Cesare nickte, als hätte er damit gerechnet.

Es wurde ruhig. Nur Glasperlenketten klirrten leise vor sich hin. Eine Lavalampe ließ heißes Wachs aufsteigen, so langsam und zäh wie Adrians Gedanken.

Er räusperte sich und blickte auf das Paket in seinen Händen.

»Ähm, ich habe Bücher für Sie.«

Adrian verfluchte sich stumm. Es war einfach das Erste, was ihm eingefallen war. Doch Cesare nickte nur, legte die Bücher auf einen mit Zeitungen überfüllten Tisch und blickte Adrian an.

»Wieso bist du eigentlich heute der Lieferant? Sonst macht das immer Frau Eisenhut.«

»Ach, ich springe nur für meine Tante ein«, erklärte Adrian leichthin und wunderte sich, dass Tante Lia persönlich diese Lieferungen übernahm.

»Ach, dann bist du der Neffe meiner Mitherausgeberin? Warum sagst du das nicht gleich! Ich werde uns mal etwas Tee machen. Nach so einer langen Fahrt hier raus musst du ordentlich durchgefroren sein. Außerdem hilft mein Brennnessel-Nelken-Tee gegen Schnupfen und hält die Monster aus der Kanalisation fern.«

Er wartete gar nicht erst ab, sondern verschwand in einem anderen Zelt.

Adrian rieb sich mit beiden Händen übers Gesicht. Was machte er hier nur? Er sollte einfach wieder gehen. Doch stattdessen huschte sein Blick automatisch wieder hinüber zu dem Bild der Brüder. Daneben hingen noch weitere. Sie pendelten an Schnüren vom Zeltgestänge oder steckten zwischen den Buchrücken. Fotos von Weihnachtsfeiern, Einschulungen, Schnappschüsse beim Grillen. Auf den meisten waren die Brüder, auf manchen auch Cesare zu sehen. Auf den ältesten sah Adrian auch eine Frau mit großen Augen, langem dunklem Haar, offenem Lächeln und brauner Haut. Auf neueren Fotos war sie nicht zu sehen. Das Lächeln der Jungen veränderte sich mit den Jahren, wirkte künstlicher, und der Abstand der Brüder wuchs. Auf einem fast aktuellen Foto saßen sie sich an einem Campingtisch an den Stirnseiten gegenüber und blickten in unterschiedliche Richtungen.

Die Bilder der Brüder vor dem Grab stiegen wieder vor ihm auf. Tonius, der Titus das Versprechen gab. Die Fahrt im Auto. Der sich überschlagende Wagen. Blaulicht …

Hatte es den Unfall wirklich gegeben, und hatte die Mutter ihn nicht überlebt?

Das Klirren von Gläsern kündigte Costas Rückkehr an.

Er hatte auch zwei Klappstühle unter dem Arm. Nachdem er Adrian in einen der Stühle gedrückt hatte, machte er sich an einem Heizlüfter zu schaffen.

Den grünen Tee füllte er in zwei Gläser und gab eines Adrian.

»Mit revitalisiertem Wasser, damit die Wasserkristalle in deinem Körper sich wieder ausrichten können.« Er sagte das im gleichen Ton, in dem andere Leute verkünden würden, dass sie Zucker in den Tee getan hätten, damit er süßer schmeckte.

Adrian beäugte das Gebräu mit hochgezogenen Augenbrauen. Dann überwand er sich, kostete und verbrannte sich die Zunge.

»Du musst vielleicht noch etwas warten, bis er abgekühlt ist.«

Ja, das hatte er jetzt auch festgestellt. Er blickte auf die durchsichtige, grünliche Flüssigkeit. Kleine Partikel schwebten darin zu Boden. Ansonsten sah er nicht anders aus als gewöhnlicher grüner Tee.

»Und das soll Monster fernhalten?«, fragte Adrian mit unsicherem Lächeln.

Costa nickte, als hätte er die Gravitation infrage gestellt.

»Selbstverständlich. Es ist meine eigene Rezeptur.«

Beim nächsten Schluck schmeckte Adrian die Nelken stärker heraus. Mit den Brennnesseln ergab das eine bittere Mischung. Aber er war froh, etwas zu haben, woran er sich festhalten konnte.

»Wann hast du Titus denn das letzte Mal gesehen?«, fragte Costa da unvermittelt und umklammerte den heißen Tee mit beiden Händen.

Adrian trank einen weiteren Schluck, aber sein Mund war so trocken, dass es nichts half. Was sollte er dem Mann antworten? Er konnte unmöglich die Wahrheit erzählen.

»Gestern. In der Schule. Als er weggegangen ist.«

Costa beugte sich weiter vor, aber Adrian hatte nichts weiter zu erzählen. Der Mann sank in sich zusammen und blickte auf das Teeglas in seinen Händen.

»Tonius ist seit Wochen verschwunden. Er war schon immer eine wilde Seele, wie seine Mutter immer sagte. Er ist mit den Umweltschützern losgezogen, und sie sagen, er sei auf Reisen. Aber ich weiß nicht, ob ich das glauben kann. Titus glaubt es jedenfalls nicht.«

Er blickte zu den Fotos, die an den dünnen Fäden baumelten.

»Titus ist sich sicher, dass die wilden Wölfe im Wald ihn angefallen haben. Und dass die Umweltschützer das wissen. Ich habe ihm erklärt, dass Wölfe keine Menschen anfallen. So was machen vielleicht die Krokodile aus der Kanalisation oder die Bigfoot-Wesen, aber doch keine Wölfe.«

Costa stellte den Tee auf einen Beistelltisch und rieb sich über die Stirn.

»Titus wollte nicht auf mich hören. Für ihn existiert nur, was er mit eigenen Augen sehen kann. Was ich in der *Laterne* schreibe, hält er für Hirngespinste.«

In einem tiefen Seufzen entwich die Luft aus seinen Lungen wie aus einem Blasebalg. Er blickte Adrian aus müden Augen an. Dann begannen sie, plötzlich zu funkeln.

»Aber du glaubst mir. Ich kenne diesen Blick.«

Adrian holte Luft, um zu antworten. Aber Costa schüttelte nur lächelnd den Kopf.

»Du weißt, dass es die Monster unter der Erde gibt.«

Adrian dachte an den Siechen, der ihn durch die Kanalisation ge-

jagt hat. Konnte es sein, dass zwischen Costas wirren Geschichten und dem Quatsch in der *Arkenlaterne* irgendwo Wahrheiten versteckt waren?

Costa nickte, als hätte Adrian ihm eine Antwort gegeben.

»Aber meine Jungs wissen nicht, wie groß die Welt um sie herum ist. Sie glauben nur, was sie erklären können. Und ich war auch so wie sie. Bis zu jener Nacht.«

»Bis zu dem Unfall?«, fragte Adrian.

Costa nickte schwach.

»Niemand hat mir geglaubt. Sie meinten, ich hätte die Kontrolle über den Wagen verloren. Aber ich sehe es heute noch so klar vor mir wie in jener Nacht. Wir hatten Kratzbach gerade hinter uns gelassen und fuhren in diesen dichten Nebel. Und da stand plötzlich jemand mitten auf der Straße. Ein riesiger Mensch, dachte ich erst. Aber als wir dichter kamen, sah ich, was es war. Ein Monster. Bleiche Haut, schwarze Augen, Arme bis zum Boden und Hände mit langen Krallen. Ein Ungeheuer aus Albträumen. Ich versuchte auszuweichen …«

Seine Stimme verebbte, und Adrian dachte sich den Rest. Das Auto prallte gegen einen Baum, Äste zerschlugen Fenster, und eine junge Mutter überlebte nicht.

Costa trank den Tee mit einem letzten Schluck aus und stellte das Glas auf den Tisch. Er hob die Schultern und fand schließlich die Kraft, sich aufzurichten.

»Aber es ist nicht wichtig, ob die Jungen mir glauben. Wichtig ist nur, dass sie wiederkommen.«

»Haben Sie denn die Polizei informiert?«

»Als Titus nicht nach Hause kam, bin ich sofort zur Polizei gefahren, aber sie haben mir kaum zugehört. Er wird schon wiederkommen, war die Antwort. Aber die kennen Titus nicht. Tonius mag auf einer Reise sein, aber Titus niemals!«

Er beugte sich vor, und der Glanz in seinen Augen ließ Adrian zurückweichen.

»Etwas geht vor in Arken. Ich sage das schon seit Jahren, aber es wird schlimmer. Leute verschwinden, Lichter erscheinen am Himmel, Monster lauern in der Finsternis. Zu lange habe ich versucht, alleine Licht ins Dunkel zu bringen. Aber jetzt nicht mehr. Es gibt andere, die das gleiche Ziel haben wie ich. Ich habe sie gefunden und gerufen, und sie werden mir helfen, meine Söhne zu finden! Sehr bald!«

Seine Worte klangen wie in Stein gemeißelt. Wie ein Versprechen an seine Söhne. Doch hinter den Worten sah Adrian den ergrauten, einsamen Mann, dem niemand glaubte.

Adrian hatte gedacht, die Welt hinter dem Schleier zu sehen, sei ein Fluch, der sein Leben schwer machte. Aber wie musste es für Leute wie Costa sein, die zwar nicht wirklich hinter den Schleier sehen konnten, aber die Auswirkungen der magischen Welt spürten? Der Mann wusste, dass da draußen etwas war, aber der Schleier sorgte dafür, dass er es nie verstehen, nie beweisen konnte. Keine scharfen Fotos, keine Videos, nicht einmal Augenzeugenberichte.

Hätte Costa den Unfall in Arken gehabt, er hätte den Siechen für einen Hirsch gehalten und vielleicht ein glücklicheres Leben geführt.

Moment …

Der Sieche! Adrian musste sich kurz am Stuhl festhalten, als er endlich verstand.

»Ist dir nicht gut, Adrian?«

Adrian stand auf und riss beinahe den Stuhl mit um. »Nein, ja. Alles okay.«

Überall um ihn hingen die Bilder der Familie. Er sah wieder die beiden Brüder lachend auf dem Rad und gleichzeitig blutend und schreiend auf der Lichtung. Er musste hier raus.

»Ich … ich muss zur Schule.«

Er taumelte auf den Ausgang des Zeltes zu.

»Bist du sicher? Willst du nicht lieber einen Isolationshelm aufsetzen? Du scheinst für die Thetastrahlung sehr empfänglich zu sein.«

Adrian winkte ihm schwach zu. »Ich melde mich, wenn ich etwas von Titus höre.«

Er wartete die Antwort nicht ab und verließ das Zelt. Die Schritte zu seinem Rad machte sein Körper wie von selbst. Währenddessen setzte sein Kopf Puzzleteile zusammen zu einem Bild.

Jazz hatte mal gesagt, dass der erste Pakt mit den Ghulen vor fünf Jahren geschlossen wurde. Und genau zu dieser Zeit mussten die Costas ihren Unfall gehabt haben.

Tante Lia war die Wächterin der Stadt. Sie hatte die Ghule in Arken aufgenommen. Als die ersten zu Siechen wurden und Menschen angriffen, hatte es vermutlich einer von ihnen fast bis nach Kratzbach geschafft und war den Costas vor das Auto gelaufen.

Seine Tante hatte ihm erzählt, es sei damals ein großes Unglück geschehen. Deswegen habe sie die Ghule unter die Stadt verbannt. Deshalb auch die Verbannung von Arvids Schwester, der damaligen Anführerin der Ghule. Arvid musste dann ihre Stellung übernommen haben.

Adrian begann zu zittern.

Zweimal hatten die Entscheidungen der Eisenhutfamilie furchtbare Folgen für die Costas gehabt. Seine Tante hatte die Ghule in die Stadt gelassen. Und er hatte Tonius zu sich gerufen, obwohl Titus dazu noch nicht bereit war.

Adrian zog Barnabys Geschenk aus der Tasche und öffnete die Hand. Der bräunliche Gegenstand hatte kaum mehr Ähnlichkeit mit dem Avocadokern, der er mal gewesen war. Barnaby hatte ihn in eine

sitzende Katze verwandelt. Adrian fuhr mit dem Finger über die Schnitzerei, folgte den Kurven des Rückens bis zu den spitzen Ohren. Dann schloss er die Hand zur Faust.

»Ich bringe dich wieder zu deiner Familie, Titus.«

Zwischenspiel

»Sind sie verzweifelt genug, hier Zuflucht zu suchen?«

Die Stimme des jungen Graumantels war kaum ein Wispern in der regenschwangeren Luft.

Wie um seine Worte zu unterstreichen, kämpften sich erste Sonnenstrahlen durch die dunkle Wolkendecke. Gnadenlos offenbarten sie, was die Nacht nur angedeutet hatte: Unter dem stahlgrauen Himmel erstreckte sich eine zerklüftete Landschaft. Karge, flechtenbewachsene Felsen hielten die Finsternis in ihren Schatten gefangen. Der rostige Stahl der Eisenbahnschienen hatte sich rücksichtslos in den Stein gefressen. Einst waren erzbeladene Waggons durch diesen Tunnel gerollt, nun klaffte der verfallene Stollen vor ihnen. Der alte Bahnschacht war schon vor Jahrzehnten aufgegeben worden. Trümmer bedeckten die Gleise, wo sie nicht von Unkraut überwuchert waren. Der Ort schien ausgestorben. Vergeudeten sie hier nur Zeit und Ressourcen des Ordens?

Der junge Aspirant zweifelte nicht zum ersten Mal an dem Zuträger, dem Mann, der sie bis hierher geführt hatte. Den ganzen Weg aus Frankfurt waren sie dem dürren Anzugträger gefolgt. Stets hatte er beteuert, die Monster finden zu können, aber nie erklärt, wie. Er stand unweit von ihm, beachtet ihn aber nicht. Leicht vorgebeugt verharrte er auf dem Überhang, während seine Finger, großen Insekten gleich, unablässig über seinen maßgeschneiderten Anzug strichen. Eine goldene Uhr schlenkerte am Handgelenk. Immer wieder leckte seine farblose Zunge über die schmalen Lippen, während die hungrigen Augen gebannt auf den Tunnel unter ihnen geheftet waren. Etwas an dem Mann ließ den Aspiranten schaudern. Doch er straffte sich und schlang sich den grauen Mantel enger um die Schultern. Sein Brustpanzer mochte ihn vor Verletzungen schützen, gegen die feuchte Kälte half er wenig.

Das gähnende Loch vor ihnen hatte viele seiner Ordensbrüder noch vor Anbruch der Dämmerung verschlungen, und bisher war noch keiner wiedergekehrt. Doch es war das Starren des Mannes, das den Aspiranten nach seinem Schwert greifen ließ.

»Ist es der trostlose Ort, der die Verzweifelten anlockt, oder sind sie es, die dem Ort jede Hoffnung nehmen, Bruder Gabriel?«

Der tiefen Stimme folgte ein breitschultriger Ritter. Er trat an dem Aspiranten vorbei, näher an den Vorsprung heran, von dem aus sie den Stollen beobachteten.

»Alle Orte auf dieser Welt sind Teil seiner Schöpfung. Doch nicht alle Bewohner sind es.«

Der Ordensritter drehte sich zu dem Aspiranten um, den er um mehr als Haupteslänge überragte. Der Nieselregen hatte ein feines Gespinst über das lange Haar und den blonden Bart gelegt, in dem sich erste Silbersträhnen fanden. Doch nicht nur der Haarfarbe wegen wurde er der Löwe des Ordens genannt. Sein Lächeln war warm, doch in seinen Augen funkelte arktisches Eis.

»Wir sind hier, um seine Schöpfung zu verteidigen, denn wir sind die Einzigen, die dies vermögen.«

Der Aspirant verstand, was von ihm erwartet wurde.

»Eisern ist mein Wille, glühend mein Zorn …«

»... und unerschütterlich mein Glauben!«, vollendete der Ordensritter die rituelle Formel.

Zum ersten Mal war ein keckerndes Lachen von dem dürren Fremden zu vernehmen. Ohne den Blick vom Tunnel zu wenden, krächzte er: »Unerfahrene, grüne Jungen, Rüstungen und Schwerter. Gäbt ihr nur der Hälfte der Männer moderne Waffen, wären wir hier längst fertig.«

Der Aspirant ballte die Fäuste. Dieser eitle Narr im Anzug! Wusste er denn nicht, dass niemand eine Waffe tragen durfte, die mächtiger war als er selbst? Einen Ritter in dieser Art anzusprechen, den Orden infrage zu stellen! Dies durfte nicht ungesühnt bleiben. Schon wollte er sich auf den Anzugträger stürzen. Doch der Ritter hielt ihn mit einer Geste zurück und wandte sich an den Zuträger: »Sorgt euch nicht um die Macht des Ordens oder um eure Entlohnung. Ihr werdet beides erhalten.«

Der Zuträger grunzte nur und stierte weiter an zersplitterten Balken und verrosteten Schienen vorbei in die undurchdringliche Finsternis.

Er stand gefährlich nah am Vorsprung. Ein Tritt, und der Anzugträger würde seine Worte bitter bereuen. Der Griff um den Schwertknauf wurde fester. Die Feuchtigkeit in den Handschuhen wurde herausgepresst und lief als Rinnsal über seinen Handrücken. Er war ein Bruder des Ordens. Unter den Anwärtern zählte er zu den Besten, und die Weihe zum Sariantbruder stand ihm kurz bevor. Er hatte nicht so hart gearbeitet, um sich von einem dürren Fremden beleidigen zu lassen.

Der Löwe schien seinen Zorn zu spüren und warf ihm einen warnenden Blick zu. Sein roter Umhang rutschte zur Seite und gab den Blick auf zerkratzte Schulterpanzer frei, in denen die Zeichen seiner Ritterwürde im Nieselregen knisterten. Die leuchtenden Gravuren, die in den Panzer eingelassen waren, warfen harte Schatten auf das grimmige Gesicht.

Der junge Anwärter neigte demütig das Haupt und nahm die Hand vom Schwert.

»Sie kommen!«, krächzte da der Zuträger und leckte sich über die Lippen. Mit überflüssiger Geste deutete er auf den Stollen. Unter ihnen waren Geräusche zu vernehmen. Käfige wurden in Richtung des Tunnels gezerrt, Fackeln wurden entzündet, Waffen gezogen. All das geschah ohne ein einziges Wort.

Der Aspirant blickte zu seinen Brüdern, die einen Halbkreis aus Feuer vor der Dunkelheit bildeten. Sie alle wussten, die nokturnen Kreaturen fürchteten das Feuer. Sie verbargen sich tagsüber vor dem Licht des Herrn in finsteren Löchern und wagten sich nur bei Nacht heraus. Löchern wie diesem Tunnel, aus dem etwas auf sie zukam. Der Ring aus Fackeln zog sich dichter zusammen. Der Ordensritter vor ihm hob den schweren Kriegshammer empor, bereit, jedes ungeschlachte Monster zu zertrümmern, das der Schacht ausspucken mochte.

Doch kein Dämon der Hölle, keine schöpfungsferne Bestie stürzte in den Kreis der Ordensbrüder.

Stattdessen stolperten schmutzige Füße aus dem Dunkel. Bleiche Hände wurden schützend vor die Augen gehoben, als die zerlumpten Gestalten aus dem Stollen schlurften. Manche von ihnen schienen jünger als der Aspirant selbst, und alle waren vom Elend gezeichnet. Die Augen aufgerissen und dunkel, die Haut marmorn und dünn, die Arme in Eisen gelegt. Sie krümmten sich mit schmerzverzerrten Mienen, wenn ein seltener Sonnenstrahl auf sie fiel. Es mochten zwei Dutzend Gestalten sein, die von mehreren seiner Brüder aus dem Tunnel geführt wurden.

Der Aspirant ließ sein Schwert sinken. Waren das die Nokturnen, wegen denen sie gekommen waren? Die heilige Aufgabe des Ordens war es, die Menschheit vor Monstern und Dämonen zu schützen. Doch die Geschichten der Ritter berichteten von übermannsgroßen Monstren, nicht von halb verhungerten Menschen. Zögernd folgte er dem Löwen und dem Zuträger zu den Gefangenen. Als er über die Schienen auf die anderen Brüder zulief, wurden die ersten Käfige bereits auf geländegängige Fahrzeuge verladen. Aus der Nähe sahen die Gestalten noch jämmerlicher aus. Ihre Augen waren groß und völlig schwarz. Die bleiche Haut dampfte. Sie drängten sich dicht aneinander. Die größeren versuchten, die jüngeren abzuschirmen. Ob vor seinen Blicken oder dem Licht, konnte er nicht sagen. Er wollte sie beruhigen. Ihnen sagen, dass sie gerettet wurden. Doch der Käfig wurde schon mit einem Ruck emporgehievt und auf der Ladefläche vertäut.

Laute Rufe befahlen ihn zum Tunneleingang. In routinierter Bewegung hob er das Schwert und stellte sich neben seine Brüder. Die Rufe wurden lauter. Dann kroch etwas aus der Finsternis. Die Kreatur war gewaltig, nass und bleich. Sie kreischte, als sie das Licht der Fackeln erblickte, und versuchte, danach zu schlagen. Aber Waffen wurden gereckt, und Schmerzgeschrei heulte durch den Regen. Weitere gepanzerte Brüder kamen aus dem Schacht. Sie hatten das Monster herausgetrieben, wie es der Plan gewesen war. Wild schlug das bleiche Ungeheuer nach den Reihen der Graumäntel. Doch jeder Schlag der klauenbewehrten Arme wurde von Lanzen beantwortet. Seine Attacken gegen die Ordensbrüder wurden kraftloser und verzweifelter. Der Ausgang des Kampfes war gewiss. Es war der Löwe, der ihn schließlich mit einem kraftvollen Schlag des Hammers beendete. Jubel brandete durch die Reihen der Ordensbrüder. Der uralte Schlachtruf des Ordens echote von den Felsen: *Eisen durch Feuer! Stärke durch Glauben!*

Die Männer begannen damit, den Abmarsch vorzubereiten. Die Käfige wurden verladen, die Spuren des Kampfes beseitigt. Der Aspirant half den anderen, das leblose Monstrum in eine Plane zu wickeln. Die Kreatur war schwer, und die fahle Haut löste sich im Licht der Fackeln dampfend vom Körper. Die Augen waren schwarz wie Pech und ohne jedes Weiß. Doch als er die gewaltigen Klauen sah, in denen die Arme ausliefen, bemerkte er etwas, das nicht zu dem Monster passen wollte. Eine Plastikarmbanduhr war um den Unterarm geschlungen. Welche Monster trugen Uhren? Jetzt, wo er genauer hinsah, erkannte er auch Überreste einer fleckigen Jeans. Was ging hier vor? Die anderen Graumäntel gingen routiniert ihrer Arbeit nach, niemand hielt inne. Ein Blick hinüber zu den Gefangenen im Käfig ließ ihn schlucken. Wie dem Monster klebten ihnen farblose weiße Haare nass an den bleichen Köpfen. Fetzen waren um hängende Schultern gewickelt, ohne Schutz vor Wasser oder Kälte zu bieten. Ihre Augen blickten schwarz, leer und ohne Hoffnung, aber auch ohne jede Überraschung herüber zu der toten Kreatur. Eine bedrückende Erkenntnis dämmerte Gabriel. Sie sahen kein Monster, sie sahen ihre Zukunft. Die tote Kreatur war einst so wie sie gewesen.

Als der Aspirant den Ritter fand, säuberte dieser gerade seinen Hammer. Er wollte ihn ansprechen, bemerkte jedoch den Mann im Anzug hinter dem Ritter, und hörte auch dessen krächzende Stimme.

»… war vereinbart. Aber nun, wo die Ausbeute doch beträchtlich höher ist, würde ich meinen Anteil steigern, schließlich waren es meine Fähigkeiten, die euch überhaupt erst hergeführt haben. Zudem ist die Ware in viel schlechterem Zustand als angenommen. Einigen wir uns auf ein Dutzend?«

Er streckte dem Ritter seine zuckende, langfingrige Hand entgegen, an deren Handgelenk die Uhr golden funkelte.

»Was sagt ihr, Ritter? Sind wir uns einig? Der Preis ist doch nicht zu viel verlangt.«

Der Aspirant machte einen weiteren Schritt auf die beiden zu, sodass ihn der Ritter bemerkte.

»Meister Leon, wollt ihr etwa …«

Aber die eiskalten Augen des Löwen ließen ihn verstummen.

»Also, wenn wir diese Transaktion jetzt abschließen könnten? Ich muss leider auf sofortige Bezahlung drängen.«

Der Zuträger griff nach dem Arm des Ritters, um sich seine ungeteilte Aufmerksamkeit zu sichern.

»Es gäbe auch die Möglichkeit einer längerfristigen Zusammenarbeit, sobald ihr die Rechnung beglichen habt, versteht sich.«

Der Mann zeigte die grausame Imitation eines Lächelns, als der Löwe schließlich nickte.

Die Stimme des Ritters war hart wie sein Blick.

»Ich hatte euch gesagt, der Orden begleicht seine Schuld.«

Das scheußliche Grinsen des Informanten wurde breiter, bis es gefror. Alle Farbe wich aus seinem Gesicht. Die Fratze wurde zu einer porzellanen Maske, in der sich feine Risse ausbreiteten. Die Risse wurden breiter und verbanden sich. Schon brachen Scherben heraus und fielen in die Leere im Innern. Mit gekrümmten Fingern griff der Zuträger nach der Klinge, die aus seinem Rumpf ragte. Dann zerbrach er, wie eine Vase, die auf Fliesen fällt. Dunkler Nebel, helle Scherben, ein nasser Anzug und eine goldene Uhr waren alles, was von ihm übrig blieb.

Der Ritter steckte seinen Dolch wieder in die Scheide. »Wie ich schon sagte, Bruder Gabriel, nicht alle Wesen dieser Welt sind Teil seiner Schöpfung.«

Der Aspirant blickte von dem Ritter zu den Scherben und dem dunklen Nebel, der vom Wind verweht wurde. Er schluckte schwer. Alles war so schnell gegangen, er hatte nicht mal sein Schwert heben können.

»Was ist … was war das?«, keuchte er, als er seine Stimme wiedergefunden hatte, und deutete mit dem Schwert auf die Scherben.

Der Ritter hob den eisernen Kriegshammer auf die Schulter, als wäre es ein Spielzeug. Der Wind zerrte an dem einzigen roten Mantel unter all den grauen und schwarzen.

»Eine Bedrohung der Schöpfung, eine unheilige Kreatur. Sie haben viele Bezeichnungen: Hohle, Verzehrer, Seelenesser, Dämon … Doch für mich haben sie nur einen Namen: Feind!«

Damit ließ er seinen Stiefel auf die Scherben niederfahren und ging auf eines der gewaltigen Fahrzeuge zu, die inzwischen alle Käfige trugen.

Der Aspirant hatte Mühe, mit ihm Schritt zu halten.

»Aber«, fragte er mit einer Geste auf die Käfige, »was wird jetzt aus ihnen?«

Der Ritter hielt inne und legte ihm den gepanzerten Handschuh auf die Schulter. Zum ersten Mal schlich sich Milde in die blauen Augen.

»Viele von ihnen sind jung. Sie werden lernen, im Licht des Herrn zu dienen …« Er blickte zu den Käfigen.

»… oder sie werden untergehen.«

Gabriel wollte ihm gerade von seinem Verdacht berichten. Wollte ihm erzählen, dass das Monster nicht immer ein Monster gewesen war. Doch der Ritter schüttelte nur stumm den Kopf. Endlich begriff Gabriel. Der Ritter wusste es bereits. Sie alle wussten es. Aus diesen armseligen, eingesperrten Gestalten würden Monster werden.

»Es ist nicht an uns, seine Entscheidungen zu verstehen, es ist nur an uns, seinen Willen auszuführen«, sagte der Ritter.

Ein Schwarzmantel eilte heran und überreichte dem Ritter einen versiegelten Brief. Als der Umschlag die Hände wechselte, konnte Gabriel zwei Worte entziffern, die mit zittrigen Buchstaben geschrieben waren: Costa; Arken.

WINTER
FEST

Das Verhör

Die Schülerin Merle Mayried wird gebeten, sich im Rektorat einzufinden.

Das Knistern des Schullautsprechers erstarb mit einem dumpfen Plopp. In der darauffolgenden Stille drehten sich mehrere Schüler im Flur nach ihr um.

Merle hatte gewusst, dass irgendetwas mit diesem Tag nicht stimmte, noch bevor der Wecker klingelte. Dabei war der vorige schon maximal beschissen gewesen. Sie war gestern nach der Schule an den einzigen Platz gelaufen, wo man sie in Ruhe ließ. Aber auch der Friedhof hatte ihre Gedanken nicht stoppen können. Den ganzen Abend hatte sie auf dem Grabstein gesessen und gespielt, bis ihre Finger taub wurden. Sie hatte all den Zoff, die Wut, Angst und Enttäuschung über die Schule, über Raffael, Samira und die anderen Arschgeigen in die Saiten gelegt. Sie hatte davon gesungen, bis sie heiser war.

Dann war sie müde und völlig leer die weite Strecke bis nach Hause gelaufen. Ihr Großvater hatte sie mit einer Laterne in der Hand er-

wartet. Sie war ihm sehr dankbar, dass er sich all die Fragen verkniffen hatte, die ihm sicher auf der Zunge lagen. Ein Blick in ihr Gesicht, und er hatte sie nur in die Arme genommen.

Danach hätte sie schlafen sollen wie ein Stein. Stattdessen lag sie die ganze Nacht über wach und zerbrach sich den Kopf über Titus. Er war ein Magika, daran gab es keinen Zweifel, aber warum benahm er sich so seltsam? Warum stieß er sie weg, wenn sie ihm die Hand reichte? Was hatte er mit Malinka besprochen. Welches Geheimnis versteckte er? Was war mit seiner Familie los? Immer mehr Fragen stiegen in ihr auf wie Luftblasen in einem See.

Als dann endlich der neue Tag anbrach, vertrieben die Sonnenstrahlen ihre Sorgen nicht, wie sie es sollten. Im Gegenteil. Im Bus fehlte nicht nur von Adrian jede Spur, auch Titus war nirgends zu sehen.

Vielleicht hätte sie zu Hause bleiben sollen. Aber dann hätte sie sich all den Fragen stellen müssen, die sich Opa gestern Nacht verkniffen hatte.

Und jetzt kam, kaum dass sie durch das Eingangsportal getreten war, diese Durchsage. Einige Schüler tuschelten schon: *Zombie muss zum Rektor. Hoffentlich fliegt sie endlich von der Schule.*

Aber weder die Füchse noch Samiras Freundinnen, die kichernd vor ihr herliefen, sagten etwas zu ihr. Sie blickten sie alle nur an, als wenn ihr ein drittes Auge auf der Stirn wachsen würde. Merle warf sich den Rucksack über die Schulter, ließ die Haare in die Stirn fallen und stapfte die Treppe zum Rektorat hinauf.

Die Tür mit der eingesetzten Milchglasscheibe öffnete sich prompt.

Drei Augenpaare blickten ihr entgegen. Eins davon kannte sie, die zwei anderen wollte sie nicht kennenlernen.

»Schön, Merle, das ging ja schnell«, sagte die Rektorin freundlich. »Komm rein.«

Merle machte zwei Schritte in den Raum und spähte zwischen bunten Haarsträhnen zu den beiden Männern in Uniform. Unwillkürlich zog sie den Kopf ein und hielt sich an der Lehne des Stuhls fest, den ihr die Schulleiterin anbot. Diese schien Merles Anspannung richtig zu deuten.

»Keine Angst, Liebes. Du bist nicht in Schwierigkeiten.«

Merle nickte nur langsam, hielt ihren Blick aber auf die Polizisten gerichtet.

»Die Polizisten sind hier, weil einer unserer Schüler vermisst wird.«

Merles Kopf schnellte in die Höhe.

Titus! Irgendetwas war mit ihm passiert! Deswegen war er nicht im Bus gewesen. Oder ging es um Adrian? Der war ja auch nicht da gewesen. War er vom Rad gestürzt? Aber würde deshalb die Polizei in die Schule kommen und mit ihr reden?

»Jetzt setz dich doch erst mal, Merle.«

Mechanisch nahm Merle auf dem Stuhl Platz.

Einer der Polizisten zückte einen Stift, während die Schulleiterin die Finger ineinander verschränkte und durch die Luft blickte, als würden die passenden Worte wie Fliegen um sie herschwirren.

»Merle, wir hoffen natürlich, dass sich alles in Wohlgefallen auflöst. Aber wir müssen die Meldung trotzdem ernst nehmen.«

Merle nickte erst und schüttelte dann den Kopf.

»Welche Meldung? Um wen geht es denn? Was ist …«

Die Rektorin schnitt ihr mit der erhobenen Hand das Wort ab.

»Einer unserer geschätzten Schüler ist gestern Nacht nicht nach Hause gekommen.«

Geschätzter Schüler? Von wegen. Merle konnte sich nicht vorstellen, dass Titus sich hier je geschätzt gefühlt hatte. Aber er hätte viel

mehr Grund gehabt, nicht nach Hause zu kommen, als Adrian. War also doch Titus nach der Schule weggelaufen? Nach dem, was passiert war, wäre sie zumindest nicht überrascht. Dass die Rektorin noch weiterredete, merkte Merle erst, als sie einen anderen Namen nannte.

»Entschuldigung, was sagten Sie? Wer wird vermisst?«

Die Schulleiterin hob eine Augenbraue.

»Wie ich gerade sagte, gehört der junge Herr Koch zu unseren beliebtesten Schülern. Wir werden die Suche der Polizei natürlich in jeder Hinsicht unterstützen.«

Einer der Polizisten schob sich die Mütze in den Nacken und nickte ihr zu.

»Raffael Koch ist nach einem Treffen mit Freunden gestern Nacht nicht zu Hause angekommen.«

Raffael? Der wurde vermisst? Stimmt, sie hatte ihn heute Morgen nicht im Bus gesehen, was eigentlich ganz angenehm gewesen war.

»Frau Mayried, haben Sie meine Frage verstanden?«

Merle blickte in die müden Augen des Polizisten mit dem Notizblock. Er schnaubte vernehmlich und rückte seinen Gürtel zurecht.

»… ob Sie Raffael Koch gestern Abend noch gesehen haben, möchten wir wissen.«

Merle schüttelte nur den Kopf. Das schien genau die Reaktion zu sein, auf die der Polizist gewartet hatte. Er nickte und machte einen Strich auf seinem Block. Das erste Mal, dass er etwas schnell tat, seit Merle das Büro betreten hatte.

»Haben Sie eine Ahnung, wo er sein könnte? Hat er vielleicht zu Ihnen irgendetwas gesagt, was uns weiterhelfen könnte?«

Wieder schüttelte Merle den Kopf. Sie hatte wirklich nicht die geringste Ahnung, wo Raffael steckte, und es war ihr auch egal.

»Hmm, danke, das wäre dann alles.«

Merle blinzelte mehrmals und starrte den Polizisten an. Hatte sie das richtig gehört? Keine weiteren Fragen?

Kein »Haben Sie eine Ahnung, wo er sein könnte?«. Kein »Hier ist unsere Karte, falls Ihnen noch etwas einfällt?«. Selbst die Rektorin hob die Brauen, als sich die Polizisten daranmachten, den Raum zu verlassen.

»Was ist denn mit Titus?«, wollte Merle wissen.

Die beiden Polizisten blickten sie an und wechselten dann einen fragenden Blick.

»Titus ist der andere Junge, von dem ich Ihnen erzählt hatte«, meldete sich Frau Herdera zu Wort.

Der Polizist mit dem Block nickte.

»Ah, ja richtig, der Costa-Junge.« Er räusperte sich vernehmlich und blätterte in seinem Notizblock. »Titus Costa, da ist er ja. Der Junge ist auch vermisst gemeldet. Wir haben schon mit seinem Vater gesprochen. Allerdings ist er ja gestern von der Schule verwiesen worden, weshalb wir davon ausgehen, dass er freiwillig verschwunden ist. Der taucht sicher wieder auf.«

Als der Mann Merles aufgerissene Augen bemerkte, setzte er hinzu: »Wir werden natürlich nach beiden Jungen suchen. Morgen sind sicher beide wieder da. Das ist immer so.« Er drehte sich zu seinem Kollegen um und hob die Schultern. »Teenager«, murmelte er ihm zu, und der andere nickte.

»Nun dann, vielen Dank für deine Aussage, Merle, du kannst jetzt in deine Klasse gehen.«

Merle erhob sich und wollte den Raum verlassen, wurde aber vor der Schwelle von der Rektorin gestoppt.

»Merle, du weißt noch, worauf wir uns geeinigt hatten?«

»Äh, ja klar«, log Merle.

»Wunderbar, dann freue ich mich schon auf deinen Auftritt mor-

gen beim Winterfest.« Sie beugte sich vor und zwinkerte ihr zu. »Und mach dir keine Sorgen um Titus. Der muss sicher erst mal den Schulverweis verdauen und taucht bald wieder auf.«

Merle nickte, wie es von ihr erwartet wurde, konnte sich aber kein Lächeln abringen.

Wie betäubt taumelte sie die Treppe hinunter. Titus und Raffael wurden vermisst. Nach allem, was gestern geschehen war, konnte das kein Zufall sein. Waren sie nach der Schule noch einmal aufeinandergetroffen? Hatte Titus Raffael abgepasst, nachdem er sich mit seinen Kumpels getroffen hatte? Grund dazu hatte er sicherlich, aber er war nicht der Typ dafür. Er wollte doch eigentlich nur, dass ihn alle in Ruhe ließen. Obwohl … Irgendetwas brodelte in Titus. Bisher hatte er es wohl immer geschafft, den Deckel draufzudrücken, aber gestern … Was, wenn das noch mal passiert war? Stille Wasser waren tief und gefährlich.

Sie hatte gar nicht gemerkt, wie ihre Füße sie zu den Schließfächern getragen hatten. Erst als die große gelbe Fläche vor ihr auftauchte, blickte sie auf.

Der Rucksack rutschte ihr von der Schulter und fiel auf den Boden.

Es war ihr Schließfach, daran gab es keinen Zweifel. Die Tür war eingedrückt und einen Spalt offen.

Dicke schwarze Linien zogen von oben nach unten und von rechts nach links über das Fach. Das Kreuz ließ sie erahnen, wer dahintersteckte. Obwohl sie es besser wusste, öffnete sie die Tür langsam. Braune Erde rieselte ihr entgegen, aber es war der Gestank, den sie zuerst bemerkte. Auf einer Schicht aus Erde lag etwas in Taschentücher eingewickelt. Sie sah nur den langen haarlosen Schwanz und schlug die Tür zu.

Etwas arbeitete sich in ihrem Magen die Speiseröhre hinauf.

Sie hörte Kichern hinter sich. Alles begann, sich zu drehen.

Lachende Fratzen zogen vorüber. Jemand schrie: »Weiche, Dämon!« Gelächter antwortete. Samira und ihre Puten hielten ihr gackernd gekreuzte Finger entgegen. Merle spürte, wie ihre Knie weich wurden, aber sie fand nicht die Kraft, dagegen anzukämpfen.

»Was stimmt denn mit euch nicht?«

Die Stimme schnitt durch den Lärm und das Gelächter. Merle kannte die Stimme. Jazz?

»Ihr habt doch alle bloß Angst, dass jemand über euch lacht, und seid fies, bevor jemand fies zu euch sein kann.«

Nein, das war nicht Jazz.

Sie spürte, wie sich ein Arm um ihre Schulter legte und sie sanft vom Spind wegzog. Sie blickte zur Seite. Bunte Haare und zwei blaue Lippen. Kassandra vom Nerd-Tisch. Sie ließ sich von ihr den Flur hinunterführen in eine Ecke, in der sonst niemand war.

»Lass dich von den blöden Kühen bloß nicht runterziehen. Die haben sie nicht mehr alle.«

Sie hatten sich auf eine der Treppen gehockt, die die Flügel des Schulgebäudes hinaufführten.

Kassandra drückte Merle ein Taschentuch in die Hand.

»Zeig ihnen bloß nicht, dass sie dir mit dem Mist zusetzen. Heute Morgen drehen hier alle durch. Ein Schüler soll verschwunden sein, und jetzt brodelt die Gerüchteküche.«

Merle schniefte und steckte das Taschentuch weg. Die Übelkeit ebbte ab.

»Raffael«, brachte sie schließlich hervor.

Kassandra machte große Augen.

»Was? Wegen dem Depp machen hier alle so einen Alarm?«

Sie senkte verschwörerisch die Stimme. »Wahrscheinlich macht er Tausende Selfies. Wenn der Akku leer ist, wird der schon wiederauftauchen.«

Merle grinste, und Kassandra zwinkerte ihr zu.

»Du solltest mehr lachen, das steht dir.«

Merle blickte auf ihre Schuhspitzen. »Wenn du meinst.«

Schweigen. Merle wollte etwas sagen, sich bedanken, etwas fragen. Aber sie wusste nicht, was.

Da klatschte Kassandra in die Hände.

»Ach, da fällt mir etwas ein: Ich habe deinen Namen auf dem Line-up gesehen.«

»Du hast was?«

»Na, dein Name steht auf der Liste fürs Winterfest. Du trittst morgen vor der Schulband auf. Das ist ja fantastisch!«

Merle seufzte. »Stimmt. Aber eigentlich will ich das gar nicht. Die Herdera hat mich gezwungen. Ich soll mich mehr am Schulleben beteiligen.«

Kassandra schüttelte den Kopf, dass die bunten Haare flogen.

»Ach, die Herdera erzählt allen das gleiche Blabla. Sei ein Teil der Gemeinschaft, bring dich ein, bla, bla.« Sie ließ ihre Finger wie einen großen Mund auf und zu schnappen. »Aber in dem Fall freue ich mich. Ist doch super, mal was anderes zu hören als die lahmen Coversongs der Schulband.«

Sie drehte den Kopf und grinste Merle an.

»Also, ich werde auf jeden Fall in der ersten Reihe stehen, jubeln und zum Crowdsurfing bereit sein.«

Merle lachte, und es fühlte sich ungewohnt an. »Dann bringe ich wohl besser mein Surfbrett mit.«

Für einen Moment hatte sie Titus vergessen.

Der Schrein

Alles umsonst! grummelte Adrian und schob den roten Blitz unter das Vordach, wobei er sich schwer auf der Transportbox abstützte. Er rieb sich über das Gesicht. So ein Mist.

Den ganzen Vormittag hatte er sie gesucht. Anfangs war er den breiten Waldwegen gefolgt, die man auch mit dem Auto befahren konnte. Dann hatte er sich auf die schmalen Pfade gewagt, die Damwild und Wanderer gebahnt hatten. Äste waren an dem Rad entlanggeschabt, und Tannenzweige hatten sich in der Gabel verfangen. Zweimal hatte ihn eine im Schnee verborgene Wurzel aus dem Sattel geworfen. Aber all das hatte nichts gebracht. Von den großen Wölfen und Titus fehlte jede Spur. Er wusste, er hatte keine Chance, sie zu finden, wenn sie nicht gefunden werden wollten. Aber irgendetwas musste er doch tun!

An jenem Tag, an dem er gesehen hatte, wie Titus aus der Schule kam, hätte er ihn ansprechen sollen. Er hätte ihm in Ruhe erklären müssen, was mit Tonius passiert war. Vielleicht hätte Titus ihm nicht zugehört, aber er hätte es zumindest versuchen müssen.

Stattdessen war er ihm in der Nacht im Wald gegenübergestanden und hatte alles schlimmer gemacht. Er hatte Tonius ins Verderben gelockt.

Adrian kickte einen Klumpen vereisten Schnee aus dem Vorgarten. Verdammt, der war viel härter, als er aussah. Alles lief heute schief. Jazz und Juri waren immer noch nicht zurück. Katze schwieg weiterhin. Hätte er in der Nacht nicht die Verbindung mit Tonius gespürt, er wäre sich sicher, dass er Katze verloren hätte.

Auch Barnaby hatte er gesucht, um ihn um Rat zu fragen. Adrian war über eisglatte Pflastersteine bis zu dem alten Bahnhof gefahren. Aber keine Spur von dem Igelschamanen. Bisher war das einzig Gute an diesem Tag, dass er wegen der Suche die Schule verpasste und so nicht auf die Werwölfe treffen musste, an deren Tisch er sicher nicht länger willkommen war.

Er blies die Luft durch die Lippen, bis seine Lunge leer war, und ging dann die Treppe zur Villa hinauf. Außer den Schuhen seiner Tante standen keine im Flur herum. Alle Bewohner waren arbeiten oder unterwegs. Das Haus knarzte ihn an, als er in den Flur trat. Er ließ seine Finger über die Wand und die Gemälde streichen und entdeckte Familienfotos, die wie aus der Zeit gefallen wirkten und die sicher seine Mutter aufgestellt hatte.

Seine Tante drehte nicht mal den Kopf, als die Perlen des Küchenvorhangs mit klackenden Lauten gegeneinanderstießen.

»Setz dich zu mir, Lieblingsneffe. Ich habe uns Tee gemacht.«

Sie saß am Küchentisch, blies auf den Tee in ihrer Tasse und schaute hinaus in den Garten. Eine bunte Decke lag ihr wie ein Umhang um die Schultern, obwohl es in der Küche angenehm warm war. Nichts ließ darauf schließen, dass sie überrascht war, ihn hier zu sehen. Im Gegenteil. Es standen zwei Keramiktassen auf dem Tisch, als hätte sie ihn schon erwartet.

Adrian rieb sich den Hinterkopf und ließ sich auf den Stuhl neben ihr sinken. Gemeinsam blickten sie in den Garten. Die Sonne stand hoch und verwandelte das Eis an den Zweigen der Bäume wieder in Tropfen.

»Du wirst dir den Tee selbst einschenken müssen, Adrian.«

Er griff nach der Kanne und ließ seinen Blick über ihre Hände streifen. Heute wirkten sie ganz ruhig und entspannt, auch wenn die Haut faltig und fleckig war.

»Ja, mir geht es bestens. Und wenn du meinst, der Blick auf meine zittrigen Hände sei verstohlen gewesen, irrst du dich.«

Sie drehte ihm den Kopf zu und schenkte ihm ein Lächeln, so warm wie der dampfende Tee.

»Also, erzählst du mir jetzt, warum du nicht in der Schule bist und warum du so lange mit der Auslieferung beschäftigt warst?«

Adrian fragte sich, ob es grundsätzlich schwierig war, Tanten etwas vorzumachen, oder ob das nur bei Hexen so war.

Er nippte an seinem Tee, der zweiten Tasse heute, und diesmal schmeckte sie wesentlich besser.

»Ich hatte heute eine Lieferung für Cesare Costa.«

»Hmm, heute? Ich meine, die sollte schon vor ein paar Tagen zugestellt werden?«

Sie stellte die Tasse ab und legte die Hände ineinander.

»So wie du guckst, willst du etwas wissen?«

Adrian nickte und schüttelte dann den Kopf.

»Ja und nein. Ich wollte dich eigentlich fragen, warum du die *Arkenlaterne* mitherausgibst. Aber ich glaube, dass weiß ich schon. Frau Costa hatte den tödlichen Unfall, weil sich ein Ghul in einen Siechen verwandelt hat und auf dem Weg nach Kratzbach war, und damit hat es zu tun, oder?«

Seine Tante hob eine Augenbraue. Das Lächeln in ihrem Gesicht war erloschen.

»Ja, das war ein furchtbares Unglück. Und Frau Costa war nicht das einzige Opfer der Siechen. Danach standen schwere Entscheidungen an. Ich musste eine junge Frau verbannen, die den Zustand der Siechen verschleiert hatte. Der Pakt wurde geschlossen, um zu verhindern, dass so etwas je wieder passiert. Die Unterstädter zahlen einen hohen Preis für die Sicherheit der restlichen Arkener. Aber es geht nicht anders.«

Sie fuhr sich mit dem Daumen über das Kinn und legte den Kopf ein klein wenig schief.

»Für Cesare brach nach dem Tod seiner Frau eine schwierige Zeit an. Er musste seine Familie ernähren, und die Zeitung ermöglichte ihm das. Ich habe ihn von Anfang an unterstützt. Seit damals sucht er nach Antworten auf das, was er gesehen hatte. Aber diese Antworten sind nicht für ihn bestimmt.«

»Weil er kein Magika ist?«

»Ja. Wenn es anders wäre, hätte er in Arken glücklich werden können. Seine Frau ist nach dem Unfall in Arken gestorben und hier beerdigt. Deshalb würde er die Stadt niemals verlassen.«

Adrian dachte an die Familienfotos in dem Wagen, an die lachenden Brüder. Vergangenheit, die an dünnen Fäden hing und Costa nicht losließ. Eine andere Stadt – eine ohne Magika – wäre sicher ein glücklicheres Zuhause für ihn.

»Aber du warst doch nicht bis jetzt bei ihm?« Ihre Worte scheuchten seine düsteren Gedanken fort. »Warum bist du nicht in der Schule?«

Der Blick der blauen Augen war klar und durchdringend wie Eis. Als könnte sie bis auf den Grund seiner Seele sehen. Dann erkannte er das Glimmen hinter ihren Pupillen, das Feuer, das nur in Hexen brannte, und er wandte den Blick ab. Er wollte ihr von den Brüdern erzählen, von dem, was passiert war. Seine Tante hatte versucht, den

Costas zu helfen, hatte die Ghule deswegen unter die Stadt verbannt, und er war nun mitschuld daran, dass die beiden Brüder verloren waren. Adrian schüttelte den Kopf. Manche Wahrheiten wogen zu schwer, um sie zu teilen.

»Ich habe Barnaby gesucht.«

Seine Tante hob den Kopf. Die unausgesprochene Frage stand ihr deutlich ins Gesicht geschrieben.

Adrian seufzte. »Ich kann Katze nicht mehr hören.«

Seine Tante nickte langsam, und Adrian sprach weiter. »Anfangs dachte ich, das wäre prima. Keine Stimme, keine Albträume …«

»… und irgendwann auch kein Blick mehr auf die Monster hinter dem Schleier«, ergänzte seine Tante.

Adrians Züge glätteten sich. »Ja, genau. Woher …«

»Deine Oma hat sich genauso gefühlt, als sie so alt war wie du. Ich glaube, sie hätte damals ihr magisches Erbe abgelehnt, wenn sie gewusst hätte, wie.« Seine Tante lächelte ihn schwach an. »Aber irgendetwas hat deine Meinung geändert, nehme ich an?«

»Ich habe gelernt, dass die Monster nicht verschwinden, nur weil man sie nicht sieht. Und manche Monster gibt es nur, weil ihnen niemand hilft.«

Den letzten Satz hatte er in seinen Tee geflüstert.

Seine Tante blickte ihn lange an. Das Lächeln, das nun auf ihren Zügen lag, war so schwer wie der Blick ihrer Augen.

Adrian sprach schnell weiter, bevor sie eine Frage stellen konnte.

»Ich weiß nicht, wie ich Katze wiederfinden soll. Ich habe meinen Draht zu ihr verloren.«

Die Miene seiner Tante änderte sich, als hätte er sie gefragt, in welche Richtung man einen Wasserhahn aufdrehte. Sie richtete sich etwas auf, wurde von seiner Tante zur Magista. Und er wurde zum Schüler.

»Magie ist kein Mechanismus, den man an- und ausschalten kann.

Magie ist eine ureigene Kraft mit einem eigenen Willen, der sich nicht beherrschen lässt. Die Quelle jeder Magie ist ein Schöpfungsakt. Magie erwacht, wenn etwas anderes erschaffen wird. Unsere Familie erschafft Zeichen und Symbole, um die Magie zu rufen und zu leiten. Es gibt Magika, welche die in sich schlafende Magie durch ihren Gesang oder Gedichte erwecken. Das wird bei Schamanen nicht anders sein.«

Adrian rutschte mit dem Stuhl nach hinten. Der Zweifel in seinem Gesicht musste offensichtlich sein, denn seine Tante schmunzelte.

»Ja, ich kann mir Barnaby auch nicht singend vorstellen. Aber auch er hat einen Weg gefunden, der Magie etwas anzubieten.«

Adrian tastete nach dem Talisman in seiner Tasche.

»Die Schnitzereien …«

Seine Tante lehnte sich zurück.

»Geschenke, die Igel gefallen, nennt er sie. Es gibt keinen Glauben auf dieser Welt, der keine Opfer verlangt.«

Adrian stützte den Kopf in die Hände. Musik, Gesang, Schnitzereien, Kunst – wenn Katze auf solche Geschenke wartete, wartete sie umsonst.

»Aber all das funktioniert für mich nicht. Ich kann einfach nichts davon.«

Das Lachen der Magista war tief und voll. Sie rieb sich mit dem Handrücken eine Lachträne aus den Augen, als hätte er einen großartigen Scherz gemacht.

»Mein lieber Neffe, wenn du dein Leben lang nur tust, was du kannst, wirst du nicht viel tun. Niemand kann etwas gut, ohne es wieder und wieder geübt zu haben. Das Opfer liegt eben genau in der Übung.«

Adrian zog die kleine Katze aus der Tasche. Wie lange Barnaby wohl gebraucht hatte, das Schnitzen zu lernen? Und was wären Geschenke,

die Katze gefallen? Was wusste er schon über Katzen? Er rieb mit dem Daumen über den Bauch der Holzfigur und hörte das Klimpern der Glasperlen. Er musste an Merle denken, die es sogar geschafft hatte, einen Golem mit ihrer Musik zu besänftigen. Merle. Was hatte Katze damals über sie gesagt?

Für einen Moment starrte er vor sich hin. Dann begriff er plötzlich.

»Danke, Tante, ich glaube, ich habe eine Idee.«

Die letzten Sonnenstrahlen versanken hinter den Dächern der Häuser, als Adrian endlich fertig war. Er schob sein Werk von sich und beäugte es. Kein Zweifel, seine kleine Schwester hätte das besser hinbekommen. Es sah nicht aus wie ein Geschenk, eher wie eine Beleidigung.

Vor ihm auf dem Tisch stand eine leere Sardinendose. Der Deckel war aufgerollt und die Dose mehrfach ausgewaschen, trotzdem verströmte sie einen penetranten Fischgeruch. In der Mitte lagen Vogelfedern, die er aus dem leeren Vogelhäuschen im Garten geholt hatte. Darauf lag die kleine Katzenfigur. Rechts und links davon standen Kerzen und Räucherstäbchen. Brot und Salz hatte er auch in die Fischdose getan. Das hatte Barnaby auch benutzt, als er ihn mit dem Hausschrein bekannt gemacht hatte. Das, was Adrian aufstöhnen ließ, war aber die Zeichnung, die er hinter die Dose gestellt hatte. Die Linien, die er immer wieder wegradiert und neu gezeichnet hatte, ergaben ein Gebilde, das entfernt wie ein hinkendes Kalb aussah. Mit einer Katze hatte es jedenfalls keinerlei Ähnlichkeit. Die ungleich großen Augen schienen um Erlösung zu betteln. Hätte Adrian noch die Energie dafür, er hätte es in den Papierkorb zu seinen Vorgängern

geworfen. So aber hauchte er nur noch: »Tut mir leid, Katze«, dann fielen ihm die Augen zu.

Sein Gesicht lag zwischen den Stiften auf der Arbeitsfläche. Sein Atem ging gleichmäßig, und das änderte sich auch nicht, als der Kopf einer schwarzen Katze durch das Dachfenster blickte.

»Tempel aus Sandstein, Hunderte Menschen auf Knien, Altäre voll goldener Opfergaben, gewaltige Statuen, Feiertage mir zu Ehren. Und heute eine leere Fischdose, Vogelfedern und verunglückte Bleistiftspuren. Aber, doch, zumindest ein Schrein.«

Die Antwort streifte Adrians Bewusstsein nur am Rande. Samtene Dunkelheit und Dachziegel unter seinen Füßen erfüllten seine Wahrnehmung. Weiche Pfoten spürte jede Unebenheit. Die Nacht roch nach frischem Schnee, Vogelfedern und Verheißung. Er blickte hinab in den Garten – ein Anblick, der ihm vertraut war, doch nicht aus dieser Perspektive. Der Mond, groß und hell und nicht mehr voll, wuchs, bis er sein gesamtes Blickfeld ausfüllte. Dann wurde er kleiner und immer kleiner. Bäume schoben sich vor ihn. Laublose Äste griffen nach ihm, als wollten sie ihn hinabziehen. Das Ächzen der Bäume wuchs mit ihrer Größe und wurde zu einem klagenden Lied, einer Sinfonie aus knarrenden Zweigen, seufzenden Wurzeln und rauschenden Nadeln. Die Bäume wurden ein Wald, groß genug, den Himmel selbst herauszufordern. Aus dem Dunkel wurden einzelne Stämme, zwischen denen er hindurchwandelte. Eine Eule flog über ihn hinweg. Der Schnee roch schwach nach Beute. Das Bild verschwamm und formte sich neu. Zwischen den Stämmen hindurch sah er einen großen Felsen, darauf Stein auf Stein getürmt. Dunkle Löcher im Gemäuer wie leere Augen, bis auf eines, hinter dem es glomm. Die Burg wuchs rasend schnell. Die Zugbrücke ausgefahren, das Burgtor geöffnet. Jemand stand dort unter dem Torbogen. Ein Gesicht aus Eisen. Schwärze, wo Augen sein sollten. In einer Hand einen langen, spitzen Stock, in der anderen etwas Stumpfes, Hartes. Ein Rabe flog vorbei, nahm ihm die Sicht. Schwarze Federn segelten hinab in den dunklen Wald. Den Wald, der zu Bäumen wurde. Äste, die Schnee trugen. Große Tannen, in denen sich kleine Vögel versteckten. Dann sah er ihn – die Kreatur, halb Mensch, halb Wolf – den Mond anklagend. Die Klauen gen Himmel gestreckt. Sein Heulen drang durch den Wald. Um ihn Bäume, doch vor ihm …? Das war kein Baum, nichts, das in den Wald gehörte und doch vertraut. Er wusste einmal, was das war. Dann verschwamm das Bild, und er fiel in ein warmes Meer aus Schwärze.

Was ihn weckte, war nicht die Sonne. Obwohl die schon hoch am Himmel stand. Er schreckte vielmehr von einem Geräusch hoch. Jemand klopfte an seine Tür. Bevor er dazu kam, etwas zu sagen, wurde sie aufgerissen.

»Also, Junge, schlafen tust du ja wie ein Murmeltier.«

Barnaby spazierte in seine Dachkammer und biss herzhaft von einem Apfel ab. Adrian versuchte, sich vergeblich den Schlaf aus den Augen zu reiben.

»Ich hab gerade noch geschlafen. Was …«

»Ach, mach dir nichts draus. Ich hab schon schlimmere Frisuren gesehen. Außerdem meinte deine Tante, du wolltest mich sprechen?«

Adrian setzte sich auf seine Bettkante. Mit Barnaby eine Diskussion über das Betreten von Zimmern zu führen verstand selbst sein müder Geist als völlig aussichtslos.

Während er noch versuchte, seine Gedanken zu ordnen, hielt ihm Barnaby seinen Apfel hin.

»Magst beißen?«

Nein, Adrian mochte nicht beißen. Er mochte schlafen, er mochte keinen Besuch in seinem Zimmer, er mochte duschen, aber was er mochte, interessierte ja niemanden.

Na endlich begreifst du es, Kleiner.

Schlagartig war er wach. Mit großen Augen grinste er Barnaby irre an. Der lachte ihn genauso begeistert an.

»Sag bloß, du bist jetzt auch ein Apfelfreund geworden?«

Adrian wedelte mit den Händen und schlug Barnaby dabei den Apfel aus der Hand.

»Sie redet wieder mit mir! Barnaby, verstehst du denn nicht? Katze ist wieder da!«

Die Neuigkeit schien Barnaby weniger zu erschüttern als der angebissene Apfel, den er gerade aufhob.

»Katze ist doch immer da. Sie sind alle immer da.«

»Ja, ja, aber seit Tagen, seit Wochen war er, war sie weg.«

Adrian sog die Luft ein, sie roch genauso wie immer und zusätzlich ein bisschen nach Barnaby, nach Äpfeln, Laub und Moos.

Der kleine Mann sah sich in dem Zimmer um und entdeckte den Schrein.

»Du hast dich am Ende also doch zu ihm bekannt.« Er nickte und zeigte sein struppiges Kuchengrinsen. Er fragte nicht, warum, sondern klopfte Adrian nur auf die Schulter. »Ich wusste, dass du den Mut findest zu dienen. Wer Kuchen so verteidigt wie du, hat das Zeug zum Schamanen.«

Er blickte noch mal auf die Sardinendose.

»Könnte mir aber vorstellen, dass du noch ein bisschen Übung brauchst.«

Ein Katzenlächeln huschte durch Adrians Geist.

»Wenn du wieder hier bist, heißt das, dass Jazz und Juri auch wieder in Arken sind?« Adrians Augen strahlten.

Doch Barnaby schüttelte nur stumm den Kopf. »Wo immer Jazz auch ist, sie muss weiter weg sein. Ich konnte ihrer Spur nur bis zum Bahnhof folgen.«

Adrian seufzte. Verdammt, wo war Jazz nur?

Barnaby deutete seine Miene richtig.

»Sie wird schon wiederkommen. Ich bin auch noch nicht fertig mit meiner Suche. Aber mir ist etwas anderes dazwischengekommen, von dem deine Tante hören muss. Ich glaube, wir haben unerwünschte Besucher in Arken.«

Wie sollte das gehen? Der Schleier beschützte die Stadt doch.

Vielleicht siehst du die Dinge mal so, wie sie sind, und nicht, wie du sie gern hättest.

Welche Dinge?

Doch dann verstand er.

»Die Burg. Die Burg mit dem leuchtenden Fenster. Und der Mann mit der eisernen Maske …«

»In einer Hand ein Schwert, in der anderen ein Hammer«, vollendete Barnaby seinen Satz. »Katze hat es dir also auch gezeigt. Du ahnst, was das heißt?«

Adrian nickte. Es wurde merklich kühler im Raum, als er antwortete.

»Der Orden kommt nach Arken.«

Madame Morgana

»Juri, du willst da doch nicht wirklich reingehen?«

Pampelmuse blickte Jazz schwanzwedelnd und aus so großen Augen an, als würden ihr Würste aus der Tasche hängen, und Juris Welpenblick war auch nicht schlechter. Der Troll rieb seine Pranken vor lauter Vorfreude gegeneinander und starrte zu dem Wohnwagen hinüber, der in der Abendsonne leuchtete.

Jazz hatte schon geahnt, was hier auf sie zukam, als sie der Beschreibung des Brückentrolls zu diesem verwaisten Campingplatz am Stadtrand gefolgt waren. Früher musste es mal ein Familienparadies mit Streichelzoo und Tretbootverleih gewesen sein. Aber die letzten zwanzig Jahre waren dem Campingplatz nicht gut bekommen. Der nahe Wald bemühte sich nach Kräften, den Ort zurückzugewinnen. Grüne Algen und Moose hatten das ehemalige Toilettenhäuschen in Beschlag genommen, während Efeu und wilder Wein um die letzten zwei Igluzelte kämpften. Und dort, neben den ehemals bunten Kuppeln aus Zeltplanen, stand das Ungetüm.

Jazz massierte sich erneut die Stelle zwischen den Augenbrauen. Der alte Wohnwagen, von dem die dunkelblaue Lackierung abblätterte, war über und über mit silbernen Sternen beklebt. Magenschmerzen bereitete Jazz aber das, was in violetten Buchstaben auf die Seite gepinselt war.

Madame Morgana: spirituelles Medium, Chakrapriesterin und Avalonmagierin Stufe 6. Liebestränke zum halben Preis.

»Hmm, der Eisverkäufer hat sich geirrt. Sie ist keine Hexe. Aber eine Avalonmagierin kann uns sicher auch weiterhelfen«, sagte Juri.

»Wenn Madame Morgana«, sie sprach den Namen aus, als wäre er ein verwesender Fisch, »auch nur halb so glaubwürdig ist, wie der Wagen vermuten lässt, ist sie die größte Hochstaplerin Frankfurts. Magie ist nichts, was man sich zusammen mit einer Currywurst an einer Imbissbude abholt!«

Juri rieb sich eifrig die Hände an der Hose. Dann hielt er inne.

»Tut mir leid, hab nicht zugehört. Bin nur so aufgeregt, eine echte Magierin zu treffen.«

»Hey, du kennst bereits eine echte Hexe. Zwei sogar!«

»Äh, ja, richtig. Welche Stufe Avalonmagie bist du eigentlich?«

»Es gibt keine Avalonmagie! Das ist alles nur eine schäbige Maskerade, um leichtgläubige Gemüter auszunehmen. Bauernfängerei. Geldschneiderei! Betrug!«

Juri nickte bei jedem ihrer Worte, blickte aber gebannt auf den Wagen.

»Also, gehen wir jetzt rein?«

Jazz ließ den Kopf hängen und hob die Arme. Jedes weitere Wort wäre hier verschwendet. Also marschierten sie zu dem Wohnwagen hinüber.

Das war dann also das traurige Ende ihrer erfolglosen Hexensuche. Seufzend klopfte sie an die Tür. Möglicherweise hatten sie ja mal

Glück, und Madame Morgana wäre nicht da. Vielleicht lud sie gerade mit einer Wünschelrute die Astralkörper von New-Age-Hippies auf.

Aber Jazz wurde enttäuscht.

Die Tür öffnete sich und entließ einen Schwall violetten Rauchs in die Umwelt.

Wahrscheinlich fallen gleich tote Vögel vom Himmel, dachte Jazz.

Eine theatralische Stimme, die sich bemühte, jedes Klischee zu erfüllen, drang aus dem Innern. »Tretet ein, ihr drei Wahrheitssuchenden.«

Juri strahlte. »Sie hat schon gespürt, dass wir zu dritt sind.«

Jazz stöhnte. »Oder sie hat einfach aus dem Fenster geschaut.«

Das Innere des Wagens war alles, was Jazz befürchtet hatte, und schlimmer. Die Luft war geschwängert von Räucherstäbchen und Duftölen. Sphärische Klänge ertönten aus versteckten Lautsprechern. Luftbefeuchter spuckten violetten Dampf aus. Von der Decke hingen Tücher, Glockenspiele, Regenhölzer und jede Menge Traumfänger. Skulpturen von Gipsdrachen, Klangschalen, Tarotkarten, ein Ouija-Brett und Brocken aus Rosenquarz quetschten sich in ein übervolles Regal. In all diesem Durcheinander aus esoterischem Merchandise saß Madame Morgana.

Jazz' Stöhnen, das den winzigen Raum ausfüllte, tat Madame Morganas Lächeln keinen Abbruch. Eine Frau mit einem alterslosen Gesicht thronte über eine Kristallkugel gebeugt und funkelte sie aus dunklen Augen an. Langes kupferrotes Haar quoll aus einem jadegrünen Kopftuch über ihre Schultern. Unzählige Bronzeketten mit winzigen Anhängern ergänzten die klimpernden Armreifen und verschnörkelten Ohrringe. Die Augen waren dramatisch dunkel geschminkt und blickten sie verheißungsvoll an.

Jazz hatte schon die Tür in der Hand und war bereit zu gehen, aber Juri hielt sie am Ärmel fest.

»Sieh nur!«, sagte er und deutete auf einen Plastikdrachen, aus dessen Nüstern Rauch aufstieg.

Die Kristallkugel auf dem Tisch begann zu leuchten.

»Magie«, kam es Juri über die Lippen.

»Wohl eher eine Glühbirne unter der Tischplatte«, vermutete Jazz.

»Sagt nichts«, erscholl die rauchige Stimme von Madame Morgana, »ihr seid einen weiten Weg gekommen. Eure Suche hat euch von euren Freunden und Familien getrennt, doch ihr habt euer Ziel noch nicht erreicht.«

Juri rüttelte an Jazz' Arm. »Zauberei! Ich wusste, dass sie echt ist.«

»Ernsthaft? Dieser Spruch ist immer wahr, egal, wer zur Tür reinkommt.«

Madame Morgana deutete mit großer Geste auf die beiden Stühle vor dem Tisch.

»Ich spüre ein kosmisches Band, aber auch Spannungen zwischen euch. Widder und Skorpion sind schwierige Gefährten. Ihr sucht beide, aber nur einer von euch hat das Herz und den Glauben, sein Ziel auch zu erreichen. Der andere muss lernen, an Magie zu glauben, damit sie auch auf sie wirken kann.«

Juri saß auf der vordersten Kante des Stuhls und blickte mit großen Augen auf die Kristallkugel. »Sie haben so recht, Madame Morgana.«

»Pah!« Jazz verschränkte die Arme vor der Brust. »Ist wirklich ein klasse Spektakel, das Sie hier aufführen. Der Rauch und all diese Spielzeuge. Aber bitte sparen Sie sich das ominöse Geschwafel für meinen Freund auf.«

Juri blickte sie an, als hätte sie gerade auf den Boden gespuckt. Aber Madame Morgana lächelte nur mild.

»Skorpione sind stets so voller Zweifel. Doch erlaube mir, sie dir zu nehmen. Was wünscht ihr von Madame Morgana?«

Bei den letzten Worten flackerte die Kristallkugel noch heller auf.

Dass sie uns verrät, wie sie es schafft, Leute auf diesen verlassenen Campingplatz zu locken, wollte Jazz sagen, aber Juri war schneller.

»Wir suchen eine Hexe.«

Die Frau neigte den Kopf, als hätte sie genau mit diesem Satz gerechnet.

»Natürlich. Die Zeichen stehen günstig für eure Unternehmung. Allerdings wird meine astrale Energie durch meinen Beistand sehr beansprucht werden.«

Juri blickte sie nur fragend an. Jazz schürzte die Lippen.

»Wie viel?«

»Fünfzig.«

»Nie im Leben. Mehr als zehn gebe ich dafür nicht aus.«

»Was ihr verlangt, ist ein sehr forderndes Ritual. Aber ich kann euch entgegenkommen, denn ich sehe, wie sehr der Wunsch in euch brennt. Vierzig.«

Sie einigten sich schließlich auf zwanzig, und Jazz trennte sich schweren Herzens von ihrem letzten Bargeld. Madame Morgana fand sofort wieder in ihre Rolle zurück. Gewichtig fuchtelte sie mit den Armen durch die Luft und ließ ihre Armreife klingen.

»Madame Morgana sah schon viele Hexen kommen und gehen. Sie sind unstet, wandern im Verborgenen, verstecken sich an dunklen Orten, an denen niemand nach ihnen sucht. Eure Suche wird aber erst von Erfolg beschieden sein, wenn ihr auf dem richtigen Pfad wandelt.«

Jazz wollte schon die Hand nach ihrem Geld ausstrecken. Das hohle Gerede war kaum zu ertragen und entschieden zu teuer. Madame Morgana aber erhob beschwörend die Arme, die dunklen Augen weit aufgerissen.

»Wir alle sind durch die Schöpfungskraft des Kosmos verbunden. Nichts existiert für sich allein. Was immer wir tun, hinterlässt Spuren,

die das Leben von anderen beeinflussen. Ihr braucht einen magischen Kompass, um dieser Spur zu folgen. Ein Objekt, auf das Magie gewirkt wurde, um dem kosmischen Geflecht zu folgen.«

Jazz konnte sehen, wie sich Juri in Gedanken Notizen machte. Wie ein Musterschüler saß er da und saugte jedes Wort dieser Lügnerin auf.

»Ohne so einen Gegenstand seid ihr gestrandet in den kosmischen Gefilden.«

Wieder nickte Juri und wiegte sich vor und zurück. Sein Blick streifte durch den Raum, über Pfauenfedern und Plastikschädel, bis er bei Jazz haften blieb. Offensichtlich hatte er jetzt auch verstanden, dass sie hier nur ihre Zeit verschwendeten. Doch dann hellte sich sein Gesicht auf. Er strahlte sie geradezu an.

»Was, wenn wir einen solchen Gegenstand haben?«

Jazz blickte ihn fragend an, dann hob sie die Brauen.

»Nein, nein, auf keinen Fall!«

Juri hob Pampelmuse auf seinen Schoß, und beide schenkten ihr den Niedlicher-Welpe-Blick. Schließlich hielt sie es nicht länger aus. »Also gut, aber nur damit du siehst, dass all dieser Zirkus nichts mit Magie zu tun hat!«

Jazz nahm ihr Medaillon ab und betrachtete es. Sie selbst hatte einen Rückholzauber auf das Amulett gewirkt und dadurch einen Verzehrer nach Arken geholt. Der Einsatz von Magie hatte immer einen Preis, und selten kannte man den schon im Voraus.

Als Madame Morgana eine Landkarte ausrollte, ahnte Jazz, worauf das hinauslaufen sollte. Pendeln! Der nächste Jahrmarktstrick. Wie oft hatte sie das schon erfolglos versucht? Genauso gut hätte sie die Zukunft aus einer Teetasse lesen können. Als die Karte über den gesamten Tisch ausgebreitet war, legte Madame Morgana die Fingerspitzen aneinander. Die Halbedelsteine an ihren Fingern funkelten.

»Nun schließe die Augen und erlaube den kosmischen Kräften, durch dich zu wirken. Öffne dich der Schöpfungskraft. Fühle die Energie, die uns alle durchdringt. Ruf dir vor Augen, was du suchst. Spüre der Magie nach. Lass das Pendel kreisen.«

Jazz öffnete die Augen und blickte mit halb geschlossenen Lidern auf das sich drehende Medaillon. Wie schon hundertmal zuvor drehte es sich in kleiner werdenden Spiralen über der Karte. Bald würde es aufhören, sich zu drehen, und dann konnten sie gehen. Vielleicht kamen sie noch an einem Falafel-Stand vorbei, damit Juri seine Enttäuschung …

Das Medaillon riss so kräftig an ihrer Hand, dass es ihr beinahe aus den Fingern gerutscht wäre. Es zog sie zu einem Punkt auf der Karte und blieb darüber steil aufgerichtet stehen. Es hätte umfallen müssen, doch es stand da wie magnetisch angezogen.

Jazz warf einen Blick unter den Tisch. Aber da war nichts. Sie blickte wieder auf die Karte: Das Amulett stand immer noch dort und ließ sich nicht bewegen. Jazz fuhr mit dem Finger um die Stelle auf der Karte. Eine grüne Fläche, ein Wald im Nirgendwo. Erst als sie mit aller Kraft das Medaillon von der Karte zog, erkannte sie die grauen Symbole neben der Waldfläche.

Aber … konnte das sein? Und wenn ja, was hatte das zu bedeuten?

Sie sprang auf. Der Stuhl fiel nach hinten.

»Wir müssen los.«

Juri blickte sie an, streichelte Pampelmuse und blinzelte.

»Sofort!«, schrie Jazz.

Als sie aus dem Wagen stürmen wollte, schnellte Madame Morganas Hand vor und packte sie. Der Griff war erstaunlich stark und fest. Der Blick der Frau brannte sich in ihren. Ihre Stimme hatte den feierlichen Klang verloren und war ein raues Flüstern, das nur für Jazz bestimmt war.

»Hör zu, Kind. Wenn du jetzt dorthin zurückkehrst, wird eine Hexe sterben, das prophezeie ich dir.«

Dann ließ sie ihren Arm los. Jazz rieb sich ihr Handgelenk und stolperte zur Tür. Sie warf einen letzten Blick auf die Hochstaplerin und stürmte aus dem Wagen.

Juri folgte ihr dicht auf.

Sie waren schon einige Schritte von dem Wagen entfernt, als er Jazz einholte. Die Nacht hatte ihren Mantel über dem Campingplatz ausgebreitet, und nur der Mond spendete ihnen Licht.

»Jetzt warte doch mal, was ist denn los?«

Jazz hielt noch immer das Medaillon umschlossen und presste es an die Brust. Ihr gehetzter Blick jagte über den Platz und blieb an dem Badehäuschen hängen.

Juri ergriff ihre Schulter.

»Hey, was ist? Der Zauber der Avalonpriesterin hat funktioniert. Ist doch toll!«

»Nein, du verstehst nicht. Die Einzige, die da drin Magie gewirkt hat, war ich.«

Juri legte den Kopf schief. »Aber …«

»Ich habe diesen Pendelzauber schon hundertmal ausprobiert, aber es hat nie funktioniert. Bis jetzt.«

»Aber das ist doch gut, oder?«

»Hast du gesehen, welcher Ort direkt neben der Stelle war, an der das Amulett stehen blieb?«

Juri schüttelte nur den Kopf.

»Kratzbach!«

Die Augen des Trolls weiteten sich, dann lächelte er.

»Aber dann ist doch alles klar. Die Stelle war Arken, und das Pendel hat dir die einzige Hexe gezeigt, die dort lebt. Die Magista.«

Aber Jazz schüttelte nur den Kopf.

»Das hat das Pendel vorher noch nie gemacht. Irgendwas stimmt in Arken nicht, und wir müssen sofort zurück.«

Sie deutete auf eine überwucherte Pforte des Badehäuschens. »Es ist Zeit zu gehen.«

Juri hob die Schultern und zeigte mit dem Daumen auf die entgegengesetzte Seite.

»Der Bahnhof ist aber in der Richtung.«

Jazz zog etwas an einem Band unter ihrer Kleidung hervor.

»Wo wir hingehen, brauchen wir keine Schienen.«

Juri griente so breit, dass man seine gewaltigen Eckzähne sehen konnte.

»Alles klar, Doc. Du hast Barnaby also seinen Schlüssel abgenommen?«

Jazz steuerte auf das Häuschen zu.

»Er hat ihn mir gegeben, als ich ihm sagte, dass ich ihn bräuchte.« Sie blickte auf den Schlüssel. »Er hat nicht gefragt, aber ich glaube, er hat geahnt, was ich vorhatte.«

Sie umschloss den Schlüssel mit ihrer Hand.

»Lass uns nach Hause gehen, Juri.«

Kaum waren die beiden Gestalten durch die moosbewachsene Pforte verschwunden, öffnete sich eine andere Tür.

Die Frau trat aus dem Wohnwagen in die Nacht. Mit einer schwungvollen Bewegung zog sie sich die Perücke vom Kopf und schüttelte sich die kurzen Haare aus der Stirn. Mit hinter dem Kopf verschränkten Armen lehnte sie sich gegen den Wohnwagen.

»Ich nehme an, du hast ihr das Buch gegeben?«

Ihre Stimme klang rau und ruhig.

Eine Gestalt löste sich aus dem Schatten des Wagens und lehnte sich neben sie. Seine Finger blätterten durch die Seiten eines großen, grünen Buchs.

»Wir haben es ihr überbracht, wie ihr wolltet. Allerdings hätte sie uns beinahe erwischt.«

Die Frau schnaubte. Das Lächeln auf ihrem Gesicht verblasste so schnell, wie es gekommen war.

»Es wäre ja nicht das erste Mal gewesen, dass dich eine Hexe erwischt, Bücherdieb.«

»Zu freundlich, dass ihr das Thema zur Sprache bringt. Es wird immer schwieriger, gute Geschichten zu finden, die wir noch nicht kennen.«

Die Frau rekelte sich wie nach einem langen Schlaf und unterdrückte ein Gähnen.

»Das ist wirklich sehr bedauerlich, Reto.«

Er steckte das Buch in seinen Mantel und streifte sich die Mütze von der Stirn. Sein aschblondes Haar war länger als ihres. Ein gewaltiger Schatten landete mit ausgebreiteten Schwingen auf dem Dach und verkündete lautstark seine Anwesenheit.

Reto wich unwillkürlich einen Schritt zurück. Er stellte sich so, dass er den Vogel im Blick behalten konnte.

»Das war wieder ein erfolgreicher Auftritt von Madame Morgana heute Abend. Der violette Rauch ist ausgesprochen eindrucksvoll.«

Die Frau neigte den Kopf zur Seite und betrachtete ihn aus den Augenwinkeln.

»Der Rauch war deine Idee.«

»In der Tat, aber das macht es doch nicht weniger beachtlich.«

Reto blies auf seine Fingerspitzen und sah zu, wie der Staub von ihnen rieselte.

»Allerdings fand ich die Einlage gegen Ende weniger stimmungs-

voll. Gedämpftes Licht von unten, spannungsvolle Musik, die Stimme zu einem Flüstern gesenkt – und dann wird eine Prophezeiung angekündigt. Das hätte den Auftritt weit glaubwürdiger gemacht.«

Die Frau stieß sich vom Wagen ab und ging auf die Tür zu. Der Vogel auf dem Dach gab einen gellenden Schrei von sich. Sie zog etwas aus ihrem Mantel und warf es empor. Die Laute verstummten.

»Reto, die Batterien von der Kristallkugel sind alle, sei so gut und kümmere dich darum.«

»Es ist uns eine Ehre«, sagte er und verbeugte sich übertrieben.

Sie nickte, als hätte sie nichts anderes erwartet.

»Und die Prophezeiung war echt. Die kleine Hexe geht zurück nach Arken, und eine Hexe wird sterben.«

Die Tür fiel hinter ihr ins Schloss, und Stille legte sich über den Ort.

Zwischenspiel: Rehe und Prinzessinnen

»Fünfmal hab ich ihm schon auf die Mailbox gesprochen. Aber denkst du, er ruft zurück?« Samira strich sich die blonden Strähnen hinters Ohr und bemerkte dabei, dass einer ihrer Goldringe verdreht auf einem ihrer schlanken Finger saß.

»Wirklich, es nervt, dass er sich nicht meldet.« Sie schob den Finger zurecht und kontrollierte den perfekten Sitz in der Reflektion der Glasscheibe des Wintergartens. Der funkelnde Brillant passte wunderbar zu ihren eisblauen Augen und den blonden Haaren. Sie ließ die Haare in die Stirn fallen und schob sie dann am Hinterkopf zusammen.

»Seitenscheitel oder doch Hochsteckfrisur? Was meinst du?«

Bis auf ihre Fußabdrücke war die Schneedecke unberührt. Trotz Fellstiefeln und pelzgesäumter Jacke war es entschieden zu kalt, aber ihre Eltern sollten nicht jedes Wort mithören. Die waren eh schon völlig panisch, weil Raffael verschwunden war, und bestanden darauf, sie nachher zum Fest zu fahren.

»Was hast du über Ohrringe gesagt?«

Sie drückte sich das Handy dichter ans Ohr, als würde dadurch die Verbindung besser. In Arken konnte man den Empfang vergessen, und selbst hier in Goldau musste man Glück haben, wenn man telefonieren wollte.

Plötzlich war die Leitung tot. Samira verdrehte die Augen und wählte erneut die Nummer ihrer Freundin. Torfmoor war zwar ein hässliches Nest, aber wenigstens hatte ihre Freundin da Empfang.

»Ja, Süße, das Netz war wieder weg. Nein, er hat mir immer noch nicht geschrieben.«

Sie hob die Augenbrauen und blickte auf das Handydisplay.

»Quatsch, was soll ihm denn passiert sein? Wir sind in Arken. Den letzten Mord gab es hier vor der Erfindung des Telefons.«

Sie lief den Garten hinunter. Immer wenn sie telefonierte, musste sie sich dabei bewegen. Raffael machte das wahnsinnig, aber sie konnte es nicht abstellen.

»Was sagst du? Titus, der Loser, ist auch weg? Ach, der verkriecht sich bestimmt nur unter seinem Bett. Er weiß, dass die Füchse noch eine Rechnung mit ihm offen haben.«

Es knackte in der Leitung. Sie lauschte, wartete und schüttelte das Telefon. Dann hörte sie ihre Freundin wieder.

»Dann solltest du vielleicht aufhören, diesen *Laternen*-Blödsinn zu lesen. Raffi sitzt mit Sicherheit nicht in einem Ufo.«

Samira lief den weitläufigen Garten hinab. Er bestand aus einer rechteckigen Fläche Golfrasen, groß genug, dass ein kleiner Jet darauf landen konnte, und zwei Buchsbäumen. Auf der rückwärtigen Seite grenzte er direkt an den Arkener Forst. Als Kind hatte sie im Wintergarten gesessen und darauf gewartet, dass die Rehe aus dem Wald kamen und die Brotkruste fraßen, die sie dort für sie hingelegt hatte. Das endete, als ihr Vater davon erfuhr. Er wollte nicht, dass die »Viecher« seine Buchsbäume anfraßen und auf seinen Rasen machten.

Mit dem Telefon in der Hand hatte Samira inzwischen die ersten Bäume des Waldes erreicht. Sie schnippte gegen einen der Tannenzweige und sah zu, wie der Schnee herabrieselte.

»Was? Nein! Das Eis ist viel zu dick, um einzubrechen. Ich wette, er ist bei diesem Miststück Rebecca und hat sein Handy ausgemacht, damit ich nicht rausfinde, wo er ist. Ich hab doch gesehen, wie die ihn anflirtet. Wenn er wirklich bei ihr ist, wird er sich wünschen, er wäre in den See gefallen.«

Sie gab ein spöttisches Lachen von sich und hielt das goldene Handy vor sich, um in der Spiegelung ihre Frisur zu überprüfen.

»Du glaubst doch nicht, dass seine Freunde verraten würden, wenn er bei einer anderen ... Warte mal kurz.«

Sie nahm das Handy vom Ohr und blickte in den Wald. Irgendwas hatte sich da bewegt. Vielleicht ein Reh? Jetzt lag alles wieder still da. Nein, da war nichts. Samira drehte sich zum Haus um. Es war eh viel zu kalt hier draußen.

»Ach, wenn er mein Outfit sieht, wird er Rebecca sofort vergessen.« Sie machte einen Schritt auf das altehrwürdige Anwesen ihrer Eltern zu. Mit den kleinen Türmchen und Erkern sah es aus wie ein Märchenschloss, und sie war die Prinzessin.

Die Lichterketten, die um die Buchsbäume hingen, flackerten und erloschen.

»Ja, genau. Bussi, bussi, Süße. Ich ...«

Die Verbindung war schon wieder weg. Samira warf den Kopf in den Nacken, dass ihre funkelnden Kreolen klingelten, und stieß eine Wolke Atemluft in die Nachtluft.

Den großen Schatten, der hinter ihr aufragte, bemerkte sie nicht. Sie schaffte es nicht mal zu schreien, als sich die Klauen um sie legten.

Nur das goldene Handy blieb auf dem Schnee zurück und die Schleifspuren, die zwischen die Bäume führten.

Kriegsrat

Adrian rutschte auf seinem Stuhl hin und her. Es dauerte lange, bis er Schritte aus dem ersten Stockwerk hörte. Barnaby hatte schon vor Minuten angefangen, hart gekochte Eier zu verputzen.

Schließlich hatte es auch der Rest der Familie die Treppe hinunter- und bis an den Küchentisch geschafft. Viola angelte vom Schoß ihrer Mutter aus nach dem Eierbecher, während Eckart versuchte, alles Essbare aus Barnabys Reichweite zu befördern. Björn nutzte die Zeit, den Bestand an Arkensternen zu reduzieren. Obwohl die Lebensmittel auf dem Tisch zusehends weniger wurden, dauerte es ewig, bis alle mit dem Frühstück fertig waren. Währenddessen redete Eckart unentwegt. Seine Beschwerden über den rückständigen Verlag waren immer langweilig, aber heute fühlten sie sich an wie eine Doppelstunde Mathe. Adrians Finger trommelten so laut auf den Tisch, dass ihm seine Mutter besorgte Blicke zuwarf. »Ajan macht Musik!«, verkündete seine Schwester vergnügt und stimmte in den Takt ein. Eine umgekippte Tasse und eine nasse Hose später war das Frühstück beendet.

Seine Mutter strich Adrian beim Abräumen übers Haar. Sie schien nicht zu bemerken, dass er dafür schon zu alt war, oder es war ihr egal.

»Ich gehe schnell die Kleine umziehen, und dann machen wir einen gemeinsamen Winterspaziergang. Was meinst du, mein Kronsohn, willst du mitkommen auf den Weihnachtsmarkt?«

Der Weihnachtsmarkt. Bisher hatte er ihn nur aus der Ferne gesehen. Bratäpfel, Zuckerwatte, Weihnachtslieder und der Duft nach Punsch waren an ihm vorübergezogen, während er mit Lieferungen beschäftigt war. Seine Schwester streckte ihm ihre kleine Hand entgegen, und er umfasste sie.

»Ich hab noch so viele Hausaufgaben. Morgen?«

Seine Mutter strich ihm über die Wange. »In den letzten Tagen habe ich kaum was von dir gesehen.« Ihr Blick tastete sich über sein Gesicht und blieb an den Augen hängen, die ihren so ähnlich waren. Sie seufzte. »Also gut, dann gehen wir morgen noch mal alle zusammen. Und dann möchte ich einen ausführlichen Bericht, welcher Lehrer die Woche am nervigsten war und wie furchtbar das Schulessen schmeckt.«

Und welche Schüler nachts als Werwölfe durch den Wald ziehen, ergänzte Adrian in Gedanken. Er nickte ihr zu und kämpfte sich ein Lächeln ab. »Abgemacht.«

Als nur noch seine Tante, Barnaby und Björn mit ihm am Tisch saßen, änderte sich die Stimmung. Als würden dunkle Wolken am Horizont auftauchen und die Sonne verbergen, legten sich Schatten auf die Gesichter.

Die Schatten wurden länger, während Barnaby erzählte, was ihm Igel gezeigt hatte.

»… und Adrian hat es auch gesehen.«

Die Köpfe von Björn und der Magista ruckten in seine Richtung.

Adrian neigte leicht den Kopf und dachte an die Traumbilder der Nacht.

»Ja. Ein Mann mit einer eisernen Maske, mit Schwert und Hammer bewaffnet, stand unter dem Torbogen einer Burg.«

»Ich denk mal, das wird die alte Burgruine auf dem Katzbuckel sein.« Barnaby grunzte, während er einige Tiegel nach Keksen absuchte.

Adrian hatte die Burg aus der Ferne gesehen, wenn er von Kratzbach aus über die Lochbrücke nach Arken fuhr. War dies tatsächlich die Burg aus seinem Traum? Die Erinnerungen an jene Nacht waren wie Rauch und schwanden immer, wenn er danach griff. Aber er stimmte Barnaby zu: Es könnte sein.

Der Stuhl, auf dem Björn saß, ächzte, als sich der Riese zurücklehnte und die Arme verschränkte. Die aufgerollten Hemdsärmel spannten sich.

»Wir wussten, dass der Tag kommen würde. Zu lange ist der Orden schon auf der Suche nach diesem Ort. Doch den Schleier können sie nicht durchdringen. Arken bleibt außerhalb ihrer Reichweite.«

Die Worte klangen fest, wie in Stein gemeißelt. Fast so, als müsste er sich selbst überzeugen.

Die Magista atmete langsam aus. Ihre Finger spielten mit den Ketten um ihren Hals.

»Ja, wir wussten, sie würden kommen. Aber warum ausgerechnet jetzt? Was hat sie hergelockt? Sind sie der Spur der Verzehrer gefolgt?«

»Ich glaube nicht.« Adrian biss sich auf die Zunge, aber es war schon zu spät. Fragende Blicke richteten sich auf ihn. Costas Worte hallten in seinem Kopf wider. *Es gibt andere, die das gleiche Ziel haben wie ich. Ich habe sie gefunden und gerufen, und sie werden mir*

helfen, meine Söhne zu finden! Sehr bald! Natürlich. Costa hatte gesagt, dass er nicht länger alleine gegen die Dunkelheit kämpfen wollte. Er hatte Hilfe gerufen und damit den Orden nach Arken geführt.

Die bohrenden Blicke wurden fordernder, und Adrian stöhnte auf. Dann sprudelten die Worte wie Wasser aus ihm hervor. Er berichtete von Titus und der Begegnung der beiden Brüder an Julmond, von den Bildern aus der Vergangenheit, die Tonius mit ihm geteilt hatte. Er redete, bis seine Kehle brannte, erzählte von dem Streit von Raffael und Titus und davon, das Costa bei der Polizei gewesen war. Er erzählte alles, was seit Jazz' Ausflug geschehen war, und endete damit, dass Costa anscheinend jemanden zu Hilfe gerufen hatte, um seine Söhne zu finden.

Die Ruhe, die folgte, wog schwer. Selbst das Haus schwieg gebannt. Der Ausdruck in den Gesichtern ließ sich nicht deuten. Ohne jede Regung blickten ihn die drei an. Dann endlich lehnte sich seine Tante zurück.

»So, und du hast bis jetzt gewartet, uns das alles zu erzählen?«

Sie blickte ihn über die zusammengelegten Finger hinweg an. Dabei drückte ihre Miene wenig verwandtschaftliche Gefühle aus. Sie war jetzt ganz die Magista.

»Ich wollte euch nicht damit belasten. Ich dachte, wenn Jazz zurück ist, biegen wir das alles wieder hin.«

Der Igelschamane schüttelte kaum merklich den Kopf. Björn legte seine tellergroßen Pranken auf den Tisch.

»Ich hatte gehört, dass zwei Schüler verschwunden sind, aber ich wusste nicht, wer es ist.«

»Raffael … und Titus Costa«, sagte seine Tante und ließ Adrian dabei nicht aus den Augen.

»Raffael ist auch verschwunden?« Adrian sprang so plötzlich auf, dass sein Stuhl umfiel, und klammerte sich am Tisch fest.

»Er wurde gestern Nacht als vermisst gemeldet. Erst hatten alle angenommen, er wäre bei einem Freund oder bei seiner Freundin. Aber jetzt …«

Tante Lia sprach den Satz nicht zu Ende. Das war auch nicht nötig. Sie alle wussten, was sie dachte.

»Du glaubst doch nicht, dass Titus etwas mit seinem Verschwinden zu tun hat?« Adrians Stimme klang rau in seinen Ohren. Er fuhr sich mit der Zunge über die Lippen. Das konnte nicht sein. Das durfte nicht sein.

Die Magista blieb völlig ruhig, ihr Blick nur auf ihn gerichtet.

»Hast du uns nicht gerade erzählt, dass er und Raffael in der Schule Streit hatten?«

»Ja, schon. Aber Raffael ist auch ein echter Kotzbrocken, der hackt auf allen rum, die er für schwächer hält.«

»Aber Titus ist nicht mehr schwächer. Wir wissen nicht mal, wie viel von dem Titus, den du kennst, noch übrig ist.«

»Aber das macht ihn noch lange nicht zum Täter!«

Oder mich zum Mittäter, weil es auch meine Schuld ist, dass er sich verwandelt hat, dachte Adrian.

Björn meldete sich zu Wort, und seine Stimme ließ die Luft vibrieren, obwohl er nur leise sprach.

»Adrian, sieh dir doch die Fakten an. Titus und Raffael haben Streit. Titus schießt auf seinen eigenen Bruder und verwandelt sich in ein Monster. Am nächsten Tag ist Raffael verschwunden. Das ist mehr als verdächtig.«

Der Schuss war ein Unfall und doch … so, wie Björn es sagte, klang es eindeutig.

»Aber dann müssen wir Titus unbedingt finden«, rief Adrian. »Wir müssen dafür sorgen, dass er sich zurückverwandelt und uns verrät, wo er Raffael versteckt hat.«

Erst als er die bewegungslosen Gesichter sah, wurde ihm klar, dass keiner von ihnen glaubte, dass Raffael noch lebte. Es waren eisige Wintertage, und Raffael war im Wald verschwunden.

Barnabys Stimme klang wie das Rascheln von trockenem Laub.

»Transformationen sind ein gefährlicher Pfad, Junge. Einer, von dem es kein Zurückkommen gibt.«

»Ach ja? Und was ist mit dir? Damals am Bahnhof, als der Sieche hinter mir her war, warst du irgendwo zwischen Mensch und Igel, und du bist zurückgekommen!«

Barnaby nickte und strich sich Krümel aus dem Bart.

»Du und ich, wir sind Schamanen. Die Werwölfe sind es nicht. Katze und Igel haben uns eine Verbindung angeboten, und wir haben sie angenommen. Wir dienen ihnen, vermitteln in ihrem Namen zwischen den Welten. Wolf ist anders. Titus und die anderen gehören Wolf seit der Stunde ihrer Geburt. Der Wolf ist Teil ihres Seins. Titus wird nicht zurückkommen.«

Wolf gibt seine Beute nicht wieder her, erklang auch Katzes Stimme in Adrians Kopf.

Er ließ sich auf den Stuhl sinken und stützte den Kopf auf. Die Hand der Magista legte sich auf seine Schulter, klein und schwach wie ein Vogel.

»Sorge dich nicht zu sehr um Titus. Dem Orden sollten jetzt all unsere Gedanken gelten. Die Ordensbrüder sind eine Bedrohung für alle Magika in Arken.«

Adrian blickte auf. In den Augen seiner Tante sah er etwas, was er darin noch nie gesehen hatte: Angst.

»Hör mir gut zu, Adrian. Nichts ist wichtiger, als dass der Orden wieder abzieht. Und das wird erst geschehen, wenn sie haben, wonach sie suchen.«

Adrian nickte müde. Er war in Gedanken immer noch bei Titus,

der keine Wahl gehabt hatte. Dessen ganzes Leben auf diese Nacht im Wald hinausgelaufen war, weil er einen Teil von sich nicht akzeptieren konnte.

»Die Brüder gehen erst, wenn sie das Monster haben, das für die verschwundenen Kinder verantwortlich ist«, brummte Björn.

Adrian nickte abwesend. Doch dann dämmerte ihm, was die Worte bedeuteten.

»Warte mal. Soll das heißen, sie wollen Titus? Aber wir wissen doch gar nicht sicher, ob er etwas mit alldem zu tun hat.«

Die Magista wirkte auf einmal größer, wie ein Fels, der sich aus der Brandung schob, unnachgiebig und abweisend.

»Das ist leider ohne Bedeutung. Es geht um die Sicherheit aller in Arken. Der Orden des Hammers ist gekommen, um ein Monster zu fangen, und sie werden nicht ruhen, bis sie eins haben.«

»Also opfern wir Titus, damit wir in Frieden leben können?« Adrian hatte erwartet, dass sie wegschauen würden. Dass Scham in ihren Gesichtern zu lesen wäre. Aber er sah nur Härte, wo er Milde kannte.

»Das Leben ist kein Kinofilm, Adrian. Wir haben nicht die Wahl zwischen Richtig und Falsch. Wir können uns nur zwischen Falsch für wenige und Falsch für viele entscheiden. Titus Costa ist wahrscheinlich für das Verschwinden und vielleicht den Tod von Raffael verantwortlich. Aber auch wenn nicht: Wenn sein Opfer bedeutet, dass Arken sicher ist, dann werden wir es bringen.«

Björn legte die Finger seiner breiten Hände wie zu einer Mauer aneinander. »Wenn der Orden merkt, dass es in Arken mehr als ein Monster gibt, werden sie die ganze Stadt in Brand setzen und keinen Stein auf dem anderen lassen, bis sie alle vernichtet oder gefangen haben.«

Selbst Barnaby schien sich mit der Situation abgefunden zu haben. Er schob den Keks in seiner Hand zu Adrian hinüber.

»Es gibt eine Zeit zu kämpfen und eine Zeit, sich zusammenzurollen, die Stacheln zu zeigen und zu hoffen, dass jemand anderes gefressen wird.«

Adrian blickte sie einen nach dem anderen an. Er erkannte sie nicht wieder.

»Das kann unmöglich euer Ernst sein. Wir können ihn doch nicht einfach opfern …«

Die Magista schlug auf den Tisch, und die Lichter im Haus erstrahlten. »Arkens Sicherheit wurde immer auf Opfern gebaut. Du weißt nicht, wie viele Frauen aus unserer Familie für diese Zuflucht gestorben sind. Deine Oma, meine Schwestern haben ihr Leben für Arken gegeben. Sie wurden von den Nachtschattenhexen verraten und zusammen mit anderen Schwestern erschlagen, damit Arken Frieden kennt. Arken ist die letzte Zuflucht, und sie muss um jeden Preis geschützt werden!«

Bei den letzten Worten zitterte ihre Stimme. Tassen und Untertassen klapperten. Die Türen der Schränke schlugen auf und zu. Bilder fielen von der Wand. Björn warf Adrian warnende Blicke zu und legte der Magista sachte die Fingerspitzen auf den Arm.

Schlagartig war es vorbei. Die Ruhe nach dem Sturm.

Die Magista sank in sich zusammen, als wäre sie sämtlicher Kraft beraubt. Björn hob die Decke auf, die ihr von den Schultern gerutscht war, und legte sie ihr wie einen Mantel um.

Die Magista griff nach seinem Arm und erhob sich langsam. Bevor sie durch den Vorhang trat, drehte sie sich noch einmal um und sprach mit einer Stimme, die leicht klang und hart wie Diamant zugleich.

»Und damit wir uns richtig verstehen, Adrian. Du hast Hausarrest, bis der Orden wieder abgezogen ist.«

Das Winterfest

»Nun geh schon, Piepmatz.« Merles Opa lächelte ihr zu, als würden sie ein Geheimnis teilen. »Du weißt, dass ich deine Oma auf einem Schulfest kennengelernt habe?«

Ein stoppliger weißer Bart, eine Brille mit dickem Rahmen, ein Gebirge aus Falten um die Augen und eine bunte Pudelmütze auf dem Kopf. Und doch konnte Merle kurz den jungen Mann in ihm sehen, der vor Jahrzehnten auf dieselbe Schule gegangen war wie sie jetzt. Irgendwas von dem Jungen war in ihrem Opa erhalten geblieben.

Merle tippte sich mit dem Finger gegen das Kinn.

»Hmm, nein, ich glaube, diese Geschichte habe ich noch nie gehört.«

Der Alte lachte und klopfte auf das Lenkrad des Traktors.

»Na gut, ich hab schon verstanden. Aber du wirst sehen, wenn du so alt bist wie ich, wirst du genauso oft von dem heutigen Abend sprechen, da bin ich mir sicher.«

Er zwinkerte ihr zu und stieß ihr leicht den Ellenbogen in die Seite. Merle kämpfte sich ein Lächeln ab. Sie brachte es nicht übers Herz, ihrem Opa zu sagen, wie sehr er danebenlag.

Das Lachen, das sie von sich gab, war noch unechter als ihr Lächeln. »Wir werden sehen.«

Merle kletterte vom Radkasten.

»Vergiss deine Gitarre nicht.« Der Alte griff hinter den Sitz und reichte ihr den Seesack. Sie warf ihm eine Kusshand zu und lief weiter die Straße zur Schule hinab.

Sie hatte sich extra in einiger Entfernung absetzen lassen, obwohl sie sicher nicht die Einzige war, die mit dem Traktor gebracht wurde. Sie wollte einfach nicht, dass die anderen ihren Opa sahen. Wenn sie sich Sprüche anhören musste, war das eine Sache, aber sie würde es nicht ertragen, wenn man sich über ihren gutherzigen Opa lustig machte.

Weitere Autos fuhren die Straße hinunter. Die meisten davon Jahrzehnte älter als Merle. So war das nun mal in Arken. Nichts aus diesem Jahrtausend schien es unbeschadet über die Stadtgrenzen zu schaffen.

Das Schulgebäude zeichnete sich groß und finster vor ihr ab. Ein Monument dräuenden Unheils. Wie viele Kinder waren vor ihr durch diese Schulhölle gegangen, wie viele hatten hier Narben bekommen, die sie ein Leben lang trugen?

Mädchen in langen Abendkleidern und dicken Winterjacken stiegen aus Autos und steuerten auf die Schule zu. Merle stach mit ihrer löchrigen Jeans und der dunklen Lederjacke hervor wie eine Motte unter Schmetterlingen.

Frau Herdera stand am Eingang und begrüßte alle überschwänglich.

»Wunderbar, Merle, ich bin schon so gespannt auf deinen Auftritt. Du wirst dich danach sicher bei uns viel mehr zu Hause fühlen.«

Merle zuckte mit den Schultern. Sie war nur hier, damit die Frau sie in Ruhe ließ. Mädchen und Jungen in bunten Kleidern und grauen Anzügen drängten sich an ihr vorbei, darunter einige bekannte Gesichter. Aber die, die sie nicht sah, fielen ihr mehr auf.

Adrian war nicht da, auch von Kassandra fehlte jede Spur. Kein Titus und keiner der Wehrwölfe schienen sich blicken zu lassen. Selbst das Putengeschwader schien heute nicht vollständig zu sein.

Aber es war noch früh. Sie würden kommen. Und vielleicht war es wirklich an der Zeit, den Hinterwäldlern in Arken zu zeigen, was sie konnte.

Alle waren sie gegangen, nur Adrian war übrig geblieben.

Björn, Barnaby, ja, selbst seine Tante hatten die Eschenallee 26 verlassen, um die Magika in Arken zu warnen. Adrian aber hockte in seiner Dachkammer und schaute aus dem Fenster. Hausarrest! Dabei wollte er doch nur helfen. Vielleicht glaubten sie alle, dass es keinen anderen Weg gab, als Titus dem Orden zu opfern, aber was, wenn sie unrecht hatten und er unschuldig war? Sollten sie nicht vorher alles andere versucht haben? Wenn sie Adrian doch wenigstens eine Chance gegeben hätten, etwas zu tun. Aber nein, Hausarrest.

Natürlich war Adrian sofort zur Haustür geschlichen, als sie weg waren. Aber die Tür ließ sich nicht öffnen. Nicht, dass sie abgeschlossen war, sie hatte ja nicht mal ein Schloss, sie ließ sich nur einfach nicht öffnen. Als seine Mutter und Eckart kurze Zeit später zurückkamen, funktionierte sie wie immer. Magie konnte so verdammt frustrierend sein. Er hatte versucht, mit dem Haus zu reden, es zu überzeugen. Er hatte sich sogar an einem Ritual versucht, aber die einzige Reaktion war das Knirschen und Knarren von Dachbalken. Als hätte

ihm das Haus den Rücken zugewandt, ignorierte es jeden Versuch, den er unternahm.

Erneut blickte er aus dem Fenster. Diana hatte es irgendwie geschafft, an der Fassade emporzuklettern. Doch die Dachziegel vor seinem Fenster sahen eisglatt aus, und darunter ging es senkrecht drei Stockwerke hinab. Er würde sich bei dem Versuch, hinunterzuklettern, nur die Knochen brechen. Diana war leichter, geübter und dazu noch ein Werwolf. Adrian richtete sich auf. Aber er kannte jemanden, den er um Hilfe bitten konnte.

Kurz darauf hatte er die Kerzen neben seinem Katzenschrein entzündet. Die Sardinendose was aufgeklappt. Die geschnitzte Katze lag auf einem Bett aus Vogelfedern. Auch Wasser, Salz und Brot hatte er bereitgestellt. Adrian hockte sich davor. Und jetzt? Was genau sollte er tun? Es war ja nicht so, als wenn es ein Handbuch für angehende Schamanen gab. Er schloss die Augen.

Katze, wenn du mich hörst, ich bitte diesmal nicht für mich, aber ich brauche deine Hilfe. Ohne dich schaffe ich es nicht.

Was er hörte, waren keine Worte, mehr ein Eindruck, der vor seinem inneren Auge entstand. Das Gähnen einer Katze. Die Augen geschlossen, die Zunge eingerollt.

Was sollte das heißen?

Der Altar, Vogelfeder und Sardinen, wie geschmackvoll. Bist du da ganz von allein draufgekommen? Und die Zeichnung der überfahrenen Ratte ist ja bezaubernd.

Adrian fragte sich kurz, ob eigentlich alle Tiergeister sarkastisch waren.

»Danke, ich freue mich, dass sie dir gefällt. Ich wollte eine Schüssel Hundefutter dazustellen, hab aber keins gefunden.«

Ich frage mich gerade, ob ich dich nicht einfach vom Dach stürzen lassen sollte.

»Dann müsstest du dir ja wieder einen neuen Trottel suchen und von vorne anfangen.«

Hach, ihr Sterblichen, mit euch ist es ohnehin immer so schnell vorbei.

»Also?«, fragte Adrian vorsichtig nach und starrte auf die kleine Holzkatze in der Fischdose.

»Sind wir wieder okay miteinander?«

Ich weiß nicht, wovon du sprichst, Kleiner.

Adrian grinste. War klar, dass Katze so tun würde, als wäre nichts gewesen. Ein Wesen, das in einem Moment brutal eine Maus tötete und sich im nächsten den Hintern leckte, blickte nicht zurück.

»Also hilfst du mir?«

Sicher. Also, vor allem müsste der Schrein größer sein. Eine Statue in Lebensgröße wäre das Mindeste. Gold könnte auch nicht schaden, und frischer Fisch ist eine Selbstverständlichkeit.

Wieso hatte Adrian überhaupt eine Antwort erwartet?

Er löschte die Kerzen, klappte die Dose zusammen und steckte sie ein. Man konnte ja nie wissen. Dann stopfte er ein paar Kerzen und was ihm sonst noch sinnvoll erschien in einen Rucksack und setzte sich auf das Fensterbrett.

»Also, Katze, ich würde mich riesig freuen, wenn du mich nicht abstürzen und qualvoll sterben lässt. Ich verspreche auch, dass ich später eine bessere Zeichnung für dich mache.«

Keine Antwort, aber er hatte auch mit keiner gerechnet. Adrian setzte einen Fuß auf das Dach und schob sich durch das offene Fenster. Gesteigerte Sinne oder besondere Kraft spürte er nicht, dafür aber Dachziegel, die an ihm vorbeischossen. Seine Finger fanden auf den glatten Ziegeln keinen Halt, und das Ende des Daches schoss auf ihn zu.

KATZE, BITTE!

Die Zeit wurde langsamer. Er sah eine Schneeflocke vor sich in der Luft stehen. Er erkannte das feine Kristallmuster und die sternförmigen Arme. Er roch den Schnee in der Luft, das Buchenholz, das jemand drei Häuser weiter verbrannte, und das Nest der Eichhörnchen unter dem Dach. Er sprang ab, drehte sich rückwärts in der Luft, schoss an der Regenrinne vorbei und bekam einen Vorsprung zu fassen. Aus dem Schwung der Bewegung flog er zu dem Rosengitter und hielt sich daran fest. Dann war es vorbei. Kürzer als ein Atemzug hatte ihm Katze ihre Gunst gewährt. Wesentlich weniger geschickt schob er sich an dem Rosengitter hinab, zertrat zwei Sprossen, verlor den Halt und schlug auf dem Boden auf.

Ich habe schon Felsen eleganter zu Boden stürzen sehen, hörte er die gelangweilte Stimme von Katze in seinem Kopf.

»Du hättest mir ja auch einfach bis unten helfen können.«

Wo bliebe denn da der Spaß?

Adrian fürchtete schon jetzt den Tag, an dem es Katze Freude bereiten würde, ihn von einem Bus überfahren zu lassen. Er schüttelte die Gedanken ab, lauschte, und als er nichts hörte, eilte er zu seinem Rad.

Er trat in die Pedalen und stellte fest, dass sich der Blitz schneller bewegte als sonst. War es die Übung, die fehlende Beladung oder Katzes Hilfe? Ganz egal, Hauptsache, er kam schnell voran. Er wusste genau, wo er Titus suchen musste, er wusste nur nicht, wie er dorthin kommen sollte. Also rief er sich die Bilder des Traums vor Augen. Titus auf zwei Wolfsbeinen den Mond verfluchend und vor ihm ein steinernes Kreuz. Ein Kreuz, das er aus Tonius' Vision kannte. Das Grab ihrer Mutter. Es war ein Ort im Wald, aber der Arkener Forst war weitläufig. Er ahnte, dass das Grab nicht auf dem Friedhof war, er hatte jedenfalls keine weiteren Grabsteine gesehen. Daher würde er an Costas Wohnwagen anfangen. Es musste ja einen Grund geben, warum der mitten im Wald stand.

Die Räder sirrten durch die einbrechende Nacht. Autoscheinwerfer zogen als rot leuchtende Augenpaare vorbei. Mehr, als er sonst auf den holperigen Straßen sah. Ein Wagen überholte ihn. Im Seitenfenster sah er ein Mädchen in einem Abendkleid. Dann war das Auto vorbei. Natürlich, das Winterfest war ja heute Abend! Adrian hatte es völlig vergessen. Er seufzte. So viel also zu einem normalen Leben.

Merle wurde zusammen mit den anderen Schülern in den Speisesaal geschwemmt. Irgendjemand musste viel Zeit und Mühe darauf verwandt haben, den Raum in einen Konzertsaal zu verwandeln.

Scheinwerfer waren an einem Gerüst befestigt und strahlten auf eine dunkle Bühne, auf der außer einem Barhocker nichts stand. Selbst gebastelte Transparente hingen von der Decke und zeigten Schneemänner, Schlitten und Tannenbäume. Riesige Schneeflocken aus Styropor waren auf die Fenster geklebt. *Die Bettina-von-Arnim-Schule begrüßt alle Schüler zum Winterfest!* Das Banner hing bedrohlich wie ein Henkersbeil über der Bühne. Die ersten Schüler hatten sich schon versammelt, tranken Punsch und lachten übertrieben. Merle war ganz offensichtlich nicht die Einzige, die sich hier unwohl fühlte. Die Schüler wirkten schriller und aufgekratzter als sonst. Sie beobachtete ein Mädchen mit Zahnspange, das in einer Scheußlichkeit aus schillernden, hellblauen Rüschen steckte und sich darin so wohlzufühlen schien wie in Glaswolle. Ob sie das Kleid von ihrer Oma geerbt hatte? Na, wenigstens war Merle in ihren eigenen Klamotten gekommen.

Das Licht wurde gedimmt, Gemurmel wurde zu Flüstern. Die Schulleiterin betrat die Bühne und zog einige Karten aus ihrem Hosenanzug. Scheinwerfer strahlten sie an.

Das übliche Blabla über besinnliche Vorweihnacht, Mittwinter und Miteinander war zu hören. Als Merle schon fürchtete, sie würde gar nicht mehr aufhören, kam der Teil, den sie befürchtet hatte.

»… nicht länger reden. Bevor unsere Schulband Fuchsschwanz loslegt, begrüßen wir eine unserer talentiertesten Schülerinnen auf der Bühne: Merle!«

Der Scheinwerfer fand sie, und sofort wurden ihre Finger feucht. Sie machte einen Schritt nach vorn. Köpfe drehten sich in ihre Richtung.

Es war still wie unter dem Meer. Merle machte noch ein paar Schritte. Frau Herdera begann zu klatschen, einige Schüler stimmten ein und machten es dadurch nur furchtbarer. Als Merle die Stufen zur Bühne hinaufging, sah sie eine der Puten in den Speisesaal stürmen.

Merle blickte nur auf den Boden vor sich. Das Getuschel der andern wurde zu Hintergrundsummen. Die blendenden Scheinwerfer ließen die Schüler verschwinden. Sie wurden zu einer grauen Masse irgendwo hinter dem Licht.

Merles Hände waren feucht. Der Knoten im Seesack wollte sich nicht öffnen. Jemand lachte im Publikum. Merles Finger bewegten sich wie eingerostete Scharniere, ungelenk und steif. Endlich hatte sie die Gitarre befreit und kletterte mit ihr auf den entsetzlich hohen Barhocker.

Jetzt hatte sie es doch getan. Sie hatte vom Boden aufgeblickt und die Schüler in der ersten Reihe gesehen. Verschlossene und neugierige Mienen, aber keine bekannten Gesichter. Wo war Adrian? Wo war Kassandra? Sie ließ den Blick über die Menge schweifen, aber die bunten Haare waren nirgends zu sehen. Das Publikum wurde unruhiger, und vom Flur her schob sich Geflüster wie eine Woge voran.

Merle räusperte sich. Das Mikrofon schickte eine Rückkopplung durch den Saal. Einige Kinder hielten sich die Hände vor die Ohren.

Merle biss sich auf die Wange. Also los. Einfach nur spielen und dann verschwinden.

Aus dem Geflüster kristallisierten sich einzelne Worte, je näher es der Bühne kam.

... Verschwunden ... Nur das Handy ... Keiner weiß, wo sie ist. ... Einfach weg.

Merle griff nach dem Plektrum. Das rote Stück Plastik leuchtete zwischen ihren dunklen Fingernägeln. Sie atmete aus und schlug den ersten Akkord an.

Ein Geräusch wie rostige Fingernägel auf einer Schiefertafel. Das Plektrum fiel zu Boden.

Einige Kinder johlten, andere klatschten betont langsam. Merles Blick huschte in die erste Reihe, noch immer kein freundliches Gesicht. Der Scheinwerfer brannte auf sie herab, Schweiß lief ihr über die Stirn. Bildete sie sich das ein, oder zeigte das Mädchen in dem hässlichen Rüschenkleid auf sie, während es sich die andere Hand vor den Mund hielt?

Merle schluckte. Gut, dann eben ohne verdammtes Plektrum. Ihre linke Hand griff G-Dur mit allen vier Fingern, die rechte strich über die Saiten, aber ihre Ohren erfassten nur Frau Herderas kaum unterdrücktes Flüstern.

»Noch ein Kind verschwunden?«

Merle griff den nächsten Akkord, schlug ihn an und hörte sofort, dass ihre Finger im falschen Bund lagen. Der verquere Ton wurde von der Schulleiterin überlagert.

»Samira, Raffaels Freundin? Aber wie ...«

Merle gefror. Ihr Kopf drehte sich ohne ihr Zutun zur Rektorin, die ganz blass geworden war, während sie mit einem anderen Lehrer sprach. Ein Klirren ganz in Merles Nähe ließ sie aufsehen. Da war das Geräusch noch mal. Dann spürte sie, wie etwas von ihr abprallte und

zu Boden fiel. Die rote Münze drehte sich um sich selbst und blieb dann liegen.

Das Publikum erwachte wie ein Ungeheuer aus seinem Winterschlaf.

Die ersten Zombierufe erklangen und wurden von anderen Stimmen aufgenommen. Kleingeld regnete auf die Bühne.

»Was hast du mit Samira gemacht!«, kreischte das Mädchen im Rüschenkleid. Merle rutschte die Gitarre aus der Hand und fiel scheppernd auf den Boden. Etwas knallte gegen ihre Stirn. Sie sah einen rothaarigen Jungen grölen und seinen Freund anfeuern, der erneut zum Wurf ausholte. Finger wurden zu Kreuzen erhoben. *Zombie, Zombie!* schallte es ihr in Wellen entgegen. Sie fiel vom Hocker, fing sich ungeschickt auf, während das Möbelstück hinter ihr zu Boden fiel. Das Licht blendete sie. Zombierufe, Gelächter und die ersten Plastikbecher folgten ihr, als sie ihre Gitarre packte und von der Bühne taumelte. Sie sprang nach hinten von der Bühne und stürmte an der Schulband und einem Lehrer vorbei, die sie aus großen Augen anstarrten. *Nur raus hier und nie wiederkommen.* Sie hatte es gewusst. Sie hatte die ganze verdammte Zeit gewusst, dass sie scheitern würde. Sie konnte einfach nicht spielen, wenn so viele Leute zusahen. Und jetzt sollte sie auch noch schuld sein, dass Samira verschwunden war!

Warum war sie nicht zu Hause geblieben? Was hatte sie erwartet? Dass sie von ihren Freunden für einen krassen Auftritt abgefeiert würde? Von welchen Freunden denn? Jazz, Juri, Adrian, Kassandra – niemand war gekommen. Und es war ihr scheißegal, ob das ungerecht war, weil Jazz nicht mal in Arken war. Jeder ließ sie zurück. Ihre Mutter, ihr Vater …

Und die, die übrig blieben, die ganze verdammte restliche Schule, hassten sie jetzt.

Sie stolperte über das verschneite Pflaster und rutschte über die Steine. So ein ungerechter Kackmist!

Zum Glück war hier niemand. Sie lief auf den Ausgang zu, schnappte sich das alte Rad, das dort immer stand, schwang sich darauf und trat in die Pedale. Aus den Augenwinkeln glaubte sie, Kassandra zu sehen, eng umschlungen mit einem Jungen. Tränen brannten auf ihren Wangen, aber das musste an dem kalten Wind liegen.

Als Adrian Costas Wagenburg erreichte, waren die Fenster dunkel. Das ganze zusammengestückelte Gebilde lag so ruhig vor ihm, als wäre es seit Tagen verlassen. Selbst die Weihnachtsbeleuchtung war abgedreht. Trotzdem konnte er den Wohnwagen gut erkennen. Die Plane des Vordachs war aufgerollt und gab einen Blick ins Innere frei. Alles sah noch so aus wie am gestrigen Morgen.

Adrian ließ das Rad stehen, wo es war, und umrundete den Wohnwagen. Europaletten, auf denen rechteckige Pakete standen, durch Plastikplanen halbherzig vor Regen geschützt. Adrian brauchte sich nicht zu fragen, was da drin war. Die *Arkenlaterne* wurde entweder in einer riesigen Auflage gedruckt, oder kaum jemand kaufte sie.

Zusammengeklappte Campingmöbel, eine winzige Holzhütte, in deren Tür ein herzförmiges Loch geschnitten war. Ein Ort, an dem Adrian nicht suchen würde. Und dann ein dunkles Band aus platt getretener Erde, das sich durch den Schnee wand und zwischen Tannen verschwand. Der Pfad führte Adrian tiefer in den Wald. Die Bäume schirmten ihn vor dem Licht des Mondes ab, aber er sah den Pfad dennoch deutlich vor sich. Fußabdrücke, alte und neue, überlappten einander. Costa musste diesen Weg häufig benutzen. Von Zeit zu Zeit blieb Adrian stehen und legte den Kopf schief, um besser hören zu

können. Ein Rabe krächzte ihm zu und erhob sich in die Nacht. Vielleicht war es der gleiche Rabe wie aus seinem Traum. Er folgte dem Pfad über einen umgestürzten Baum und bemerkte ein Schimmern im Unterholz. Aber da war noch mehr. Der Wind hatte sich gedreht und trug den unverkennbaren Geruch von Mensch heran.

Dann erkannte er auch die Zwillingstanne aus seinem Traum. Ein Stamm gabelte sich und wuchs als zwei Bäume empor. Vor dem Stamm der Tanne brannte ein rotes Grablicht. Eine Taschenlampe lag unweit davon und strahlte eine gebeugte Gestalt an. Adrian ging weiter, bis er das Grabmal sah, das gegen den Baum lehnte. Ein steinernes Kreuz, vor dem Blumen lagen und neben dem Cesare Costa kniete. Der Mann hatte beide Hände auf den Grabstein gebettet, als würde er sich daran festhalten. Viel mehr war ihm von seiner Familie nicht geblieben, und all das nur, weil er die Welt um sich herum nicht kannte und nur erahnte, dass irgendwas nicht stimmte. Als er den Mann schluchzen hörte, trat Adrian auf einen Ast, um sich bemerkbar zu machen.

Costa schreckte auf.

»Wer ist da?«

»Ich bin es. Adrian Eisenhut.«

Der Mann drehte sich in seine Richtung.

»Der Neffe von Frau Eisenhut? Hat sie dich geschickt?«

Adrian nickte, erinnerte sich dann aber daran, dass er ihn in dem dunklen Wald nicht sehen konnte. »Ja und nein«, sagte er. »Tonius hat mir von diesem Ort erzählt, von dem Grab seiner Mutter.«

Der Mann leuchtete mit der Taschenlampe umher, bis er Adrian fand. Ein helles Gesicht in dem nächtlichen Wald.

»Er hat dir davon erzählt?«

Adrian ging weiter auf Cesare zu und überlegte, was er sagen konnte.

Als er vor ihm stand, nickte er nur.

»Er hat mir auch berichtet, was er seinem Bruder bei ihrer Beerdigung versprochen hat.« Er beugte sich zu dem Grabstein hinab. »Und wie sie gestorben ist.«

Cesares Haare standen ungekämmt vom Kopf ab. Die Brille rutschte ihm über die Nase. Der Mund stand halb offen.

»Ich wusste nicht, dass er mit anderen darüber spricht.«

Auch er blickte jetzt wieder auf das Grab. »In den letzten Monaten hat er kaum mit mir geredet. Du musst ihm sehr nahestehen, wenn er dir davon erzählt hat. Es ist gut, dass er solche engen Freunde hat.«

»Ich hoffe, er sieht das auch so.« Eine Lüge erzwang die nächste. Die Halbwahrheiten türmten sich zu einem wackligen Gebäude auf, das über ihm zusammenbrechen würde. Was hatte Jazz damals über Barnaby gesagt? Das Schlimme an Lügnern ist, dass sie auch die Wahrheit sagen. Aber wie konnte er Costa von einer Welt erzählen, die er nicht sehen konnte, deren Auswirkungen ihn aber direkt betrafen?

Siehe, was da ist.

Adrian hob den Kopf. Siehe, was da ist, hatte ihm Katze damals schon im Kaninchenbau gesagt, als sich sein Verstand weigerte, die Realität hinter dem Schleier anzunehmen.

Ein fremder Geruch mischte sich unter den von Tannennadeln und nassem Laub. Er schloss die Augen. Sein Herzschlag war laut. Er hörte Costa ausatmen und den Boden unter seinen Sohlen knirschen. Schnee rutschte von den Ästen einer nahen Tanne, und da war es, ein rhythmisches Geräusch, nicht unähnlich dem Schnaufen von Costa, aber anders: tiefer und weiter weg. Ein Wolf. Das Hecheln verstummte, als Adrian die Augen öffnete. Costa und er waren nicht länger zu zweit.

Adrian schluckte. Er hatte schon einmal versagt. Das durfte nicht

noch mal geschehen. Seine Finger umklammerten die Dose mit dem Talisman. Katze, steh mir bei.

»Es gibt etwas, dass ich Ihnen über Ihre Söhne erzählen muss.«

Costa richtete mit geweiteten Augen die Lampe auf ihn. Mit einem Finger schob er sich die Brille auf die Nase. Hoffnung und Angst schwangen in seiner Stimme.

»Du hast sie gesehen?«

Adrian blickte sich um. Er spürte, wie der Wolf näher kam, konnte ihn aber nicht sehen.

»Titus … Er ist in einer schwierigen Situation, und er braucht Ihre Hilfe …«

»Alles! Ich würde alles tun für meine Söhne. Wo ist er? Bring mich zu ihm.« Costa hatte Adrians Arm gepackt. Seine Finger bohrten sich durch die Jacke.

»Es ist nicht so einfach. Es hat mit dem Unfall zu tun und …« Er blickte Costa in die Augen und hob die Handflächen.

»Und damit, dass Ihnen niemand glaubt. Ich weiß, was Sie in jener Nacht gesehen haben. Sie haben recht, es gibt eine Welt neben der, die wir kennen. Aber Sie irren sich, was diese Welt angeht.«

Costa ließ langsam seinen Arm los. Seine Lippen öffneten und schlossen sich, ohne jeden Laut. Adrian sprach weiter, gab ihm keine Zeit für eine Frage.

»Diejenigen, die Sie für Monster halten, sind in Wirklichkeit Opfer. Opfer von Krankheiten oder unglücklichen Umständen. Es gibt keine Verschwörung, nur eine Welt, die Sie nicht verstehen.«

Falten zerfurchten Costas Stirn. Er blinzelte mehrmals.

»Wa-Was willst du mir sagen?«

Der Wolf war nun so dicht, dass Adrian ihn riechen konnte, nasses Fell, Erde, Blut. Er schluckte. Was, wenn er sich irrte? Was, wenn nichts von Titus übrig war und der Wolf sich wie eine Bestie

auf sie stürzte? Würden Costa und er hier im Wald verschwinden wie Raffael? Der Gedanke wurde von dem Bild einer gähnenden Katze zurückgedrängt. Adrian atmete tief ein. Er war nicht allein.

»Wolfsbane, der Superheld, den Tonius für Titus gebaut hat, damit er besser einschlafen konnte. Der Silberpfeil, das Fahrrad, auf dem beide gefahren sind, weil nicht genügend Geld für zwei Räder da war …«

Costa schüttelte den Kopf. Die Furchen auf seiner Stirn glätteten sich und bildeten sich sofort wieder neu.

»Hat Tonius dir das alles erzählt?«

»Ich habe Tonius nur ganz kurz gekannt. Was ich über Ihre Familie weiß, hat er mir nicht gesagt, er hat es mir gezeigt.«

Costa kniff fragend die Augen zusammen.

Etwas knackte ganz in der Nähe.

»Ich weiß, warum Ihre Söhne verschwunden sind. Sie sind nicht fortgelaufen. Sie haben sich nur verändert.«

»Verändert?« Costas Stimme war ein heiseres Echo.

Adrian fühlte schon den Atem des Wolfs, er war nur noch einen Sprung entfernt.

»Tonius und Titus haben diese andere Welt betreten, in die Sie einen kurzen Blick geworfen haben, und sie sind dort geblieben. Sie würden sie jetzt nicht mehr erkennen.«

»Was soll das alles heißen? Ich bin ihr Vater, ich werde sie immer erkennen!«

Ein Ast brach unmittelbar neben ihnen, so laut, dass auch Costa es hörte. Sofort richtete er die Taschenlampe in die Richtung. Das Licht schnitt einen hellen Kreis aus den dunklen Tannen. Dann bewegten sich die Zweige langsam, wie von einer unsichtbaren Kraft bewegt.

»Bitte erschrecken Sie sich nicht. Was dort zwischen den Bäumen wartet, ist Teil Ihrer Familie.«

Tannennadeln fielen zu Boden, als die Äste auseinandergedrückt wurden. Braunes Fell erschien zwischen den Zweigen. Der Lichtstrahl wanderte nach oben. Ein gewaltiger Wolfskopf blickte aus zwei Metern Höhe auf sie herab. Goldene Augen, braunes Fell und ein geöffnetes Maul mit spitzen Zähnen. Dann trat die Kreatur vollends in den Lichtstrahl. Riesig, mit langen Armen und gebogenen Krallen an den Fingern kam sie auf sie zu. Die Ohren angelegt, beugte sie den Kopf hinunter und machte einen Schritt auf Adrian zu. Der grüne Mantel hing der Gestalt immer noch in Fetzen um die Schultern. Adrian spürte sein Herz bis zum Hals schlagen. Der Werwolf trat noch näher. Adrian hob langsam die Hand wie zum Gruß und sah, wie der Strahl der Lampe zitterte.

Costas Stimme war kaum mehr als ein Flüstern.

»Ein Bär? Ein Grizzly in Arken. Wie …«

Adrian machte einen Schritt auf Titus zu, die Hand noch immer erhoben.

»Nein, kein Bär. Das ist Titus. Er ist nicht zufällig hier am Grab seiner Mutter.«

Adrian stand jetzt direkt vor dem Wolfswesen, dem er nur bis zur Brust ging. Titus beugte den Kopf, und seine Schnauze stieß warm und feucht gegen Adrians Hand.

»Es tut mir leid, Titus. Ich hätte dir nach der Schule erklären sollen, was mit Tonius passiert ist. Ich hätte ihn im Wald nicht rufen sollen …«

Der Werwolf schnaubte.

Costas Stimme überschlug sich. Der Strahl der Taschenlampe huschte hin und her.

»Ich verstehe das nicht, warum sprichst du mit dem Bären, und warum nennst du ihn Titus? Was ist hier los? Hab ich zu viel Thetastrahlung abbekommen?«

Adrian drehte sich zu Costa um. Der Wolf blies ihm in den Nacken. Er griff nach Costas Arm und spürte dessen Herzschlag durch den Ärmel des Hemdes.

»Das ist Ihr Sohn, der dort vor Ihnen steht.«

Adrian spürte, wie Katzes Macht durch ihn griff. Er sah das silbrige Licht aus sich heraus aufsteigen und als Nebel Costas Arm umschließen.

»Sehen Sie, was da ist, nicht das, was Sie zu verstehen glauben.«

Costa wurde ruhiger. Sein Blick irrte nicht mehr umher, sondern heftete sich auf Titus. Adrian sah, wie sich sein Kehlkopf hob und senkte.

»Kein Bär …«, sagte Costa stockend. »Arme fast wie ein Mensch, und es geht aufrecht.«

»Sehen Sie die Reste des Mantels um seine Schultern?«

Costa machte einen zögerlichen Schritt nach vorne. Der Wolf, die ganze Zeit regungslos, beugte sich nun auf ein Knie herab und überragte noch immer seinen Vater. Die beiden blickten sich in die Augen.

»Titus' Mantel!« Costa streckte den Arm nach dem Stoff aus.

Er schob die Hand vom Mantel über den Pelz bis zur Schnauze.

»Titus?«

Seine Lippen zitterten, als er dem Wolf über die Wange strich. Tränen liefen ihm übers Gesicht.

»Du hattest immer ihre Augen.«

Die Taschenlampe fiel zu Boden, und Costa schloss den Wolf in eine innige Umarmung. Adrian atmete auf. Vater und Sohn standen bewegungslos da. Niemand wurde heute verletzt. Seine Tante hatte sich geirrt. Titus sah aus wie ein Monster, aber unter dem Fell war er immer noch ein Mensch.

Wenn ich du wäre, würde ich jetzt einen anderen Ort aufsuchen.

»Was meinst …«

Ein Geräusch erklang aus dem Dickicht. Äste beugten sich unter der Schneelast. War noch einer der Wölfe hier?

Titus richtete sich auf, und seine Nackenhaare sträubten sich. Der Werwolf drehte sich um und knurrte den Wald an. Dunkle Stämme, kahle Äste, Schnee im Mondschein, Finsternis, die von brechenden Ästen gestört wurde.

Verschwinde, Kleiner!

Da sah Adrian sie. Hellrote Funken erblühten in der Nacht und wurden schnell größer. Fackeln, begriff Adrian, als er den beißenden Rauch roch. Sie kamen von allen Seiten auf sie zu. Funkelnde Rüstungen zwischen den Zweigen. Ihre Umhänge flatterten hinter ihnen. Ein metallischer Laut, als Klingen aus Scheiden gezogen wurden. Der Ritter aus seinem Traum brach aus dem Dickicht und stellte sich dem Werwolf. Die Fackel in seiner Hand loderte und färbte die eiserne Maske blutrot. Der Ritter sprach kein Wort, sondern zog mit der anderen Hand sein Schwert. Titus knurrte tief und zeigte seine Zähne. Als der Ritter seine Waffe hob, flackerten in die Rüstung gravierte Zeichen auf. Dann schoss ein silberner Blitz auf Titus zu. Der Werwolf jaulte auf, als sich Ketten wie funkelnde Schlangen um ihn wanden und seine Arme an seinen Körper pressten.

Lauf!

Endlich bewegten sich Adrians Beine. Er stolperte vorwärts, hörte ein Sirren und warf sich zu Boden. Etwas schoss über ihm durch die Luft. Er rollte über den Schnee, kam sofort wieder auf die Beine und stürmte weiter. Aus der Dunkelheit wuchs ein Mann in silberner Rüstung vor ihm empor. Sein Umhang war grau wie die Nacht. Der silberne Hammer in seiner Faust flog auf Adrian zu, doch bevor ihn die Waffe zertrümmerte, sprang Adrian ab, segelte über den geschwungenen Hammer hinweg, überschlug sich und landete im Schnee. Er blickte nicht zurück und hetzte tiefer hinein in den Wald.

Auf dem Heimweg

Das unebene Pflaster schüttelte Merle durch. Die Reifen hatten kaum noch Luft in den Schläuchen, sodass sie jede Erschütterung übertrugen. Die verbogenen Felgen des alten Drahtesels schleiften am Rahmen, und das Licht des Dynamos glomm kränklich und unbeständig. Es war kalt genug, dass Dampf von den Gullydeckeln aufstieg. Vereinzelt tanzten Schneeflocken in dem trügerisch warmen Schein der Laternen. In der Ferne heulten Sirenen. In einem unbeirrbaren Rhythmus trat Merle in die quietschenden Pedale, die sie mit jedem Schritt weiter forttrugen. Weg von der Schule, von dem Gelächter, den Fingern, die auf sie zeigten, und den hasserfüllten Rufen des Mobs.

Immer wieder hörte sie das Klirren des Kleingelds, das neben ihr auf die Bühne prasselte. Sah das dreckige Grinsen des Jungen, der ihr die Münze gegen den Kopf geworfen hatte.

Keiner ihrer angeblichen Freunde war da gewesen. Sie schniefte, wischte sich mit dem Handrücken über die Nase.

Was für ein bekackter Kackmist. Jetzt flennte sie noch wie ein klei-

nes Mädchen wegen dieser Arschgeigen. Das war es doch, was sie wollten. Einen Schuldigen, an dem sie alle ihre Angst und Wut abreagieren konnten. Sie hatte keine Ahnung, wohin Samira, Titus und Raffael verschwunden waren, aber welcher Abgrund auch immer sie verschluckt hatte, sie wünschte, er würde sich auch für sie auftun.

Die letzten Häuser waren hinter ihr zurückgeblieben, die Abstände, in denen die Straßenlaternen brannten, wurden immer größer. Aus Hecken und Gärten waren Sträucher und Bäume geworden. Sie hatte ganz automatisch den Weg zum Friedhof eingeschlagen, ohne darüber nachzudenken. Und wo sollte sie sonst auch hin? Sie konnte noch nicht nach Hause. Ihr Opa würde fragen, warum sie schon so früh zurückkam. Sie konnte ihn nicht anlügen und ihm erst recht nicht die Wahrheit sagen. Sie könnte in den Kaninchenbau oder eines der anderen Cafés fahren, aber sie wollte keine anderen Menschen sehen, ganz egal, ob Magika oder Löffel.

Auch wenn alle sie im Stich ließen, an diesem Ort war sie immer willkommen. Egal, wie dreckig es ihr ging, in diesem wilden Wald, zwischen den Grabsteinen und Engelsstatuen ging es ihr besser.

Sie wurde langsamer, der Weg führte jetzt leicht bergauf, und das ständige Rumpeln der Räder schmerzte in den Armen. Eine schwarze Katze löste sich aus dem Schatten eines Baumes und schlenderte vor ihr über die Straße. Die Katze schien nicht beeindruckt von dem scheppernden Rad. Sie stolzierte unbeirrt über das Pflaster, als würde ihr die Welt gehören, und verschwand dann wieder in den Schatten der Nacht. Merle wünschte, ihr wäre die Umwelt genauso egal.

Nein, sie würde nie wieder zurück in die Schule gehen. Sie hatte anderes vor. Auch wenn die blöden Puten es lächerlich gemacht hatten, auf dem Weihnachtsmarkt war es mit der Straßenmusik gar nicht schlecht gelaufen. Die Leute waren oft stehen geblieben, um Geld auf den Seesack zu werfen. Wenn ihr das Publikum zu groß geworden war, hatte sie einfach aufgehört zu spielen und ihre Sachen gepackt. Mit der Straßenmusik könnte sie genug verdienen, um durch Europa zu reisen und ihrem Opa noch Geld zu schicken. Vielleicht würde sie auf ihre eigene Tour gehen, jeden Tag spielen und diesen Abend und alle Leute, die dabei waren, hinter sich lassen. Ihr gefiel der Gedanke immer besser.

Ein Rascheln im Gebüsch störte ihre Gedanken. Ob die Katze wohl noch einmal zurückkam? Doch das Tier ließ sich nicht blicken. Da war es schon wieder. Äste, die aneinanderrieben, das Rascheln von Laub. Nein, Katzen machten keine solchen Geräusche.

Die Worte des Polizisten fielen ihr ein. *Er wurde das letzte Mal auf dem Heimweg durch den Wald gesehen*. Sie fuhr jetzt auch durch den Wald. Ein Schauer lief ihr über den Rücken, und sie trat schneller in die Pedale. Das ratternde Rad trug sie voran. Noch eine Biegung und dann würde sie schon die beiden Laternen neben dem Eingang sehen. Der Waldfriedhof war ihr Gebiet – wenn sie dort war, wäre sie in Sicherheit. Und tatsächlich kamen die Geräusche nicht wieder. Wahrscheinlich war es nur ein Tier auf der Suche nach Futter gewesen. Merle schnaufte und schüttelte den Kopf über sich selbst.

Das Unterholz krachte, als würde sich ein Tier seinen Weg hindurchbahnen. Halb erwartete sie eine Herde Rehe über den Weg springen. Doch was immer im Wald war, blieb dort verborgen. Und es schien ihr zu folgen, das Knacken der Zweige blieb stets auf der gleichen Höhe. Merle spürte mehr, als sie sah, dass sich dort etwas bewegte, gerade außerhalb des Lichtscheins der Laternen.

Sie schoss über das Pflaster hinweg. Irgendwas löste sich vom Rad und fiel klirrend zu Boden. Merles Atem ging stoßweise. Endlich konnte sie das Tor sehen. Ein Blick neben sich. Etwas arbeitete sich mit ungeheurer Geschwindigkeit durch den Wald auf sie zu.

Merle hörte das Blut in ihren Ohren rauschen, sie wagte es nicht,

noch einmal zur Seite zu blicken, sondern klammerte sich an den Lenker und gab alles. Nur noch hundert Meter bis zum Tor, noch zwei Laternen, noch einen Steinwurf. Sie sprang vom Sattel. Das Rad rollte noch ein paar Meter weiter und knallte dann scheppernd zu Boden. Die Eule auf dem Wappen starrte sie an, als sie die zusammengeketteten Torflügel auseinanderschob und versuchte, sich durch den Spalt zu quetschen. So oft hatte sie das schon gemacht. Aber sie kam nicht durch. Panik flutete ihren Körper – etwas hielt sie fest! Sie zerrte am Tor und warf sich nach vorn. Mit einem reißenden Geräusch kam sie frei und spürte, wie ihre Lederjacke aufriss. Sie musste sich an einem der Eisenstäbe verfangen haben. Egal, ganz egal, Hauptsache, sie war in Sicherheit. Was immer sie verfolgte, würde nicht durch den schmalen Spalt im Tor passen. Trotzdem lief sie noch einige Meter weiter, bis sie stehen blieb. Die Hände um die Gitarre geklammert und graue Wolken in die Luft keuchend, blickte sie zurück. Der Wald, außerhalb des Friedhofs, lag so ruhig und unbewegt da wie immer.

Merle wich weiter von dem Tor zurück. Was war da gewesen? Hatten sich Raffaels Freunde dort versteckt? Oder lauerte dort etwas ganz anderes auf sie und wartete nur, bis sie zurückkehrte? Sie würde es nicht herausfinden. Sie drehte sich um und eilte den Weg hinunter, den sie schon so oft gegangen war. Vorbei an den gewaltigen Eschen und Eichen, die ihr mit kahlen Zweigen zuwinkten. Der Boden war uneben, das Pflaster von Wurzeln gesprengt. Sie strich mit den Fingern über die Rinde der Baumgiganten. Obwohl es nur Bäume waren, beruhigte sich ihr Atem. Die breiten Stämme waren die Säulen ihres Palastes.

Der weinende Engel erwartete sie schon. Die Statue stand unverändert an ihrem Platz und spendete jedem Mitgefühl, der sich zu ihr verirrte. Die Eiche, die hinter ihr aufragte, hätten auch fünf Mann nicht umfassen können. Merle lehnte sich schwer gegen den Stamm.

Als ihr Kopf an der kühlen Rinde lehnte, beruhigte sich ihr Herzschlag allmählich. Irgendjemand musste ihr einen bösen Streich gespielt haben. Inzwischen wusste ja jeder, dass sie sich hier herumtrieb. Bestimmt saßen Raffael und seine Kumpels jetzt vor dem Friedhofstor und lachten sich halb tot.

Sie tastete nach dem Seesack über ihrer Schulter. Wenigstens ihre Gitarre hatte sie dabei. Ihr Ventil, um allen Frust abzulassen. Den Ärger wegen der blöden Herdera, die sie zu diesem Auftritt gezwungen hatte. Die Enttäuschung wegen Adrian und allen anderen, die sie einfach vergessen hatten. Warum war sie ständig allein?

»Nicht allein. Wir können bringen.«

Die fremde Stimme erklang ganz in ihrer Nähe. Merle riss die Augen auf, wich zurück und blickte sich suchend um.

»Keine Angst haben. Passen auf.« Die Stimme klang ungelenk und kindlich, als würde sie nur selten benutzt.

Merles Blick schoss zwischen der Statue, dem Baumstamm und den Grabsteinen hin und her. Sie konnte nichts erkennen als die glimmenden Grablichter, bleiche Grabsteine und Laternen in der Ferne.

»Wer bist du?« Merles Stimme stockte. Sie ballte die Hände zu Fäusten. Die Stimme schien von überallher zu kommen. Sobald sie sah, wer da sprach, würde sie loslaufen und erst wieder aufhören, wenn sie zu Hause war.

»Kennst uns.« Die kindliche Stimme klang fast vorwurfsvoll. Die Äste der Bäume schlugen gegeneinander. Eine Weißtanne verbeugte sich vor einem Wind, den es nicht gab.

»Wer seid ihr?« Endlich klang ihre Stimme nicht mehr zittrig. Wut war viel besser als Angst, auch wenn sie aus der gleichen Quelle gespeist wurde. »Wer seid ihr, und was wollt ihr von mir?«

Merles Stimme schallte viel zu laut durch diesen heiligen Ort. Aber die Toten schien es nicht zu stören.

»Besuchst uns so oft. Spielst für uns. Hast uns geweckt. Kennst uns.« Die Stimme klang jetzt nach einem kleinen Mädchen, fast schon fröhlich.

»Ich habe für euch gespielt?« Nur das Rauschen der Bäume antwortete. Merle dachte an den Weihnachtsmarkt. Da waren sicher auch Kinder gewesen, aber …

Ihr stockte der Atem. Unter den dunklen Ästen der Eiche bewegte sich etwas. Ein Mädchen in einem Kleid? Was machte sie hier, es war Winter! Merle wollte gerade fragen, wo ihre Eltern waren, da kam das Mädchen auf sie zu. Irgendetwas stimmte nicht mit ihr.

Mit jedem Schritt schien sich ihre Gestalt zu verändern. Sie wuchs, und ihre Arme waren nicht so, wie sie sein sollten. Sie bewegten sich ruckartig und in Winkeln, die unmöglich waren. Das Mädchen war nur noch wenige Schritte entfernt. Ihre Haut war Borke, ihre Haare Zweige und ihre Finger Äste. Merle wollte davonlaufen, aber dann sah sie das Gesicht des Mädchens im Licht des Mondes. Ein Gesicht, das sie kannte.

»Du?«

Auf den halbmenschlichen Zügen des Mädchens erschien ein scheues Lächeln.

»Erinnerst dich an mich?«

Merle klappte der Mund auf, und sie nickte stumm. Sie hatte das Gesicht schon viele Male hier gesehen. Aber jetzt sah es anders aus. Es war nicht länger durchscheinend und leuchtend, sondern grau und gemasert wie Holz. Die Haare waren Rinde, aus denen sich Zweige schoben.

»Du … Du warst einer von den Geistern, die gekommen sind, wenn ich hier Gitarre gespielt habe.«

Das Mädchen legte den Kopf schief.

»Geister?«

Das Wort schien ihr nichts zu sagen.

»Habe dir gelauscht, jede Nacht. Wir alle lauschen, wenn du spielst.« Sie hob die Hände und deutete auf die Tannen und Eschen um sie herum.

Merle blinzelte und bemerkte, dass ihr noch immer der Mund offen stand. Die Geister! Sie waren immer von ihrer Musik angelockt worden und hatten sie besucht, bis sie von einem Tag auf den anderen verschwunden waren. Aber warum? Sie wollte das Mädchen gerade danach fragen, als ihr die Antwort dämmerte. Sie schlug sich mit der flachen Hand gegen die Stirn. Warum war sie da nicht schon viel früher draufgekommen? Es hing mit dem Angriff des Golems zusammen. Sie hatte auch für ihn gespielt. Dann der Kampf, und Adrian hatte ihm sein Herz, das Herz des Waldes, zurückgegeben. Das war der letzte Tag, an dem sie die Geister besuchten. Die Bäume waren in die Höhe geschossen und hatten den Friedhof in einen Wald verwandelt. Aber die Geister waren nicht verschwunden.

»Ihr lebt jetzt in den Bäumen?«

Das Mädchen hielt wieder den Kopf schräg und legte ihn dann auf die andere Schulter.

»Ja, nein. Bin Baum. Baum ist ich.« Sie strahlte dabei, als würde sie eine wunderbare Nachricht verkünden.

Merle konnte nicht anders, als das Lächeln zu erwidern.

»Ich habe euch vermisst.«

Das Mädchen blickte zu Boden und trat von einem Bein auf das andere. Die Zweige, die aus ihren Armen wuchsen, bewegten sich sacht.

»Habe versucht, dich zu besuchen. Aber hattest Angst. Weggelaufen. Wir fürchteten, kommst nicht zurück.«

Weggelaufen? Wann bin ich … Natürlich vor ein paar Tagen, als ich dachte, es wäre jemand hier. Ich bin mit Bilbo weggeritten, fiel es Merle ein.

»Ich wusste nicht, dass ihr es seid. Ich dachte, da ist jemand, der mir Böses will.«

Das Mädchen nickte. Die Äste auf ihrem Kopf wippten mit.

»Warst so einsam. Wollten zeigen, du nicht allein.«

Merle schüttelte den Kopf. All die Zeit hatte sie gedacht, sie wäre hier ganz für sich, und dabei war sie es nie.

Das Mädchen ergriff ihre Hand und gab einen Laut von sich, der wohl ein Lachen sein sollte. »Deine Magie uns geweckt. Wir wollen, du bist glücklich.« Mit jedem Satz schien dem Mädchen das Reden leichter zu fallen, als würde es sich wieder an das Sprechen erinnern.

Ihre Finger fühlten sich trocken, warm und hart an, wie Kaminholz.

»Wollten dich nicht erschrecken.«

Merle fuhr sich mit den Fingern über das Gesicht und gab ein schwaches Stöhnen von sich.

»Das eben vor dem Friedhof, das warst auch du?«

Das Mädchen strahlte.

»Wollten dich begrüßen. Du bist so traurig. So einsam.«

Merle sackte in sich zusammen. All die Angst, die Panik, weil ihr ein kleines Mädchen eine Freude machen wollte.

»Deine Musik uns glücklich macht. Wir dich auch glücklich machen wollen.«

Merle drückte die Hand des Mädchens und hoffte, sie würde es spüren. Die Zweige des Mädchens raschelten, und auch die Bäume ringsum ließen ihre Äste gegeneinanderschlagen.

Wer hätte das gedacht? Sie hatte die ganze Zeit vor Publikum gespielt.

Das Mädchen hielt ihre Hand jetzt mit ihren beiden Wurzelhänden – so vorsichtig, als hätte sie Angst, ihr wehzutun.

»Sollen wir sie holen? Wollen, dass du glücklich bist.«

Merle hob die Augenbraue. Die Sprache und das Gemüt des Mädchens machten es ihr schwer, ihr zu folgen.

»Mädchen, das dich nicht glücklich macht.«

Sie nickte mit dem Kopf. Als sie Merles verstörtes Gesicht sah, setzte sie hinzu: »Bunte Haare.«

»Kassandra? Sie hat mich nicht unglücklich gemacht. Höchstens ein bisschen enttäuscht.«

Das Baummädchen sah sie fragend an. Merle schüttelte den Kopf.

»Nein, ihr braucht sie nicht zu holen. Ich …« Sie stockte. Sie spürte, wie ihr Herz einen Schlag aussetzte. »Wa…Was meinst du mit holen?«

Das Mädchen schien sie nicht zu verstehen, sie lachte, als wäre Merle besonders langsam im Kopf.

»Zu uns holen. Zu den anderen. Damit sie dich nicht unglücklich macht.«

Merles Mund trocknete aus. Ihre Zunge wollte sich nicht richtig bewegen.

»Welche anderen?« Ihre Stimme war rau und kratzig. Aber das Mädchen lachte, als spielten sie ein ganz wunderbares Spiel miteinander.

»Soll ich zeigen?« Die Augen des Mädchens leuchteten vor Vorfreude. Merle nickte. Zu mehr war sie nicht in der Lage. Das Mädchen ließ ihre Hände los, und die Wurzeln, die aus ihr wuchsen, wanden sich. Etwas bewegte sich tief unter Merles Füßen. Dann schob sich die Erde auseinander. Als würde eine unsichtbare Hand ein Loch graben, schoben sich Schnee, Steine und Wurzeln zur Seite. Ein kreisrundes Loch entstand direkt neben ihr. Der Schacht wurde tiefer, und die Wurzeln dicker. Dann sah Merle etwas am Boden der Grube. Ihre Augen brauchten einen Moment, um in dem dunklen Loch mehr zu erkennen. Merle fiel auf die Knie. Sie spürte den Schnee nicht, der ihre

Hose aufweichte. Ihre Finger bebten, als sie nach dem roten Stoff griff.

»Nein, nein, nein, nein …« Merle presste ihn an sich, als würde alles wieder gut werden, wenn sie ihn nur fest genug zusammenpresste. »Nein, das kann nicht sein, das darf nicht …« Die Unterlippe des Mädchens zitterte. Merle streckte die Hand hinab in die Grube, aber zog sie dann wieder zurück.

»Warum?«

Das Mädchen wich rückwärts zurück.

»Warum!«

Das Mädchen verschwand im Schatten des Baumes.

Merle erstarrte. War es ein Grab, vor dem sie da saß? Verzweifelt presste sie sich den roten Stoff vor das Gesicht, als in der Ferne eine Stimme erklang.

»Merle? Merle, bist du da? Der Igel meinte, du bist hier.«

Barnaby. Seine Stimme kam langsam näher, aber Merle war wie gelähmt.

»Merle, hör auf mit dem Versteckspiel.«

Sie hörte, wie er in ihre Richtung lief.

»Bist du das dahinten? Hör zu, die Ritter des Ordens haben Arken gefunden. Sie sind auf der Katzbuckelburg und werden nicht gehen, bevor sie das Monster haben, das die Kinder entführt hat. Sie wollen Titus, und früher oder später werden sie ihn schnappen. Es ist sehr wichtig, dass alle Magika in Arken bleiben, bis der Orden wieder abzieht … hast du gehört?«

Nun war er schon bei der Eiche und nur wenige Schritte entfernt. Merle konnte ein lautes Schluchzen nicht unterdrücken, und Barnaby schien es zu hören.

»Ja, ich weiß, ich hätte es dem Jungen auch nicht zugetraut, aber in manchen von uns stecken Monster, die wir nicht kontroll…«

Jetzt stand er direkt hinter ihr. Wind kam auf und ließ die Bäume heulen.

Barnaby trat an das Loch. Sein Gesicht war eine Maske des Entsetzens, als er sie anblickte.

»Was hast du getan, Kind?«

Adrian rannte, sprang über Baumstämme, rutschte über zugefrorene Bäche und rannte weiter. Er warf einen Blick über die Schulter. Nichts. Hatte er sie abgeschüttelt? Wie lange war er gerannt? Er wusste es nicht. Als er spürte, wie ihn Katzes Kraft verließ, wurde er langsamer. Schließlich blieb er stehen und lehnte sich an einen Baumstamm. Sein Atem ging schnell, und Schweiß stand ihm auf der Stirn, aber er war nicht so erschöpft, wie er sein sollte.

Danke.

Er fuhr mit den Fingern über die Dose in seiner Tasche. Ohne Katze würde er jetzt Titus' Schicksal teilen.

»Was haben sie mit ihm vor?«

Was machen Menschen mit allem, was sie fürchten und nicht verstehen?

Adrian wischte sich über die Stirn. Was konnte er tun? Seine Tante hatte deutlich gemacht, dass sie sich nicht einmischen würde. Wie hatten die Ritter nur den Schleier überwinden können? Das Rätsel würde er später lösen müssen. Wichtiger war es jetzt, Titus zu helfen. Aber allein konnte er das nicht. Er brauchte Hilfe.

»Katze, kannst du mich zu den Wehrwölfen bringen?«

Glaubst du, er ist noch Teil des Rudels?

»Das weiß ich nicht, aber sie müssen ihm einfach helfen.«

Etwas rammte ihm seinen Kopf gegen das Schienbein.

Das musste die Waldkatze sein, die ihn damals vor seiner Begegnung mit dem Riesenwolf gerettet hatte.

»Was machst du denn hier?«

Adrian ging in die Hocke, und die Katze drückte ihren Kopf gegen seine Hand.

»Bist du hier, um mir zu helfen?«

Die Katze schnurrte, strich um seine Beine und verschwand hinter dem Baum. Adrian folgte ihr. Der buschige Schwanz blieb immer gerade so in Sichtweite. Zwischen Tannen hindurch, über Baumstämme und einen vereisten Bach ging es mitten durch das Dickicht. Adrian hatte bald die Orientierung verloren. Ein Baum sah aus wie der andere. Es war gut möglich, dass er die ganze Zeit im Kreis ging. Das würde Katze sicher amüsieren. Doch irgendwann veränderte sich der Wald. Die Baumstämme wurden breiter, die Äste mächtiger. Die Kronen verloren sich vor dem Schwarz des Himmels. Vielleicht reichten sie bis hinauf zu den Sternen. Der Schnee war eine leuchtend weiße Leinwand, auf der noch niemand Spuren hinterlassen hatte. Als die Bäume so dick waren, dass sie mehrere Männer nicht umfassen konnten, erblickte er schiefe Steintafeln im Schnee. Grabsteine, deren Inschriften kaum mehr lesbar waren, halb verschluckt vom Waldboden. Er musste den Friedhof erreicht haben. Aber das Lager der Wölfe musste weiter im Westen liegen. Er folgte weiter der Katze und kam zu einem Baum, der ihm schrecklich vertraut war. Der Stamm wand sich in sanften Krümmungen empor. Einer der Äste wuchs dem Boden entgegen und ergab einen perfekten Kreis. Adrian blieb stehen. Dieser Baum war das Herz des Waldes. Auch die graue Waldkatze stoppte. Adrian tastete nach der Dose in seiner Tasche und trat auf den Baum zu. Vorsichtig fuhr er über die Rinde, die ein spiralförmiges Muster bildete. Sanft legte er seine ganze Hand darauf und schloss die Augen.

Bilder erschienen vor seinem inneren Auge. Von Schneefall, von Pilzen, die zwischen herabgefallenen Blättern wuchsen, Regen und Sonne auf der Rinde. Er spürte Rehe unter seinen Zweigen grasen und einen großen braunen Wolf, der den Stamm umrundete. Dann sah er, was unter den Wurzeln des Waldes lag. Er riss die Augen auf und hörte das Echo einer vertrauten Stimme in der Ferne.

»Was hast du getan, Kind?«

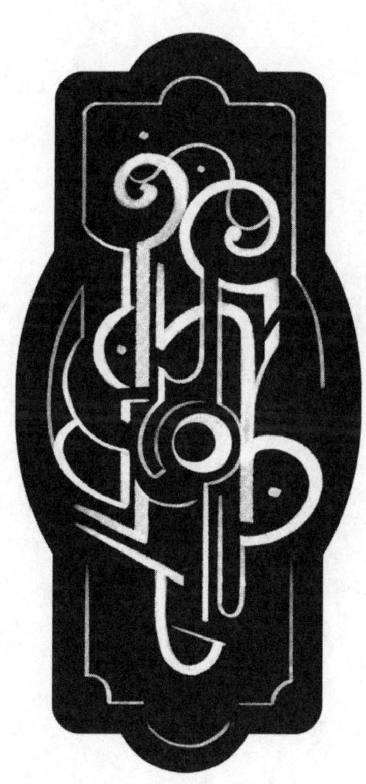

Katzbuckel

Stolz war eine Sünde, dennoch fuhr er sich mit den behandschuhten Fingern über den schwarzen Umhang. Er war einer der jüngsten Aspiranten, die zum Sariantbruder geweiht worden waren. Die langen Jahre der Ausbildung waren mit Anerkennung und Verantwortung belohnt worden. Sein Blick schweifte vom Wachturm hinunter in den nächtlichen Burghof. Fackeln ließen die Rüstungen der Brüder funkeln. Routiniert beluden sie die dunklen Transporter. Ihre grauen und schwarzen Umhänge blähten sich wie kleine Segel. Übermannshohe Holzkisten standen in der Mitte des Platzes. Gabriel wusste, dass eine von ihnen besetzt war. Er war dabei gewesen, als sie das Monster gefangen hatten. Die Menschen, die rings um den Wald lebten, waren jetzt wieder sicher. Die Bestie konnte dem Orden nicht entwischen, jeder Gang der alten Feste wurde von Sariantbrüdern bewacht. Lanzen in den gepanzerten Fäusten, umgegürtete Schwerter und dunkle Wappenröcke über dem Harnisch.

Etwas an der Haltung der Brüder im Burghof änderte sich. Die

Lanzen wurden gehoben und die Schultern gestrafft. Der Löwe betrat den Hof, und jeder, der ihn sah, neigte den Kopf. Der Ordensritter überprüfte die Versiegelungen der Transportkisten, klopfte einigen der Schwarz- und Graumäntel auf die Schulterpanzer. Sein roter Umhang war eine Insel aus Glut in einem Meer aus Grau und Schwarz. Der Löwe überließ nichts dem Zufall, wenn es um die Abnormen ging. Gabriel wusste, er hatte ihm seine Weihe zu verdanken. Gerade wollte er den Blick zu den anderen Wachtürmen heben, da sah er einen weiteren roten Mantel aufleuchten. Der Ritter war kleiner und schmaler als die meisten seiner Brüder. Doch sie alle wichen zurück. Nicht nur aus Ehrfurcht, wie Gabriel wusste. Der Ordensbruder trug das Visier seines Eisenhelms geschlossen. Nur zwei schmale Sehschlitze waren in die Metallplatte eingelassen. Noch nie hatte Gabriel sein Gesicht gesehen. Es hieß, der Eiserne hätte gelobt, nur Gott sein Gesicht zu zeigen. Doch es gab auch andere Gerüchte: Manche Aspiranten erzählten, dass er bei einem Kampf mit Abnormen furchtbar entstellt worden sei. Es waren auch diese Geschichten, die sich um den Eisernen rankten, die die anderen Brüder zurückweichen ließen. Und sie taten gut daran. Gabriel hatte gesehen, wozu der Ritter fähig war. Sie hätten Verletzte, vielleicht Tote zu beklagen, wenn der Ritter das Monster nicht gebunden hätte. Die gesegneten Rüstungen der Ritter waren ihre wirksamste Waffe gegen die Abnormen. Als wären sie von einem eigenen Willen erfüllt, waren die geweihten Eisenketten hervorgeschossen und hatten sich um den Werwolf geschlungen. Gabriel kannte keinen anderen Ritter, der so präzise mit ihnen umgehen konnte.

Die beiden Rotmäntel standen sich gegenüber. Der eine kräftig und majestätisch, der andere schmal und unheimlich. Ein Löwe und eine Schlange.

Gabriels Blick schweifte über die nahen Baumkronen und den silbernen Fluss, der sich zwischen ihnen hindurchwand. Die Nacht hatte dem Wald jegliche Farbe ausgesaugt. Unterschiedliche Schattierungen von Graublau und das glitzernde Band des Flusses. Der Ort war nicht ohne Schönheit, doch dahinter … Er zwang seinen Blick über die Baumwipfel hin zu der Nebelwand, die sich über dem Wald eingenistet hatte. Etwas an diesem grauen Dunst ließ ihn schaudern. Das undurchdringliche Grau waberte schon den ganzen Tag unbewegt wie eine Grenze.

Eine Böe fuhr ihm durch die schwarzen Haare und nahm ihm die Sicht. Dunkle Wolken schoben sich vor den Mond, und feiner Regen setzte ein. Er hätte einen Helm aufsetzen sollen, auch wenn der seine Sicht einschränkte. Als er seine Haare gebändigt hatte, sah er sie. Aus dem grauen Dunst hatte sich eine Silhouette gelöst. Der Nebel hatte sie noch nicht ganz preisgegeben, aber Gabriel könnte ihre Gestalt erahnen. Sie wankte den dünnen Pfad hinauf, der sich bis zur Burg auf dem Felsen zog. Gabriel beugte sich über die Burgzinnen und schirmte die Augen gegen den Nieselregen ab. Wer auch immer da aus dem Dunst kam, war klein und zierlich. Aber Gabriel war vor der List der Abnormen gewarnt worden und kannte seine Pflicht. Die rechte Hand umfasste den Lanzenschaft fester, während die linke das Horn an seiner Seite fand.

Der Regen schmolz den Schnee zu Bächen und weichte den Boden auf. Mit einem schmatzenden Laut lösten sich die Stiefel aus dem Schlick. Schritt für Schritt folgte sie dem ausgewaschenen Pfad. Tückisches Eis versteckte sich unter Pfützen. Der nasse Dunst nahm ihr die Sicht. Die Gitarre schlug ihr bei jedem Schritt gegen den Rücken. Regenwasser lief ihr über Gesicht und Jacke, weichte ihre Hose auf und verwandelte alles in stumpfes Grau.

Aber Merle sah nur die bleichen Gesichter auf den dunklen Wurzeln. Leblos, mit geschlossenen Augen, lagen Raffael und Samira in dem Erdloch, jetzt für immer vereint. Die Venen hatten blau unter der fahlen Haut geleuchtet. Erdklumpen bedeckten Samiras goldenes Haar. An den schmalen Fingern hatten noch die Ringe gefunkelt.

Die beiden hatten für viele die Schule zur Hölle gemacht, aber niemand verdiente ein solches Ende. Alle Teenager waren Monster, aber sie konnten sich ändern. Die Zukunft war voller Möglichkeiten. Eine Zukunft, die sie den beiden für immer genommen hatte.

Eine Stimme in ihr beharrte darauf, dass es nicht ihre Schuld war, dass nicht sie die beiden unter die Erde gebracht hatte. Aber diese Stimme wurde von der Wahrheit erstickt. Das Baummädchen hatte sie glücklich sehen wollen, hatte ihre Wünsche gefühlt und sie erfüllt. Merle hatte ein Monster erschaffen, und das Schlimmste war, ein finsterer Teil in ihr genoss es. »Wir wollen dich glücklich machen.« Wie kaputt musste man sein, dass einen fremdes Leid glücklich machte? Sie war das Monster!

Merle presste die durchnässte Sportjacke fester an sich. Jetzt könnte sie wenigstens eine Sache richtig machen. Die Monsterjäger waren gekommen, um ein Ungeheuer zu holen, und sie würde ihnen das wahre Monster ausliefern und damit Arken von seiner Dunkelheit befreien.

Hoffentlich konnte Titus so seinen Frieden finden. Und nicht nur das: Wie viel leichter würde das Leben der anderen, wenn sie verschwand!

Ihre Finger gruben sich tiefer in den modrigen Stoff. Sie zitterte unter der nassen Kälte. Regen lief ihr über das Gesicht, mischte sich mit Eyeliner und lief in dunklen Rinnsalen über ihre Wangen. In der regendunklen Nacht erhob sich der Katzbuckel wie ein Fels aus geronnener Schwärze. Der Ruf eines Horns jagte durch die Nacht. In der verfallenen Burg auf der Spitze kämpften Fackeln gegen Wind und Regen. Ihre Schritte steuerten unbeirrt darauf zu.

Die Ketten rasselten, als das Fallgitter hochgezogen wurde. Das Licht von Fackeln und Feuerstellen schlug Merle entgegen, als sie aus dem Bogen des Torhauses trat. Ein Junge – an der Schwelle, ein Mann zu sein – stellte sich ihr in den Weg. Die Regentropfen trommelten aus seiner silbernen Rüstung. Er hielt ihr eine Lanze entgegen, als wäre sie ein wildes Tier. Offenbar hatte er gute Instinkte und sah in ihr das Ungeheuer, das sie war. Seine grünen Augen musterten sie. Das dunkle Haar klebte ihm an der Stirn. Er fragte sie nicht, warum sie hier war, seine Miene blieb ohne jeden Ausdruck. Mit der Lanze bedeutete er ihr weiterzugehen und folgte ihr, die Waffe auf ihren Rücken gerichtet.

Männer in Rüstungen erwarteten sie im Hof der Burg zwischen massiven Holzkisten. Schwarze Transporter mit riesigen Rädern wurden beladen. Niemand sagte ein Wort. Die lodernden Flammen in den gusseisernen Feuerstellen zischten im Regen. Ein Dutzend Ordensbrüder kamen auf sie zu. Einer von ihnen, ein Mann in einem scharlachroten Umhang, dessen blondes Haar schon ergraute, sprach sie an.

»Sprich, Kind, was führt dich zum Orden des Hammers?«

Ein Gesicht, das kein Lachen kannte, blickte auf sie herab. Die zusammengekniffenen Augen taxierten sie. Seine Lippen waren ein schmaler Strich in einem goldenen Bart. Der Panzerhandschuh lag auf dem Schwertknauf.

Der Regen kannte so wenig Gnade wie dieser Mann. Merles Zähne klapperten, als sie sprach: »Es ist alles meine Schuld.«

Schwerter wurden gezogen, doch in den Gesichtern zeigte sich keine Regung. Die Stimme des Ritters war rau und kalt.

»Wovon sprichst du?«

Merle blickte hinab auf die Jacke in ihren Händen. Kraftlos rutschte sie aus ihren Fingern und fiel auf das Pflaster. Der Regen hatte die Erde abgewaschen. Das rote Fuchslogo leuchtete im Fackelschein.

Die Ritter umstellten sie. Schwerter und Lanzen streckten sich ihr entgegen. Der einzige Unbewaffnete unter den gerüsteten Männern trat vor. Ein Helm verbarg sein Gesicht bis auf schmale Sichtschlitze. Sein Mantel hatte die Farbe von frischem Blut. Er kam auf sie zu und betrachtete sie wortlos. Schließlich nickte er dem anderen Rotmantel zu.

Die Stimme des Goldhaarigen hallte daraufhin donnernd von den Mauern wider: »Die Wurzel allen Übels ist die Hexe. Ihre Bosheit ist unauslotbar wie die Finsternis. Ihre Magie hat das Ungeheuer erschaffen. Wappnet euch, Brüder, und verzagt nicht in dieser Stunde der Dunkelheit. Wir wussten, dass am Ende eine Hexe hinter den verschwundenen Kindern stecken muss. Lasst euch nicht von ihrer Jugend blenden. Sperrt sie weg, bis ihr der Prozess gemacht wird!«

Die Gitterstäbe bohrten sich in Merles Rücken. Sie war bis auf die Haut durchnässt. Die Wolken hingen jetzt so tief, dass der Regen in feinen Niesel überging. Sie tastete nach dem Silberring. Er war so dick wie ihr Finger und lag eng um ihren Hals. Sie war zurückgewichen, als der Ritter damit auf sie zugekommen war. Aber sie hatten sie festgehalten. Der Ring war kühl, aber sonst spürte sie ihn kaum. Ob sie später eine Kette daran festmachen würden? Als wenn sie nicht schon wie ein Tier im Käfig gefangen wäre. Sie sank in sich zusammen. Aus einer der Holzkisten erklang ein kurzes Jaulen. Hatten die Ordensmänner etwa Hunde in den Kisten eingesperrt? Egal, es gab jetzt nichts mehr, was sie tun konnte. Ihre Finger lagen kraftlos auf dem

Hals ihrer Gitarre. Merle drehte den Kopf. Durch ein Loch in der Burgmauer konnte sie über die Baumwipfel bis zum Nebel sehen. Sie wusste, dahinter lagen die Lichter von Arken. Die Laternen würden jetzt warm und schummrig leuchten. Die Lampen von Arken hatten ihr immer gefallen. Jetzt waren sie unerreichbar. Sie hätte sie gern ein letztes Mal gesehen, aber der Nebelschleier nahm ihr die Sicht.

Sie dachte an den kleinen Bauernhof mit den unzähligen Aufgaben. Jetzt wäre ihr Opa wenigstens eine Sorge los. Sicher war er allein besser dran. Ohne eine Enkelin, die ihm Kummer bereitete. Aber um Bilbo tat es ihr leid. Sie versuchte, die Tränen niederzukämpfen, als sie an den Wallach mit den weichen Nüstern dachte. Ihren letzten Freund, den sie nun nie wiedersehen würde. Der Nieselregen wusch ihre Tränen fort.

Immer mehr Ausrüstung verschwand in den Transportern. Abspanngurte wurden um eine Holzkiste gespannt. Der erste Wagen verschwand unter dem Bogen des Torhauses. Einige Fackeln erloschen, neue wurden nicht entzündet. Der Ritter mit den dunklen Haaren lief an ihrem Käfig entlang, blieb stehen und starrte sie an. Er sagte nichts, blickte sich nur um, dann schob er ihr ein Bündel durch die Gitterstäbe und verschwand. Merle wickelte sich in die trockene Decke und rollte sich zusammen.

»Alles bereitmachen zum Abmarsch!«, erklang eine raue Stimme von irgendwo. Motoren wurden angeworfen. Merle blickte unter der Decke hervor auf das Burgtor, durch das sie die Feste betreten hatte. Das Fallgitter war hochgezogen, spitze Zähne in einem aufgerissenen Rachen, der sie bald verschlingen würde. In der Dunkelheit dahinter sah sie den Arkener Forst, Nebel und den Umriss eines Ritters. Eines kleinen Ritters. Er trug weder Schulterpanzer noch Waffen wie die anderen. Männer mit Lanzen bezogen Stellung neben dem Tor. Das war kein Ritter!

Der falsche Ritter trat durch das Tor und auf den Fackelschein zu. Er war definitiv kein Mann des Ordens. Im Schein der Feuer erkannte sie eine schlanke Gestalt mit braunem Haar. Der falsche Ritter war winzig in dem ausladenden Durchgang, und doch stellte er sich mitten in den Weg. Dann vernahm sie seine Stimme.

»Ihr könnt gehen, aber meine Freundin bleibt hier!«

Adrian! Sie sprang auf. Die Decke rutschte von ihrer Schulter. Er war es tatsächlich. Zwischen den wogenden grauen und schwarzen Mänteln kreuzten sich kurz ihre Blicke.

Alle Ritter verharrten für einen Moment in ihren Bewegungen. Dann klirrten Waffen, und Schwerter wurden gezogen. Der blonde Ritter im roten Mantel griff nach seinem Hammer und baute sich unter dem Fallgitter auf.

»Wer sich dem Orden in den Weg stellt, hat sein Leben verwirkt. Bereite dich darauf vor, deinem Schöpfer Rechenschaft abzulegen.« Weitere Ritter gingen auf das Tor zu. Rot glühende Zeichen flammten auf dem Hammer auf.

»Ist das der Weg des Ordens? Kinder in Käfige sperren, zu den Waffen greifen, um einen Jungen zu besiegen? Wann haben die Brüder des Hammers ihre Ehre eingebüßt?«

Hinter Adrian wuchs eine Gestalt empor, noch größer als der blonde Ritter. Fackeln wurden in den Durchgang gehalten.

Der Blonde packte den Hammer mit beiden Händen. Seine zorngeschwängerte Stimme hallte durch die Burg. »Verräter! Wage du es nicht, von Ehre zu sprechen. Hier hast du dich also versteckt, Björn Ohneehr. Ich danke dem Schöpfer für die Gelegenheit, dir Gerechtigkeit widerfahren zu lassen.«

Björn schob sich vorbei an Adrian und hob das große Paket von seinem Rücken. Das Schwert, das er herauszog, war selbst in seinen Pranken riesig.

»Du warst nicht da an jenem Tag, als der Frieden scheiterte, Leon. Also hör auf, mir etwas über Verrat zu erzählen. Das hier ist eure letzte Chance, friedlich abzuziehen!«

Björn hob das Schwert mit beiden Händen, bis die Spitze auf den Ordensritter zeigte.

Der spuckte aus und ließ den Hammer kreisen. Die leuchtenden Zeichen hinterließen einen flirrenden Kreis aus Licht. Als sich der Ritter in den Kampf stürzen wollte, schoss ein silberner Blitz an ihm vorbei und auf Björn zu. Der Riese riss die Waffe hoch, aber die Kette hatte sich schon um seinen Arm gewickelt. Er zerrte an der Eisenkette, als eine weitere heranschoss. Wie silberne Schlangen wanden sie sich an ihm empor und umwickelten seine Handgelenke und Beine. Björn stürzte zu Boden.

Leon drehte sich um und blickte in den Hof. Sein Gesicht war wutverzerrt. »Eiserner, du wagst es, mir das Recht auf einen Zweikampf zu nehmen?«

Der gesichtslose Ritter trat vor. Die Grau- und Schwarzmäntel blickten zwischen den beiden hin und her.

Die Stimme des Eisernen klang gedämpft und verzerrt durch die Maske. »Für derlei Rituale ist keine Zeit. Unsere Befehle sind eindeutig. Wir nehmen ihn mit und stellen ihn vor ein Gottesgericht.«

Die Rüstung knirschte, als der Blonde den Hammer fester umschloss. »Du gibst mir keine Befehle!«

Der Eiserne wich nicht zurück. Seine Stimme klang so kalt und schneidend wie das Metall, nach dem er benannt war.

»Meine Befehle kommen vom Ordensmeister selbst! Er wird ihn befragen wollen, bevor er tot ist.«

Die Stimmung lud sich auf wie ein Sommergewitter. Die meisten Ordensbrüder richteten ihre Waffen auf den gefesselten Björn und auf Adrian, aber nicht alle.

Unter dem Klirren der Ketten erklang Björns Stimme. »Seit wann nutzt der Orden Magie? Ihr scheint den Weg verlassen und den Codex vergessen zu haben. Kein Wunder, dass euch Ehre fremd …«

Er kam nicht dazu weiterzusprechen. Der Eiserne machte eine Geste. Ein Metallstreifen löste sich von seiner Rüstung, schoss auf Björn zu und knebelte ihn.

»Feuer muss mit Feuer bekämpft werden«, sagte er mehr an den Blonden denn an Björn gewandt.

Qualm explodierte im Burghof. Laute Rufe erschallten von den Mauern. Männer in Rüstungen rannten an ihrem Käfig vorüber. Merle sah, wie etwas aus dem Torgang flog und vor dem Blonden aufschlug. Flammen prasselten, und der Qualm wurde dichter. Die Ritter stoben auseinander und zogen sich tiefer in den Hof zurück.

Augenblicklich stürzten Männer herbei und löschten das Feuer mit Decken. Als sich der Rauch verzog, hatte sich Björn von den Ketten befreit. Er und Adrian waren nicht länger allein. Neben ihnen standen jetzt noch zwei weitere Personen. Eine hatte breite gewundene Hörner und schleuderte erneut eine Flasche in den Burghof. Silberne Ketten surrten durch die Luft und peitschten die brennende Flasche aus der Burg.

Eine vertraute Stimme drang aus dem Burgtor bis zu Merle herüber: »Alter Mann, schaffst du es jetzt nicht mal mehr, mit einer Handvoll Löffel fertigzuwerden?«

Björns Brummen wurde vom Durchgang noch verstärkt. »Sie hatten einfach die besseren Karten.«

Ein Geräusch, wie wenn Holz auf Haut trifft. Dann erklang wieder die Stimme des Trolls.

»Wenn dir das Leben schlechte Karten gibt, spiel einfach einen Mulligan.«

»Wie so oft habe ich keinen Schimmer, wovon du sprichst. Aber sagt schnell: Wie kommt ihr hierher?«

»Lange Geschichte«, sagte Jazz hastig. »Die Magista hat uns alles erzählt. Vom Orden, der Burg und davon, dass Adrian verschwunden ist. Wir sind hergerast, so schnell es ging.«

Zwei Gestalten stürmten durch den Qualm in den Innenhof. Alles geschah gleichzeitig und in einer Geschwindigkeit, der Merle kaum folgen konnte. Sie umklammerte die Gitterstäbe, als Björn mit einem Rundumschlag die Ordensbrüder auf Abstand brachte. Noch während des Hiebs rollte Juri über Björns Rücken und setzte mit seinem Schwert nach. Nein, es war kein Schwert! Mit einem hölzernen Cricketschläger nahm er den Kampf mit einem Graumantel auf. Adrian schlitterte an Juri vorbei, erwischte einen Graumantel am Knöchel und brachte ihn zu Fall. Aber die Männer des Ordens hatten ihre Überraschung schnell überwunden. Zwei Lanzenträger drangen auf Björn ein, während der blonde Ritter seinen Hammer hob und in einem großen Bogen schwang. Er zwang Björn einen Schritt zurück. Auch die Lanzenträger mussten vor dem Schwung des Hammers zurückweichen.

Adrian rollte sich über die Schulter ab, als hinter ihm Kettenglieder Funken aus dem Pflaster schlugen. Er sprang auf, fühlte den Luftzug der vorbeischnellenden Ketten und lief drei Schritte an der Wand entlang. Die Kettenschlangen folgten jeder seiner Bewegung und rissen rücksichtslos einen Ordensbruder von den Füßen. Adrian stieß sich von der Burgmauer ab, überschlug sich in einem zirkusreifen Salto, landet auf den Füßen und sprang gleich wieder ab. Der eiserne Ritter jagte ihm die Ketten wie silberne Blitze hinterher. Sie verfehlten Adrian nur um Sekundenbruchteile. Wie lange könnte er dieses Tempo aufrechterhalten? Gleichzeitig maß sich Juri mit dem schwarzhaarigen Ritter. Cricketschläger gegen Lanze. Der Troll nutzte die Breite des Schlägers wie einen Schild, duckte sich in einem Moment dahinter und

griff im nächsten an. Doch die Lanze wirbelte mit einer Geschwindigkeit durch die Luft, dass sie fast unsichtbar wurde. Metall prasselte auf Holz. Dann änderte sich die Richtung, und der Schaft erwischte Juri am Bein. Der Troll sackte auf ein Knie. Die Ordensbrüder stürzten auf ihn zu, um den Kampf zu beenden.

In dem Moment explodierte Licht aus dem Durchgang des Torhauses. Merle riss die Hände hoch und kniff die Augen zusammen. Ein weiß leuchtender Käfer hatte sich in ihre Netzhaut eingebrannt. Nur langsam löste sich das Bild auf, und Merle öffnete die Augen. Es dauerte, bis sie sich wieder an die Dunkelheit gewöhnt hatte. Deswegen erkannte sie auch nicht sofort, dass Jazz vor ihr stand.

»Ein Verirr-dich-nicht-Zauber. Eigentlich ist er zu etwas anderem bestimmt.« Die Hexe lächelte kurz. Dann drückte sie ein Stück Papier gegen die Tür des Käfigs. Die Zeichen auf ihrer Haut leuchteten noch heller auf. Sie bewegte stumm die Lippen, und das Schloss gab ein Klicken von sich.

»Komm schnell, wir müssen …«

Sie kam nicht dazu, den Satz zu beenden. Etwas riss sie von den Füßen. Merle sah die glitzernden Ketten, die Jazz auf den Eisernen zuzogen. Die Hexe versuchte, sich am Pflaster festzukrallen, aber erfolglos. Die anderen Ordensbrüder hoben ihre Waffen vom Boden.

»Eisen durch Feuer! Stärke durch Glauben!« Der Kampfruf erscholl gleichzeitig aus einem Dutzend Kehlen. Jazz war nur noch einen Schritt außerhalb der Reichweite des Ritters, als Adrian ihm von hinten auf die Schultern sprang, den Helm verdrehte und wieder hinabsprang, bevor ihn der Lanzenstoß eines Kriegers erwischte. Er rollte sich ab und war schon bei Jazz, um ihr auf die Beine zu helfen.

»Die Kiste!«, rief Jazz ihm zu, während sie sich aus den Kettengliedern befreite, die nun schlaff auf ihr lagen.

Björn und Juri kämpften jetzt Rücken an Rücken. Irgendwie hatte

der Troll es geschafft, eine Lanze in die Hände zu bekommen. Eine blutige Wunde klaffte auf seiner Stirn. Björn musste einen Hammerschlag erwischt haben. Er presste die Linke gegen die Brust und führte das Langschwert einhändig. Sie drehten sich im Kreis und wehrten die Attacken des Ritters und seines Gefolges mühsam ab. Der Kriegshammer verfehlte sie nur knapp und schlug einen Krater in den gepflasterten Boden. Der Ritter schien dabei nicht einmal außer Atem zu kommen, während Björn und Juri die Erschöpfung deutlich auf der Stirn stand. Am Ausgang des Kampfes konnte es aber keinen Zweifel geben. Als Merle sich aus dem Käfig schob, sah sie weitere Krieger von den Wehrgängen zu ihnen heruntereilen.

Jazz hastete zu ihr, einen Ordensbruder direkt auf den Fersen. Der Mann war groß, und seine Rüstung leuchtete dämonisch im Glanz des Feuers.

Mit einem splitternden Geräusch brachen Bretter aus der Kiste. Adrian hatte ein Schwert in der Hand und hebelte damit ein weiteres Brett heraus. Es krachte, als auch von innen gegen die Bretter gehämmert wurde. In einer Explosion aus Splittern und Holzteilen brach eine Kreatur, halb Mann, halb Wolf, ins Freie und stürzte sich auf den Krieger, der am dichtesten war. Der Graumantel wurde von den Füßen gefegt und klatschte gegen die Burgmauer. Die Kreatur heulte in die Nacht, als orangefarbene Sterne auf ihn herabstürzten.

»Brandpfeile! Titus, in Deckung«, rief Adrian und warf sich hinter eine Kiste. Die Geschosse schlugen überall um ihn herum ein. Titus jaulte. Die Luft stank nach verbranntem Fell und Öl.

Björn wurde neben ihm gegen die Kiste geschleudert, als hätte ihn ein Güterzug erwischt. Juri schleppte sich hinkend zu ihnen. Seine roten Augen glühten in der Finsternis wie Kohlen. Die Ordensbrüder folgten ihnen nicht. Das war auch nicht nötig, sie hatten sie in der Mitte des Burghofs zusammengetrieben und umzingelt.

»Anlegen!«

Die Stimme des Ordensritters war rau, die Zeichen auf seinem Hammer glommen, und feine Rauchfahnen stiegen von dem Metall auf.

»Feuer!«

Ein Schwarm aus Funken flog von den Wachtürmen und Wehrgängen in die Luft und stürzte dann in den Hof. Merle rollte sich zusammen und hob die Arme über den Kopf, obwohl sie wusste, dass es keinen Unterschied machte. Sie kniff die Augen zusammen und wartete auf den Einschlag.

Doch weder Schmerzensschreie noch das Geräusch von einschlagenden Pfeilen waren zu hören. Merle blinzelte. Jazz stand vor ihnen. Ihre Haare wogten, als wäre sie unter Wasser. Die Glyphen auf ihrer Haut brannten. Sie stand hoch aufgerichtet, das Diarium aufgeschlagen und eine Hand auf die Seiten gelegt. Das ganze Buch leuchtete golden wie von einem inneren Feuer beleuchtet.

»Seht nur …«, hörte sie Juri flüstern. Dann hob Merle den Kopf. Über ihnen hatte sich goldenes Licht wie eine Kuppel gespannt. Ein leuchtender Dom, der sich zusammenzog und wieder ausdehnte, als würde er atmen. Die Pfeile konnten ihn nicht durchdringen und verbrannten zu Asche. Jazz hörte nicht auf zu flüstern. Die Worte konnte Merle nicht verstehen, aber sie sah, wie Jazz bebte, als würde sie eine unsichtbare Last tragen.

»Hexen, von allen Übeln das schlimmste«, hörte sie den blonden Ritter grollen. Dann sprang er vor und schlug mit seinem Hammer gegen den Schutzschirm. Der Ritter wurde von der Kraft des Schlags nach hinten geschleudert. Ein dumpfes Dröhnen wie der Schlag einer Glocke erschallte. Jazz stöhnte auf. Ihre Knie drohten einzuknicken. Juri wollte aufspringen und ihr helfen. Aber Björn hielt ihn zurück. »Nur ihre Konzentration hält uns am Leben.«

Der blonde Ritter stemmte sich in die Höhe, bereit für einen weiteren Angriff, doch der gesichtslose Ritter hielt ihn mit einer Geste zurück. Er streckte die Arme aus, als wollte er die Welt umfassen. Die Ketten schossen hervor, bewegten sich, alle Naturgesetze verspottend, in einem Kreis um den goldenen Schirm. Die Hände des Ritters bewegten sich in schnellen Gesten, und die Ketten begannen zu schimmern. Mit jedem Atemzug leuchteten sie stärker, glommen wie glühendes Metall und wuchsen. Bald schon waren die Glieder so dick wie eine Ankerkette. Mit schlängelnden Bewegungen wanden sie sich um den Schirm.

Dann richtete sich die glühende Kettenschlange auf wie eine Kobra. Höher als zwei Mann wuchs sie empor, schnellte vor und prallte gegen den Schirm. Das goldene Licht flackerte kurz, aber erstrahlte dann wieder. Was vorher ein durchscheinendes Licht war, änderte sich und bildete Strukturen. Dann erkannte Merle die gewaltigen goldenen Schwingen, die sich in einem langsamen Rhythmus bewegten. Das goldene Licht war ein Vogel, der sie gegen die Schlange schützte. Jazz stöhnte vor Anstrengung. Merle sah, wie die Seiten in dem Buch Risse bekamen, sich kleine Fragmente lösten und zu Boden rieselten. Die Schlange griff wieder an, und diesmal verblasste der goldene Vogel länger. Jazz stürzte auf ein Knie. Immer mehr Papierfetzen schwebten zu Boden.

Der Ritter hatte die Arme zum Himmel erhoben, die Gravuren auf seiner Rüstung leuchteten gefährlich wie die Kettenglieder. Der Ritter zeigte keine Anzeichen von Erschöpfung.

Sie würden untergehen, begriff Merle. Sie waren waffen- und zahlenmäßig unterlegen. Sie spürte Adrians Finger, die ihre umschlossen. »Es war nicht deine Schuld. Ich habe Barnaby gefunden, als er die beiden aus dem Loch geholt hat. Er sagt, Raffael und Samira haben überlebt.« Er blickte hoch zu dem goldenen Vogel, dessen Flügel immer schwächer leuchteten. »Sie haben nur geschlafen. Die Wurzeln der Bäume haben sie am Leben gehalten.«

Merle atmete erleichtert auf. Dann schluckte sie. Ihre Freunde waren gekommen, obwohl sie wussten, wie gefährlich es war. Sie hatten alles riskiert, um sie zu retten. Adrian, Juri, Jazz, Björn, selbst Titus, sie waren alle nur ihretwegen hier. Und nun würden sie ihretwegen untergehen. Sie würde das nicht zulassen!

Merle ließ Adrian los und griff nach der Gitarre. Ihre Finger knackten, als sie den Hals des Instruments umschlossen. Nicht für sich selbst, für ihre Freunde würde sie spielen. Sie schlug die Saiten an, und alles verschwamm. Jazz auf den Knien, der blutende Juri, die glühende Schlange, alles verging. Ihre Finger fanden von selbst den Rhythmus. Aus Akkorden wurden Muster und aus Mustern Bilder. Bilbo, mit dem sie durch den Schnee reitet. Das Lachen ihres Opas, wenn er sie in den Arm nimmt. Juri, der sie zu sich an den Tisch winkt. Adrian, der im Bus neben ihr schläft. Jazz, die lacht und Kirschcola trinkt. Titus, der mit ihr vor der Schule steht. Freunde, Familie, Fremde – alles, was sie an das Leben band.

Und dann begann sie zu singen.

Adrian fühlte es als Erster. Der Boden vibrierte. Er öffnete die Augen und bemerkte so, dass er sie überhaupt geschlossen hatte. Jazz lag vor ihm auf dem Boden. Kleine Steinbrocken bebten und kippten um. Merles Stimme wurde lauter, und ein Beben lief durch den Boden. Ein Schrei vom Wehrgang, der unterging in dem Gesang. Steine lösten sich aus dem Burgtor und fielen zu Boden. Die ersten Schmerzensschreie erfüllten die Nacht. Der Boden platzte auf. Risse bildeten sich überall in dem Gemäuer. Ein Teil der Seitenmauer brach ein. Die

Schlange schraubte sich in die Höhe. Überragte sie alle. Dann fielen Steine auf sie herab, groß wie Fäuste. Rufe hallten durch die Nacht. Männer suchten nach Deckung. Dann brach der Hauptturm ein. Das massive Gebilde stürzte in den Innenhof, genau zwischen den einzigen Ausgang, das Burgtor und sie.

Trümmer prasselten herab. Jazz konnte das Buch nicht länger halten. Sie stützte sich auf die Hände. Die Haare hingen ihr ins Gesicht, ihr Medaillon pendelte um ihren Hals. Die Schlange erhob sich zum Todesstoß. Dann fiel sie in sich zusammen.

Der Gesang verstummte.

»Raus hier!«

Juris Stimme überlagerte das Krachen der Steine. Er packte Jazz und schüttelte sie. »Wir müssen hier weg!«

Adrian und Juri stützten Björn, Tonius hetzte an ihnen vorbei. Juri deutete auf einen Spalt in der Burgmauer. Noch immer regneten Teile der Burg herab. Ein Graumantel stürzte mit einem Teil der Brüstung in die Nacht. Der Spalt wurde breiter. Hoffentlich breit genug.

Titus verschwand in der Nacht. Der Spalt war nicht mehr weit, sie konnten es schaffen. Adrian und Juri verdoppelten ihre Kräfte und schoben Björn hindurch. Vor ihnen ging es über Felsbrocken hinab in die Dunkelheit und den Wald. Nur noch ein paar Meter, und die Nacht ließ sie unsichtbar werden. Juri hievte sich Björns Arm enger um die Schulter, dann blickte er kurz zurück.

Jazz sah, wie Adrian und Juri sich durch den Spalt schoben. Ein Pfeil sirrte an ihr vorbei. Wo war Merle? Überall Trümmer, Schreie und das Klirren von Waffen. Hatte sie einen anderen Weg herausgefunden? War sie mit Titus entkommen? Oder lag sie unter den Trümmern?

»Jasmina?«

Merle? Nein, das war nicht ihre Stimme. Und außer der Magista nannte sie niemand so.

Durch den Staub und die Trümmer schob sich jemand auf sie zu. Die Stimme blechern und fremd.

»Jasmina?«

Jazz erstarrte. Wer?

Vor ihr stand der eiserne Ritter. Die dunklen Augenschlitze waren auf sie gerichtet. Jazz wollte weglaufen, aber ihre Beine bewegten sich nicht. Wenn sie jetzt zu dem Spalt lief, bevor die anderen Ordensbrüder auftauchten …

Der Ritter streckte die Hand nach ihr aus und zeigte auf ihren Hals.

»Das Medaillon … kann es wirklich sein?«

Endlich schaffte sie es, sich einen Schritt zurückzubewegen.

»Wer bist du?«

Der Ritter hob langsam die Hände und nahm seinen Helm ab. Dunkle Locken waren zu einem Zopf gebunden. Grüne Augen blickten sie unter dunklen Brauen an. Ein Gesicht, das sie aus ihrem Traum kannte, nur zehn Jahre älter und verhärmter.

»Nein, nein, nicht du. Das kann nicht sein.«

Ein Pfeil schoss an ihr vorbei. Der blonde Ritter sprang von einem der Trümmerteile und riss den Hammer hoch.

»Ich wusste, wir hätten dir nie trauen dürfen.«

Die Frau stellte sich ihm entgegen. Ketten zischten durch die Nacht. Der Blonde stürzte gefesselt zu Boden, aber mehr Ritter kamen, um seinen Platz einzunehmen. Brennende Pfeile jagten durch die Nacht.

Die Frau kam auf sie zu. Das Gesicht ein Anblick, den Jazz nie vergessen würde. Die Augen gehetzt wie die eines Tieres. Die Brauen zusammengezogen wie unter Schmerzen.

»Jasmina, mein Kind. Ich …«

Sie zog ein Amulett unter ihrer Rüstung hervor. Es war identisch mit ihrem.

Ein Pfeilschauer jagte heran. Die Frau schob sich vor Jazz, und Schmerz zuckte über ihr Gesicht.

»Unser Schlimmstes tun wir nicht aus Hass, wir tun es aus Liebe.« Dann sackte sie in die Knie. Jazz beugte sich zu ihr. Sah die Ritter, die auf sie zustürmten. Sie wollte sie hochzerren, aber die Rüstung war einfach zu schwer.

Die Frau drückte ihr das Amulett in die Hand und schob sie von sich. »Geh, Jasmina, geh und rette deinen Bruder!«

Die Ritter hatten sie erreicht. Die Frau stemmte sich in die Höhe. Die Ketten peitschten durch die Luft. Körper überschlugen sich. Schmerzensschreie. Jazz spürte, wie sich etwas Hartes um sie schloss. Dann flog sie auf den Spalt in der Mauer zu. Sie stolperte durch die Öffnung und drehte sich um. Ihre Mutter kämpfte gegen zwei Graumäntel, bis sie der Schlag des goldenen Hammers traf und sie zu Boden gerissen wurde. Sie stützte sich auf eine Hand. Ihre Ketten erwachten ein letztes Mal zum Leben und schleuderten einen der Graumäntel auf die Mauer zu. Der Einschlag ließ Steine herabregnen. Brennende Pfeile schlugen ein, wo ihre Mutter zu Boden sackte.

Jazz keuchte. Die Mauer gab unter ihren Fingern nach. Etwas riss sie fort. Sie wurde geschüttelt. Adrian hatte sie gepackt.

»Wo ist Merle?« Jazz schüttelte nur den Kopf, wusste kaum, wo sie war. Hielt das Amulett in ihrer Hand und schüttelte nur weiter den Kopf.

Adrian blickte zurück zu dem Spalt, aus dem sie gerade entkommen waren. Aber es lagen nur Trümmer, wo gerade noch das Loch in der Burgmauer war. Sein Blick hastete die Mauer entlang. Die Steine, die herabstürzten, wurden langsamer, als bewegten sie sich durch einen zähen Brei. Ein Brandpfeil flog so langsam auf ihn zu, dass er

nur den Oberkörper drehen musste, um ihm zu entgehen. Auf einem Wachturm erschienen mehr Schützen und spannten Armbrüste. Dann sah er Merle. Ein Mann mit dunklem Umhang hatte sie gepackt. Merle hob den Blick, sah ihn an. Ihre Lippen bewegten sich, aber er konnte sie über das Dröhnen der Steine und das Geschrei nicht hören.

Dann holte die Zeit auf, was sie verloren hatte. Brandpfeile jagten wie wütende Glühwürmchen an ihm vorbei.

Flieh!

Adrian und Jazz stürzten Juri hinterher in die Dunkelheit.

Das Vermächtnis der Raben

»Was hier los ist, möchte ich wissen!« Jazz' Augen blitzten. Der Klang ihrer Stimme ließ Adrian zwei Schritte zurücktreten. Die Magista stellte die Teetasse ab und legte die Fingerspitzen ihrer Hände aneinander.

»Jasmina, setz dich.«

Aber die junge Hexe schüttelte nur den Kopf. Ihr Zeigefinger war wie eine Waffe auf die Magista gerichtet.

»Du wusstest es. Die ganze Zeit über wusstest du es!«

Als sie sich durch den Wald und bis zum Ufer der Lethe geschleppt hatten, hatte sie kein Wort gesprochen. Sie hatten Björn gestützt, so gut es ging, und waren stumm dem Fluss gefolgt. Titus war im Unterholz verschwunden. Rufe der Ritter klangen von Zeit zu Zeit durch den Wald, wurden leiser und verstummten schließlich. Als sie zur

Lochbrücke kamen, wartete schon der Bus Nummer 8 auf sie. Zum ersten Mal hatte Adrian das Grunzen des Fahrers ebenso erwidert. Jazz sagte immer noch kein Wort. Sie tastete über Björns Brust, betrachtete Juris Bein und biss sich auf die Lippen. Dann klappte sie ihr Diarium auf. Wo die Seiten nicht fehlten, waren sie zerfleddert, zerrissen und ausgeblichen, als hätte das Buch Jahrzehnte im Freien zugebracht. Sie steckte es weg, ohne etwas zu sagen. Björn lag auf zwei Sitzen und stöhnte bei jeder Kurve, und Juri hielt seine Hand. Er kniff die Augen zusammen, als Jazz seine Stirn verband. Irgendwo fand er trotzdem die Kraft zu einem Lächeln. Aber Jazz schüttelte nur den Kopf. Also schwiegen sie.

In der Villa wurden sie schon erwartet. Barnaby stand am Gartentor und eilte ihnen entgegen. Adrians Mutter wartete neben der Magista. Sie bestürmte Adrian mit Fragen und umarmte ihn. Aber alles, was er sagen konnte, war. »Sie haben Merle.«

Jazz sagte nichts. Sie brachten alle in die Villa. Björn wurde im Wohnzimmer vor den Schrein gelegt. Jazz tauchte mit allerhand Tinkturen, Salben und Verbänden neben ihm auf. Die Magista sagte ihr, was sie tun sollte, und sie führte jeden Handgriff aus, ohne etwas zu erwidern.

Adrian half Barnaby bei dem Ritual. Sie brachten dem Haus Opfer dar. Wasser für die Ehrlichkeit ihrer Absicht. Salz für den Schutz. Eine Kerze für die Bitte um Beistand. Das Haus regte sich. Die massive Steindecke des Raums wogte wie die Oberfläche eines Sees. Diesmal brauchte Adrian nicht Katzes Unterstützung, um ruhig zu bleiben. Er begrüßte den Geist des Hauses, seine Ahnen, als sich die Hände aus den Fluten erhoben. Die weiße Dame tauchte aus den Wellen auf. Das

Gesicht unter der Kapuze veränderte sich unablässig wie das Wasser. Sorge und Trauer spülten über ihn hinweg, und Adrian wusste, dass es Barnaby genauso ging. Die vielen bleichen Arme erschienen zwischen den Wellen und streckten sich nach unten, ihnen entgegen. Zwei Hände glitten über das Gesicht der Magista, hielten es wie eine Mutter ihr Kind. Ein Arm beugte sich zu Björn hinab. Die Fingerspitzen berührten ihn an der Stirn, und das Stöhnen des Verwundeten erstarb. Die Kerze erlosch, und die weiße Dame war nur noch eine Erinnerung.

Während all der Zeit hatte Jazz kein Wort gesagt, aber ihre Lippen waren immer schmaler geworden. Jetzt ruhte Björn im Wohnzimmer. Barnaby saß mit ihnen am Küchentisch, und zum ersten Mal durchsuchte er die Küche nicht nach Essen. Adrians Mutter saß im Morgenmantel neben ihrer Tante. Sie hatte Tee gekocht. Tee schien für alle Eisenhutfrauen das Mittel der Wahl, wann immer Schwierigkeiten auftauchten.

Jazz legte die Medaillons auf den Tisch.

»All die Jahre habe ich nach ihr gesucht, wusste nicht, wer ich bin, wo ich hingehöre. Aber du! Du hast es gewusst und geschwiegen.« Ihre Hand ballte sich zur Faust. Wäre nicht der Verletzte im Nebenraum gewesen, sie hätte geschrien. Ihre Stimme bebte vor Zorn.

Die Magista blickte auf die beiden Medaillons. Langsam streckte sie den Arm nach ihnen aus und klappte sie auf. In beiden fand sich eine dunkle Haarsträhne, mit einem Stück Stoff zusammengebunden.

»Jasmina, ich kenne dieses Medaillon nur von dir. Das andere habe ich noch nie gesehen.«

Jazz presste die Lippen fester aufeinander. Sie ergriff das eine Amu-

lette nahm die Haarsträhne heraus und drehte an der Öse, an der die Kette fixiert war. Mit einem Klicken sprang die Rückwand auf. Jazz klappte sie auf und legte den Anhänger in die Tischmitte. Adrian sah, dass etwas in dieses Geheimfach graviert war, etwas, was seine Tante sofort zu erkennen schien. Ein leises Seufzen kam über ihre Lippen. Auch das zweite Amulett offenbarte einen doppelten Boden, mit einer Gravur im gleichen Stil, die aber etwas anderes darstellte.

Die Magista fuhr mit dem Finger über beide Amulette. »Der weiße Rabe. Das Wappen des Hauses Oleander.«

Jetzt erkannte auch Adrian den Raben in dem einen Amulett und die Blüte in dem anderen.

Jazz zeigte auf das Amulett mit dem Raben. Zornestränen standen ihr in den Augen.

»Das hat mir eine Frau gegeben, die zu dem Orden des Hammers gehörte. Sie hat mich gerettet und wurde dafür getötet. Eine Frau, die meinen Namen kannte.«

»Deine Mutter.« Die Stimme der Magista war nur ein Hauchen.

Doch das feuerte den Zorn in Jazz' Stimme nur an. »Sag mir nicht, dass du das nicht gewusst hast! Du bist die Bewahrerin des Wissens. Du weißt alles, was es über den Zirkel zu wissen gibt!«

Die Magista schloss die Augen und schien mit jeder Sekunde älter zu werden.

»Nein, Jasmina. Gewusst habe ich es nicht, aber befürchtet.«

Jasmina wollte auffahren, aber die Magista hob die Hand. »Du hast allen Grund, wütend zu sein, aber, bitte, lass mich erklären.«

Jazz verschränkte die Arme vor der Brust, sagte aber nichts. Die Magista blickte zu Adrian. »Diese Geschichte betrifft dich genauso.«

Seine Mutter wollte etwas sagen, aber die Magista schüttelte den Kopf.

»Es ist an der Zeit, dass er die ganze Geschichte erfährt.«

Seine Mutter schien nach ihm greifen zu wollen, überlegte es sich dann aber anders. Ihre Tasse klirrte gegen die Untertasse. »Ich wusste ja, dass dieser Tag kommen würde.«

Die Magista senkte den Kopf und fuhr mit den Fingern über das Amulett.

»Die Häuser Eisenhut und Oleander hatten selten die gleichen Ansichten. Nicht ohne Grund stehen sich die beiden Wappen auf der Chronik gegenüber. Stets waren uns die anderen beiden Häuser näher, und es gab keinen Kontakt zwischen unseren Familien. Auch deshalb, damit kein Haus alle anderen drei preisgeben konnte. Doch das änderte sich mit dem neuen Jahrtausend. Mit deiner Mutter.«

Die Magista blickte zu Jazz auf, und eine Zärtlichkeit lag in dem Blick, die Kinder nur von ihren Müttern kennen.

»Deine Mutter war mehr noch als jede andere Oleanderschwester der Meinung, dass der Krieg mit dem Orden enden müsse. Sie wusste, dass große Veränderungen bevorstanden. Der Krieg, der Jahrhunderte währte, sollte enden, denn sie wollte, dass ihre Kinder in Frieden groß wurden. *Zweifeln, Lernen, Verstehen* sind nicht grundlos die Worte der Oleanderschwestern. Sie hatte gehofft, unter den Ordensbrüdern solche zu finden, die bereit wären, zu lernen und alten Aberglauben zu überwinden.«

»Aber sie hat sich geirrt«, vermutete Adrian.

Die Magista schüttelte den Kopf. »Sie war eine besondere Frau. Sie fand unter den Rittern tatsächlich solche, die zuhörten.«

Jazz hatte sich auf einen Stuhl gesetzt. Die Glyphen hatten aufgehört zu leuchten. Doch das Flackern in den Augen hatte nichts von seiner Intensität eingebüßt.

»Klingt, als wären die Oleanderschwestern weiser als das Haus Eisenhut. Mit Verzehrern und Siechen gibt es ja genügend magische

Monster dort draußen. Warum also nicht das Wissen teilen und alte Feindschaft begraben?«

Die Worte klangen wie eine Anklage, aber die Magista nickte kaum merklich und nippte an dem Tee.

»Meine beiden Schwestern dachten ebenso. Sie halfen deiner Mutter, gegen meinen Rat. Gemeinsam überzeugten sie auch einige der Goldregenschwestern. An geheimen Orten trafen sie sich mit jenen verwegenen Ordensrittern, die ähnlich dachten.«

»Björn?«, unterbrach sie Adrian. Seine Tante versuchte sich an einem Lächeln, aber es wollte ihr nicht gelingen.

»Ja. So hat unsere Familie Björn kennengelernt. Und er war nicht der einzige Ritter, der begriff, dass sich die Zeiten änderten. Dass der Orden gebraucht wurde.«

Die Magista schüttelte langsam den Kopf.

»Dass Wissen zu Weisheit führt, ist einer der größten Trugschlüsse der Menschheit. Jasmina, deine Mutter war so von dem Fortschritt der Zukunft überzeugt, dass sie die Narben der Vergangenheit übersah.«

Jazz beugte sich vor. Die Ketten um ihren Hals raschelten. Ihre Augen waren dunkelblau wie Gebirgsseen, das Feuer darin war erloschen.

»Der gescheiterte Frieden. Der Verrat …«

Die Stimme der Magista war ein Flüstern, als sie antwortete.

»Das vierte Haus, die Nachtschattenschwestern, waren gegen den Frieden. Sie verlangten nach Rache für die vielen Opfer und misstrauten dem Orden. Feinde können einen nicht verraten, dafür braucht man Freunde, hat mir eine von ihnen gesagt, als wir uns hier in diesem Raum trafen. Doch wir überstimmten sie, wie meine Schwestern mich überstimmten. Der Frieden sollte beschlossen werden. Dreizehn Ritter des Ordens und sechs Schwestern der drei Familien vereinbarten einen neutralen Ort für Friedensverhandlungen. Ein neues Zeitalter sollte anbrechen.«

Die Finger ihrer rechten Hand begannen zu zucken. Adrians Mutter legte ihre eigene darauf. Die Magista lächelte sie schwach an.

»Ich blieb hier, weil immer eine Eisenhuthexe in Arken bleiben muss. Was ich über jenen Tag weiß, hab ich von einem der wenigen Überlebenden. Die Nachtschattenhexen hatten offensichtlich den Ort der Zusammenkunft in Erfahrung gebracht. Sie sahen in dem Treffen die perfekte Gelegenheit zur Rache am Orden. Sie griffen an. Die sechs Schwestern der anderen Familien versuchten, die Ritter zu beschützen, und Schwester kämpfte gegen Schwester. Einige der Ritter mussten den Verrat vorausgeahnt haben und zogen verborgene Waffen. Der Ort des Friedens verwandelte sich in ein Blutbad. Björn entkam mit dem Schlüssel, mit dem du heute von deiner Reise nach Arken zurückgekehrt bist, Jasmina. Er hatte ihn von meiner jüngsten Schwester. Er brachte ihren leblosen Körper mit zu uns. Meine ältere Schwester ist dort gefallen, mit so vielen anderen.«

Es wurde ruhig in der Küche. Niemand sagte ein Wort. Adrians Mutter nahm ihre Tante in den Arm. Als sie die Kraft dafür fand, sprach sie weiter.

»Der Orden verfolgte uns von da an nur noch hasserfüllter. Alle zweifelnden Stimmen in ihren Reihen verstummten. Sie sahen in dem Verrat der Nachtschattenschwestern einen Verrat aller Hexen. Sie folgten jeder Spur und vernichteten, wen immer sie fanden. Ganze Familien verschwanden über Nacht. Der Zirkel war zerstört, und bis du nach Arken kamst, habe ich keine andere Hexe mehr gesehen. Ich nahm an, deine Mutter wäre gefallen …«

Jazz zog ihre Beine auf den Stuhl. Die Wut in ihrer Stimme war Verwirrung gewichen.

»Aber warum hast du mir all das nicht früher erzählt?«

»Als du nach Arken kamst, ahnte ich die Verwandtschaft. Die Haare, die Augen, wie gut der Kaminstein auf dich reagiert hat. Doch ich fürchtete, du könntest die Gefahr unterschätzen und nach deiner Mutter suchen, wenn ich dir von meinen Vermutungen erzähle. Deine Ausbildung ist nicht einmal halb abgeschlossen, und die besten Hexen haben Begegnungen mit den Rittern nicht überstanden. Ich hatte Angst, dass dich der Orden auch vernichten würde.«

»Aber ...«

»Du weißt selbst, dass dich vor gar nicht so langer Zeit ein einfacher Brief aus Arken nach Kratzbach gelockt hat. Wärst du in Arken geblieben, wenn du wüsstest, dass du Jasmina Oleander heißt?«

Jazz verstummte und wickelte eine Locke um ihren Finger. Adrian wusste, sie hätte alles für die Hoffnung riskiert, mehr über ihre Familie zu erfahren. Nichts hätte sie in Arken gehalten, wenn sie gewusst hätte, wonach sie suchen musste.

Auf einmal kam ihm ein erschreckender Gedanke.

»Aber ... hat denn dann Jazz' Mutter den Orden durch den Schleier geführt?«, fragte Adrian.

Die Magista fuhr sich mit der Hand über die müden Augen.

»Ich weiß es nicht. Aber es ist durchaus möglich, und wenn es stimmt, gibt es kein sicheres Versteck für Magika mehr. Wenn Hexen für den Orden arbeiten, ist er noch gefährlicher, als ich angenommen habe.«

»Und jetzt hat er Merle.«

Adrians Stimme war leise. Juri klopfte ihm sachte auf die Schulter.

Jazz stemmte die Ellenbogen auf den Tisch.

»Es muss doch aber etwas geben, was wir tun können.«

Die Magista nickte und wirkte plötzlich einige Jahre jünger.

»Die Zeit des Versteckens ist vorüber, wir können nicht einfach

abwarten, bis der Orden das nächste Mal vor den Toren steht. Wir müssen Arken vorbereiten.«

Adrian blickte hinüber zu Barnaby, und der Igelschamane grinste sein Kuchengrinsen.

»... und wir müssen Merle befreien.«

Epilog

Sie saß an ihrem Arbeitsplatz. Die kupferrote Perücke war auf die Kristallkugel geschoben. Die Stiefel lagen auf der Tischplatte neben einer gläsernen Glocke. Die Finger der Frau spielten mit einem schmalen Gegenstand, während der große Vogel neben ihr auf dem Tisch herumpickte.

Vor ihr saß der junge Mann, wie immer in seinem geflickten Mantel. Er klappte das Buch zu und lächelte.

»Was für eine Geschichte.«

Die Frau legte den Kopf schief. Ihre kurzen Haare schimmerten in bleichen und dunklen Strähnen.

»Wie oft hast du es jetzt schon gelesen?«

Er richtete den Blick auf die Decke und betrachtete die sich drehenden Traumfänger.

»Bestimmt zwei Dutzend Mal. Aber es sättigt uns jedes Mal. Wenn auch für immer kürzere Zeit.«

Sie ließ den Gegenstand schneller um ihre Finger wirbeln.

»Na, das freut mich zu hören.« Sie ließ offen, welchen Teil sie damit meinte.

Reto legte das Buch neben die Kristallkugel. Der riesige Vogel lief über den Tisch und inspizierte es mit dunklen Augen.

»Alles ist so gekommen, wie ihr es vorausgesagt habt. Aber glaubt ihr, sie wird das Buch benutzen?«

Die Frau lächelte und zeigte Zähne, die spitzer waren, als sie sein sollten.

»So lange bist du nun schon bei mir, und noch immer weißt du so wenig. Hexen lieben Bücher fast so sehr wie du.«

»Aber was, wenn sie sich euch nicht anschließt?«

»Reto, was weißt du über weiße Raben?«

Er hob die Schultern.

Sie nahm die Stiefel vom Tisch und beugte sich vor.

Ihre ungleichen Augen taxierten ihn wie ein Beutetier. Das eine völlig schwarz, das andere dunkel mit einer schmalen weißen Iris. Sie lächelte, als er ihrem Blick auswich.

»Weiße Raben sind eine Laune der Natur. So selten wie Wüstenschatten und von Geburt an verflucht. Sie zählen zu den klügsten Vögeln. Sie sind stark und schlau und ausdauernd. Das müssen sie auch sein, denn alle anderen Raben jagen sie. Die meisten weißen Raben sterben schon im Nest. Wer von ihnen überleben will, muss kämpfen. Doch egal, wie klug ein weißer Rabe ist, er stirbt immer allein.«

Sie hob die gläserne Glocke an, nahm eine Handvoll rohes Fleisch und warf es dem Vogel hin. Der schnappte es mit seinem krummen Schnabel aus der Luft und verschlang es. Mit einem Schlag der dunklen Schwingen landete er auf der Rückenlehne ihres Sessels. Die handgroßen Krallen bohrten sich in die Lehne.

Sie beugte sich weiter nach vorne und legte einen großen eisernen Schlüssel vor sich.

»Du glaubst, ich bin grausam?«

»Ihr kennt keine Gnade, aber Gerechtigkeit.«

Die Frau blickte ihn lange aus ihren Hexenaugen an, dann nickte sie.

»Ein Krieg zieht auf, und allein gehen wir unter. Die Häuser stehen kurz vor der Auslöschung. Der Orden ist so stark wie nie. Die Zeit des Wartens ist vorbei. Vergeben heißt vergessen. Erinnern heißt handeln.«

Arkenlaterne

EIN LICHT IM DUNKELN

19. Dezember | Redaktion und Administration: Cesare Costa | Hrsg.: C. Costa & K. Eisenhut | Satz und Layout: C. Costa | Recherche & Archiv: C. Costa | Ansprechpartner: C. Costa | Nr. 178

Friedlicher Gast!

Dieses beeindruckende Wesen hält sich momentan im Forst auf. Auch wenn die äußere Gestalt verstörend erscheinen mag, handelt es sich um einen friedlichen Gast. Einem unserer Reporter ist der Kontakt zu dieser intelligenten und liebenswerten Kreatur geglückt, die tief verborgen im Wald lebt und meist in der Dämmerung aktiv wird. Vielleicht ist er der letzte seiner Art. Im Falle einer Begegnung halten Sie bitte Abstand.

Graumäntel Gefahr!

Männer in Grau haben sich in den vergangenen Nächten in Arken herumgetrieben. Die Männer in ihren grauen Kutten beantworten keine Fragen und kennen keine Gnade. Angeblich sind sie hier, um uns von den paranormalen Vorkommnissen zu befreien, von denen wir in jeder Ausgabe berichten. Doch wer sind diese Männer, und was treibt sie an? Die selbsternannten Beschützer wurden mehrmals auf dem Katzbuckel beobachtet. Sicherlich sind sie auch für den Einsturz der Burg verantwortlich. Doch auch andere Ereignisse fallen mit dem Erscheinen der stillen Graumäntel zusammen. Mehrere Kinder wurden vermisst und sind erst wieder aufgetaucht, als die Graumäntel verschwanden.

Monster in Arken

Schon oft haben wir über die ungewöhnlichen Kreaturen in unserer Mitte gesprochen und sie Monster genannt. Aber was macht ein Monster zum Monster? Die Fremdartigkeit? Oder sind es nicht vielmehr ihre Taten? Monster werden nicht geboren, sie werden durch finstere, rücksichtslose Handlungen erschaffen. Wenn nun jene, die uns schützen sollen, solche Taten begehen, werden sie zu den Monstern, vor denen sie uns eigentlich beschützen wollen.

Theta-Strahlung

Die gefährliche Strahlung wird von extraterrestrischen Lebensformen zur Navigation genutzt. Aber auch Handys geben diese Strahlung ab. So könnt ihr euch schützen!

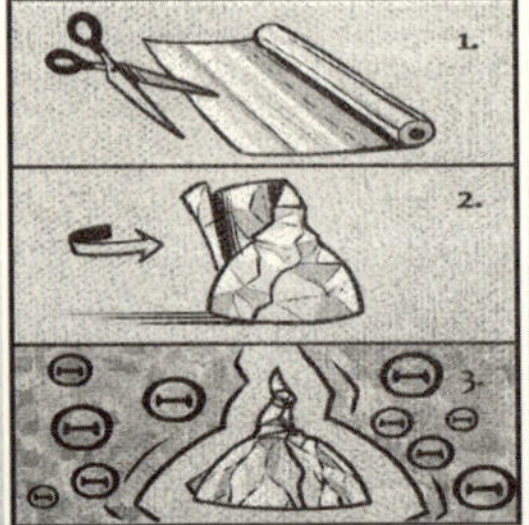

Die Katzbuckellüge

Der Gemeinderat schweigt, aber der Redaktion liegen brisante Informationen vor! Entgegen dem, was uns der Gemeinderat und der Arkenspiegel glauben machen will, handelt es sich nicht um einen natürlichen Vorgang. Jahrhunderte trotzte der Katzbuckel Wind und Wetter, um dann einfach in einer Nacht einzustürzen? Nach Augenzeugenberichten wurde Lärm und Geschrei aus dem Inneren der Burg vernommen. Auch von Fackelschein wurde uns berichtet. Wer waren die Personen, die sich in jener Nacht dort aufgehalten haben? Nach vertraulichen Informationen handelt es sich um eine in graue Mäntel gekleidete Gruppe, die sich paranormalen Erscheinungen entgegen stellt. Doch auf welcher Seite stehen die Männer in Grau wirklich? Lest mehr über die „Graumäntel Gefahr“ auf dieser Seite!